PIEMME **BESTSELLER**

Lauren Weisberger

Il diavolo veste Prada

Traduzione di
Roberta Corradin

PIEMME **BESTSELLER**

Titolo originale dell'opera: *The Devil Wears Prada*
© 2003 by Lauren Weisberger

I Edizione Piemme Bestseller, settembre 2007

© 2004 - EDIZIONI PIEMME Spa
15033 Casale Monferrato (AL) - Via Galeotto del Carretto, 10
info@edizpiemme.it - www.edizpiemme.it

Anno 2009-2010-2011   -   Edizione 6 7 8 9 10 11 12 13 14

Stampa: Mondadori Printing Spa - Stabilimento NSM - Cles (TN)

*A Cheryl, la mamma
che tutte le ragazze vorrebbero;
a Steve, mio padre,
uomo bellissimo, spiritoso e ricco di talento
che mi ha suggerito questa sfilza di aggettivi;
a Dana, mia fenomenale sorella
e cocca della famiglia
(prima che io scrivessi un romanzo).*

*Guardati da ogni impresa che richieda
l'acquisto di nuovi capi di vestiario.*

HENRY DAVID THOREAU, *Walden*, 1854

1

Il semaforo non era ancora diventato ufficialmente verde all'incrocio tra la Diciassettesima e Broadway, e già un agguerrito esercito di taxi ruggiva sgommando alle mie spalle.

"Frizione, acceleratore, marcia, lascia la frizione", mi ripetevo febbrilmente, mentre lottavo per la mia vita nel traffico urlante di Manhattan a mezzogiorno.

La piccola decappottabile sobbalzò due volte prima di scattare in avanti, in mezzo all'incrocio. D'istinto pestai il piede sul freno, e *zac!* il tacco del mio sandalo Manolo Blahnik si ruppe e schizzò via, rimbalzando contro il fondo dell'auto.

Merda! Era il terzo paio di scarpe che facevo fuori quel mese, tutto a causa della mia totale mancanza di grazia nei momenti di stress.

Fui quasi sollevata quando, un minuto dopo, il motore si spense di colpo. Ne approfittai per sfilarmi i sandali e gettarli sul sedile alla mia destra. Sentivo il bisogno di fumare, ma avevo le mani sudate e mi guardai intorno in cerca di una superficie qualsiasi su cui asciugarle. L'occhio mi cadde sui pantaloni in pelle scamosciata di Gucci: senza riflettere, lasciai che le mie dita

9

nervose imprimessero una scia umida sulla costosissima pelle che mi strizzava le cosce al punto da renderle praticamente insensibili.

In quel momento un camion mi superò strombazzando «E muoviti, stronza!» ruggì il guidatore, la faccia rossa di rabbia sopra il folto cespuglio di peli debordanti dalla canotta. «Dove diavolo credi di essere? Al drive in?»

Gli mostrai il dito medio e tornai a concentrarmi sulla mia fame di nicotina. Ma avevo di nuovo le mani sudate e, uno dopo l'altro, tre cerini scivolarono inutilmente sul tappetino. Ero appena riuscita ad accendere l'agognata sigaretta quando il semaforo diventò verde. Non mi restò che serrare le labbra e lasciarla lì penzoloni, mentre impugnavo il volante e riattaccavo con il tormentone "frizione, acceleratore, marcia, lascia la frizione", inalando fumo a ogni respiro. Tre isolati più in là osai finalmente staccare una mano dal volante per rimuovere la sigaretta. Troppo tardi: un serpentello di brace ornava il mio ginocchio sinistro, già ampiamente spalmato di cenere e di sudore.

Ebbi appena il tempo di calcolare che, incluse le scarpe, dovevo aver totalizzato all'incirca tremila dollari di danni, prima che il cellulare cominciasse a trillare a tutto spiano.

Il nome sul display confermò le mie peggiori paure: era lei. Miranda Priestly. La mia capa. Premetti il tasto di risposta: operazione non da poco, considerato che stavo fumando, azzardando un sorpasso e arpeggiando sui pedali a piedi nudi. Incastrai il cellulare tra spalla e orecchio e gettai la sigaretta fuori dal finestrino, mancando per un pelo un ciclista che mi insultò e schizzò via zigzagando.

«Andreaaa! Andreaaa! Mi senti, Andreaaa?»

«Ciao, Miranda. Parla pure, ti sento perfettamente.»

«Andreaaa! Dov'è la mia macchina? L'hai già lasciata al garage?»

Il semaforo scattò sul rosso. Inchiodai, per fortuna senza investire né persone né cose. «Sono per strada, Miranda, sarò a casa tua a minuti.» Era tutto sotto controllo, la rassicurai, io e l'auto saremmo arrivate alla meta in orario e in perfette condizio...

«Va bene, va bene» sibilò, troncando la mia frase a metà. «Ma prima devi andare a prendere Madelaine. È tutto.» *Clic.*

Fissai il cellulare per qualche secondo prima di realizzare che aveva riagganciato. *Madelaine?*

Chi diavolo era Madelaine? E dove si trovava al momento? Era al corrente del fatto che stavo andando a prenderla? Ma soprattutto, perché mai il compito di scarrozzarla spettava proprio a me quando Miranda aveva alle sue dipendenze un autista a tempo pieno, una governante e una tata?

A un tratto ricordai che nello Stato di New York è illegale parlare al cellulare quando si è alla guida. L'ultima cosa di cui avevo bisogno in quel momento era una ramanzina da parte di un solerte poliziotto, così mi infilai nella corsia degli autobus e inserii le quattro frecce. "Inspira, espira", mi esortai, ricordando persino di tirare il freno a mano prima di staccare il piede da quello a pedale. Erano anni che non guidavo una macchina senza il cambio automatico; cinque, per la precisione, da quando, cioè, il mio fidanzato del liceo aveva accettato di darmi qualche lezione di guida, con esiti peraltro poco incoraggianti. Purtroppo, Miranda si era mostrata del tutto indifferente a questo dettaglio, quando mi aveva convocata nel suo ufficio un'ora e mezzo prima.

«Andreaaa, devi prendere la mia macchina e portarla al garage sotto casa. *Subito*, mi raccomando, perché ci serve stasera per andare agli Hamptons. È tutto.» Ero rimasta lì impalata, a balbettare che non ero sicura di saperla guidare, ma lei, china sull'enorme scrivania, sembrava aver già rimosso la mia presenza. «È *tutto*, Andreaaa» era sbottata infine, indicando l'uscita senza alzare lo sguardo.

Prima di assolvere al compito assegnato, mi era toccato svolgere un bel po' di indagini. Per prima cosa, dovevo scoprire dov'era parcheggiata la macchina. La cosa più probabile era che magari fosse in riparazione, ma dove? Semplice: presso una delle mille officine disseminate tra Manhattan e il Queens. O forse Miranda l'aveva prestata a un amico che magari l'aveva lasciata in qualche garage su Park Avenue? Naturalmente, c'era la possibilità tutt'altro che remota che Miranda si riferisse a un'automobile nuova di zecca, di marca ignota, da ritirarsi presso un altrettanto ignoto rivenditore.

Avevo cominciato col telefonare alla sua tata, ma mi aveva risposto la segreteria. La governante era seconda sulla mia lista di persone da chiamare in caso d'emergenza, e, per una volta, si era mostrata abbastanza collaborativa. Mi aveva spiegato che la macchina in questione era una «decappottabile sportiva color verde pino inglese». Lei però non aveva idea del modello, né di dove potesse trovarsi al momento. Il terzo nome sull'elenco era l'assistente del marito di Miranda: a quanto ne sapeva, il boss possedeva una Lincoln Navigator nera iper-deluxe e una specie di piccola Porsche verde. Bene. Facevo progressi. Una chiamata al concessionario

Porsche sull'Undicesima Avenue aveva rivelato che sì, avevano appena finito di riverniciare la carrozzeria e di installare un nuovo lettore cd in una Carrera 4 cabriolet verde di proprietà di Miranda Priestly. Bingo! Avevo chiamato il car service e mi ero fatta portare al concessionario. Lì avevo esibito una nota scarabocchiata da me con la firma Miranda (falsa, naturalmente) che li autorizzava a consegnarmi il veicolo.

Nessuno aveva ritenuto opportuno domandarsi che sorta di relazione esistesse tra me e la signora Priestly. Il titolare mi aveva dato le chiavi e aveva accolto con una risatina la mia richiesta di portare l'auto fuori dal garage per risparmiarmi la marcia indietro. Avevo impiegato circa mezz'ora per percorrere dieci isolati, per di più nella direzione opposta rispetto a Uptown, dove abitava Miranda. Le probabilità che arrivassi incolume all'incrocio tra la Settantaseiesima strada e Fifth Avenue erano piuttosto esigue.

La telefonata di Miranda aggravò il mio sconforto.

Cominciai daccapo il giro di telefonate. Questa volta, per fortuna, la tata rispose al secondo squillo.

«Cara, sono Andrea.»

«Ehi, che succede? Sei per strada? Ti sento malissimo.»

«Ho appena ritirato la Porsche di Miranda dal concessionario. Credevo di doverla portare al garage sotto casa, ma adesso pare che invece mi tocchi recuperare una certa Madelaine. Chi diavolo è Madelaine e dove accidenti potrebbe trovarsi?»

Cara rise per cinque minuti filati prima di riuscire a rispondere che Madelaine era un cucciolo di bulldog francese e che attualmente era dal veterinario. «L'hanno appena sterilizzata. In teoria avrei dovuto occupar-

mene io, ma Miranda mi ha chiesto di andare a prendere le bambine prima del solito, di modo che stasera
possano tutti partire per gli Hamptons.»

«Stai scherzando? Stiamo parlando di un *cane*? Sono
l'autista di un fottuto bulldog?»

«Madelaine è all'East Side Animal Hospital, sulla
Cinquantaduesima strada tra la Prima e la Seconda
Avenue. Mi spiace, Andy, adesso devo andare. Chiama-
mi se qualcosa va storto, okay?»

Chiusi la comunicazione e mi rituffai nel traffico a
bordo del bizzoso mostro verde. Lo stress mi divorava,
privandomi delle ultime preziose gocce di concentrazione. Giunta sulla Seconda Avenue sfiorai la collisione
con un taxi lanciato a tutta velocità. Ringraziai la mia
buona stella per lo scampato pericolo. La più piccola
ammaccatura sulla fiancata, infatti, avrebbe senza dubbio comportato il mio immediato licenziamento.

Naturalmente, a quell'ora, trovare un buco dove par-
cheggiare era impossibile, anche in sosta vietata. Esasperata, chiamai il servizio informazioni per ottenere
il numero dell'Animal Hospital. Pochi minuti dopo
(giusto il tempo di rispondere a un'altra telefonata di
Miranda, che voleva sapere perché non fossi ancora
tornata in ufficio) fui raggiunta da una servizievole segretaria. Teneva in braccio Madelaine, che guaiva e
sbuffava senza sosta. La donna mi indicò la sutura sul
ventre della cagnetta e mi raccomandò di guidare molto, molto dolcemente, perché la piccola era convale-
scente e "si sentiva un po' giù".

Con Madelaine accucciata sul sedile del passeggero,
mi accesi un'altra sigaretta e strofinai i piedi uno contro
l'altro, per riattivare la circolazione nelle mie estremità
infreddolite. Avviai il motore e ricominciai a cantilenare

il mio mantra "Frizione, acceleratore, marcia, lascia andare la frizione", sforzandomi di ignorare i pietosi guaiti del cane. Quando arrivammo sotto casa di Miranda, Madelaine era sull'orlo di una crisi isterica. Cercai di consolarla, senza successo. I cani, si dice, certe cose le sentono e probabilmente le mie carezze non erano troppo sincere.

Ecco, sospirai tra me, a cosa erano valsi quattro anni di lettura critica e analisi comparata di montagne di romanzi, drammi, racconti e poesie. A far sì che, ancora fresca di college, mi ritrovassi alle prese con quel cucciolo disperato, più simile a un patetico pipistrello bianco che a un cane. Proprio quello che avevo sempre sognato.

Piantai la macchina al garage e consegnai il bulldog al portiere senza ulteriori incidenti. Tuttavia, nel salire sull'auto a noleggio che mi aveva seguito su e giù per Manhattan, mi accorsi che le mani mi tremavano per l'agitazione. L'autista mi lanciò un'occhiata solidale e offrì un commento consolatorio sulla difficoltà di guidare senza cambio automatico, ma io non ero in vena di chiacchiere. «Torniamo all'Elias-Clark Building» dissi. Lui fece il giro dell'isolato e si diresse verso Park Avenue. Percorrevo quella strada ogni giorno – spesso più volte al giorno – e sapevo che mi restavano circa otto minuti per riprendere fiato e ricompormi prima dell'arrivo in ufficio. Con un po' di fortuna sarei riuscita persino a rendere un tantino meno evidente l'alone di cenere e sudore che conferiva un indubbio tocco personale ai pantaloni Gucci in pelle scamosciata. Quanto alle scarpe, potevo solo sperare nel miracoloso intervento dell'equipe di calzolai ultraqualificati abitualmente impiegata dalla redazione di «Runway» nei casi disperati.

Contro le mie previsioni, impiegammo soli sei minuti e mezzo ad arrivare all'Elias-Clark. Rassegnata, scesi dall'auto e mi avviai all'ingresso. In bilico tra i dieci centimetri di un tacco e la sconfortante assenza dell'altro, avevo l'incedere sgraziato di una giraffa ubriaca.

Cinque minuti e un salto al guardaroba più tardi, indossavo un paio di stivali Jimmy Choo nuovi di zecca. Si abbinavano perfettamente alla gonna di pelle nera che mi ero infilata dopo aver gettato i pantaloni scamosciati nel cestone della lavanderia.

Così abbigliata feci una capatina al Beauty Closet, dove uno dei redattori esaminò la mia faccia sudata e stravolta prima di rovesciarmi in grembo un baule di correttori e fondotinta.

"Non male", pensai a restauro ultimato, studiandomi nello specchio a figura intera. Incontrandomi, nessuno dei miei colleghi avrebbe detto che solo un quarto d'ora prima ero stata impegnata in una strenua lotta per la sopravvivenza a bordo di un'indomabile Porsche verde pino.

Con passo disinvolto feci il mio ingresso nella suite riservata alle assistenti di Miranda. Mi avvicinai alla scrivania pregustando i tre minuti di libertà che mi separavano dal termine della pausa pranzo. Ero sul punto di sedermi quando...

«Andreaaa» chiamò Miranda dal suo ufficio. «Dove sono la macchina e il cucciolo?»

Con scatto da centometrista balzai dalla sedia e mi lanciai sulla moquette alta, soffice e insidiosa, specie per chi, come me, calzava tacchi vertiginosi. Mi arrestai sull'attenti davanti alla scrivania del direttore. «Ho lasciato la macchina al garage del condominio e Madelaine con il portiere, Miranda» annunciai, fiera di avere portato a termine entrambi gli incarichi senza danni alla macchina, al cane, e, soprattutto, a me stessa.

«E perché mai avresti fatto una cosa del genere?» ruggì Miranda, alzando per la prima volta lo sguardo dalla lettura di «Women's Wear Daily». «Ho specificamente richiesto che li portassi in ufficio. Le bambine saranno qui a momenti, dobbiamo partire.»

«Oh, beh, veramente, io pensavo che tu...»

«Basta così. Non mi interessano i dettagli della tua incompetenza. Va' subito a prendere l'auto e Madelaine. Mi aspetto di vederti tornare entro quindici minuti. Chiaro? È tutto.»

Quindici minuti? Stava forse delirando? Avrei impiegato un minuto per scendere in strada, tre o quattro per trovare un'autista disponibile ad accompagnarmi, sei-otto minuti per raggiungere casa sua e un minimo di tre ore per scovare la cagnetta perlustrando una per una le diciotto stanze dell'appartamento. Dopo di che avrei dovuto recuperare la Porsche e pilotarla senza incidenti per i venti isolati fino all'ufficio.

«Sarà fatto, Miranda. Quindici minuti.»

La tremarella tornò ad aggredirmi nel momento esatto in cui uscii di corsa dall'ufficio. Mi chiesi se il mio giovane cuore fosse sul punto di dare *forfait*. In corridoio mi accesi una sigaretta che subito mi sfuggì di mano e scivolò sullo stivale nuovo di zecca. Tempo di abbassare lo sguardo e sulla tomaia si era disegnata una vistosa bruciatura «Fantastico...» mormorai, arrotondando a quattromila dollari il valore totale dei capi da me rovinati in poche ore: non c'era dubbio, era il mio record personale. Ma non dovevo lasciarmi abbattere per così poco. "È possibile che Miranda muoia prima del mio ritorno", tentai di rincuorarmi. Forse una malattia rara contratta in un viaggio esotico l'avrebbe stroncata nell'atto di ritoccarsi le labbra, liberandomi di colpo dalla fonte di tutti i miei guai... Era possibile, ma pur sempre improbabile. Aspirai un ultimo tiro, spensi la sigaretta ed entrai in ascensore rimproverandomi per la mia mancanza di razionalità. «Io non voglio che lei muoia» mormorai. «Perché se morisse, andrebbero in fumo le mie speranze di poterla uccidere con le mie mani. E questo sì sarebbe un vero peccato...»

Quando, il giorno del colloquio, avevo messo piede per la prima volta nella lobby dell'Elias-Clark Building, non avevo la più pallida idea di quel che mi aspettava.

Mentre l'addetto alla sicurezza controllava la mia carta d'identità, ignoravo che stavo per salire non già su un banale ascensore, ma su un magico contenitore di tutto ciò che era *en vogue*. Non sospettavo che gli esperti di gossip più accreditati, i protagonisti delle loro rubriche e i big di stampa e tivù nutrissero una assoluta venerazione nei confronti della elegantissima folla che quotidianamente si lasciava trasportare da quelle scatole lucide e silenziose.

Mi guardai intorno. Mai, prima di allora, avevo posato lo sguardo su corpi tanto perfetti. Gli uomini, in particolare, apparivano statuari nei loro dolcevita a costine e pantaloni attillati, tonici al punto giusto, non troppo muscolosi perché "non è sexy".

Quanto alle donne, non avevo mai ammirato capelli di un biondo così radioso, né immaginavo che la manutenzione di quelle *meches* rigorosamente firmate costasse in media seimila dollari all'anno. Le borse e le scarpe

19

che si aggiravano per la lobby gridavano «Prada! Armani! Versace!» Allora io non potevo saperlo, ma capitava spesso che, nei corridoi dell'Elias-Clark Building, tali prestigiosi accessori s'imbattessero nello stilista che li aveva creati. Erano toccanti ricongiungimenti, grazie ai quali Miuccia, Giorgio o Donatella potevano rimirare commossi l'efficacia erotizzante degli stivali autunno-inverno 2003-2004 o la sublime eleganza della borsa *haute couture* per la primavera. Tutto quel che sapevo, quella mattina di novembre, era che la mia vita stava per cambiare: se per il meglio oppure no, restava da vedere.

Fino a quel momento, per ventitré lunghi anni, ero stata la perfetta incarnazione della Ragazza Americana di Provincia. La mia intera esistenza si riduceva a una modesta serie di cliché.

Ero nata e cresciuta ad Avon, in Connecticut. Un'intensa attività sportiva, gruppi giovanili e feste alcoliche in eleganti ville sperdute nella campagna erano stati per anni i miei unici passatempi.

Ad Avon, le ragazze mettevano i pantaloni della tuta per andare a scuola, i jeans per uscire il sabato sera e un ammasso di sbuffi zuccherosi per ballare nelle occasioni pseudo-formali. Più tardi, l'università. A confronto del liceo, era un mondo decisamente aperto e sofisticato. La Brown University offriva corsi, attività e *workshop* per tutti i gusti. Qualunque interesse intellettuale o creativo, per quanto esoterico o stravagante, aveva un corrispettivo tra le materie d'insegnamento; con un'unica eccezione: la moda. Per farla breve, quattro anni passati a gironzolare per Providence in felpa e pedule, a studiare gli impressionisti francesi e a scrivere tediose tesine di storia dell'arte e della letteratura, non mi avevano minimamente preparata al mio primo lavoro post-universitario.

Avevo cercato di procrastinare quel momento il più a lungo possibile. Subito dopo la laurea, avevo preso con me tutti i soldi che ero riuscita a racimolare ed ero partita da sola per un viaggio di tre mesi. Per quattro settimane avevo girato l'Europa in treno, passando molto più tempo sulle spiagge che nei musei, evitando di chiamare casa se non per parlare con il mio ragazzo, Alex. Stavamo insieme da tre anni. Ormai Alex mi conosceva meglio di chiunque altro e sapeva che presto avrei cominciato a sentirmi sola. Così terminato il training per diventare insegnante di scuola elementare, mi aveva fatto un'improvvisata raggiungendomi ad Amsterdam.

Di lì a qualche giorno, al termine di un pomeriggio di stravizi in un accogliente coffee-shop, avevamo messo insieme i nostri travellers' cheque e, travolti da un'improvvisa ispirazione, avevamo acquistato due biglietti per Bangkok.

Avevamo viaggiato per tutto il Sudest asiatico, dove, pur sforzandoci, era raro che riuscissimo a spendere più di dieci dollari al giorno. Il nostro argomento di conversazione preferito era il futuro. Alex non vedeva l'ora di cominciare a insegnare nella scuola elementare di uno dei quartieri più difficili di tutta New York. Lo esaltava l'idea di contribuire a formare le giovani e ricettive menti dei diseredati e dei negletti. Le mie aspirazioni non erano altrettanto nobili: volevo lavorare nella redazione di una rivista. Ma non una rivista qualsiasi: il «New Yorker». L'eventualità che il prestigioso settimanale mi assumesse appena uscita dall'università era piuttosto remota, tuttavia ero assolutamente determinata: avrei scritto per quel giornale entro cinque anni dalla laurea. Il mio sogno da quando ero in grado di intendere e di volere, l'unico lavoro al mondo che mi interessasse davvero.

Avevo preso in mano la mia prima copia del «New Yorker» dopo aver assistito a uno scambio di battute tra i miei. Mia mamma aveva commentato l'articolo che aveva appena finito di leggere: «È così ben scritto, oggigiorno è raro imbattersi in pezzi tanto brillanti». Papà era d'accordo: «Non c'è dubbio, vale sempre la pena di leggere il "New Yorker", è una delle poche cose intelligenti in circolazione». Avevo divorato quel numero in poche ore ed ero rimasta folgorata. Mi erano piaciuti soprattutto le recensioni dal piglio graffiante, la fulminante ironia delle vignette. Avevo provato l'eccitante sensazione di entrare a far parte di club esclusivo, riservato a una minoranza di eletti. Per i successivi sette anni non mi ero persa neanche un numero della rivista, che spulciavo religiosamente dalla prima all'ultima pagina, memorizzando gli attacchi più riusciti, le chiuse più memorabili, i nomi dei giornalisti e quelli dei redattori.

A zonzo per l'Asia, Alex e io parlavamo con entusiasmo della nuova fase che ci aspettava, eppure non avevamo nessuna fretta di tornare a casa. Sentivamo che quello era l'ultimo periodo di calma prima della frenesia.

Così, arrivati a Delhi, avevamo preso l'improvvida decisione di prolungare la validità del visto per goderci qualche giorno extra nell'esotica campagna indiana.

Avremmo scoperto che non c'è antidoto più efficace al romanticismo di una bella dissenteria amebica. Avevo resistito una settimana in un ostello indiano che non offriva molte garanzie sul piano igienico, scongiurando Alex di non lasciarmi morire in quel posto infernale. Infine, eravamo saliti su un aereo per New York. All'aeroporto, la mia preoccupatissima mamma mi aveva fatto stendere sul sedile posteriore dell'auto ed era filata dritta a casa. Stava per coronare il sogno di ogni madre ebrea: avere una ragione valida per subissare di cure la sua impotente creatura, consultando un medico dopo l'altro fino alla completa guarigione.

Mi ci erano volute quattro settimane per tornare a sentirmi un essere umano, e altre due per accorgermi di quanto stesse diventando insopportabile la vita in famiglia. Mamma e papà erano straordinari, ma il fatto che ci fosse qualcuno pronto a chiedermi dove stessi andando e a che ora sarei tornata ogni volta che, quatta quatta, mi avvicinavo alla porta cominciava a darmi sui nervi. Avevo chiamato Lily e le avevo chiesto se potevo contare sul divano letto nel suo monolocale di Harlem. Dal profondo del suo animo gentile, mi aveva risposto di sì.

Era trascorsa circa una settimana, quando una mattina mi svegliai tutta sudata. La testa mi pulsava, avevo lo stomaco aggrovigliato e i nervi tesi come corde di violino. "Una ricaduta", pensai con orrore. "Il virus ha trovato il modo di aggirare le mie difese e io sono condannata a soffrire per l'eternità!" Ma poteva anche essere qualcosa di peggio, come una malattia tropicale a scoppio ritardato. "Malaria? Ebola? Mucca pazza? Pollo assassino?" Ero ancora lì sdraiata a contemplare in silenzio la mia fine imminente, quando frammenti della notte precedente cominciarono a riaffacciarsi uno dopo l'altro alla mia mente. Un bar pieno di fumo da qualche parte nell'East Village. Un genere musicale molto in voga chiamato "jazz fusion". Amici tutto intorno che mi chiedevano del viaggio. Un brindisi, un sorso, un altro brindisi. Una lunga teoria di bicchieri traboccanti di un liquido rosa... Ondate di nausea, poi torrenti, fiumi, fino a una poco onorevole crisi di vomito in ginocchio sul pavimento umidiccio della toilette. *Oh, dio sia lodato!* Non soffrivo di una rara forma di febbre emorragica, ma dei banali postumi di una ancor più banale sbronza.

Con dieci chili in meno a causa della dissenteria, la mia capacità di reggere l'alcol era sensibilmente diminuita. Cinquantaquattro chili di peso per un metro e settantasei di altezza non costituivano il fisico adatto a sopportare una notte brava.

Mi feci coraggio e mi misi a sedere sullo sgangherato divano di Lily, cercando di ignorare la nausea che tornava a farsi sentire.

Abituarsi di nuovo all'America – i suoi odori, il cibo, la gente, le enormi, gloriosissime docce – non era stato troppo difficile; ma il fatto di vivere da ospite su un divano altrui mi poneva seri problemi di adattamento. Avevo ancora rupie sufficienti a sopravvivere una decina di giorni, ma una volta spese quelle (ovvero il loro equivalente in dollari) mi sarei ritrovata completamente a secco.

L'unico modo per convincere i miei a foraggiarmi sarebbe stato tornare a casa e rassegnarmi a subire le esasperanti cure di mia madre. Tale avvilente prospettiva fu la molla che mi convinse ad alzarmi, in quella fatidica mattina di novembre. Di lì a un'ora avevo appuntamento per il primo colloquio di lavoro di tutta la mia vita.

A metà della settimana precedente, infatti, Lily, notando la mia estrema riluttanza ad allontanarmi dal suo divano, mi aveva pregato di concederle un po' di privacy, trascorrendo fuori casa almeno un paio d'ore al giorno. Non trovando niente di meglio da fare, avevo comprato una MetroCard e mi ero messa a gironzolare per la città, lasciando il mio curriculum un po' ovunque. Non c'era addetto alla reception di una grande casa editrice che non ne avesse ricevuto almeno tre copie, accompagnate da due righe buttate giù senza troppa convinzione. In quella breve lettera di presentazione spiegavo che desideravo fare esperienza come assistente editoriale, e che il mio sogno era entrare a far parte della redazione di un importante periodico. Ero ancora troppo debole per trovare la forza e la lucidità di domandarmi se qualcuno avrebbe mai letto quei curriculum. Di certo non mi aspettavo che qualcuno mi convocasse per un colloquio.

Ma dopo qualche giorno il telefono di Lily aveva squillato. Era un responsabile del Dipartimento Risorse umane dell'Elias-Clark che voleva vedermi per "fare due chiacchiere". Non ero sicura che, messa in quei termini, la cosa si potesse considerare un colloquio ufficiale, ma "due chiacchiere" non suonava male, e comunque non ero nella posizione di fare la preziosa.

Buttai giù qualche aspirina e setacciai il mio succinto guardaroba in cerca di una giacca e di un paio di pantaloni che potessero passare per un completo. Niente da fare. Quelli che trovai non erano neppure remotamente compatibili, ma almeno avevano il pregio di adattarsi abbastanza bene ai miei emaciati contorni. Completai il look con una camicia blu, una coda di cavallo e un paio di ballerine dalle punte graffiate. Niente di eccezionale – a dire il vero, così combinata rasentavo il patetico – ma era il meglio che potessi fare. "Tutti sanno che l'abito non fa il monaco. Non sarà certo il modo in cui sono vestita a decidere del mio futuro", ricordo di aver pensato, nella mia totale e imperdonabile ingenuità.

Arrivai all'Elias-Clark in perfetto orario, alle undici di mattina. Qualche minuto dopo esibivo un *pass* con la scritta "visitatore" pinzato alla giacca del mio pseudo-completo (in seguito avrei scoperto che i "visitatori" più sgamati si affrettavano a nascondere il *pass* in una tasca o, meglio ancora, a gettarlo via di nascosto dagli addetti alla sicurezza). Accerchiata da una folla di eteree stangone in attesa dell'ascensore, cercai di respingere il senso di panico che mi serrava la gola. Tutto intorno a me, un coro di labbra innaturalmente turgide e splendenti macinava pettegolezzi a mezza voce, in un continuo cicaleccio punteggiato dall'irritante ticchettio di decine di tacchi a spillo. "Benvenuta nel pianeta dei Clarkioti", mi dissi, contemplando la fauna che popolava la lobby. "Inspira, espira. Sorridi e *non* vomitare. Tassativamente niente vomito. Ascolterai quel che ti diranno, risponderai alle loro domande e poi tornerai dritta filata sul tuo sofà." Provai a esercitarmi mentalmente: «*Se mi piacerebbe lavorare a "Reaction"? È il mio sogno da sempre! Certo, "The Buzz" sarebbe perfetto. Cosa? Sono libera di scegliere? Beh, credo mi convenga dormirci sopra. Domani vi farò sapere se accetto il posto a "Maison Vous"*».

All'interno dell'ascensore gremito, raffinati profumi di marca si mescolavano all'odore sexy degli abiti in pelle. Piano dopo piano, frequenti fermate consentivano all'esercito delle Barbie in carne e ossa di raggiungere la redazione di «Chic», «Mantra», «The Buzz» o «Coquette». Le porte si aprivano in silenzio, quasi con riverenza, a mostrare immacolate reception votate al più severo minimalismo. L'eleganza dell'arredo e la purezza delle linee facevano sembrare ogni presenza umana un insulto, una provocazione. I nomi delle diverse testate campeggiavano in caratteri neri sulle pareti bianchissime, interrotte qua e là da spessi pannelli di vetro opaco.

Devo ammetterlo: fino a quel momento, l'unico ambiente professionale di cui avevo avuto esperienza diretta era il chiosco di un gelataio. In compenso, numerosi amici freschi di assunzione mi avevano descritto sconsolati i loro squallidi uffici illuminati al neon e tappezzati di moquette color ratto a prova di sporco. Ma delle sciatte e arcigne segretarie che figuravano nei loro racconti alla Elias-Clark non c'era neppure l'ombra. Al loro posto sedevano splendide creature dall'incarnato di pesca e dagli zigomi sporgenti, fasciate in tailleur dal taglio impeccabile. Quanto alla cancelleria, semplicemente non esisteva! Non c'era traccia di agende, cestini della carta straccia, registri. Come ipnotizzata, vidi sei piani sparire uno dopo l'altro in un turbine di bianca perfezione, prima che una voce carica di veleno mi riportasse alla realtà.

«È. Una. Grandissima. Stronza! Non la reggo più. Dimmi un po', quale essere umano può farcela a sopportarla? Voglio dire, CHI LA SOPPORTA DAVVERO?» A parlare era stata una ragazza che dimostrava poco più di vent'anni. Indossava una gonna di pitone e un top ridottissimo: un look più adatto a una serata in discoteca che a una qualsiasi mattinata lavorativa.

«Lo so, lo soooooo. Non immagini cosa mi abbia fatto passare negli ultimi sei mesi. È un'arpia. E poi ha gusti terribili» approvò una collega, scuotendo con enfasi un adorabile caschetto fresco di parrucchiere.

"Interessante", pensai uscendo dall'ascensore all'ottavo piano. Era presto per dire se quello fosse l'ambiente stimolante, dinamico, pieno di opportunità per crescere professionalmente che sognavo. Di certo l'Elias-Clark era la mecca di chiunque desiderasse lavorare in un contesto sofisticato, incredibilmente alla moda e così stiloso da lasciare senza fiato.

I magnifici bijoux e il trucco sapiente della receptionist alle Risorse umane contribuì ad alimentare il mio incalzante complesso di inadeguatezza. Mi esortò a sedermi e a «sfogliare pure qualche giornale», se lo desideravo. Accolsi quell'invito con gratitudine, approfittandone per provare a memorizzare in tempo record i nomi dei direttori delle varie testate pubblicate dalla casa editrice. Conoscevo Stephen Alexander, chiaro, era il direttore di «Reaction»; e non era difficile ricordare Tanner Michel, di «The Buzz». Dal mio punto di vista quelle erano le uniche due riviste interessanti pubblicate dalla Elias-Clark. Avevo appena afferrato una copia di «Coquette» quando di fronte a me si materializzò una donna piccola e magrolina. Si presentò senza tendermi la mano. «Piacere di conoscerti, cara, sono Sharon. E così, vuoi far breccia nel mondo dell'editoria?»

La seguii lungo uno stretto corridoio, oltre una fila di scrivanie occupate dalle solite splendide fanciulle, fino al suo ufficio, spoglio e freddo come una tomba. «È dura, appena uscita dall'università, vero? C'è un sacco di competizione e i posti di lavoro scarseggiano. E i pochi che sono disponibili, beh... non sono propriamente esaltanti, non so se mi spiego.»

Abbassai lo sguardo sul mio non-completo da due soldi e sulle mie ballerine graffiate e mi chiesi perché mai mi fossi presa il disturbo di venire fin lì. Il mio unico desiderio, in quel momento, era tornare al più presto a casa di Lily, per sdraiarmi sul divano con una scorta di popcorn e sigarette sufficiente per le successive due settimane.

Sharon aveva ripreso a parlare, quasi sussurrando: «Ma sei stata fortunata. Sto per offrirti una straordinaria opportunità, un'occasione da prendere al volo!».

Uhm. Mi si rizzarono le antenne. Cercai invano di catturare il suo sguardo sfuggente. Opportunità? Al volo? Le rotelle della mia mente appannata ricominciarono piano piano a girare. Voleva aiutarmi? Le piacevo? E perché, se non avevo ancora aperto bocca? Per quale motivo il tono di Sharon mi faceva pensare a un venditore di auto usate?

«Cara, sai dirmi il nome del direttore di "Runway"?» chiese, guardandomi fissa negli occhi per la prima volta da quando mi ero seduta.

Zero. Vuoto totale. Non potevo credere che mi stesse interrogando! Non avevo mai letto «Runway» in vita mia: non era giusto che mi facesse una domanda proprio su quella testata. «Runway». Puah! Di «Runway» non fregava niente a nessuno. Era una rivista di moda, porca miseria, non ero nemmeno sicura che ci fossero degli articoli, solo pagine su pagine di modelle affamate e di ingannevoli pubblicità. Bofonchiai qualcosa di incomprensibile. I nomi e i cognomi dei direttori che avevo studiato qualche minuto prima mi turbinavano in testa confusamente, ricombinandosi in coppie male assortite. Da qualche parte, nei remoti meandri del mio cervello, dovevo pur conoscere la risposta (dopo tutto, chi non sapeva il nome del direttore di «Runway»?) ma le mie stanche sinapsi si rifiutavano di collaborare.

«Eh, beh, in questo momento mi sfugge. Ma so perfettamente di chi si tratta. Diamine, certo che lo so! Tutti sanno chi è il direttore di "Runway"! Ce l'ho sulla punta della lingua, ecco.»

Per un attimo fissò gli occhioni castani sul mio volto sudato. «Miranda Priestly» disse quasi bisbigliando, con un misto di riverenza e timore. «È Miranda Priestly.»

Silenzio. Per quel che sembrò un tempo interminabile, nessuno fiatò. Poi, evidentemente, Sharon prese la decisione di sorvolare sulla mia imbarazzante dimostrazione di ignoranza.

Non potevo sapere, in quel momento, che da settimane la poveretta si affannava inutilmente alla ricerca di una nuova assistente per Miranda; non potevo sapere che quest'ultima la chiamava a tutte le ore del giorno e della notte, ansiosa di discutere il profilo delle potenziali candidate. Sharon desiderava solo trovare qualcuno, chiunque, purché Miranda la smettesse di perseguitarla.

Mi rivolse un sorriso rapido e asciutto e annunciò che avrei incontrato le due assistenti di Miranda. «Due?»

«Ma certo» confermò fissandomi stupefatta. «Naturale che Miranda ha bisogno di due assistenti. L'attuale assistente senior, Allison, è stata promossa. Diventerà caporedattore della Bellezza. Emily, l'assistente junior, prenderà il posto di Allison. Il che lascia scoperta la posizione di assistente junior.»

Fece una pausa e continuò: «Andrea, so bene che sei appena uscita dall'università e dunque non hai dimestichezza con questo mondo...» di nuovo una pausa studiata, da consumata attrice drammatica, «...Ma sento che è mio compito, anzi, mio dovere, informarti che sei di fronte a una irripetibile opportunità. Miranda Priestly...» Fece l'ennesima pausa teatrale, come se si stesse inchinando mentalmente. «...Nel vasto e scintillante mondo della moda è in assoluto la persona più influente. È uno dei più importanti direttori di testate del pianeta. Dico, del pianeta! Poter lavorare con lei, poterla osservare mentre con fiuto infallibile e piglio sicuro dirige il giornale, incontra scrittori, giornalisti e modelle, poterla aiutare a portare a termine ciò che ogni giorno intraprende, beh, rappresenta un privilegio unico. Non c'è bisogno che ti dica quante ragazze sarebbero pronte a qualunque sacrificio, pur di essere qui, ora, al tuo posto.»

«Già. Sembra meraviglioso» balbettai, chiedendomi in un lampo perché Sharon volesse proprio me quando il mondo pullulava di *fashion victim* pronte a qualsiasi sacrificio. Mi mancò il tempo di provare a rispondermi, perché Sharon aveva già afferrato e riappeso la cornetta e ora mi faceva strada verso l'ascensore.

Salii al diciassettesimo piano e attesi seduta nella solita reception di un bianco snervante. Ci volle più di mezz'ora perché una ragazza alta e sottile emergesse da dietro la porta a vetro. Una gonna di pelle lunga fino ai polpacci le pendeva con grazia dai fianchi ossuti. La sua splendente zazzera rossa era sapientemente acconciata in uno di quegli chignon scompigliati, ma tanto chic. Aveva una carnagione di porcellana, senza l'ombra di una lentiggine, di un'imperfezione, e gli zigomi più scolpiti che avessi mai visto. Non sorrise. Si sedette accanto a me e mi squadrò da capo a piedi, con espressione seria ma distaccata, quasi distratta. Poi, senza presentarsi, quella che decisi essere Emily, aprì la bocca e si lanciò in una descrizione del mio futuro lavoro. Il suo tono piatto e annoiato la diceva lunga circa il numero di colloqui che doveva aver fatto.

Evidentemente, dubitava che io fossi diversa dalle schiere di ragazze che mi avevano preceduto e non voleva sprecare troppe energie.

«È dura, su questo non c'è dubbio. Capita di lavorare quattordici ore filate: non sempre, ma abbastanza spesso,» blaterava «e non stiamo parlando di lavoro editoriale. La sola responsabilità di un assistente junior è soddisfare o, meglio ancora, anticipare ogni necessità di Miranda. In ogni caso, ti divertirai. Voglio dire, trascorrerai giorno dopo giorno, settimana dopo settimana, al fianco di una donna assolutamente straordinaria. Perché questo bisogna riconoscerlo, Miranda *è* straordinaria» sospirò. Per la prima volta da quando aveva cominciato a parlare, sembrava sincera.

«È una prospettiva molto attraente» dissi, e lo pensavo davvero. I miei amici che avevano cominciato a lavorare subito dopo la laurea raccontavano di grandi fatiche e frustrazioni. Banche, agenzie pubblicitarie, piccoli editori: non c'era differenza, erano tutti scontenti. Si lamentavano delle giornate interminabili, dei colleghi ipocriti, della odiosa macchinosità della burocrazia aziendale. Ma ad affliggerli era soprattutto la noia. A confronto dell'università, le incombenze professionali erano tediose, superflue, ripetitive, più adatte a degli scimpanzé che a degli esseri umani. Passavano ore e ore a inserire numeri in un database o a telefonare a gente che avrebbe preferito non essere disturbata. Giuravano che c'era da diventar scemi, e nessuno vedeva una via d'uscita.

Alla luce di queste accorate testimonianze, un impiego nel mondo della moda sembrava un compromesso più che onorevole. Emily interruppe le mie riflessioni. «Sì. È un'ottima cosa. Ottima, davvero. Voglio dire, è meraviglioso. In ogni caso, piacere di aver fatto la tua conoscenza. Vado a chiamare Allison. Vedrai, ti piacerà.» Non era ancora scomparsa dietro il vetro e già un fruscio di pelle e riccioli annunciava l'arrivo di una figura dall'andatura nervosa.

Un'appariscente ragazza di colore mi raggiunse e si presentò. Era Allison, l'assistente senior appena promossa a caporedattore della Bellezza. La prima cosa che notai fu la sua magrezza. Con lo stomaco incavato e le ossa pelviche sporgenti, era semplicemente troppo magra. Secondo, andava a lavorare con la pancia scoperta. Indossava pantaloni di pelle nera, morbidi e stretti, e un top di pelliccia bianca (vera o sintetica, non so) largo poche decine di centimetri. I capelli neri come l'inchiostro le scendevano lungo la schiena come una spessa coperta luccicante. Aveva le unghie dei piedi e delle mani dipinte di un bianco opalescente, e i sandali aperti aggiungevano una decina di centimetri a un'altezza già di per sé vertiginosa. Era indiscutibilmente sexy, seminuda ed elegante allo stesso tempo, ma a me comunicava soprattutto un senso di freddo. Letteralmente: dopo tutto, era novembre.

«Ciao, sono Allison, come probabilmente già sai» cominciò, asportando puntigliosamente qualche pelucco bianco dai pantaloni in pelle. «Ho appena avuto la promozione a caporedattore. Lavorare per Miranda è estremamente gratificante. Certo, le ore non passano mai e si sgobba parecchio, ma non immagini quante ragazze sarebbero pronte a tutto pur di ottenere questa opportunità. Miranda è così eccezionale, come donna, come direttore, come persona. E si prende davvero cura delle sue ragazze. Un anno con lei ti consente di risparmiare anni e anni di gavetta, perché, se hai talento, Miranda ti spedisce dritta al top...» Allison aveva inserito il pilota automatico. Parlava e parlava, senza darsi la pena di fingere un minimo di passione. Non dava l'impressione di essere particolarmente stupida, ma aveva gli occhi velati come i membri di certe sette dopo il lavaggio del cervello. Avevo la sensazione che avrei potuto addormentarmi, cacciarmi tutte e dieci le dita nel naso o semplicemente alzarmi e uscire dalla stanza, senza suscitare in lei alcuna reazione.

Quando finalmente si congedò per andare a incontrare la candidata successiva, mi lasciai sprofondare sul poco accogliente divano della reception. Stava succedendo tutto così in fretta. Gli avvenimenti rischiavano di sfuggirmi di mano, eppure..., eppure cominciavo a trovare tutto piuttosto eccitante. Cosa contava che fino a poco prima non avessi mai sentito nominare Miranda Priestly? Le sue collaboratrici sembravano abbastanza impressionate dalla sottoscritta. Certo, era solo un posto di assistente in una rivista di moda, ma era pur sempre preferibile avere «Runway» sul curriculum piuttosto che «Dentisti oggi» o «L'idraulico di successo». E poi, sai quante ragazze sarebbero state disposte a tutto pur di ottenere quel posto?!

Dopo mezz'ora di simili ragionamenti, spuntò un'altra ragazza altissima e terribilmente magra. Si presentò subito, ma io ero troppo occupata a studiare il suo aspetto per fare caso al nome. Indossava una gonna di jeans strappata, camicia bianca trasparente e dei sandali argentati col cinturino. Sfoggiava una tintarella perfetta, una manicure impeccabile e chilometri di pelle nuda. Fu soltanto quando mi fece segno di alzarmi e seguirla che mi colpì la completa e devastante consapevolezza di quanto triste dovessi apparirle nel mio completo raffazzonato, con quella specie di ventiquattr'ore che mi trascinavo appresso, i capelli flosci, senza ombra di trucco, accessori, gioielli. A tutt'oggi, il pensiero del mio aspetto quel giorno mi dà il tormento. Mi sento arrossire come il fuoco quando rievoco la mia goffaggine nel mezzo di quelle creature sofisticate e leggiadre.

Dopo il solito esame da capo a piedi, quella che nel frattempo avevo soprannominato Miss Schianto mi accompagnò nell'ufficio di Cheryl Kerston, vicedirettore di «Runway». Anche Cheryl – che, scoprii in seguito, aveva fama di essere un'adorabile lunatica – mi parlò a lungo (per ore, mi sembrò), ma questa volta prestai attenzione. La ascoltai, perché dava l'impressione di amare davvero il suo lavoro, perché parlava eccitata degli aspetti "testuali" della rivista, degli scrittori che gestiva e dei redattori che coordinava.

«Io non ho niente a che vedere con la parte del giornale dedicata alla moda,» dichiarò con orgoglio «perciò se hai delle domande al riguardo, dovrai rivolgerle a qualcun altro.»

Quando le dissi che il suo lavoro mi affascinava, mentre non avevo nessun particolare interesse o esperienza nel campo della moda, mi regalò un sorriso a trentasei denti. «Bene, Andrea, credo proprio che potresti essere tu quella che cerchiamo. È ora che incontri Miranda. E, posso darti un consiglio? Guardala dritta negli occhi e *venditi*. Venditi con convinzione e Miranda ti rispetterà.»

Come se fosse rimasta appostata dietro la porta per

tutta la durata del colloquio, Miss Schianto apparve istantaneamente al mio fianco per scortarmi da Miranda. Fu un tragitto di appena trenta secondi, ma ebbi il tempo di percepire gli sguardi di tutti i presenti fissi su di me. Mi studiavano da dietro la parete di vetro che delimitava la suite del vicedirettore, e dall'open space dietro la suite delle assistenti. Una giovane alla fotocopiatrice si girò per squadrarmi, e lo stesso fece un uomo splendido e visibilmente gay, evidentemente spinto dal ribrezzo per il mio pseudocompleto. Al momento di oltrepassare la porta che separava la suite delle assistenti dall'ufficio di Miranda, Emily lasciò la scrivania, mi strappò di mano la valigetta e la buttò sotto la sua scrivania. Ci misi un attimo a decifrare il messaggio: *Porta questa schifezza con te e perderai ogni credibilità*. Intanto ero entrata in un ufficio vastissimo, inondato di luce. Non riuscii a notare nient'altro, perché Miranda catturò subito tutta la mia attenzione. Ero sconvolta da quanto fosse magra, anzi, ossuta. Senza sorridere mi tese una mano scheletrica, femminile, liscia. Piccola com'era, dovette inclinare la testa all'indietro per guardarmi negli occhi, ma non si alzò per accogliermi. I capelli tinti di biondo da mani esperte erano raccolti in un morbido chignon finto-casual. Sembrava piuttosto innocua, quasi una bambina dietro quella gigantesca scrivania nera. Non mi invitò a sedermi, ma lo feci comunque, su una delle scomodissime sedie nere allineate di fronte a lei. Allora me ne accorsi: mi stava studiando, prendeva scrupolosamente nota di ogni mio gesto, di ogni mia esitazione. Nella sua espressione c'era un che di arrogante e una punta di divertimento. Godeva del mio imbarazzo, ma decisi che lo faceva senza cattiveria.

Fu lei a parlare per prima.

«Come mai sei qui a "Runway", Andrea?» chiese con spiccato accento britannico, continuando a guardarmi negli occhi.

«Beh, ho fatto un colloquio con Sharon, e lei mi ha detto che state cercando un'assistente» mi tremava un po' la voce. Miranda annuì, allora proseguii più sicura, decisa a seguire il consiglio di Cheryl. «E adesso, dopo aver incontrato Emily, Allison e Cheryl, penso di aver capito che genere di persona stiate cercando, e... sono certa di essere perfetta per la posizione.» Miranda non sembrava troppo convinta.

Fu a quel punto che cominciai a desiderare quel lavoro disperatamente. Non era esattamente come smaniare per l'ammissione alla facoltà di giurisprudenza o per la pubblicazione di un saggio su una rivista accademica, ma era una sfida, e come tale volevo vincerla. Non mi importava di barare, attribuendomi qualità e interessi che non avevo.

Sin dall'istante in cui l'ascensore mi aveva depositato al piano di «Runway» avevo sentito di non appartenere a quel mondo. Giacca e capelli erano sicuramente sbagliati, ma, più ancora, era il mio atteggiamento a essere fuori posto. Non sapevo nulla di moda, e me ne fregava assai poco. E proprio per quelle ragioni il posto doveva essere mio.

"Sai quante ragazze sarebbero state pronte a tutto pur di ottenere una simile opportunità?"

Non era il momento di lasciarsi intimidire. Risposi alle domande di Miranda con sorridente disinvoltura. Dopo tutto, sembrava una persona piacevole. Ci fu un piccolo inciampo quando mi chiese se parlavo qualche lingua straniera. Risposi che parlavo ebraico; lei strabuzzò gli occhi, appoggiò i palmi delle mani sulla scrivania e disse in tono glaciale: «*Ebraico?* Speravo che parlassi francese, o almeno italiano». Stavo quasi per scusarmi, ma riuscii a trattenermi.

«Purtroppo non parlo francese, ma sono sicura che questo non sarà un problema.» Le mani sulla scrivania si chiusero a pugno.

«Il tuo curriculum dice che hai studiato alla Brown University.»

«Sì, facoltà di Lettere moderne, con specializzazione in scrittura creativa. Scrivere è sempre stata la mia passione.»

«Devo dedurne che non sei altrettanto interessata alla moda?» Afferrò un bicchiere pieno d'acqua e bevve un sorso. Notai che apparteneva a quel genere di donne che sanno bere senza imprimere sul vetro disgustose tracce di rossetto.

«Oh, no, certo che no, io *adoro* la moda» mentii senza scompormi. «Non vedo l'ora di imparare ancora di più sull'argomento, perché sarebbe il massimo poter scrivere di moda, un giorno.»

E questa da dove mi era uscita? Quel colloquio cominciava ad assomigliare a una esperienza extracorporea. Le cose procedettero con la stessa relativa facilità fino alla domanda fatidica: «Quali riviste leggi regolarmente?».

«Beh, le uniche a cui sono abbonata sono il "New Yorker" e "Newsweek", ma leggo anche "The Buzz". A volte "Time Magazine" e "U.S. News", che però è un po' troppo conservatore. Certo, ogni tanto, con tutti i sensi di colpa del caso, mi prendo il piacere di sfogliare "Chic", e siccome sono appena rientrata da tre mesi all'estero, leggo molte riviste di viaggi...»

«Hai mai letto "Runway", Andrea?» mi interruppe,

sporgendosi in avanti sulla scrivania e fissandomi ancora più attenta.

La trappola era scattata senza preavviso, e per la prima volta quel giorno i miei riflessi mi tradirono. Non riuscii a mentire, né a tentare una spiegazione.

«No.»

Dopo circa dieci secondi di silenzio, fece segno a Emily di accompagnarmi fuori. Ero sicura che il posto fosse mio.

3

«Dunque non è ancora sicuro che abbiano intenzione di assumerti» fece garbatamente notare Alex, accarezzandomi i capelli. Gli avevo posato in grembo la testa, dolorante al termine di quella impegnativa giornata. Dopo il colloquio ero andata direttamente a casa sua a Brooklyn, per raccontargli le ultime novità. A un tratto non avevo più tanta fretta di tornare al divano di Lily. «Sembra proprio che la cosa ti stia molto a cuore...» mormorò Alex, un po' scettico. Dopo un istante corresse il tiro. «Beh, effettivamente, è un'opportunità da non sottovalutare. Voglio dire, questa Allison ha cominciato come assistente del direttore e adesso è un caporedattore. Il mio consiglio è: buttati.»

Stava facendo del suo meglio per sostenermi e incoraggiarmi. Alex e io uscivamo insieme dal penultimo anno di università, e ormai sapevo interpretare ogni inflessione della sua voce, ogni sguardo, ogni segnale. Da qualche settimana lavorava alla Public School 277, nel Bronx, e la sera era così esaurito che riusciva a malapena a parlare. Anche se i suoi alunni avevano appena nove anni, erano cinici e menefreghisti quanto i loro genitori. Alex ne era rimasto molto deluso. Lo disgustava il fatto che i ragazzini parlassero disinvoltamente di sesso, che conoscessero trentatré espressioni gergali per indicare lo spinello e che passassero l'intervallo a vantarsi dell'ultimo furto o di un altro cugino condannato all'ergastolo. «Molti di loro potrebbero scrivere un trattato sulle differenze tra Sing Sing e Rikers, se solo sapessero esprimersi in un inglese minimamente corretto e coerente» si lamentava. Nonostante tutto, però, era deciso a non mollare: voleva fare la differenza nella vita di quei bambini, influenzare positivamente il corso del loro destino.

Feci scivolare una mano sotto la sua T-shirt per una strizzatina consolatoria alla spalla destra. Il poveretto aveva un'aria così infelice che mi sentivo in colpa a tormentarlo con i dettagli del colloquio, eppure non riuscivo a smettere di parlarne. «So bene che all'inizio non sarò coinvolta nel lavoro editoriale, ma forse col tempo riuscirò a convincere Cheryl a darmi una chance. Con un po' di fortuna nel giro di qualche mese potrei pubblicare qualcosina» sospirai. «Dimmi sinceramente: pensi che accettare un posto a "Runway" significhi tradire i miei sogni?»

Alex mi prese la mano e si sdraiò accanto a me. «Piccola, tu sei una persona brillante e piena di talento, e saprai farti strada ovunque e comunque.» Gli sorrisi con gratitudine prima di parlare.

«Emily e Allison sostengono che un anno con Miranda dà diritto a uno sconto sulla gavetta. È automatico, un *do ut des*. Lavora per lei senza incidenti, e al termine dei dodici mesi Miranda farà una telefonata e ti piazzerà in una testata a tua scelta.»

«Fammi capire. Tieni duro un anno e ti ritrovi al "New Yorker"?»

«Proprio così.»

«Sarebbe fantastico. Senza contare che lavorare a "Runway" comporterebbe il tuo definitivo trasferimento in città. Una prospettiva piuttosto allettante, se vuoi il mio parere.» Mi baciò, uno di quei baci lunghi, pigri, che eravamo convinti di aver inventato personalmente. «Ma adesso sforzati di pensare ad altro. L'hai ammesso tu stessa, non hai ancora la certezza di ottenere il posto. Rilassati e stai a vedere.»

Scaldammo la cena congelata nel microonde e ci addormentammo guardando lo show di Letterman alla tivù.

Stavo sognando degli odiosi ragazzini di nove anni che facevano sesso nel cortile della scuola tracannando bottiglie di whisky e gridando insulti all'indirizzo del mio adorabile fidanzato, quando il telefono mi svegliò.

Alex rispose senza nemmeno aprire gli occhi e subito mi passò il ricevitore.

«Pronto?» mugugnai, con un'occhiata all'orologio. Erano le sette e un quarto del mattino. Chi diavolo poteva chiamare a quell'ora antelucana?

«Sono io» ringhiò Lily. Pareva davvero arrabbiata.

«Ehi, va tutto bene?»

«Pensi che sarei qui a chiamarti se andasse tutto bene? Sono sbronza da far schifo. Un'ora fa stavo finalmente dormendo dopo una notte trascorsa a vomitare, quando ha telefonato una tipa dalla voce orribilmente pimpante. Era della Elias-Clark e voleva parlare con te. Alle sette e un quarto del mattino, accidenti! Chiamala. E raccomandati che perda il mio numero.»

«Mi spiace, Lil. Devo assolutamente comprarmi un cellulare. Non posso credere che abbiano telefonato così presto! Chissà se è buon segno oppure no?» Presi il cordless e sgattaiolai fuori dalla stanza, chiudendo piano la porta.

«Non ne ho idea. In ogni caso, buona fortuna. Fammi sapere com'è andata. Solo, non nelle prossime due ore, okay?»

«D'accordo. Grazie. E scusa.»

Clic. Aveva riagganciato.

Guardai di nuovo l'orologio. Non potevo crederci, erano le sette del mattino e stavo per fare una telefonata di lavoro. Misi su il caffè, aspettai che filtrasse e mi portai la tazza sul divano. Dovevo chiamare. Temporeggiare non aveva alcun senso.

«Pronto, buongiorno, sono Andrea Sachs» dissi con la voce di chi è appena sceso dal letto.

«Andrea! Buongiorno! Spero di non avere chiamato troppo presto» esclamò Sharon, squillante come il primo raggio di sole. «Tieniti forte, perché ho grandi notizie per te. Miranda è rimasta molto colpita, ha detto che non vede l'ora di averti come sua collaboratrice. Non è meraviglioso? Congratulazioni, cara. Come ci si sente a essere la nuova assistente di Miranda Priestly? Immagino che tu sia davvero...»

Mi girava la testa. Cercai di alzarmi dal divano per prendere ancora un po' di caffè, acqua, qualunque cosa potesse contribuire a svegliarmi, a rendere comprensibile quel che Sharon stava dicendo. Ma ero troppo stordita, e ricaddi sui cuscini come un salame. Mi stava chiedendo se il posto mi sarebbe piaciuto? O mi stava facendo una proposta formale? Non riuscivo a dare senso a quel che avevo appena sentito, a parte il fatto che ero piaciuta a Miranda Priestly.

«...felicissima di questa notizia. E chi non lo sarebbe, dico bene? Dunque vediamo, puoi cominciare lunedì, giusto? Miranda è in vacanza, dunque è perfetto: avrai un po' di tempo per far conoscenza con le altre ragazze. Sono tutte delle vere delizie, vedrai!» *Far conoscenza? Vacanza? Delizie?* Le parole di Sharon nuotavano assurde e slegate nel mio cervello confuso. Scelsi l'unica domanda compiuta che mi era sembrato di cogliere e provai a rispondere.

«Uhm, beh, non penso che mi sia possibile cominciare lunedì.» Avevo messo piede per la prima volta nel palazzo dell'Elias-Clark il giorno prima, e ora quella semisconosciuta pretendeva che mi presentassi al lavoro tempo quarantott'ore! Perché tanta ridicola fretta? Possibile che Miranda, una donna da tutti descritta come "straordinaria", avesse un così impellente e disperato bisogno di *me*?

Cominciare lunedì era fuori discussione. Non avevo neppure un posto mio dove stare. La mia unica base era ancora la casa dei miei genitori ad Avon, dove ero tornata di malavoglia dopo la laurea. Era lì che avevo lasciato la maggior parte delle mie cose durante l'estate, mentre viaggiavo tra Europa e Asia. Tutti i miei vestiti presentabili erano ammonticchiati sul divano di Lily. Per compensarla della privacy perduta, mi davo da fare a lavare i piatti, vuotare i posacenere e rifornire il freezer di gelato, e tutti i venerdì mi trasferivo da Alex per il weekend. Per questo i miei indumenti per il relax e il tempo libero erano a casa sua, a Brooklyn. Inoltre, ancora non avevo imparato a orientarmi in giro per New York, e mi domandavo come, all'uscita della metropolitana, la gente del luogo ruiscisse a distinguere il Nord dal Sud, Uptown da Downtown senza consultare una cartina.

A dire il vero, non avevo le idee chiarissime su cosa si

intendesse per Uptown e Downtown. E Sharon voleva che cominciassi lunedì?

«Lunedì è troppo presto, perché al momento non vivo a New York,» spiegai «mi servono un paio di giorni per trovare casa, comprare dei mobili e fare il trasloco.»

«Oh, capisco. Suppongo che mercoledì possa andar bene» sospirò Sharon. Dopo qualche minuto di contrattazioni, ci accordammo finalmente per il 17 novembre, il lunedì successivo. Questo significava che avevo ben dieci giorni per trovare una casa e arredarla, il tutto in uno dei mercati immobiliari più cari e competitivi del mondo.

Riagganciai e sprofondai nel divano. Poco più di una settimana e avrei cominciato a lavorare come assistente di Miranda Priestly. Anche se, a ben pensarci, tecnicamente non avevo accettato il lavoro, perché Sharon non me l'aveva esplicitamente proposto. Non aveva mai pronunciato le parole «Vorremmo farti un'offerta»: evidentemente dava per scontato che qualunque persona dotata di un briciolo d'intelligenza avrebbe acconsentito di corsa e a ogni condizione. Nessun riferimento alla parola "stipendio". Mi veniva quasi da ridere. Era una tattica che Sharon aveva affinato nel corso della sua lunga carriera alla Elias-Clark? Sorprendere la vittima nella fase REM del sonno al termine di una giornata ad alto tasso di stress; buttarle addosso una notizia sconvolgente e congedarsi senza darle modo di riflettere sui, diciamo così, particolari? No, la prima ipotesi era la più convincente. Sharon partiva dal presupposto che sarei rimasta folgorata dalla notizia. E il buffo era che le cose erano andate esattamente secondo le sue aspettative. Era successo tutto così in fretta che non avevo avuto il tempo di prendere una decisione ponderata. Mi ero fatta contagiare dall'entusiasmo di Sharon, dalla sensazione di avere di fronte un'opportunità irripetibile, il trampolino di lancio ideale per arrivare al «New Yorker». Dovevo tentare.

Recuperata un po' di lucidità, mandai giù il resto del caffè, preparai un'altra tazza per Alex e feci una doccia veloce. Quando tornai in camera da letto, si era appena svegliato.

«Sei già vestita?» mi chiese, cercando a tentoni gli occhiali con la montatura in metallo sottile, senza i quali era praticamente cieco. «Ha telefonato qualcuno stamattina, o me lo sono sognato?»

«Non era un sogno» dissi, infilandomi sotto le coperte con indosso jeans e dolcevita. «Era Lily. La responsabile delle Risorse umane della Elias-Clark l'ha svegliata poco fa e... prova a indovinare?»

«Il posto è tuo?»

«Sì!»

«Oh, vieni qui!» disse, e mi abbracciò. «Sono così fiero di te! È una grande notizia, davvero!»

«Allora, pensi sul serio che sia una buona occasione? Lo so che ne abbiamo già parlato, ma non mi hanno nemmeno lasciato la possibilità di rifletterci.»

«È una incredibile opportunità. La moda non è mica la cosa peggiore sulla faccia della terra, magari potrebbe persino rivelarsi interessante.»

Alzai gli occhi al cielo.

«Va bene, forse sto un po' esagerando. Ma questa Miranda può aprirti molte porte, ed è questo ciò che conta.»

«Speriamo!» conclusi, saltando su come un grillo e cominciando a raccogliere le mie cose. «Va bene se prendo la tua macchina per andare dai miei come da programma? Prima vado, prima torno. Non che qualche ora di lontananza faccia una grande differenza, perché ormai è ufficiale: vengo a vivere a New York!» Alex sorrise e annuì. «Certo. L'ho parcheggiata a metà dell'isolato, su Grand Street. Le chiavi sono sul tavolo in cucina. Chiamami quando arrivi, okay?»

«D'accordo. Sicuro di non voler venire anche tu? La mamma organizzerà sicuramente un festino a base di cineserie take-away.»

«Non tentarmi. Vorrei tanto partire con te, ma ho organizzato un incontro tra gli insegnanti più giovani per alimentare lo spirito di squadra. È per domani sera e non posso dare buca.»

«Dannato idealista. Sempre indaffarato a cercare di migliorare il mondo. Ti odierei, se non fosse che ti amo così tanto.» Mi chinai su di lui, che era ancora seduto sul letto, e lo salutai con un bacio.

Trovai la Jetta verde senza fatica, ma mi ci vollero venti minuti per riuscire a imboccare la 95 Nord, che per fortuna era aperta e sgombra. Era una gelida giornata di novembre; la temperatura era poco sopra lo zero, e sulle strade secondarie era facile incontrare tratti ghiacciati e scivolosi. Ma c'era il sole, quel tipo di luce invernale fredda e abbacinante che fa strizzare gli occhi. Sentivo l'aria pulita scendermi nei polmoni. Feci tutta la strada con i finestrini abbassati, ascoltando la colonna sonora di *Saranno famosi*. Ogni tanto mi aggiustavo la coda per evitare che i capelli mi volassero sugli occhi, e mi soffiavo sulle mani per evitare che si gelassero. Erano trascorsi solo sei mesi dalla mia laurea, e già la mia vita stava per fare un gigantesco balzo in avanti. Miranda Priestly, una perfetta sconosciuta fino al giorno prima, ma in realtà una donna famosa, rispettata e potente, mi aveva scelta per lavorare con lei alla sua rivista. Adesso avevo una ragione concreta per lasciare il Connecticut e traslocare – tutto da sola, come una vera adulta – a Manhattan. Infilai il vialetto della mia casa d'infanzia sentendomi invadere dalla felicità. Nello specchietto retrovisore le mie guance arrossate dal vento e i capelli in disordine mi davano l'aspetto di una bambina eccitata. Sì, in quel momento mi sentivo bellissima. Frizzante, pulita, semplicemente perfetta. Aprii la porta d'ingresso e chiamai il nome di mia madre. Fu l'ultima volta nella vita che ricordo di essermi sentita così leggera.

«Una settimana? Tesoro, non vedo proprio come tu possa cominciare a lavorare entro una settimana» disse mia mamma, rimestando il tè con il cucchiaino. Eravamo sedute ciascuna al solito posto al tavolo di cucina. Lei beveva il tipico tè deteinato con il dolcificante, io una tazza di English Breakfast generosamente zuccherato.

«Beh, non ho scelta, onestamente. Sono fortunata che questa occasione sia capitata proprio a me. E avresti dovuto sentire quant'era insistente quella donna al telefono: avrebbe voluto che cominciassi già dopodomani.» Mamma mi guardò inespressiva. «Cos'è quella faccia?» la incalzai. «Ho trovato un lavoro da sogno in una rivista ultra famosa. Sai quante ragazze sarebbero pronte a uccidere per essere nei miei panni?» Ci scambiammo un sorriso, ma mi accorsi che il suo era venato di tristezza. «Sono così felice per te» disse. «Ho una figlia bella, dolce e in gamba. Tesoro, stai per vivere un periodo meraviglioso, ne sono certa.

Ah, ricordo quando dopo la laurea andai a vivere a New York. Tutta sola in quella città frenetica e fuori di testa. Mi spaventava, eppure era maledettamente eccitante. Voglio che tu assapori ogni minuto dello spettacolo, la gente, i parchi, le vetrine, i teatri, i film, i ristoranti, i libri. Sarà la stagione migliore della tua vita, ne sono sicura.» Posò la mano sulla mia. «Sono fiera di te.»

«Grazie, mamma. Ma il punto è, sei abbastanza fiera da acconsentire a comprarmi un appartamento, ammobiliarlo e rinnovarmi il guardaroba?»

«Già, come no» disse, allungandomi un buffetto mentre si alzava per preparare dell'altro tè. Non aveva detto no, ma neppure si era precipitata a prendere il libretto degli assegni.

Passai la serata a mandare e-mail a tutti quelli che conoscevo, chiedendo se per caso cercavano qualcuno disposto a condividere casa. Misi degli annunci su qualche sito Internet e chiamai gente con cui non parlavo da mesi. La soluzione migliore, non essendo io disposta a mettere a repentaglio l'amicizia con Lily né l'equilibrio del mio rapporto con Alex, era subaffittare una stanza per un breve periodo, sufficiente a trovare i miei punti di riferimento in città.

Il telefono suonò poco dopo mezzanotte. Risposi al volo prima che svegliasse i miei. Nella manovra, per poco non caddi dal letto di quando ero piccola. Chris Evert, l'eroina della mia adolescenza, mi sorrideva amichevolmente dalla parete di fronte. Ricambiai il sorriso e mi portai la cornetta all'orecchio.

«Ehi, principessa, sono Alex.» Sorvolò sul fatto che avevo promesso di chiamarlo appena arrivata. «Ho appena scaricato una mail di una certa Claire McMillan che sta cercando qualcuno con cui dividere casa. Laureata a Princeton. Credo di averla incontrata di persona, usciva con Andrew, mi pare, un tipo a posto. Ti interessa?»

«Certo, perché no? Hai il numero?»

«No, ho solo la sua e-mail, ma ti inoltro il messaggio così puoi metterti in contatto con lei.»

Mandai una mail a Claire mentre finivo di chiacchierare con Alex. All'una meno un quarto riattaccai, spensi la luce e mi coricai sul letto dal materasso un po'sfondato. Chissà, forse, con un po' di fortuna, Claire mi avrebbe fatto un'offerta interessante e avrei potuto archiviare il problema casa senza ulteriori ricerche.

Claire McMillan si rivelò una perdita di tempo. Abitava al primo piano di un palazzo buio e deprimente nel mezzo di un quartieraccio non per niente soprannominato Hell's Kitchen. Le alternative che esplorai nei giorni seguenti risultarono altrettanto deludenti. Per prima incontrai una coppia che aveva una stanza in più, ma le continue allusioni di lei alle loro vivaci e rumorose abitudini sessuali mi convinsero a lasciar perdere. Poi fu la volta di un'artista poco più che trentenne... e dei suoi sette gatti. Infine mi offrirono una stanza in fondo a un corridoio lungo e nero, senza finestra né armadio. Il coinquilino era un gay ventenne che proclamò di stare attraversando la sua "fase da puttana". Tra tutte quelle disgraziatissime sistemazioni, non ce n'era una che costasse meno di mille dollari al mese. Il mio stipendio annuale – avevo preso il coraggio a quattro mani e avevo telefonato a Sharon per sapere la cifra – non superava i trentamila dollari. Benché la matematica non fosse il mio forte, non ci voleva un genio per capire che l'affitto si sarebbe mangiato più di dodicimila dollari, e che le tasse avrebbero spazzolato via il resto.

Come se non bastasse, i miei mi avevano chiesto di restituire la carta di credito per le emergenze, con la scusa che adesso ero finalmente diventata "grande". Che carini.

Dopo altri tre giorni di delusioni, Lily centrò il bersaglio. Un tizio che faceva il dottorato alla Columbia insieme a lei aveva un amico che aveva un capo che a sua volta conosceva due ragazze che stavano cercando un'inquilina. Chiamai immediatamente e rispose una certa Shanti. Mi disse che lei e la sua amica Kendra intendevano subaffittare una camera nel loro appartamento nell'Upper East Side. Era una stanza minuscola, ma dotata di finestra, armadio a muro e persino di una parete di mattoni grezzi (pittoresco eufemismo tipicamente manhattanese per indicare un muro non intonacato). Il tutto per ottocento dollari al mese. Chiesi notizie del bagno e della cucina. Purtroppo lavastoviglie e vasca da bagno mancavano, ma che diamine, non ero certo il tipo da formalizzarmi per così poco. Accettai. Shanti e Kendra si rivelarono due dolcissime, riservatissime ragazze indiane neo-laureate alla Duke University.

Facevano orari infernali in due diverse banche di investimenti sgobbando fino a stramazzare. Sin dal primo giorno, mi parvero assolutamente identiche, indistinguibili l'una dall'altra. Ma almeno avevo trovato una casa.

Da quattro giorni abitavo nella mia nuova casa e mi sentivo un'aliena da poco atterrata su un pianeta sconosciuto. La camera era minuscola, forse appena più grande del capanno degli attrezzi nel nostro cortile, ad Avon. E a differenza della maggior parte degli spazi, da arredata sembrava ancora più piccola.

Prima di andare all'Ikea insieme a Lily, avevo stabilito che, a occhio e croce, doveva avere più o meno le misure di una normale stanza da letto. Giunta alla mecca degli appartamenti postuniversitari, avevo scelto un letto a due piazze di legno chiaro e un tappeto fatto al telaio con motivi dal blu cobalto all'indaco.

Avevo comprato il piumone più soffice dell'esposizione e lenzuola bianche a pois blu. Lily mi aveva convinto a prendere due comodini blu (si sa che l'Ikea, come Picasso, ha i suoi periodi) e una lampada cinese in carta di riso. Per ingentilire il muro di mattoni rossi tanto decantato da Shanti, avevo pensato ad alcune foto in bianco e nero, per le quali avevo acquistato delle cornici. L'insieme era essenziale ma elegante, persino un po' zen. Perfetto.

Perfetto, sì, ma solo finché non avevo provato a far entrare gli arredi nel mio microscopico nido.

Alex aveva montato il letto che, accostato alla parete di mattoni grezzi, si era inghiottito il grosso della stanza.

Ben presto avevo dovuto rassegnarmi a fare a meno della cassettiera, dei comodini blu e persino dello specchio a figura intera. La lampada di carta di riso era rimasta orfana di un piano d'appoggio, così era finita per terra, incastrata nei dieci centimetri tra la sponda del letto e la porta scorrevole dell'armadio a muro.

Quanto alle foto, chiodi, viti, fili, colla a presa rapida, nastro adesivo e parolacce non erano bastati a far sì che aderissero alla parete di mattoni. Dopo quasi tre ore di sforzi e nocche doloranti a furia di sfregarle contro il muro, le avevo prese e le avevo piazzate sul davanzale.

La finestra, lungi dall'incorniciare il maestoso profilo della città, dava su un cortiletto cieco, e nell'armadio mancava lo spazio per un cappotto invernale, ma era la mia stanza: la prima che avessi scelto e sistemato tutta da sola, e tanto bastava a farmela piacere.

Era domenica sera, l'indomani sarebbe stato il mio primo giorno di lavoro. Era giunto il momento di rovistare nell'armadio in cerca della *mise* più adatta. Kendra (almeno credo fosse lei) si affacciò sulla soglia per offrirmi il suo aiuto. Poiché entrambe le mie coinquiline vestivano in modo ultraclassico, declinai l'invito ad attingere al suo deprimentissimo guardaroba. Andai in soggiorno (tre passi di numero) e mi sedetti a riflettere di fronte alla tivù. Come diavolo doveva vestirsi una povera neo-laureata originaria di Avon, Connecticut, per sopravvivere al primo giorno di lavoro nella redazione più trendy del mondo? Ero al corrente dell'esistenza di Prada (per via delle ricche ebree mie compagne di scuola alla Brown, che non uscivano senza lo zainetto) e di Louis Vuitton (perché le mie nonne possedevano da sempre le borse con il motivo classico, senza realizzare quanto fosse *chic*) e persino di Gucci (suvvia, chi non aveva mai sentito parlare di Gucci?). Ma non possedevo neppure un capo firmato da quegli stilisti, e se anche la loro ultima collezione si fosse materializzata come per incanto nel mio mini-armadio, non avrei saputo che farci. Con un sospiro, tornai in camera – o meglio, sul materasso da parete a parete che chiamavo camera – e collassai sul mio confortevole lettone. Mi feci male a una caviglia battendo contro il telaio. Merda. E adesso?

Dopo ore di agonia e montagne di vestiti buttati all'aria, mi decisi per una maglia blu, una gonna nera alle ginocchia e stivali neri. La ventiquattr'ore era tabù, quindi optai per la mia bisaccia di tela nera. L'ultima cosa che ricordo di quella notte è di aver provato a camminare sul mio letto in stivali a tacco alto, gonna e reggiseno.

Dovetti svenire, consumata dall'ansia e dalla stanchezza, perché mi risvegliai così abbigliata il mattino successivo alle cinque e mezza.

Saltai su dal letto di scatto. Avevo avuto i nervi a mille per tutta la settimana, e ora fremevo dalla voglia di mettermi in moto, come un giocattolo caricato a molla.

Avevo un'ora e mezza per fare la doccia, vestirmi e raggiungere Midtown con i mezzi pubblici, un concetto per me un po' sinistro e intimidatorio.

In quella casa la doccia era una catastrofe. Emetteva

un sibilo acuto e ininterrotto simile a quello di un fischietto per cani e si rifiutava di far scorrere acqua calda per almeno quindici minuti dall'accensione.

Ciononostante, nemmeno mezz'ora dopo essermi alzata ero in strada. Mi ci vollero dieci minuti per trovare la fermata della metropolitana più vicina. Ah, se solo avessi dato retta alla mamma, che la sera prima mi aveva raccomandato di fare una "prova generale" per prendere dimestichezza con il tragitto casa-ufficio! Per fortuna l'addetto al botteghino fu gentile e mi spiegò che dovevo prendere la linea 6 fino alla Cinquantaseiesima strada, uscire sulla Cinquantanovesima e poi camminare due isolati fino a Madison.

Salii sul treno numero 6 e sedetti in una carrozza semideserta. Anche se l'idea mi sconcertava, ero entrata nel club di quelli che si svegliavano prima dell'alba per andare a lavorare.

Alla mia fermata scesi dal treno, imboccai le scale più vicine e uscii nel mattino gelido. L'unica luce in vista proveniva da un negozio aperto ventiquattr'ore. A parte Bloomingdale alle mie spalle, nulla mi era familiare. Elias-Clark, Elias-Clark, Elias-Clark. Dove diavolo si era cacciato quel palazzo? Feci un giro di centottanta gradi e scoprii che mi trovavo all'incrocio tra la Sessantesima e Lexington. Beh, la Cinquantanovesima non poteva essere lontana, ma quale direzione dovevo prendere? Da che parte si trovava Madison rispetto a Lexington? Ero stata così cretina da non dare neanche un'occhiata alla cartina prima di uscire. Non c'era niente che riconoscessi, anche perché il giorno del colloquio il taxi mi aveva scaricata proprio davanti all'ingresso della casa editrice. Alla fine entrai in un deli a prendere un caffè e a chiedere indicazioni.

«Buon giorno, signore, non riesco a trovare l'Elias-Clark Building, può aiutarmi, per caso?» chiesi al tipo dall'aria nervosetta che stava al registratore di cassa. Evitai di sorridere dolcemente, perché New York non era Avon, ma una metropoli dove – mi avevano avvertito – non era affatto scontato che la gente apprezzasse le buone maniere. Mi guardò male e io mi sentii a disagio, temendo che mi giudicasse maleducata. Sorrisi dolcemente.

«Un dollaro» disse, tendendo la mano.

«*Cosa?*»

«Un dollaro, col latte o nero, scegliere.»

Lo fissai per un momento prima di realizzare che conosceva la mia lingua solo quanto bastava per vendere il caffè. «Oh, con il latte è perfetto. Grazie tante.» Gli porsi la banconota da un dollaro e tornai in strada, più persa che mai.

Chiesi indicazioni ai rari esseri umani in circolazione – un edicolante, un netturbino – senza considerare che chi faceva lavori del genere a New York in genere era uno straniero che non aveva ancora avuto modo di imparare a parlare l'inglese. Lo spettro di Delhi, la depressione e la dissenteria aleggiarono su di me. "No! Ce la farò. Ce la *devo* fare."

Ancora qualche minuto di andirivieni per una Midtown che cominciava lentamente a popolarsi, e mi ritrovai, chissà come, di fronte all'ingresso principale dell'Elias-Clark Building.

Al di là delle porte di vetro la lobby risplendeva nel buio del mattino. Per qualche istante, mi sembrò un luogo accogliente, caldo. Ma, quando la spinsi, la porta girevole fece resistenza. Spinsi ancora più forte, spostando tutto il peso in avanti, con il viso schiacciato contro il vetro. Cominciò a girare, scivolando lentamente. Spinsi ancora più forte. A quel punto la porta prese l'abbrivio e di colpo mi ritrovai bocconi sul pavimento della lobby. Dietro il bancone della security, un tipo mi guardava ridendo.

«Quell'aggeggio è una trappola. Non sei la prima a cui fa lo sgambetto, e di sicuro non sarai l'ultima» scosse la testa e le guance cascanti dondolarono da parte a parte. «Sono dei burloni, qui. Ah, ah, ah!»

Gli lanciai un rapido sguardo e decisi che non mi era simpatico, ma sorrisi comunque, rialzandomi.

«Sono Andrea» dissi, togliendomi un guanto e porgendogli la mano attraverso il bancone. «Oggi è il mio primo giorno di lavoro a "Runway". Sono la nuova assistente di Miranda Priestly.»

«E io sono Spiacente per te» esplose in una fragorosa risata, lasciando cadere il testone all'indietro.

«Puoi chiamarmi così, "Spiacente per te"! Ah, ah, ah! Ehi, Eduardo, guarda un po' qui. C'è la nuova *schiava* di Miranda. Da dove vieni, ragazza, così compostina e beneducata? Dal Kansas? Miranda ti mangerà viva, ah, ah, ah, ah!»

Prima che potessi rispondergli, al suo fianco comparve un uomo robusto che indossava la sua stessa uniforme. Mi guardò negli occhi con espressione amichevole.

«Sono Eduardo, e questo idiota è Mickey» disse con un accento a metà tra lo spagnolo e il newyorkese. «Non fare caso a lui, gli piace scherzare.» Mi porse un registro. «Compilami questo, così ti do un *pass* per salire di sopra. In segreteria ti faranno la tessera con la foto.» "Finalmente una persona civile" sospirai tra me e me, con lo sguardo ardente di gratitudine.

Eduardo mi sorrise un po' imbarazzato nel riprendere il registro. «Benone. Buona fortuna per oggi, ragazza. Ti servirà.»

Non mi fermai a chiedergli spiegazioni. Negli ultimi giorni, servendomi di Internet, avevo fatto approfondite indagini sul conto del mio futuro capo. Avevo digitato il suo nome in *Google* e avevo appreso con sorpresa che Miranda Priestly era nata Miriam Princhek, nell'East End di Londra. Un lungo articolo ripercorreva la sua storia. Come la maggior parte delle famiglie ebree ortodosse in città, la sua era spaventosamente povera e per sopravvivere contava sull'appoggio della comunità. Suo padre si arrangiava con dei lavori saltuari, dedicando la maggior parte del tempo allo studio dei testi ebraici. La mamma di Miriam era morta dandola alla luce, perciò la nonna materna si era trasferita a vivere con la famiglia della figlia e aveva tirato su i bambini. E quanti ce n'erano! Undici in tutto. La maggior parte era andata a lavorare in fabbrica non appena possibile, come il padre. Due figlie avevano cominciato a frequentare l'università, solo per sposarsi di lì a poco e crescere a loro volta famiglie numerose.

Miriam era l'unica ad aver seguito una strada diversa. Si era ritirata dalla scuola superiore appena compiuti i diciassette anni – a soli tre mesi dal diploma – e si era procurata un lavoro come assistente di uno stilista inglese emergente.

Tempo qualche anno e si era fatta un nome nel giro londinese della moda. Poi si era trasferita a Parigi, per lavorare nella redazione della rivista «Chic». Già a quell'epoca, aveva scarsi rapporti con la sua famiglia d'origine, che non condivideva il suo stile di vita e le sue ambizioni. Miriam, dal canto suo, guardava con imbarazzo alla religiosità all'antica dei suoi, alla loro assoluta mancanza di gusto ed eleganza. Così, poco dopo l'arrivo a Parigi, Miriam Princhek era ufficialmente diventata Miranda Priestly. L'accento cockney della sua infanzia era stato rimpiazzato da uno più raffinato, da persona istruita. A quel punto era cominciata la sua inesorabile e rapida ascesa attraverso i ranghi del mondo dell'editoria e della moda.

Miranda aveva diretto l'edizione francese di «Runway» per dieci anni, prima che la Elias-Clark le offrisse il timone di quella americana. Aveva traslocato in un superattico sulla Fifth Avenue con le due figlie e l'allora marito, un'aspirante rockstar. La gloriosa "era Priestly" del «Runway» americano era da poco entrata nel sesto anno.

Attualmente Miranda era in vacanza e non sarebbe tornata che dopo un mese. Ogni anno lasciava New York una settimana prima del giorno del Ringraziamento e rientrava dopo Capodanno. In genere passava qualche tempo nel suo *pied-à-terre* londinese, ma quest'anno, così mi avevano detto, aveva trascinato marito e figlie nella Repubblica Dominicana, dove avrebbero trascorso due settimane nella proprietà di Oscar De La Renta, prima di trasferirsi al Ritz di Parigi per festeggiare il Natale. Ero stata preavvisata che, benché teoricamente in ferie, Miranda avrebbe continuato imperterrita a lavorare, e così i membri del suo staff. In ogni caso, l'assenza di Sua Altezza il direttore per me era una fortuna: avrei potuto ricevere la preparazione necessaria a svolgere il mio nuovo lavoro senza rischiare di irritarla con i miei inevitabili errori.

E così, alle sette in punto, oltrepassai il cancelletto girevole diretta all'ascensore. «Cerca di darti un po' di arie, mi raccomando!» mi gridò Eduardo un attimo prima che le porte si chiudessero. Come avrei avuto modo di scoprire in seguito, non era poi così diverso dal suo collega Mickey, nonostante le sue buone intenzioni.

Emily mi aspettava sul divanetto della reception. Reggeva una bicchierone di caffè Starbucks e stava sfogliando l'ultimo numero di «Runway», quello di dicembre. Indossava una T-shirt bianca aderente e spiegazzata e pantaloni militari. Aveva l'aria stanca e vagamente trasandata. I piedi, calzati in stivali dai tacchi improbabili, erano appoggiati sul tavolino di cristallo. Sotto il tessuto trasparente della T-shirt si intravedeva un reggiseno di pizzo nero. Aveva il rossetto un po' sbavato e i capelli rossi le ricadevano disordinatamente sulle spalle. Si sarebbe detto che avesse passato le ultime settantadue ore a letto.

«Ciao, ben arrivata» mormorò, mentre il suo sguardo registrava ogni dettaglio del mio aspetto con la precisione di uno scanner. «Begli stivali.»

Ebbi un tuffo al cuore. Era seria? Oppure sarcastica? Dal tono era impossibile giudicare. Mi facevano male le piante dei piedi e avevo le dita schiacciate sulle punte, ma se quegli stivali erano giusti per «Runway», allora ne valeva la pena.

Emily mi studiò ancora un istante, poi appoggiò i piedi a terra sospirando teatralmente. «Bene, cominciamo. Sei davvero fortunata che Miranda non sia qui» disse. «Non che non sia fantastica, certo, perché Miranda è fantastica» puntualizzò in un tono che avrei presto imparato a riconoscere, nonché ad adottare: il classico "voltafaccia paranoico" di «Runway», inevitabile ogni volta che qualcuno si lasciava sfuggire qualcosa di non troppo positivo sul conto del direttore.

Emily infilò la tessera nel lettore magnetico e in silenzio mi guidò attraverso un reticolo di corridoi, fino a raggiungere il cuore del piano, dov'era collocato l'ufficio di Miranda. La osservai aprire le porte di vetro e gettare borsa e cappotto su una delle scrivanie subito fuori dall'immenso ufficio del direttore. «Quella è la tua scrivania» indicò una lastra a forma di "L" in finto legno di fronte alla sua. Sopra c'erano un computer iMac turchese nuovo di zecca, un telefono, alcuni schedari e un portapenne pieno di penne e fermagli. «Ho lasciato quasi tutta la mia roba lì, per te. Era più semplice ordinare una fornitura completa per la mia nuova postazione.»

Mi spiegò che era decisa a resistere per i prossimi due anni lavorando come assistente senior di Miranda. Completare il programma di assistentato equivaleva alla garanzia di trovare un posto prestigioso come redattrice di moda. Sospirai. Era forse ingenuo da parte mia sperare che un solo anno a «Runway» sarebbe stato sufficiente ad aprirmi le porte del «New Yorker»?

Secondo quanto mi disse Emily, Allison si era già trasferita nella redazione Bellezza, dove aveva il delicato compito di testare ogni mese nuovi trucchi, idratanti e prodotti per capelli, per poi recensirli. Non mi era chiaro come l'incarico di assistente di Miranda avesse potuto prepararla a questo clamoroso salto di carriera, ma ero comunque adeguatamente impressionata. Miranda manteneva le promesse: chi lavorava per lei faceva strada.

Il resto dello staff cominciò ad affluire verso le dieci. Erano circa cinquanta persone in tutta la redazione. Il reparto più nutrito era quello della Moda, che impiegava una trentina di persone. Tutte le altre erano distribuite tra la sezione Rubriche, Bellezza e il reparto grafico. Quasi tutti i colleghi fecero tappa all'ufficio di Miranda per fare due chiacchiere con Emily, ascoltare gli ultimi pettegolezzi sul capo e dare un'occhiata alla nuova assistente. Conobbi decine di persone quel primo mattino, tutte elegantissime e dotate di un sorriso a mille watt.

Gli uomini erano palesemente gay, in pantaloni superaderenti e T-shirt a costine ben tese su bicipiti e pettorali. L'art director, un tipo di mezza età con i capelli color champagne e un principio di calvizie, portava l'eye-liner, una giacca di vinile e mocassini pelosi. L'insieme faceva pensare al fratello gemello di Elton John.

Le donne, o per meglio dire le ragazze, prese singolarmente erano belle. Tutte insieme, toglievano il fiato. L'età media era attorno ai venticinque anni, pochissime ne dimostravano più di trenta. La maggioranza portava al dito la fede o un vistoso solitario, ma a guardarle sembrava impossibile che qualcuna di loro potesse essere mamma, o che potesse mai diventarlo. Camminavano sinuose sui tacchi a spillo, muovendo i fianchi come modelle, e, giunte alla mia scrivania, tendevano la morbida manina fresca di manicure, presentandosi: «Sono Jocelyn che lavora con Hope»; «Nicole della Moda»; «Stef, degli Accessori». Erano tutte sopra il metro e settanta, tranne una, Shayna, così minuta e ben proporzionata da risultare ugualmente assolutamente perfetta. Nessuna pesava più di 55 chili.

Appollaiata sulla mia scomoda sedia girevole, stavo cercando di memorizzare i nomi di quelli che avevo appena conosciuto, quando spuntò la ragazza più bella che avessi mai visto. Portava un maglioncino di cachemire rosa lieve come una nuvola e una cascata di boccoli candidi le ricadeva morbidamente sulle spalle. Era alta almeno un metro e ottantacinque, esile come un giunco e si muoveva con la grazia di una ballerina. Aveva le guance splendenti e il diamante che portava all'anulare sinistro emanava una luce quasi abbagliante. Doveva aver notato che lo stavo fissando, perché me lo piazzò a due centimetri dal naso.

«Allora? L'ho inventato io» disse, contemplando con un sorriso trionfante prima la propria mano, poi me. Guardai Emily, sperando in una spiegazione, un indizio che mi aiutasse a capire che cosa poteva volere da me quella celestiale creatura, ma lei era di nuovo al telefono. Decisi che la ragazza doveva riferirsi all'anello, che evidentemente aveva disegnato lei stessa. Stavo per complimentarmi con lei per l'originalità del taglio e della montatura, quando esclamò: «Non è un colore fantastico? Toffoletta per la mano destra e Scarpina da ballo per la sinistra! Più un velo di Nebbia sull'Oceano per uniformare. È perfetto: chiarissimo, senza cadere nell'effetto "bianchetto". Credo che d'ora in poi lo indosserò ogni giorno». Girò sui tacchi e uscì dalla stanza. "Ehi, piacere di conoscerti!" pensai rivolta alle sue spalle aguzze mentre si allontanava con l'andatura di una gazzella.

Fatta eccezione per la ragazza dai boccoli bianchi, la feticista dello smalto per unghie, i miei nuovi colleghi sembravano carini e sinceramente interessati a fare la mia conoscenza. Emily, nel frattempo, non mi aveva lasciata sola nemmeno un minuto, cogliendo ogni occasione per insegnarmi qualcosa. Si era prodigata in una fiumana di commenti su chi era davvero importante, chi non bisognava assolutamente fare arrabbiare, quelli di cui era vantaggioso essere amici perché davano le feste più belle. Quando le chiesi di Miss Manicure, si illuminò.

«Oh!» proruppe, tutta eccitata. «È bella come una dea, non trovi?» Nessun altro collega le aveva ispirato il genere di estatica ammirazione che le lessi in faccia in quel momento.

«Non c'è bisogno che ti dica chi è, naturalmente.»

Mi concentrai nello sforzo di stabilire se Miss Manicure somigliasse a qualche nota attrice o cantante o modella, ma proprio non riuscivo a collocarla. Dunque era famosa? Forse per questo non si era presentata: pensava che l'avrei riconosciuta. «Beh, a dire il vero non so chi sia. È famosa?»

Lo sguardo che ricevetti in risposta era incredulo e disgustato. «È Jessica Duchamps.» Emily restò in attesa. Perplessa, feci altrettanto. «Sai chi è, vero?» s'informò lei dopo un po'. Feci di nuovo mente locale. Niente. Ero sicura di non aver mai sentito quel nome prima d'allora. Per di più, quel giochino stava cominciando a stufarmi.

«No, Emily» ammisi. Questa volta mi rivolse un sorriso condiscendente. «Bastava dirlo. Jessica Duchamps è, beh, una Duchamps. Hai presente Duchamps, il più famoso ristorante francese di New York? Appartiene ai suoi genitori. Non è eccitante? Sono ricchi da far schifo.»

«Oh, davvero?» esclamai, sforzandomi di mostrare un entusiasmo che non provavo. «È fantastico.»

Nel corso dell'ora che seguì risposi a qualche telefonata con la formula fissa: «Ufficio di Miranda Priestly». Quando, all'altro capo del filo, una donna che non aveva perso tempo a presentarsi ringhiò qualcosa di incoerente in un forte accento inglese, fui presa dal panico. D'impulso lanciai il ricevitore a Emily, senza che mi sfiorasse l'idea di mettere la chiamata in attesa.

«È lei!» sussurrai allarmata. «Prendila tu.»

Allora Emily mi diede la prima dimostrazione dell'espressione che avrei imparato a considerare la sua specialità. Consisteva in uno sguardo perfettamente opaco, scevro della minima emozione, contraddetto da un sopracciglio rabbiosamente inarcato e da un altrettanto eloquente indurimento della mascella. Esprimeva, credo, un misto di ira, repulsione e pietà.

«Miranda? Sono Emily» disse nella cornetta. Di colpo le era sbocciato in viso un sorriso raggiante, come se Miranda potesse vederla. Silenzio. Una smorfia corrucciata. «Oh, Mimì, scusa! La nuova ragazza ha pensato che fossi Miranda! Lo so, è buffo. Credo che dovremo lavorare un po' sul concetto che non tutte le donne dotate di accento inglese che telefonano in redazione si chiamano necessariamente Miranda Priestly». Mi guardò fissa, arcuando nuovamente il sopracciglio accuratamente depilato.

Chiacchierò per qualche minuto, mentre io continuavo a rispondere al telefono e a prendere messaggi per lei, segnando sull'apposito blocchetto i nomi delle persone da richiamare che in seguito mi avrebbe aiutato a ordinare per importanza.

Verso mezzogiorno, quando ormai cominciavo a sentire i morsi della fame, risposi a una chiamata.

«Pronto, Allison, sei tu?» chiese una voce gelida e regale. «Mi serve una gonna.» Riconobbi l'accento londinese.

Coprii il ricevitore con la mano e spalancai gli occhi. «Emily, è lei, è sicuramente lei» sibilai, agitando spasmodicamente la cornetta per richiamare la sua attenzione. «Vuole una gonna.»

Emily si girò a guardarmi e istantaneamente mise fine alla sua telefonata senza nemmeno dire: «Ti chiamo dopo» o «Ciao». Premette un pulsante rosso sull'apparecchio e si stampò in faccia il suo miglior sorriso.

«Miranda? Sono Emily. Cosa posso fare per te?» Appoggiò la penna sul taccuino e cominciò a scrivere forsennatamente, con la fronte corrucciata per la concentrazione. «Sì, certo. Naturale.» Riagganciò. La guardai carica di aspettativa.

«Bene, ecco il tuo primo incarico,» disse, sottilmente irritata dal mio entusiasmo da novellina «Miranda ha bisogno di una gonna e di qualche altra cosuccia. Dobbiamo mettere tutto su un aereo questa sera al più tardi.»

«Oh, bene, e che genere di gonna?» domandai. Stavo ancora cercando di abituarmi all'idea di una gonna che prendeva l'aereo per andare fin nella Repubblica Dominicana, magari adagiata su un sedile di prima classe.

«Non ha specificato» mormorò Emily, che stava già afferrando il telefono. «Pronto, Jocelyn, sono io. Vuole una gonna, devo farla partire questa sera, con il volo della signora de la Renta. No, non ne ho idea. No, non l'ha detto. Non so proprio. Okay, grazie.» Si rivolse a me: «È troppo impegnata per preoccuparsi dei dettagli, come il materiale, il colore o lo stilista. Ma non c'è problema. So che taglia porta e conosco i suoi gusti abbastanza a fondo da poter indovinare cosa le piacerà. Ho appena parlato con Jocelyn della redazione Moda. Cominceremo subito a ordinare delle gonne».

Tutto si svolse con l'efficienza di un'operazione militare. Emily e io avvertimmo gli assistenti della Moda, otto in tutto, ognuno dei quali teneva i contatti con una

specifica lista di stilisti e negozi. Gli assistenti cominciarono immediatamente a richiedere le gonne attraverso i
loro contatti negli uffici di Pubbliche Relazioni delle varie case di moda. A tutti dicevano che Miranda Priestly
– sì, Miranda Priestly – stava cercando un capo particolare. Esatto, per il suo uso personale. Nel giro di qualche minuto, ogni responsabile delle PR al soldo di Michael Kors, Gucci, Prada, Versace, Fendi, Armani,
Chanel, Barney's, Chloé, Calvin Klein, Bergdorf, Roberto Cavalli e Saks aveva selezionato un assortimento
di gonne che, verosimilmente, sarebbero potute piacere
a Miranda Priestly. L'intero processo mi fece l'effetto
di una collaudatissima coreografia nella quale ogni in-
terprete conosceva a menadito la propria parte. A un
certo punto, Emily mi convocò. «C'è una macchina
che ti aspetta sulla Cinquantottesima» disse, mentre gestiva due linee telefoniche e buttava giù una serie di
istruzioni sulla carta intestata di «Runway». Mi lanciò
un telefono cellulare: «Ecco, prendi questo nel caso
io abbia bisogno di parlarti o viceversa. Non spegnerlo
mai. Devi rispondere in qualunque momento, chiaro?»
Presi il telefono e il pezzo di carta con le istruzioni e
scesi, diretta all'ingresso del palazzo che dava sulla Cinquantottesima, chiedendomi come avrei fatto a riconoscere l'autista che mi stava aspettando. Ero appena
uscita sul marciapiedi quando mi avvicinò un signore
con i capelli bianchi, più largo che lungo, che masticava
una pipa.

«Sei la nuova ragazza della Priestly?» gracchiò con le
labbra macchiate di tabacco, senza rimuovere la pipa
color mogano. Feci cenno di sì. «Il mio nome è Rich.
Coordino gli autisti. Ti serve una macchina, lo dici a
Rich. Capito, bionda?» Annuii ancora e montai sul se-

dile posteriore della Cadillac nera che mi indicava. Rich chiuse la porta e fece cenno all'autista di partire.

«Dove andiamo, signorina?» chiese quello. Mi accorsi che non lo sapevo, e tirai fuori di tasca il foglio con gli appunti di Emily.

«Primo: atelier di Tommy Hilfiger, 355 West Cinquantasettesima Strada, sesto piano. Chiedi di Leanne.»

Diedi l'indirizzo all'autista e guardai fuori dal finestrino. Era l'una di un gelido pomeriggio d'inverno, avevo ventitré anni, mi trovavo a bordo di una Cadillac con autista diretta all'atelier di Tommy Hilfiger. E stavo assolutamente morendo di fame. Ci vollero quasi quarantacinque minuti per percorrere quindici isolati nel traffico dell'ora di punta. Poiché non c'erano parcheggi in vista, l'autista mi disse che avrebbe continuato a circumnavigare l'isolato. Salii al sesto piano e chiesi di Leanne all'addetta alla reception. Una bellezza di forse diciott'anni scese le scale di corsa, rimbalzando sui gradini.

«Ciaaaaao!» gridò con entusiasmo. «Sei la nuova assistente di Miranda, vero? Piacere di conoscerti, Andrea. Vogliamo tutti un sacco di bene, qui, a Miranda. Benvenuta in famiglia!» sorrise. La ricambiai. Tirò fuori da sotto un tavolo un'enorme borsa di plastica e rovesciò il contenuto sul tavolo. «Qui ci sono i jeans preferiti di Caroline in tre colori, più qualche T-shirt. Cassidy adora le gonne di Tommy, eccone due, verde oliva e grigio pietra.» Tra gonne, giacche, camicie e calzini sul tavolo c'erano capi sufficienti a vestire un esercito di ragazzine. "Chi diavolo sono Cassidy e Caroline?" mi chiesi, contemplando quel bottino. Quale persona che si rispetti (donna o bambina, non faceva differenza) poteva portare i jeans di Tommy Hilfiger, per di più in tre diversi colori?

Dovevo avere l'aria confusa, perché, nel rimettere i vestiti nella borsa, Leanne mi venne generosamente in soccorso: «Sono anni che vestiamo le figlie di Miranda. Tommy insiste per scegliere personalmente il look che meglio le valorizza». Le rivolsi un saluto carico di gratitudine e mi caricai la borsa a spalle.

«Buona fortuna!» gridò, mentre la porta dell'ascensore cominciava a chiudersi. Aveva in faccia un bel sorriso sincero. «Sei fortunata ad avere un così bel lavoro!» Finii mentalmente la frase prima di lei: "Sai quante ragazze farebbero di tutto... eccetera eccetera". In quel momento, appena uscita dall'atelier di un famoso stilista e con appresso abiti per alcune migliaia di dollari, ero quasi disposta a crederle.

Risalita in macchina, mi chiesi se alla Elias-Clark si sarebbero arrabbiati se mi fossi permessa di pranzare. Beh, non avevo scelta. Non avevo mangiato niente dopo il croissant delle sette del mattino, ed erano quasi le due. Pregai l'autista di fermarsi a un negozio di alimentari e decisi all'ultimo minuto di portare qualcosa anche a lui.

La mascella gli cascò dalla sorpresa, quando gli porsi un sandwich di tacchino con la mostarda al miele. «Grazie mille, signorina. Sono dodici anni che lavoro per la Elias-Clark, e le assicuro che è la prima volta che qualcuno pensa di offrirmi il pranzo.» Nonostante la sua reazione gettasse un'ombra inquietante sulla qualità delle relazioni umane nella casa editrice, gli sorrisi nello specchietto retrovisore. Mangiammo i nostri sandwich in mezzo al traffico impazzito, con il sottofondo del cd preferito dell'autista: una donna che urlava in una lingua sconosciuta accompagnata da uno strumento a corde, presumibilmente un sitar.

Le istruzioni di Emily prevedevano che passassi a prendere dei pantaloncini bianchi di cui Miranda aveva assolutamente bisogno per il tennis. Mi aspettavo di vedere l'indirizzo di un negozio di articoli sportivi, ma Emily aveva scritto Chanel. Chanel vendeva pantaloncini bianchi da tennis? L'autista mi portò allo show-room riservato ai Vip. Una commessa matura a cui il lifting aveva ridotto gli occhi a due fessure mi porse un paio di pantaloncini aderenti e cortissimi in cotone e lycra, taglia 36. Erano appesi a una gruccia di seta imbottita e custoditi in un sacchetto di velluto. Quei pantaloncini non sarebbero entrati a una bambina di sei anni.

«Uhm, pensa davvero che a Miranda andranno bene?» chiesi esitante, temendo che la commessa aprisse quella sua bocca da pit-bull per divorarmi in un boccone. Mi regalò un tentativo di sorriso. «Beh, suppongo di sì, considerando che sono stati fatti su misura, secondo le precise istruzioni della signora.» Mi porse la gruccia con gli shorts. «Riferisca alla signora Priestly che la signora Kopelman le manda i suoi saluti.» *Certo, Mademoiselle.* E me la diedi a gambe.

La fermata successiva era "J&R Computer World", vicino a City Hall. A quanto pareva, era l'unico negozio in tutta New York ad avere *Guerrieri del West*, un videogame che Miranda intendeva regalare a Moises, il figlio di Oscar e Annette de la Renta. Durante il lungo tragitto verso Downtown, decisi di chiamare i miei genitori per salutarli.

«Pronto, papà? Andy. Indovina dove sono? Sì, certo che sono al lavoro: sul sedile posteriore di una macchina con autista. È dall'una che giro per Manhattan, sono stata da Tommy Hilfiger e Chanel, ho comprato un videogame e ora sono diretta all'appartamento di Oscar de la Renta per lasciare lì tutto quanto. No, non è per lui! Miranda è nella Repubblica Dominicana, e Annette de la Renta volerà lì stasera. Su un aereo privato, sì! Papà! Come sarebbe a dire "dov'è la Repubblica Dominicana?".»

Sembrava sospettoso, ma contento di sentirmi così entusiasta. Ero un pony express di lusso, e trovavo la cosa decisamente spassosa. Poco dopo, nella sontuosa lobby di un esclusivo palazzo di Park Avenue, lasciai al portiere dei de la Renta la borsa con i vestiti e tutto il resto.

Quindi feci ritorno all'Elias-Clark Building. Giunta alla mia scrivania, trovai Emily seduta a gambe incrociate sul pavimento, intenta a incartare regali con carta e nastro bianchi. Era circondata da montagne di scatole bianche e rosse, tutte della stessa forma. Erano centinaia, forse migliaia, disseminate tra archiviatori e scrivanie, fin dentro l'ufficio di Miranda. Emily non si era accorta di essere osservata. Impiegava un minuto e mezzo a impacchettare una scatola alla perfezione, e altri quindici secondi per fare il fiocco al nastro. Ogni gesto era perfettamente calcolato, per non sprecare nemmeno un secondo. La pila di scatole impacchettate alle sue spalle cresceva, ma la massa di quelle da incartare sembrava non diminuire mai. Avrebbe potuto continuare a impacchettare per cinque giorni filati, e difficilmente sarebbe arrivata in fondo.

La chiamai ad alta voce per contrastare il frastuono della musica revival anni Ottanta che proveniva dal suo computer. «Ehi, Emily! Sono tornata.»

Si girò a guardarmi e per un istante sembrò non avere idea di chi fossi. Vuoto totale. Poi il mio status di "nuova ragazza" le tornò alla mente di colpo. «Com'è andata?» chiese subito. «Hai trovato tutto quello che era sulla lista?»

Feci cenno di sì.

«Anche il videogame? Quando ho chiamato, ne avevano solamente una copia, e non potevano garantirmi di tenerla da parte. Era ancora lì?»

Annuii di nuovo.

«E hai dato tutto quanto al portiere dei de la Renta, a Park Avenue? Abiti, pantaloncini, tutto?»

«Sì. È andato tutto liscio, ho consegnato ogni cosa pochi minuti fa. Mi chiedo se Miranda indosserà davvero quei...»

«Senti. Io devo andare subito al bagno, ho aspettato che tu tornassi per allontanarmi. Siediti al telefono per un minuto, okay?»

«Non sei andata in bagno da quando sono uscita?» chiesi incredula. Erano passate cinque ore. «E perché mai?»

Emily finì di legare il fiocco sulla scatola appena impacchettata e mi guardò con freddezza. «Miranda non tollera che le risponda al telefono qualcuno che non sia una delle sue assistenti, così, siccome tu non c'eri, non mi sono potuta muovere. Avrei potuto azzardare una corsa per un minuto, ma so che oggi è una giornata frenetica per lei, e voglio essere sicura di essere sempre disponibile. Insomma, è bene che ti ci abitui: qui nessuno va in bagno – o da qualsiasi altra parte – senza che sia stato concordato. Dobbiamo lavorare insieme per non deludere Miranda. Okay?»

«Certo» dissi. «Vai pure. Non mi muovo di qui.» Si voltò e uscì dalla stanza. Ero esterrefatta. Davvero

Emily era rimasta seduta per cinque ore con la vescica che rischiava di scoppiare per paura che il suo capo potesse telefonarle dalla Repubblica Dominicana proprio nei due minuti e mezzo che le servivano per correre in bagno? A quanto pareva, era proprio così. Evidentemente la povera Emily prendeva il suo incarico un po' troppo sul serio. Non era pensabile che Miranda si aspettasse un simile spirito di abnegazione da tutte le sue assistenti. Di questo ero sicura. *Oppure no?*

A un tratto la stampante trillò, attirando la mia attenzione. Aveva appena finito di sputare uno spesso mazzetto di fogli con la scritta: «Regali di Natale». Uno, due, tre, quattro, cinque, sei pagine fitte, con l'elenco dei regali ricevuti da Miranda, ciascuno affiancato dal nome del donatore. Duecentocinquantasei regali. Sembrava la lista nozze della regina d'Inghilterra. Non riuscivo a capacitarmene. Nell'elenco c'erano una borsa di pelle pezzo unico di Kate Spade, da parte di Kate e Andy Spade; un organizer di pelle Smythson da parte di Graydon Carter, un sacco a pelo di ermellino da Roberto Cavalli, un braccialetto Verdura a sei fili di perle da parte di Aerin Lauder, un orologio con il pavé di diamanti da Donatella Versace, una cassa di champagne da Cynthia Rowley, un top di perle e una *pochette* da sera coordinata da Mark Badgley e James Mischka, una collezione di penne Cartier da Irv Ravitz, una sciarpa di cincillà da Vera Wang, una giacca stampata a zebra da Alberta Ferretti, una coperta di cachemire di Burberry da Rosemarie Bravo. Ed era solo l'inizio. C'erano borse di ogni foggia e grandezza, da parte di Herb Ritts, Bruce Weber, Gisele Bundchen, Hillary Clinton, Tom Ford, Calvin Klein, Annie Leibovitz, Nicole Miller, Adrienne Vittadini, Michael Kors, Helmut

Lang, Giorgio Armani, John Sahag, Bruno Magli, Mario Testino e Narciso Rodriguez, per nominarne solo alcuni. Su un altro foglio c'erano decine e decine di donazioni fatte a nome di Miranda a vari istituti di carità. Seguiva l'elenco dei suoi regali agli amici: centinaia di bottiglie di vino e champagne, una decina di borse Dior, due dozzine di preziose candele profumate, qualche pezzo di vasellame orientale, pigiami di seta, agende rilegate in pelle, prodotti di bellezza, cioccolatini, braccialetti, caviale, maglie di cachemire, foto incorniciate, composizioni floreali e piante in vaso in quantità sufficiente a decorare uno stadio per un matrimonio di massa del reverendo Moon. Oh, mio dio! Era tutto reale? Lavoravo per una donna che riceveva duecentocinquantasei regali di Natale da parte di alcune tra le persone più famose al mondo? In quel momento, Emily rientrò. Indicò la lista: «Roba da pazzi, eh? È il direttore più riverito di tutti i tempi». Raccolse i fogli che nel frattempo avevo posato sulla sua scrivania e rimirandoli con sguardo rapito sospirò. «Hai mai visto niente di più incredibile in vita tua? Questa è la lista dell'anno scorso. L'ho stampata così avremo un'idea di cosa aspettarci quest'anno. Cominciano già ad arrivare i primi regali. È decisamente uno degli aspetti più divertenti di questo lavoro: aprire i suoi regali di Natale.» Ero disorientata. *Noi* avremmo aperto i suoi regali? Perché mai non se li apriva da sola, come amano fare tutti i mortali? Mi azzardai a porre quell'ingenua domanda.

«Sei fuori di testa? Il novanta per cento di quello che le manda la gente a Miranda non piace. Arrivano oggetti assolutamente offensivi, cose che non le farò nemmeno vedere. Come questo» disse, allungandosi e prendendo una piccola scatola. Era un telefono senza fili della Bang & Olufsen, nel tipico design compatto color argento, con gli angoli arrotondati e la capacità di ricezione di un radar. Ero stata in un negozio di elettronica qualche settimana prima, con Alex, che cercava un impianto stereo; perciò sapevo che quel telefono costava più di cinquecento dollari e poteva fare praticamente tutto, eccetto intrattenere una conversazione al posto tuo. «Un telefono. Certo che ci vuole un bel coraggio per spedire un telefono a Miranda Priestly!» Me lo lanciò. «Tienilo, se vuoi. Sapere che qualcuno ha osato regalarle qualcosa di elettronico le farebbe venire l'orticaria.» Pronunciò la parola "elettronico " come se fosse sinonimo di "coperto di fluidi corporei".

Infilai il telefono sotto la scrivania, sforzandomi di non sorridere soddisfatta. Che colpaccio! Un telefono cordless era al primo posto sulla lista di ciò che mi serviva per la nuova stanza, e ne avevo appena ricevuto uno da cinquecento dollari, assolutamente gratis.

«E adesso,» continuò, lasciandosi di nuovo cadere sul pavimento «siediti qui. Impacchetteremo ancora un po' di bottiglie, poi apriremo i regali arrivati oggi.» Accennò allo spazio dietro la sua scrivania, dove scatole, borse e cesti formavano una montagna multicolore.

Mi misi a sedere e cominciai a impacchettare la mia prima scatola.

«Ogni anno è la stessa storia» spiegò Emily. «Miranda spedisce centinaia di bottiglie. C'è una piramide d'importanza, per così dire. Quelli che stanno al vertice ricevono una bottiglia di Dom Perignon. Questo vale per le alte sfere della Elias-Clark, i grandi stilisti che non sono anche amici personali, l'avvocato e il commercialista. Quelli nel mezzo della piramide ricevono una bottiglia di Veuve Cliquot, e sono la maggior parte: le insegnanti delle bambine, i parrucchieri, Uri, eccetera. I "Signor nessuno" si devono accontentare di una bottiglia di Chianti Ruffino: in genere tocca alla gente delle PR che manda regalini generici, non pensati apposta per lei. Inoltre, il Chianti va al veterinario, alle babysitter che ogni tanto sostituiscono Cara, ai commessi dei negozi che Miranda frequenta abitualmente, e alla coppia che si prende cura della casa estiva in Connecticut. Per farla breve, ordino circa trentamila dollari di questa roba all'inizio di novembre; Sherry-Lehman provvede alla consegna immediata e poi impieghiamo circa un mese per fare tutti i pacchetti. È un bene che lei non sia in ufficio in questo periodo, perché altrimenti rischieremmo di doverci portare un po' di bottiglie a casa per impacchettarle fuori orario.»

«Perché non lasciare che a fare i pacchetti ci pensi il negozio? È troppo costoso?» chiesi.

«Non è quello» sbuffò, quasi offesa. «È la Elias-Clark che paga tutto e i costi non sono un problema. È solo che a Miranda non piace la carta che usano. L'anno scorso ho convinto il responsabile a provare con questa, ma i pacchetti non riuscivano belli come i nostri.»

Continuammo a impacchettare fin verso le sei. Emily ne approfittò per svelarmi nuovi dettagli di quel mondo nuovo ed elettrizzante. Appresi, per esempio, che quando Miranda chiedeva un caffè bisognava portarle un latte macchiato in tazza grande con due cucchiai di zucchero di canna.

A un certo punto, fummo interrotte da una bionda mozzafiato. Reggeva fra le braccia una cesta di vimini grande come una carrozzina. Restò un attimo indecisa sulla soglia, come se temesse che la moquette grigia e morbida potesse trasformarsi in sabbia mobile sotto i suoi tacchi a spillo firmati Jimmy Choo.

«Ehi, Em. Ho qui le gonne. Scusa se ci ho messo tanto, ma non c'è nessuno in giro perché fanno tutti il ponte prima del Ringraziamento. Comunque, spero che sarai soddisfatta.» Abbassò lo sguardo sulla cesta piena di gonne diligentemente piegate e ordinate.

Emily alzò gli occhi e la guardò con malcelato disprezzo. «Lasciale sulla mia scrivania. Ti rimanderò quelle che non vanno. *Ovvero quasi tutte, visto che di stile non capisci un'acca.*» Pronunciò l'ultima frase sottovoce, in modo che solo io potessi sentirla.

La bionda mozzafiato sembrava confusa. Qualcosa mi diceva che non era una cima, ma aveva l'aria simpatica. Chissà perché Emily la detestava così palesemente. Decisi di non fare domande al riguardo. Era stata una lunga giornata: prima le presentazioni, poi le commissioni in giro per la città, infine i pacchetti.

Quando la bionda fu uscita, Emily si alzò e prese il cesto delle gonne. Per quel che potevo vedere dalla mia posizione a gambe incrociate sul pavimento, ce n'erano almeno due dozzine, un assortimento incredibile di tessuti, colori, modelli. Possibile che Miranda non si fosse neppure presa il disturbo di specificare che tipo di gonna voleva? Lunga per una cena formale o mini per un doppio a tennis? O magari le serviva una gonna-pareo? Sentiva la mancanza di una gonna di jeans o di chiffon? Come poteva presumere che Emily avrebbe indovinato proprio quella che le serviva?

Emily mi invitò a seguirla nell'ufficio di Miranda. Con cura quasi reverenziale posò la cesta sulla lussuosa moquette. Si sedette e cominciò a tirare fuori le gonne una a una. Le dispose in circolo intorno a sé. Ce n'era una bellissima di Céline, lavorata all'uncinetto in un fucsia acceso; una grigia a portafoglio di Calvin Klein, una di pelle nera con l'orlo di paillettes di Oscar de la Renta. C'erano gonne rosse, écru, lavanda, certe di pizzi, altre di cachemire. Alcune erano lunghe alla caviglia, altre così corte da sembrare piuttosto dei top elasticizzati, di quelli senza spalline. Presi una gonna al polpaccio color tabacco in seta e me la appoggiai alla vita; il tessuto bastava appena a coprire una delle mie gambe. Emily dispose sul pavimento una nuvola di tulle e chiffon che sembrava studiata per un party in giardino in Sud Carolina, roba da *Via col vento*. Una gonna di jeans invecchiato era abbinata a una gigantesca cintura di pelle; un'altra giocava sulla sovrapposizione di pannelli argentati più o meno trasparenti.

Dove diavolo sarebbe potuta andare Miranda, vestita così?

«*Wow*, si direbbe che Miranda abbia un debole per le gonne, eh?» commentai.

«Non direi. Semmai ha una leggera ossessione per i foulard.» Era una mia impressione o Emily evitava di guardarmi in faccia, come se avessi appena sviluppato un disgustoso caso di psoriasi? «Dovresti saperlo. Non c'è giornale di moda che tutti i mesi non pubblichi almeno una sua fotografia.»

«Oh, davvero?» chiesi, cercando di sembrare divertita. "Un'ossessione per i foulard?"

«Beh, sì, evidentemente adesso le serve una gonna per un'occasione specifica, ma sono i foulard ad appassionarla realmente. Hai presente, no, il classico dettaglio che diventa *fashion statement*.»

L'espressione del mio volto dovette tradire la mia completa ignoranza. Non sapevo di che cosa stesse par-

lando. «Ti ricordi quando l'hai incontrata per il colloquio, no?»

«Certo» risposi pronta. «Ma non sono sicura di avere notato un foulard.»

«Indossa sempre, comunque e immancabilmente un
foulard bianco di Hermès. In genere lo porta al collo,
ma qualche volta se lo fa legare in uno chignon dal
suo parrucchiere, oppure lo usa come cintura. È, come
dire, un po' il suo marchio, il suo tratto distintivo. Tutto il mondo sa che Miranda Priestly non esce di casa
senza un foulard bianco di Hermès. Non trovi che sia
maledettamente stiloso?»

In quel momento notai che Emily portava un foulard
verde lime infilato nei passanti dei pantaloni militari.

«A volte Miranda avverte il bisogno di mischiare stili
diversi, e questa è una di quelle volte, me lo sento. A
ogni modo, quegli idioti della Moda non capiscono
un accidente. Guarda qui, la maggior parte di questa
roba è addirittura inguardabile!» A mo' d'esempio,
mi mostrò una gonna assolutamente divina, con un luc-
cichio di fili dorati su un fondo beige scuro.

«Proprio così» annuii, dandole ragione al solo scopo
di farla tacere, secondo una strategia di sopravvivenza
che in seguito avrei usato migliaia di volte. «È un pugno in un occhio.» Era così bella che sarei stata felice
di indossarla il giorno delle mie nozze.

Emily continuò a blaterare di tessuti, disegni, di quel
che serviva a Miranda e di quel che piaceva a Miranda,
concedendosi qua e là qualche malignità a spese dei
colleghi. Alla fine scelse tre gonne radicalmente diverse
tra loro e le mise da parte per spedirle al direttore. Non
sembrava intenzionata a smettere di parlare, e io mi
sforzavo di prestare attenzione, ma erano quasi le sette,

e mi chiedevo se sarei morta di fame, di nausea o di stanchezza. Stabilii che a uccidermi sarebbe stato un mix di tutte e tre. Non mi accorsi nemmeno quando l'essere umano più alto che avessi mai visto entrò nell'ufficio.

«Tu!» sentii esclamare alle mie spalle. «ALZATI IN PIEDI, FATTI VEDERE!»

Mi girai e constatai con sorpresa che stava indicando me. Era sui due metri e venti, abbronzato, capelli neri. Si portava addosso oltre cento chili di muscoli sapientemente scolpiti e distribuiti. Era così ben disegnato e tonico, che sembrava sul punto di esplodere da quella... tuta? Ebbene sì, indossava una tuta di denim. Ommioddio! Una tuta intera in denim, con i pantaloni aderenti, la cintura in vita e le maniche arrotolate. E una cappa, una cappa di pelliccia grande come una coperta matrimoniale, arrotolata due volte intorno al collo massiccio. E che dire degli stivali tipo Doc Martins, lucidi, neri, grandi come racchette da tennis?

Doveva avere circa trentacinque anni, ma i muscoli, l'abbronzatura e le mascellone virili erano ingannevoli: potevano nascondere dieci anni tanto quanto aggiungerne cinque. Gesticolava nella mia direzione, esortandomi ad alzarmi da terra. Obbedii, incapace di distogliere lo sguardo da quel personaggio. Mi sottopose a un attento esame.

«BENE! COSA ABBIAMO QUI?» gridò, quasi in falsetto. «SEI CARINA, MA TROPPO BRAVA BAMBINA, TROPPO ACQUA E SAPONE, E IL VESTITO NON TI VALORIZZA!»

«Mi chiamo Andrea, sono la nuova assistente di Miranda.»

Mi studiò da capo a piedi, ispezionando ogni centimetro del mio corpo. Emily si godeva lo spettacolo con una smorfia maligna disegnata in volto. Il silenzio era insopportabile.

«Stivali alle ginocchia? Con una gonna di questa lunghezza? Mi prendi in giro? Piccola, nel caso tu non lo sappia, nel caso tu non abbia notato l'insegna all'ingresso, questa è la redazione di "Runway", il top del top dei giornali di moda al mondo. Dico, al mondo! Ma niente paura, tesorino, Nigel ti libererà da questo look da centro commerciale.»

Mi poggiò sui fianchi due mani enormi e mi fece girare. Sentivo il suo sguardo sulle gambe e sul sedere.

«Faremo in fretta, dolcezza, te lo prometto. La materia prima non è affatto male, credimi: belle gambe, capelli folti, e soprattutto fisico asciutto perché io non lavoro sulle ciccione, dolcezza lo sanno tutti. Tempo due giorni e sarai uno schianto, vedrai.»

Avrei dovuto sentirmi offesa di fronte a quel collega che aveva appena finito di esprimere un giudizio non richiesto e brutalmente schietto sul mio look e sul mio fisico, ma proprio non ci riuscivo. Mi piacevano i suoi occhi verdi che davano l'impressione di ridere *con* te, e non *di* te; e più ancora mi piaceva il fatto di essergli piaciuta. Quello era Nigel – bastava il nome, come per Madonna o Prince – l'esperto di moda che persino io ricordavo di aver visto in tivù e sui giornali, e Nigel mi aveva definita "bella". Apprezzava le mie gambe! Quel tipo mi andava a genio, tanto che ero disposta a chiudere un occhio sulla storia del centro commerciale.

Emily, ansiosa di riprendere il lavoro, gli ingiunse di lasciarmi in pace, ma io avrei voluto che restasse. Troppo tardi, era già diretto verso la porta, con la cappa che gli fluttuava tutto intorno. Stavo per richiamarlo, per dirgli che ero felice di aver fatto la sua conoscenza e che ero lusingata che volesse rifarmi il look. Ma prima che potessi aprir bocca, Nigel fece un teatrale dietrofront e in due enormi passi fu di nuovo al mio fianco. Mi avvolse tra le sue enormi, muscolosissime braccia, schiacciandomi in un abbraccio stretto stretto. La mia testa era esattamente all'altezza del suo petto, e, dopo un attimo di esitazione, ve la posai. L'odore che emanava dal suo corpo era quello inconfondibile della lozione Baby Johnson's. Ebbi la presenza di spirito di restituirgli l'abbraccio, ma un attimo dopo lui mi spinse indietro, fece scomparire le mie mani nelle sue ed esclamò: «BENVENUTA NELLA CASA DELLE BAMBOLE, BAMBINA!».

5

«Com'è che ha detto, esattamente?» chiese Lily, prima d'ingoiare un'altra cucchiaiata di gelato al tè verde. Ci eravamo date appuntamento al Sushi Samba alle nove, perché potessi raccontarle il mio primo giorno di lavoro.

«Ha detto: "Benvenuta nella Casa delle bambole, bambina".»

Lily mi guardò, il cucchiaino sospeso a mezz'aria.

«Hai il lavoro più fico che abbia mai sentito.»

«È presto per dirlo. Ma ammetto che le premesse sono allettanti» dissi, scavando il cuore di cioccolato liquido del mio *brownie*. «Comunque, in futuro non mi dispiacerebbe affatto riprendere a studiare» aggiunsi dopo un attimo di riflessione. Lily si era iscritta al dottorato in Letteratura russa alla Columbia University subito dopo la laurea alla Brown, ma spesso sosteneva di essersi pentita di quella scelta: avrebbe dovuto prendersi una pausa dagli studi e lavorare un anno, per poi ricominciare più tranquilla, anche grazie ai soldi messi da parte.

«Beh, ti auguro di non trovarti mai nella mia situazione. Faccio la barista in un pub frequentato da matricole che provano a rimorchiarmi fino alle quattro del mattino, qualche ora di sonno e poi sto sui libri fino a sera. Credimi, c'è poco da divertirsi. In pratica lavoro come un cane per pagarmi un dottorato di ricerca vergognosamente caro e assolutamente inutile.» Prese una sorsata di birra giapponese. Lily lavorava ogni secondo libero per mantenersi all'università. Sua nonna poteva contare solo su una modesta pensione e Lily non aveva nessun altro che potesse aiutarla economicamente.

Abboccai all'amo, come sempre quando la mia migliore amica si lamentava dei sacrifici che sopportava. «E allora perché lo fai, Lil?» chiesi, anche se avevo già ascoltato la risposta almeno un milione di volte.

Lily sbuffò e alzò gli occhi al cielo. «Perché mi piace da morire!» ammise. In seconda media un fascinoso professore di letteratura le aveva detto che somigliava a Lolita, o almeno a come lui s'era sempre immaginato l'eroina di Nabokov, con la faccetta rotonda e i ricci neri. Lily era passata in biblioteca prima di tornare a casa e si era letta d'un fiato tutto il romanzo. Da Nabokov era passata a Tolstoj, Gogol, Čechov. Quando era giunto il momento di iscriversi all'università, aveva scelto la Brown per studiare con un professore di letteratura russa che, dopo il colloquio preliminare, l'aveva proclamata la matricola più brillante ed entusiasta che avesse mai incontrato. Lily studiava ancora con gioia, ripassava continuamente la grammatica e leggeva in lingua originale, ma la cosa che in assoluto le dava più piacere... era lamentarsi del prezzo di quella sua grande passione.

«Bene,» concluse alzandosi «se dovessi stufarti di frequentare Donna Karan od Oscar de la Renta, sai dove trovarmi. Il mio lussuoso monolocale ad Harlem è sempre a tua disposizione.»

Pagai il conto con la carta di credito d'emergenza (generosamente resuscitata dai miei per l'occasione), uscimmo in strada per salutarci con un abbraccio. Lily mi diede istruzioni su come arrivare a casa in metropolitana. Giurai e spergiurai che avevo capito benissimo dove trovare la fermata della linea L, che avrei preso fino a Union Square per poi passare alla 6. Ma non appena Lily s'incamminò nella direzione opposta alla mia, saltai su un taxi.

"Per una volta!", pensai, sprofondando nel tepore del sedile posteriore. "Dopo tutto sono una ragazza Runway, adesso."

Il resto di quella prima settimana di lavoro non fu molto diverso dal primo giorno. Il venerdì mattina alle sette trovai Emily ad attendermi alla reception. Mi porse la mia tessera di riconoscimento, completa di una fotografia che non ricordavo di averle fornito.

«Ci ha pensato la videocamera del circuito di sorveglianza» spiegò. «Ce ne sono dappertutto, tanto perché tu lo sappia. In passato hanno avuto qualche problemino con la gente che rubava in ufficio. Sono spariti abiti e gioielli ordinati per i servizi fotografici; sembra che i pony e qualche volta persino i redattori si comportassero come al self-service. E così adesso controllano tutti.» Fece passare la tessera al lettore magnetico e la spessa porta di vetro si aprì.

«Ci controllano? Cosa significa esattamente?»

Emily camminava veloce lungo il corridoio, con i fianchi che oscillavano avanti e indietro, avanti e indietro, stretti nei jeans Seven superaderenti. Il giorno prima mi aveva consigliato di comprarne una dozzina di paia, perché, insieme agli MJ, erano gli unici pantaloni sportivi che Miranda considerasse accettabili: di venerdì, e con i tacchi alti, s'intende. «MJ?» «Marc Jacobs!» aveva precisato, scandalizzata.

Ora rispose alla mia domanda. «Bene, tra tessere magnetiche e videocamere, sanno praticamente tutto quello che facciamo.» Lasciò cadere sulla scrivania la borsa con il logo di Gucci e cominciò a sbottonare il blazer di pelle aderentissimo, un capo palesemente inadeguato per una giornata di fine novembre. «In realtà non penso che rivedano i filmati, a meno che non salti fuori che manca qualcosa. Comunque le tessere raccontano tutto. Ogni volta che scendi e passi davanti al banco della security per uscire, il lettore ne prende nota. Così sanno sempre chi è al lavoro e chi no. Perciò, se un giorno non potessi venire – auguriamoci che non succeda, ma mettiamo il caso che ti accada qualcosa di veramente terribile – mi darai la tua tessera e io la farò passare al lettore magnetico. Tu farai lo stesso per me: tutti qui fanno così.»

Stavo ancora riflettendo sul tono grave nel quale aveva pronunciato le parole "auguriamoci che non succeda", quando Emily ricominciò: «Ed è sempre grazie alle tessere che sanno cosa mangi in mensa» aprì l'ufficio di Miranda e si sedette sul pavimento. Prese una bottiglia e cominciò a impacchettarla.

«E cosa diavolo gliene importa di sapere quello che mangio?» chiesi stupefatta.

«Chi lo sa. Quel che è certo è che sanno cosa mangi, se e quando usi la palestra, se compri giornali al chiosco o libri allo spaccio. Penso che serva a organizzarsi meglio.»

Organizzarsi meglio? Lavoravo per una società che definiva "organizzarsi meglio" il fatto di spiare sistematicamente gli impiegati per stabilire a quale piano facessero pipì, se preferissero la zuppa di cipolle o la Caesar salad e quanti minuti di pettorali riuscissero a reggere in sala pesi!? Ero decisamente perplessa, oltre che esausta per la quinta levataccia consecutiva. Mi ci vollero altri cinque minuti per trovare la forza di togliermi il cappotto e sedermi alla scrivania. Ero tentata di posare la testa sul tavolo per riposarmi un momento, ma Emily si schiarì la voce. «Ehm, vuoi venire ad aiutarmi?» chiese, nonostante fosse ammessa un'unica risposta, naturalmente "sì". «Ecco qui.» Mi allungò una pila di carta regalo bianca e riprese il lavoro. Dagli altoparlanti del suo computer esplose una canzone di Jewel.

Taglia, piega, chiudi, infiocchetta. Lavorammo senza sosta per tutta la mattina, smettendo solo per chiamare i fattorini ogni volta che avevamo pronta una pila di venticinque scatole da ritirare; le avrebbero tenute in magazzino finché non avessimo dato ordine di spedirle, a metà dicembre. Nei miei primi due giorni di lavoro avevamo preparato tutte le bottiglie da mandare fuori città, che ora erano impilate in un ripostiglio, in attesa che la DHL venisse a ritirarle. Sarebbero state consegnate entro ventiquattr'ore dalla spedizione, e non eravamo nemmeno alla fine di novembre. Le bottiglie con gli auguri di Miranda Priestly sarebbero volate a Parigi, Cannes, Bordeaux, Milano, Roma, Firenze, Barcellona, Ginevra, Bruges, Stoccolma, Amsterdam e Londra. Erano almeno un centinaio nella sola Londra! La Federal Express le avrebbe recapitate a Pechino, Hong Kong, Capetown, Tel Aviv e Dubai (dico: Dubai!). Anche a Los Angeles, Honolulu, New Orleans, Charleston, Houston, Bridgehampton e Nantucket schiere di privilegiati avrebbero brindato alla salute di Miranda

Priestly. E poi c'era New York, la città dove Miranda manteneva un esercito di amici, cameriere, parrucchieri, babysitter, truccatori, psicologi, istruttori yoga, personal trainers, autisti e personal shopper. Senza contare stilisti, modelle, attori, direttori, redattori, truccatori, pubblicitari, addetti alle PR, insomma, il popolo della moda al completo. Tutti quanti avrebbero ricevuto una bottiglia Priestly appropriata al livello d'importanza e celebrità, consegnata in tempo record da un fattorino della Elias-Clark.

«Ma quanto costa tutto questo?» domandai infine.

«Te l'ho detto, ordino circa trentamila dollari di champagne» rispose Emily.

«No, no, voglio dire, quanto credi che venga a costare complessivamente? Scommetto che in qualche caso la spedizione è più dispendiosa della bottiglia, specialmente nel caso dei signor Nessuno.»

«Bene, vediamo. Le spedizioni nazionali con la Federal Express costano un fisso di venti dollari; quelle internazionali intorno ai sessanta...» digitò veloce moltiplicazioni e somme sulla calcolatrice tascabile. «Dodicimila dollari. I fattorini ci addebitano undici dollari per ogni pacco consegnato, perciò il totale per Manhattan è...» altro tip-tap veloce sulla calcolatrice «quattromilasettecentocinquanta dollari. Poi bisogna conteggiare il nostro lavoro, due settimane piene per la confezione dei pacchi, e fanno altri quattromila...»

Fu un duro colpo realizzare che i nostri due stipendi messi insieme erano la voce più insignificante del bilancio.

«Ecco. Oltre cinquantamila dollari tra bottiglie e spedizioni. Una follia, eh? Ma non c'è altra scelta. Stiamo parlando di Miranda Priestly.»

All'una, Emily annunciò che aveva fame e che sarebbe andata a pranzo con le ragazze degli Accessori. Attesi dieci minuti, quindici, venti... Niente. Da quando avevo cominciato a lavorare, Emily non si era mai fermata a mangiare in mensa, per evitare che Miranda chiamasse e trovasse solo me. Vennero le due, poi le due e mezza, le tre, e tutto quel che riuscivo a pensare era che avevo una fame nera. Provai a chiamare Emily sul cellulare, ma rispose la segreteria. Che fosse morta giù in mensa, tra i tavoli del self service, per aver fatto indigestione di acqua? Oppure soffocata da una foglia di lattuga scondita? Pensai di chiedere a una collega di scendere a comprarmi un boccone, ma l'idea mi metteva a disagio. "Oh, sì, cara, sono semplicemente troppo importante per abbandonare la mia postazione, sono così impegnata a impacchettare regali di Natale, perciò mi chiedevo, ti spiace portarmi un croissant salato con tacchino e brie? Che gentile, sei un amore." Dopo tutto, se c'era una che avrebbe dovuto portare il pranzo agli altri, quella ero io, l'ultima arrivata. Non me la sentivo, davvero. Perciò, quando vennero le quattro e di Emily neanche l'ombra, mi decisi a fare l'impensabile: lasciai l'ufficio incustodito.

Un'occhiata in corridoio e mi lanciai di corsa verso l'ingresso. Chiamai l'ascensore schiacciando il pulsante a ripetizione. Sophy, la bellissima addetta alla reception di origine asiatica, alzò le sopracciglia e subito distolse lo sguardo. Finalmente arrivò l'ascensore. Riuscii a salirci per un pelo, nonostante un tipo magro come un tossico con i capelli carichi di gel e le scarpe verde lime pigiasse sul bottone chiusura porte come un invasato. Nessuno dei passeggeri mosse un passo per farmi posto, nonostante ci fosse un sacco di spazio.

L'ingresso della mensa, tutta in vetro e granito, era piantonato da un gruppo di Clarkioti, come li avevo soprannominati. Bisbigliavano animatamente fra loro studiando la gente che usciva dagli ascensori. A ben vedere, dovevano essere Clarkioti di riflesso, ovvero amici di qualche impiegato venuti in pellegrinaggio alla mecca del giornalismo patinato. A distinguerli era quell'aria di incontenibile eccitazione, motivata semplicemente dal fatto di trovarsi lì.

Anche l'insospettabile Lily, a dire il vero, mi aveva pregata di invitarla a pranzare in mensa, attratta in egual misura dalla risaputa qualità della cucina e dall'avvenenza dei giovani che la frequentavano. Purtroppo, per il momento, il complesso orario di lavoro che io ed Emily negoziavamo giornalmente, per evitare di lasciare l'ufficio scoperto, non mi aveva mai consentito di trascorrere in mensa più dei due minuti e mezzo necessari per scegliere il menu e pagare alla cassa.

Quel giorno, non avevo il tempo di rispettare la fila, così passai arditamente davanti a un gruppo di ragazze in attesa, sentendomi addosso i loro sguardi interrogativi: ero forse una importante? "Negativo, belle." Veloce e decisa, oltrepassai bellissimi vassoi di agnello e vitello al marsala; ignorai quello che tutti chiamavano "l'angolo dei carboidrati" con la sua splendida pizza ai pomodori secchi e caprino. Coraggiosamente, mi apprestai a circumnavigare il tavolo delle insalate (noto anche come "il verde", nella formula rituale di appuntamento: "Ci vediamo al verde"), ricchissimo e lungo quanto una pista di atterraggio. Era assediato da decine di persone, che tuttavia mi fecero largo quando giurai di non essere interessata al tofu bollito. Finalmente ero in fondo alla sala: dietro lo stand dei panini (per la verità, più simile alla vetrina di un gioielliere), c'era l'unica postazione deserta, riservata alle zuppe. Era deserta perché lo chef deputato si rifiutava ostinatamente di offrire "soluzioni" prive di grassi, ipocaloriche, a basso contenuto di sodio o di carboidrati. L'idea gli ripugnava, punto e basta. Siccome i Clarkioti disertavano il suo banco, la direzione aveva imposto la riduzione del menu a un solo tipo di zuppa, che variava quotidianamente. Pregai che fosse pomodoro e cheddar. Invece, lo chef mi scodellò una gigantesca porzione di zuppa di vongole del New England, dichiarando con orgoglio di averci messo un litro di panna. Quattro persone in coda al banco del verde si girarono inorridite a guardarmi. Rimaneva da dribblare un ultimo ostacolo: la folla assiepata intorno al tavolo dello chef ospite. Ogni giorno un cuoco famoso veniva alla Elias-Clark per presentare i suoi piatti; quello di oggi ammanniva enormi pezzi di sashimi a una folla adorante. Lessi il nome ricamato sulla sua divisa: Nobu Matsuhisa. Mi appuntai mentalmente di scoprire chi fosse una volta al piano di sopra, dal momento che apparentemente ero l'unica a non sbavargli letteralmente dietro. Chissà se era più grave non aver mai sentito nominare Nobu Matsuhisa o Miranda Priestly?

La cassiera, piccola e minuta, guardò prima la zuppa e poi i miei fianchi, battendo compunta il prezzo sul registratore di cassa. Mi ero già abituata al fatto di essere squadrata da capo a piedi a ogni occasione, ma questa volta provai l'impulso di ribellarmi. L'espressione della donnina trasudava disapprovazione, neanche avesse di fronte un grande obeso chino sotto il peso di un'ottantina di hamburger. Nei suoi occhi sgranati potevo leggere la domanda: "Ma ne hai proprio bisogno?". Per il momento, mi sforzai di ingoiare la mia irritazione e una punta di paranoia, ripetendomi mentalmente che la severa signorina era una semplice cassiera, non un'autorità della Weight Watchers e neppure una redattrice di moda.

«Non sono in molti a comprare la zuppa» commentò calma, prendendo la carta che le porgevo per passarla al lettore magnetico.

«Beh, a non tutti piacciono le vongole del New England» mugugnai. Desideravo solo che facesse in fretta.

Si bloccò e mi guardò dritta negli occhi. «No, io credo che sia perché lo chef delle zuppe insiste a cucinare piatti che fanno ingrassare. Ha idea di quante calorie ci siano qui dentro? Uno rischia di prendere tre o quattro chili solo a guardarla.» "E tu non puoi certo permettertelo" sottintendeva.

In preda a un'ansia improvvisa afferrai al volo il mio sacchetto e mi aprii un varco tra la folla. Mi infilai dritta in bagno, opportunamente collocato subito fuori dalla mensa per consentire agli utenti bulimici di purgarsi all'istante dell'eccesso di cibo ingerito. Benché razionalmente sapessi che lo specchio a figura intera mi avrebbe mostrato la stessa Andrea di quella mattina, mi girai per affrontarmi *vis-à-vis*. Il mio sguardo incontrò una faccia contratta e livida di rabbia.

«Che cosa diavolo ci fai tu qui?» gridò Emily rivolta alla mia immagine riflessa. Mi girai in tempo per vederla appendere il blazer di pelle e la borsa all'apposito gancio, mentre si alzava gli occhiali da sole sulla testa. Mi balenò l'evidenza. Emily era *uscita* per pranzo. Ovvero, aveva pranzato fuori. Ovvero, mi aveva lasciata sola per tre ore e mezza, praticamente legata al telefono, con zero possibilità di nutrirmi o di andare in bagno. E senza neppure scomodarsi ad avvisarmi. Comunque, niente di tutto ciò aveva importanza, perché io avevo commesso un errore fatale nell'abbandonare l'ufficio e adesso sarei stata radiata... o peggio. Per mia fortuna, la porta si aprì ed entrò il direttore di «Coquette». Emily mi prese prontamente per il braccio e mi trascinò fuori dal bagno, verso gli ascensori. Restammo piantate lì, con lei che mi stringeva il gomito e io rossa in viso e contrita come se mi fossi fatta la pipì addosso. Sembrava una di quelle scene da film, con il rapitore che in pieno giorno punta un'arma contro la schiena della vittima, sospingendola quieto verso il seminterrato dove la torturerà.

«Come hai potuto farmi una cosa del genere?» sibilò quando fummo di nuovo alle nostre scrivanie. «Come assistente senior, sono responsabile di quello che succede in ufficio. Lo so che sei nuova, ma te l'ho detto sin dal primo giorno: NON-DOBBIAMO-LASCIARE-MIRANDA-DA-SOLA, per nessun motivo!»

«Ma Miranda non c'è» pigolai flebilmente.

«Avrebbe potuto chiamare mentre eri via, e nessuno le avrebbe risposto!» gridò chiudendo di scatto le porte della suite. «La nostra priorità assoluta – la nostra unica, sola priorità – è Miranda Priestly. Punto. E se non riesci a capirlo, ricordati che milioni di ragazze sarebbero pronte a uccidere pur di avere il tuo lavoro. Adesso muoviti, ascolta la segreteria. Se ha chiamato, siamo morte. Mi correggo: *tu* sei morta.»

Avrei voluto impugnare le forbici e fare *harakiri*. Come avevo potuto commettere un'imprudenza così grave durante la mia prima settimana di lavoro, il primo lavoro di tutta la mia vita? Miranda non era nemmeno in ufficio e io l'avevo già delusa. Che importava se avevo fame? Potevo aspettare. Alla Elias-Clark c'era gente davvero importante che cercava di lavorare, professionisti seri e dedicati che si affidavano a me e io avevo tradito la loro fiducia. Digitai il codice per ascoltare i messaggi.

«Ciao Andy, sono io.» La voce di Alex. «Dove sei? Non è mai capitato che non rispondessi. Non vedo l'ora di cenare con te stasera: siamo sempre d'accordo, vero? Dimmi dove, a te la scelta. Chiamami quando senti il messaggio. Sarò in sala docenti dopo le quattro. Ti amo.» *Clic*. Mi sentii immediatamente in colpa, perché, dopo quella giornata storta, non mi sentivo in vena di romanticherie e in cuor mio avevo già deciso di rimandare la cena con Alex. La mia prima settimana era stata così intensa che non ci vedevamo dal weekend, eppure smaniavo dal desiderio di una serata da sola, per riprendermi. Lo avrei chiamato, proponendogli di vederci l'indomani.

Emily era in piedi alle mie spalle. Aveva già controllato la sua segreteria. Dalla sua relativa calma, indovinai che non c'erano registrati minacciosi messaggi da parte di Miranda. Scossi la testa per indicare che neanch'io ne avevo trovati, per il momento.

Partì il secondo: «Ciao, Andrea, sono Cara» – Orrore, la tata di Miranda! – «Senti, lei mi ha telefonato qui a casa poco fa.» – infarto – «Ha detto che ha provato a chiamare in ufficio, ma non rispondeva nessuno. Ho immaginato che fosse successo qualcosa, così le ho detto che avevo appena parlato sia con te sia con Emily. Perciò non preoccuparti. Voleva che qualcuno le faxasse "Women's Wear Daily", e per combinazione ne avevo una copia qui sotto mano. Ho avuto la conferma che l'ha ricevuta, quindi è tutto sotto controllo. Volevo solo che sapessi. Buon fine settimana. Ci sentiamo. Ciao.»

Mia salvatrice! Quella Cara era una vera santa. La conoscevo da appena una settimana – non di persona, solo al telefono – eppure ero già innamorata di lei. Era l'esatto opposto di Emily: calma, posata, e del tutto indifferente all'*allure* del mondo sul quale Miranda regnava incontrastata. Riconosceva l'assurdità di certe sue pretese senza giudicarla e aveva la rara, affascinante capacità di essere capace di ridere di se stessa e degli altri.

«No, non ha chiamato» dissi a Emily, con un sorriso di trionfo. Dopo tutto era solo una mezza bugia. «Siamo salve.»

«*Sei* salva, per questa volta» disse senza scomporsi. «Questo ufficio è la nostra trincea, ma ricordati che io sono il capo. Se ogni tanto voglio uscire per pranzo, tu hai l'obbligo di stare qui e di pararmi le chiappe. Sono stata chiara?»

«Eccome» mormorai. «Chiarissima».

Riuscimmo a finire di impacchettare le bottiglie e a consegnarle ai fattorini entro le sette di sera. Emily non menzionò più l'incidente del pomeriggio. Erano le otto quando scivolai finalmente sul sedile posteriore di un taxi ("solo per questa volta"). Alle dieci, ero stesa sopra il mio piumone nella posizione del crocefisso, ancora tutta vestita. Non avevo cenato, perché non riuscivo a sopportare il pensiero di uscire a caccia di cibo rischiando di perdermi come mi era successo nelle ultime quattro serate. Chiamai Lily dal mio telefono nuovo di zecca, desiderosa di lamentarmi un po'.

«Ciao! Pensavo che avessi appuntamento con Alex questa sera» disse non appena sentì la mia voce.

«Sì, ma sono stanca morta. Gli ho chiesto se potevamo fare domani. Com'è andata la tua giornata?»

«Male. Ho preso un abbaglio. Anzi, diciamo pure che ho toppato, toppato di brutto. Non puoi immaginare cosa mi sia successo. Davvero, è roba da non cred...»

«Lily, vedi di stringere. Rischio la catalessi da un momento all'altro.»

«Okay. Oggi è venuto a lezione il ragazzo più carino che abbia mai visto. È stato ad ascoltare fino all'ultimo, sembrava assolutamente rapito, e all'uscita era lì che mi aspettava. Mi ha chiesto se poteva offrirmi qualcosa da bere e si è fatto raccontare tutto sulla mia tesi. Pensa, *l'ha letta*!»

«Fantastico. Che punteggio si è meritato?» Lily usciva con ragazzi diversi quasi ogni sera, o meglio ogni notte, dopo aver finito di lavorare al pub. Anni prima, all'università, aveva sentito degli amici parlare di donne. Facevano riferimento a tre criteri di valutazione «È una sei, otto, B+» aveva detto Jake, alludendo alla studentessa che aveva sedotto la sera precedente. Dava per scontato che i presenti sapessero che il primo numero si riferiva al viso, il secondo al corpo, e la lettera – dalla A alla E – alla personalità. Lily aveva deciso di adottare un approccio simile, ma siccome per i ragazzi il numero di fattori in gioco era maggiore, il suo sistema (detto "dell'amore decimale") era ben più complesso. Il Ragazzo Perfetto doveva totalizzare un buon punteggio in tutte e cinque le categorie principali: intelligenza, umorismo, fisico, faccia, e professione. Poiché era quasi impossibile trovare il ragazzo perfetto (l'intero), venivano prese in considerazione cinque categorie secondarie: numero di ex fidanzate psicopatiche; profilo psichiatrico dei genitori; qualità delle frequentazioni maschili (ovvero percentuale di amici analfabeti, hooligan, o sospetti stupratori); indice di passione per lo sport; inclinazione alla pornografia estrema. Fino a quel momento, il punteggio più alto ottenuto da un candidato era stato nove decimi. Purtroppo la storia era finita proprio a causa di quel decimo mancante.

«Bene, all'inizio sembrava un tipo da sette decimi. Si sta per laureare in teatro a Yale, è etero, ha sentito parlare del conflitto israelo-palestinese ed è contrario al nucleare.»

«Accipicchia! Dov'è la fregatura? Ti ha proposto di fare una partita al suo videogame preferito?»

«Peggio» sospirò Lily.

«È più magro di te?»

«Peggio» sembrava affranta.

«Che cosa può esserci di peggio?»

«Vive a Long Island.»

«Lily! E così si tratta di questo. Il poveretto è geograficamente indesiderabile. Non ti facevo così spocchiosa!»

«...Insieme ai genitori» concluse.

«Oh!»

«Non si è mai allontanato da casa per più di un mese.»

Gesù.

«E non ci vede nulla di male. Anzi, non riesce a immaginare di poter vivere da solo in una così grande città, rinunciando alla compagnia di mamma e papà.»

«Non c'è che dire, si tratta di un record: un sette decimi che sprofonda sotto lo zero nell'arco del primo appuntamento. Congratulazioni, Lily. La tua giornata ha tutta l'aria di essere stata peggiore della mia.» Sentii Shanti e Kendra che rientravano dal lavoro e allungai una gamba per chiudere con un calcio la porta della camera. Sentii una voce maschile provenire dal salotto. Chissà, forse una delle due era fidanzata. Da quando abitavo lì, le avevo incrociate tre volte, per un totale di dieci minuti. Sembrava che i loro orari fossero ancora più massacranti dei miei.

«Hai il coraggio di lamentarti? Ma fammi il favore! Lavori nella moda!» esclamò Lily.

Qualcuno bussò piano alla porta.

«Aspetta un attimo» posai il cordless sul letto. «Avanti!» dissi ad alta voce. Mi aspettavo che una delle mie dolci compagne di appartamento venisse timidamente a chiedermi se mi ero ricordata di chiamare il padrone di casa per fargli aggiungere il mio nome sul contratto (risposta: no) o se avevo comprato i piatti di carta (risposta: idem) o se avevo preso nota dei messaggi in segreteria (risposta: vedi sopra), e invece fece capolino Alex. Afferrai il telefono.

«Ehi, posso richiamarti? È appena arrivato Alex.» Ero contenta di vederlo, emozionata che avesse deciso di farmi una sorpresa; ma una piccola parte di me rimpiangeva di dover rimandare la doccia e il cuscino.

«Certo. Salutami Mister Dieci Decimi e dai retta a me, tienitelo stretto.»

Sorrisi, guardandolo.

«Sicuro.» E riagganciai.

Mi sforzai di mettermi a sedere. «Che fantastica sorpresa!» Feci per abbracciarlo ma non ricambiò. Teneva le mani dietro la schiena. «Cosa c'è che non va?»

«Niente. So che hai avuto una settimana pesante e, conoscendoti, temevo che non ti saresti ricordata di mangiare, e così...» Da dietro la schiena produsse un sacchetto di carta macchiato di olio. Tutt'a un tratto mi sentivo morire di fame.

«Su, mangiamo!» Ma non c'era posto per tutti e due sul pavimento della mia camera. Pensai che potevamo andare in soggiorno, visto che anche la cucina era troppo piccola per due, ma Kendra e Shanti erano collassate sul divano davanti a un pollo al curry praticamente intonso. Il televisore era acceso. Sperai che stessero aspettando la fine di *Real World*, invece si erano addormentate. Ma che belle vite facevamo tutte quante.

«Aspetta, ho un'idea» disse Alex. Andò in cucina in punta di piedi per non svegliare Kendra e Shanti e tornò con due grandi sacchi della spazzatura. Li stese sopra il letto per evitare che ungessimo il piumino. Frugò nella borsa e tirò fuori due hamburger giganti con pomodoro, cipolla, cetriolini, senape e una porzione extra-large di patatine. Si era persino ricordato di prendere una scorta industriale di ketchup e sale per me. C'erano anche i tovagliolini. Proruppi in un applauso colmo di gratitudine e, per un attimo, mi balenò davanti l'espressione truce della cassiera che caricava l'hamburger sulla mia tessera.

«Aspetta. Non ho ancora finito. Ecco, guarda qui.» Estrasse dallo zainetto una manciata di lumini scaldavivande, una bottiglia di vino rosso e due bicchieri di carta.

«Stai scherzando!» esclamai. Non riuscivo a credere che avesse avuto un'idea tanto romantica dopo che all'ultimo momento avevo annullato il nostro appuntamento.

Stappò il vino e me ne porse un bicchiere. «Alla mia fidanzata, la migliore» disse Alex. «Grazie» sussurrai, assaporando il primo sorso. «Grazie, grazie, grazie!»

6

«Oh mio dio, è il caporedattore moda in persona!» scherzò Jill aprendomi la porta di casa. «Entra e lascia che tua sorella maggiore si genufletta davanti a te.»

«Non prendermi in giro» sbuffai. «Dimmi, piuttosto, come si sta nel mondo civile?» L'abbracciai come se non la vedessi da anni. All'età di nove anni, avevo sofferto parecchio quando Jill si era iscritta a Stanford e mi aveva lasciata sola con mamma e papà. Ma era stata ancora più dura quando aveva seguito il suo fidanzato – attuale marito – a Houston. Dico, Houston! Un posto fradicio di umidità e infestato dalle zanzare. Come se non bastasse, mia sorella, la mia elegante, sofisticata e bellissima sorella maggiore, che amava l'arte neoclassica e mi faceva piangere di commozione quando recitava poesie, si era fatta venire l'accento del Sud. Non sto parlando di una lieve cadenza, di un'inflessione piacevolmente cantilenante: no, la parlata di Jill era un rullo di tamburo. Non avevo mai perdonato a Kyle di averla trascinata in quel posto odioso, anche se per il resto era un cognato accettabile, almeno quando taceva.

«Ehi, Andy, diventi sempre più bella. Cosa ti danno da mangiare a "Runway"?» domandò.

Avrei voluto ficcargli in bocca una palla da tennis per non sentire quella sua cantilena sgangherata, ma si fece avanti per abbracciarmi. Aveva l'aspetto di un cowboy appena smontato da cavallo e un eterno sorriso che non riuscivo a non trovare un po' irritante. Però ce la metteva tutta per essere carino con me, ed era evidente che adorava Jill. Promisi solennemente a me stessa di fare uno sforzo per non arricciare le labbra ogni volta che proferiva parola. «A "Runway" il cibo è tabù. Tiriamo avanti ad acqua e caffè» scherzai. «Ma dimmi di te. Che succede in quel di Houston? La solita pacchia, immagino.»

«Baby, te lo dico sempre, devi venire a trovarci. Porta anche Alex e fatevi un bella vacanza. Laggiù si sta meglio che in paradiso.» Jill ricambiò il suo sorriso stucchevole e gli accarezzò la guancia mal rasata. Erano disgustosamente innamorati.

«Davvero, Andy, è un posto delizioso. Molto vivace culturalmente e pieno di cose da fare» insistette mia sorella. «Voglio dire, se riesci a sopportare Avon, non vedo perché non Houston.»

«Andy, eccoti qui!» esclamò mia madre uscendo dalla cucina. «Jay, la newyorkese in carriera è arrivata, vieni a salutare. Pensavo che avresti chiamato dalla stazione.»

«La signora Myers è venuta a prendere Erika che arrivava con il mio stesso treno, e così mi ha dato un passaggio. Quando si mangia? Muoio di fame.»

«Subito. Vuoi lavarti? Schiacciare un pisolino? Possiamo aspettare. Sembri un po' provata dal viaggio, non c'è problema se...»

«Mamma, non cominciare. Sto benone.»

Mio padre comparve in fondo al corridoio. «Andy! Vieni ad abbracciare il tuo vecchio. Fatti vedere. Sei in forma smagliante!» Papà era alto, ancora un bell'uomo a cinquanta e passa anni. Mi indicò la scatola dello Scarabeo sul ripiano della libreria. «Più tardi ho intenzione di stracciarti. Preparati.»

Sorrisi e annuii. Sentivo che mi sarei goduta la festa del Ringraziamento più che mai.

Finalmente ci spostammo in sala da pranzo per attaccare le pietanze tipiche della vigilia, espertamente ordinate da mia mamma alla solita rosticceria. Bagels e salmone affumicato con cream cheese, frittelle di patate e cavolo, tutto sistemato nei vassoi semirigidi da asporto e servito nei piatti di carta. La mia famiglia non festeggiava secondo il «Runway» style, eppure la mamma, nel vederci mangiare con gusto, sfoggiava un'espressione orgogliosa come se quello spuntino fosse un banchetto regale interamente cucinato da lei.

Raccontai le mie novità, facendo del mio meglio per descrivere un lavoro che io per prima faticavo a comprendere. Mi chiesi se la storia di Emily che ordinava le gonne li avrebbe fatti sorridere o scandalizzare. Cosa avrebbero pensato del fatto che ogni giorno mi svegliavo alle cinque e mezza solo per impacchettare e spedire costosi regali di Natale? E della tessera magnetica che consentiva al Grande Fratello Elias-Clark di spiarmi? Avrei potuto parlare per ore, senza tuttavia riuscire a trasmettere ai miei il senso di urgenza e di allarme che mi contagiava quand'ero al lavoro, facendo apparire le mie triviali mansioni importanti, persino decisive. Era difficile spiegare un mondo che si trovava a sole due ore di treno da lì, ma in realtà apparteneva a un altro sistema solare. I miei familiari annuivano, sorridevano, facevano domande fingendosi interessati ai dettagli, ma in fondo era tutto troppo lontano e diverso perché potessero trovarci un senso alcuno. A dire il vero, l'universo di Miranda Priestly non aveva troppo senso neppure per me: mi pareva esagerato, teatrale, sopra le righe, vagamente orwelliano e... inspiegabilmente eccitante. Tutto sommato, il mio era un lavoro ambitissimo. *O no?*

«Dunque pensi che ti piacerà lavorare con questa Miranda per un anno? Chissà, potresti decidere di fermarti anche più a lungo» s'informò mia mamma, imbrattandosi un dito mentre spalmava il cream cheese sulla ciambella.

«Non è escluso. Finora sembrano tutti gentili. Emily è un po' troppo, come dire, devota alla causa, ma per il resto, va alla grande. Insomma, ad ascoltare Lily che parla dei suoi esami, o Alex che racconta dei delinquenti minorili con cui ha a che fare al lavoro, mi viene da pensare che sono proprio fortunata. Chi altro se ne va in giro con l'autista dal primo giorno di lavoro? Voglio dire, davvero. Perciò, sì, credo che mi aspetti un anno fantastico e non vedo l'ora che arrivi Miranda. Penso di essere pronta.»

Jill alzò gli occhi al cielo con un'espressione che pareva dire: "Piantala, Andy. Sappiamo tutti che lavori per una psicopatica circondata da modaiole anoressiche". Invece si congratulò: «In bocca al lupo, sorella. È un'incredibile opportunità».

Forse, mi dissi, era sincera. Prima di traslocare in Texas, Jill aveva lavorato per un anno in un piccolo museo privato a Parigi, e aveva maturato un certo interesse per la *haute couture*. Il suo era un interesse artisticoestetico più che commerciale, ma tant'è. «Anche noi abbiamo una novità» continuò dopo una pausa, prendendo la mano di Kyle. Lui posò la tazza di caffè e si allungò verso di lei.

«Oh, sia lodato il cielo» esclamò mia madre, abbandonandosi contro lo schienale come se qualcuno l'avesse finalmente liberata da un peso che l'aveva afflitta per oltre vent'anni. «Era ora!»

«Congratulazioni! La mamma, qui, cominciava a preoccuparsi. Non siete più due sposini. Veniva da chiedersi...» A capotavola, mio padre inarcò le sopracciglia.

«Ragazzi,» lo interruppi «è meraviglioso. Quando diventerò zia?»

Jill e Kyle parevano interdetti. Temetti che avessimo frainteso. Forse la buona notizia era qualcosa di più banale, una casa nuova, più grande, in quella specie di palude dove abitavano; la decisione, da parte di Kyle, di lasciare finalmente lo studio legale di suo padre per aprire la galleria d'arte che era il sogno di mia sorella...

Jill assunse un'aria preoccupata. Kyle si accigliò. I miei erano sul punto di svenire, in un silenzio così pesante da poterlo tagliare a fette.

A un tratto mia sorella si alzò e andò a sedersi in grembo al suo cowboy. Gli passò un braccio intorno al collo, attirò a sé il suo viso e gli sussurrò qualcosa all'orecchio. Mamma era sempre più tesa e impaziente, le rughe d'espressione intorno agli occhi profonde come trincee.

Alla fine Jill e Kyle ridacchiarono e annunciarono a una sola voce: «Avremo un bambino». E fu la luce. Grida d'esultanza. Lacrime. Abbracci. Papà afferrò Jill e la baciò su tutte e due le guance, poi, per la prima volta dal giorno in cui aveva sposato sua figlia, fece lo stesso con Kyle.

Decisi che ci voleva un brindisi. «Avanti, alziamo i bicchieri, e brindiamo al piccolo Sachs in arrivo.» Kyle mi guardò storto. «Okay, tecnicamente è un Harrison, ma nel nostro cuore sarà sempre un Sachs. A Kyle e Jill, futuri genitori perfetti del bambino più perfetto del mondo!» Facemmo cin-cin con le lattine e i tazzoni del caffè, brindando ripetutamente alla coppia che sorrideva inebetita e contemplando commossi il vitino da farfalla di mia sorella. Più tardi sparecchiai buttando tovaglia, piatti e avanzi nel sacco della spazzatura, mentre mamma cominciava a lavorarsi Jill per convincerla ad affibbiare al futuro nipote il nome di questo o quel parente morto. Kyle, in un angolo, sorbiva il caffè con aria soddisfatta. Poco prima di mezzanotte, papà e io sgattaiolammo nel suo studio per una partita.

Accese la macchina del rumore che usava quando riceveva i suoi pazienti, per favorire la concentrazione e impedire a noi bambini di origliare gli argomenti riservati discussi nel suo studio. Da bravo strizzacervelli, aveva piazzato un divano di pelle grigia sotto la finestra. Era così soffice, adoravo posare la testa sul bracciolo. Ma anche le tre sedie erano eccezionalmente accoglienti, un "surrogato di grembo materno in legno e stoffa" come diceva papà. La scrivania era nera, elegante come la sedia coordinata dallo schienale alto. Una parete di libri di psicologia, un vaso di cristallo altissimo poggiato sul pavimento e qualche stampa a colori completavano il look da rivista d'arredamento. Mi sedetti per terra tra il divano e la scrivania, e papà si mise accanto a me.

«Allora, raccontami come vanno davvero le cose,

Andy» disse, porgendomi il reggitessere di legno. «Sarai un po' frastornata, immagino.»

Pescai le mie lettere e le disposi con cura. «In effetti ho avuto un paio di settimane intense. Prima il trasloco, poi il lavoro. "Runway" è un posto strano, papà, è difficile da spiegare. Sono tutti belli, magri, ben vestiti. E pimpanti, sorridenti, come se a colazione mangiassero psicofarmaci. Non so...»

«Cosa? Cos'è che non sai?»

«È solo una sensazione intermittente, come se mi stessi addentrando in un bel castello di carta che prima o poi mi rovinerà addosso. Una parte di me pensa che sia ridicolo lavorare per una rivista di moda, capisci? Però l'ambiente m'intriga, è tutto così nuovo, così veloce e stimolante.»

Annuì.

«Da un lato "Runway" mi sembra un sogno e ho paura di svegliarmi; dall'altro mi chiedo se non stia buttando il mio tempo invece di impegnarmi per diventare una brava scrittrice e poter approdare un giorno al "New Yorker".»

«Non angosciarti, piccola. Comunque vada, sarà un anno interessante, tutt'altro che sprecato. Pensa a quanti incontri farai, quante esperienze nuove. Devi solo tenere d'occhio le tue vere priorità. Sei in gamba, imparerai più cose in dodici mesi di quante molta gente ne impari nell'arco di una carriera.» Piazzò la prima parola in mezzo al tabellone. PRIORITÀ.

«Niente male, come apertura» commentai, prendendo nota del punteggio. Le mie lettere non promettevano gran che. Piazzai una D, una U e due B davanti alla prima I: DUBBI. Contai il punteggio. Penoso.

«Voglio solo essere sicuro che tu ce la metta tutta»

riprese papà, spostando le tessere in cerca della sua prossima parola. «Più ci penso, e più mi convinco che da questo lavoro trarrai grandi benefici.»

«Per il momento ne ho tratto un paio di mani tagliuzzate a furia di maneggiare carta da regalo.»

«Aspetta e vedrai. Da quel che dici questa Miranda sembra un tipetto esigente, ma io sono sicuro che andrete d'accordo. I caratteri forti hanno il vantaggio della schiettezza. L'importante è tener duro e non gettare la spugna.»

Compose la parola SPUGNA usando la U di "dubbi", e mi guardò compiaciuto. Il punteggio giustificava la sua soddisfazione.

«Spero che tu abbia ragione, papà. Spero proprio che tu abbia ragione.»

«È il direttore di "Runway", sai, la rivista di moda!» insistetti, cercando di dissimulare l'irritazione. Ero al telefono con Julia, assistente dell'addetta stampa della casa editrice Scholastic.

«Ah, sì, ho capito quale intendi!» disse. «Proprio una bella rivista. Mi divertono molto le lettere delle ragazzine sulle ansie del menarca o roba del genere. Quel che mi chiedo è: sono vere? Mi ricordo di averne letta una che...»

«No, no! Ti confondi con qualche giornaletto per teen-ager. "Runway" si rivolge alle donne adulte.» *Almeno in teoria.* «Davvero non ne hai mai sentito parlare?» "È mai possibile?!?" Avrei potuto strapparmi i capelli per la frustrazione. «Comunque sia, si scrive P-R-I-E-S-T-L-Y. Miranda, sì.» Con quella Julia ci voleva la pazienza di Giobbe. Chissà come avrebbe reagito Miranda se avesse saputo che ero al telefono con una che non l'aveva mai sentita nominare.

«Bene, apprezzerei molto se mi facessi richiamare non appena arriva il responsabile dell'ufficio stampa» e finalmente riagganciai.

Era un venerdì di metà dicembre e poche ore mi separavano dall'agognata quiete del weekend. Per buona parte della mattina, avevo provato a convincere Julia, completamente estranea al mondo del *glamour*, che Miranda Priestly era una celebrità di prima grandezza, una star per la quale si poteva ben fare uno strappo alle regole. Ma il compito si era rivelato più arduo del previsto. Nelle prime quattro settimane come assistente di Miranda, avevo capito che una parte rilevante del mio lavoro consisteva nell'usare la sua influenza per ottenere quel che le serviva. Non solo: in genere, le persone che tentavo di persuadere, intimidire o costringere a collaborare, capitolavano al solo sentire il nome della mia capa.

Sfortunatamente per me, Julia lavorava in una casa editrice per bambini, dove era facile far colpo sparando nomi tipo Nonna Papera o Mary Poppins, ma pressoché impossibile ottenere un trattamento speciale facendo leva su un gusto impeccabile in fatto di pellicce. Nello sforzo di trovare gli argomenti più adatti, provai a rievocare i tempi in cui nemmeno io avevo mai sentito parlare di Miranda Priestly. Impossibile. Eppure quell'epoca magica era esistita anche per me! Non sapevo se ammirare o disprezzare l'ignoranza di Julia; in ogni caso avevo un compito da portare a termine, e lei non mi era d'aiuto.

L'indomani, sabato, lo stampatore avrebbe sfornato il quinto volume della serie di Harry Potter. Le due figlie gemelle di Miranda, come tutte le ragazzine di dieci anni, non vedevano l'ora di procurarsene una copia ciascuna. Come Julia mi aveva spiegato fino alla nausea, le prime copie sarebbero arrivate in libreria soltanto il lunedì. Io, però, dovevo averle tra le mani sabato mattina, ancora calde di stampa. Harry e compagnia dovevano prendere un aereo privato per Parigi.

Lo squillo del telefono interruppe i miei pensieri. Risposi senza agitarmi, dal momento che ormai Emily si fidava di me al punto da lasciare che parlassi personalmente con Miranda. Oh, se parlavamo! Minimo venti volte al giorno. Benché si trovasse a un oceano di distanza, Miranda aveva trovato il modo di irrompere nella mia vita, ringhiando ordini, istruzioni e domande al ritmo di una mitragliatrice, dalle sette del mattino alle nove di sera, ora in cui avevo il permesso di andarmene finalmente a casa.

«Andreaaa? Pronto? C'è nessuno lì? Andreaaa?» saltai sulla sedia nell'istante in cui udii la sua voce. Mi ci volle un momento per rammentare che lei non era in ufficio, e neppure sul territorio nazionale, al momento. Secondo Emily, Miranda senza dubbio si era dimenticata della promozione concessa ad Allison e della mia conseguente assunzione, perché dal suo punto di vista quelli erano dettagli insignificanti. Fintantoché qualcuno rispondeva al telefono e obbediva ai suoi ordini, l'identità della persona in questione non la riguardava.

«Non capisco perché ti ci voglia tanto per aprire bocca quando tiri su la cornetta» disse. «Quando io parlo, tu rispondi. *Subito*. È semplice, non credi? Io chiamo. Tu rispondi. Pensi di potercela fare, Andreaaaa?»

Anche se non poteva vedermi, feci di "sì" con la testa come una bambina di sei anni che si è appena meritata una solenne sgridata. Mi concentrai per non chiamarla "signora", un errore che mi era quasi costato il licenziamento la settimana prima. «Sì, Miranda, mi dispiace» sussurrai, a testa china. E in quel momento ero davvero dispiaciuta: mi dispiaceva che le sue parole non mi si fossero impresse nella mente tre decimi di secondo prima, ero dispiaciuta di avere impiegato una frazione di secondo più del necessario per pronunciare la frase: «Ufficio di Miranda Priestly». Il suo tempo, come Emily non mancava di ricordarmi più volte al giorno, era incommensurabilmente più prezioso del mio.

«Bene. Ora che abbiamo perso tutto questo tempo, consentimi di andare al sodo. Hai confermato la prenotazione per il tavolo del signor Tomlinson?» chiese.

«Sì, Miranda. Ho riservato un tavolo per l'una al Four Seasons, come mi hai chiesto.»

Me lo sentivo. Solo dieci minuti prima aveva chiamato per ordinarmi di prenotare un tavolo al Four Seasons per il signor Tomlinson e Irv Ravitz, il presidente della Elias-Clark. Avevo dovuto chiamare il signor Tomlinson, l'autista e Cara per informarli dell'avvenuta prenotazione, e adesso Miranda avrebbe stravolto tutto.

«Beh, ci ho ripensato. Il Four Seasons non è il posto ideale per pranzare con Irv. Prenota un tavolo per due da Le Cirque, nella sala sul retro, mi raccomando, il più lontano possibile dalla vetrata. È tutto.»

Dapprima avevo pensato che "è tutto" nel gergo di Miranda significasse "grazie". Tempo una settimana e avevo scartato l'ipotesi.

«Certo, Miranda. Grazie» dissi, con un sorriso. Ci fu una pausa all'altro capo del filo. Capiva che stavo cercando di attirare l'attenzione sulla sua mancanza di educazione, oppure trovava sacrosanto che la ringraziassi per il fatto di avermi appena dato degli ordini nel solito tono imperioso e ostile? Ultimamente avevo cominciato a ringraziarla per tutti i suoi commenti sarcastici e le sue brusche ingiunzioni, e la strategia mi era di qualche conforto. Sotto sotto Miranda sapeva che mi stavo prendendo gioco di lei, ma cosa poteva dire? "Andreaaa, non voglio mai più sentirti dire grazie. Ti proibisco categoricamente di mostrarti gentile con me." Ripensandoci, avrebbe potuto farlo tranquillamente, dato il personaggio.

Le Cirque, Le Cirque, Le Cirque, continuavo a ripetere mentalmente, decisa a fare subito la prenotazione per poter tornare al più presto a occuparmi dell'urgenza Harry Potter. L'addetta alle prenotazioni del ristorante fu efficientissima e mi trovò immediatamente un tavolo per l'una.

Un minuto dopo Emily entrò in ufficio con la sua andatura da passerella e chiese se aveva chiamato Miranda.

«Solo tre volte, e non ha neppure minacciato di licenziarmi» risposi orgogliosa. «Ovvero, lo ha fatto *velatamente*, niente minacce esplicite. Faccio progressi, ti pare?»

Emily rise come faceva solo quando accettavo di prendermi in giro da sola, e s'informò dei nuovi ordini che mi erano appena stati impartiti.

«Mi ha chiesto di cambiare la prenotazione per il pranzo del signor Sor-Ci. Non sono sicura di avere capito perché debba occuparmene io, visto che il signore dispone di un'assistente personale, ma ho imparato a non fare domande.» Sor-Ci, ovvero Sordo-Cieco, era il soprannome che alcune ragazze della redazione avevano affibbiato al terzo marito di Miranda. In pubblico, il signor Tomlinson faceva di tutto per dissimulare, ma le meglio informate non dubitavano del fatto che soffrisse di quel duplice handicap: era l'unica spiegazione possibile per il fatto che un tipo così gentile avesse scelto di vivere con Miranda.

Adesso dovevo richiamare Sor-Ci, per scongiurare il rischio che si presentasse al ristorante sbagliato. Era rientrato dalle vacanze per un paio di appuntamenti di lavoro, dei quali il pranzo con Irv Ravitz era il più importante. Miranda voleva che ogni dettaglio fosse curato alla perfezione, come sempre, del resto. Il vero nome di Sor-Ci era Hunter Tomlinson. Lui e Miranda si erano sposati l'estate precedente, dopo mesi di corteggiamento a senso unico: lei gli correva dietro e lui la fuggiva come la peste. A sentire Emily, Miranda era stata più insistente di una piattola, finché lui non aveva capitolato per sfinimento. A quel punto Miranda aveva lasciato il secondo marito (cantante di una rock band anni Sessanta, e padre delle gemelle) senza il minimo preavviso. Dodici giorni dopo il divorzio si era già risposata. Dopo le nozze, il signor Tomlinson si era trasferito nel superattico di Fifth Avenue. Io avevo visto Miranda solo una volta, e non avevo mai incontrato suo marito, ma avevo passato così tante ore al telefono con l'una e con l'altro da avere l'inquietante impressione che facessero parte della mia famiglia.

Tre squilli, quattro, cinque... "Uhm, dove diavolo è andata a finire la sua assistente?" Alla fine rispose.

«Ufficio del signor Tomlinson. Come posso esserle d'aiuto?»

«Ciao Martha, sono Andrea. Senti, non c'è bisogno che parli con il signor Tomlinson, puoi trasmettergli un messaggio urgente da parte mia? Ho prenotato un tavolo per...»

«Tesoro, sai che il signor Tomlinson ha sempre piacere di far due chiacchiere con te. Resta in linea un secondo.» E, prima che potessi protestare, mi ritrovai ad ascoltare la versione elettronica di *Don't worry, be happy* di Bobby McFerrin. Perfetto. Non c'era da stupirsi che Sor-Ci avesse scelto il ritornello più fastidiosamente ottimista che fosse mai stato composto per intrattenere chiunque desiderasse parlargli.

«Andy, sei tu, piccolina?» Chiese nella sua voce calma, profonda e distinta. «Il signor Tomlinson comincia a pensare che tu stia cercando di evitarlo. Sono secoli che non ha il privilegio di chiacchierare un po' con te.» Otto giorni, per la precisione. Oltre a essere segretamente sordo e cieco, il signor Tomlinson aveva l'irritante abitudine di parlare di se stesso in terza persona.

Feci un respiro profondo. «Buongiorno, signor Tomlinson. Miranda mi ha chiesto di informarla che la colazione di oggi è prevista per l'una, da Le Cirque. Ha detto che lei e...»

«Rilassati, piccolina» disse piano, con calma. «I dettagli del mio pranzo possono aspettare. Sii generosa con un anziano signore come il signor Tomlinson, e raccontagli qualche cosa della tua vita. Farai questo per lui? Dimmi, cara, sei contenta di lavorare per sua moglie?» Se ero contenta di lavorare per sua moglie? Beh, quella sì era una bella domanda. Peccato che in quel momento non avessi alcuna voglia di pormela, e tanto meno di intrattenermi con Sor-Ci.

«Signor Tomlinson, mi piace il mio lavoro e sono felice di lavorare per Miranda» trattenni il fiato e pregai che questo gli bastasse.

«Bene, il signor Tomlinson si compiace che le cose stiano così.»

«Grazie, signor Tomlinson. Si goda la colazione al Le Cirque» tagliai corto, prima che avesse tempo di chiedermi che programmi avevo per il fine settimana.

Mi appoggiai allo schienale e sospirai. Emily era occupata a far quadrare una delle astronomiche note spese che compilava settimanalmente per conto di Miranda, le sopracciglia ben depilate aggrottate nello sforzo.

Il progetto Harry Potter si ergeva davanti a me impegnativo quanto una sessione di *free climbing*; dovevo darmi una mossa, se non volevo rischiare di rovinarmi il weekend.

Con Lily avevamo in programma una maratona cinematografica. Io ero esausta per il troppo lavoro, lei stressata per gli esami imminenti, e così ci eravamo ripromesse di passare il fine settimana parcheggiate sul suo divano, nutrendoci solo di birra e patatine. Niente bibite ipocaloriche. Niente crackers integrali. E soprattutto, niente pantaloni neri e abbigliamento da ufficio. Pur parlando spesso al telefono, non avevamo passato molto tempo insieme, da che avevo traslocato a New York.

Eravamo amiche del cuore dalla seconda media, da quando l'avevo sorpresa a piangere da sola a un tavolo della caffetteria. Da poche settimane si era trasferita a vivere con sua nonna e si era iscritta alla mia stessa scuola. Ormai era chiaro che i suoi genitori non sarebbero tornati a casa presto. Avevano avuto Lily a diciannove anni, ed erano molto più interessati alle sregolatezze della vita *on the road* che ai pannolini. Per questo avevano rinunciato a crescerla, per girare il mondo al seguito di una band heavy metal. Lily era rimasta in una comune nel Nuovo Messico, affidata a una simpatica banda di fricchettoni ("il collettivo", come lo chiamava lei). Dopo un anno, la nonna era andata a prenderla alla comune ("la setta", per l'anziana signora) e l'aveva portata con sé ad Avon. Il giorno in cui avevo fatto la sua lacrimevole conoscenza al tavolo della caffetteria, Lily piangeva perché sua nonna l'aveva costretta a tagliare l'acconciatura rasta e ad abbandonare i sandali indiani. C'era qualcosa nel suo modo di parlare che mi aveva subito affascinata, espressioni tipo "È così zen da parte tua" o "Decomprimiamoci un attimo". Tempo un mese ed eravamo grandi amiche. Alla scuola superiore eravamo rimaste appiccicate come patelle, e così per i quattro anni passati alla Brown, dove avevamo condiviso la stanza. Ancora oggi, Lily oscillava tra mocassini e rossetto e le collane hippy con le foglie di marijuana ed era troppo eccentrica per fare qualunque cosa alla maniera dei "regolari". Anche per questo l'amavo tanto: eravamo perfettamente complementari. Dopo un mese di lavoro massacrante e zero vita sociale cominciavo a sentire seriamente la sua mancanza.

Non vedevo l'ora di lasciare l'ufficio. Le quattordici ore lavorative al giorno si facevano sentire nei miei piedi, negli avambracci, nel fondo schiena. Ero stata costretta a investire in un paio di occhiali da vista, perché avevo gli occhi troppo asciutti e stanchi per le lenti a contatto. Fumavo un pacchetto al giorno e mi alimentavo a caffè e sushi da asporto. Avevo cominciato a perdere peso, anche perché in ufficio perfino il più piccolo snack era bandito. Ero sopravvissuta a una brutta infezione respiratoria che mi aveva impresso due occhiaie scure sul viso pallido. E tutto questo dopo sole quattro settimane! A soli ventitré anni. Con Miranda fuori ufficio.

E ora ci si metteva pure Harry Potter. Miranda aveva

chiamato quella mattina presto. Come sempre, la conversazione non era andata oltre pochi istanti di concitate, contorte istruzioni da parte sua. Fin dai primi giorni avevo imparato che nell'universo di Miranda Priestly era meglio fare un errore e poi perdere tempo e denaro per rimediare, piuttosto che ammettere di non aver capito che diamine volesse da te. Perciò, quando, al solito, lei aveva riagganciato senza preavviso, mi ero rivolta a Emily in preda al panico. «Harry Potter? Parigi? Cielo, che cosa avrà voluto dire?»

Emily mi aveva guardato con il solito mix di disgusto e pietà. «Semplice. Il nuovo Harry Potter esce domani negli Stati Uniti, ma le gemelle non sono qui per comprarlo. Miranda vuole che ne trovi due copie e che le porti all'aeroporto di Teterboro. La DHL non può garantire la consegna prima di lunedì, il che è inaccettabile. Ragion per cui, un aereo privato le recapiterà a Parigi.»

Non avendo intenzione di sacrificare nemmeno un nanosecondo del mio fine settimana ai capricci di Miranda Priestly e disponendo di denaro e potere (suoi) in quantità pressoché illimitata, decisi di tentare il tutto per tutto. Per prima cosa, scrissi una bella letterina a Julia della casa editrice Scholastic.

«*Carissima Julia,
la mia assistente Andrea mi assicura che tu sei l'angelo a cui indirizzare la mia accorata preghiera. Sei tu, infatti, l'unica in grado di reperire un paio di copie dell'ultimo Harry Potter entro domani mattina. Voglio che tu sappia quanto apprezzo la tua competenza, la tua efficienza e la tua disponibilità. Non immagini quanto renderai felici le mie bambine esaudendo questa piccola richiesta. Mi rac-*

comando, non esitare a farmi sapere se ti serve qualcosa, qualunque cosa; nessuna ricompensa è troppo grande per una ragazza favolosa come te.

Baci e abbracci

Miranda Priestly»

Falsificai la sua firma con uno svolazzo perfetto (ore e ore di pratica sotto la guida di Emily cominciavano a dare i loro frutti); pinzai la letterina al numero di «Runway» non ancora distribuito in edicola e chiamai un fattorino per la consegna urgente all'ufficio delle Edizioni Scholastic.

Incrociai le dita. Avevo azzardato una mossa ardita. Non per via della firma, perché a Miranda non importava che la falsificassimo: le risparmiava di occuparsi di fastidiosi dettagli. Era il tono della lettera – educato, gentile, quasi supplice – a preoccuparmi. Se quel biglietto le fosse capitato sotto gli occhi, me lo avrebbe sicuramente fatto ingoiare.

Solo tre settimane prima, avrei cancellato di corsa i miei programmi per il weekend di fronte a un'emergenza di natura mirandesca. Ormai, però, avevo accumulato abbastanza esperienza – e cinismo – da osare un piccolo strappo alla regola della dedizione e obbedienza assolute. Né Miranda né le bambine sarebbero state ad aspettarmi all'aeroporto di Teterboro il giorno successivo, quindi non ero costretta a consegnare i libri di persona. Presumendo (e pregando) che Julia riuscisse a procurarmi un paio di copie, decisi di architettare un piano volto a preservare il mio riposo fine-settimanale.

Brian, junior editor alle edizioni Scholastic, avrebbe ottenuto da Julia il permesso speciale di portare a casa due copie pilota di Harry quella sera stessa. Avrebbe lasciato i libri al portiere dello stabile dove abitava, nell'Upper West Side, e io avrei mandato una macchina a ritirarli il sabato mattina alle undici. Uri, l'autista di Miranda, mi avrebbe chiamata sul cellulare per confermarmi l'avvenuto ritiro e la successiva consegna all'aeroporto di Teterboro, dove i libri sarebbero stati caricati sull'aereo privato del signor Tomlinson per volare alla volta di Parigi.

Per un attimo fui tentata di dare un nome in codice all'operazione, in puro stile KGB, ma poi decisi di lasciar perdere. Se tutto fosse andato secondo i piani, le nuove avventure del maghetto quattrocchi sarebbero state nelle mani di Cassidy e Caroline domenica mattina, con un'intera giornata di anticipo rispetto alle date di pubblicazione. Una cosa da scaldare il cuore, davvero.

Avevo predisposto tutto, macchine, autisti e piloti quando Julia finalmente mi richiamò. Anche se per farmi contenta rischiava di mettersi nei guai, avrebbe affidato a Brian le due copie per la signora Priestly. Amen.

«Si è fidanzato ufficialmente, roba da non crederci!» esclamò Lily riavvolgendo la copia di *Ferris Bueller* che avevamo appena finito di guardare. «Voglio dire, abbiamo solo ventitré anni, diamine, che fretta c'è?»

«Scommetto che c'è dietro qualcosa» risposi dalla cucina. «Forse mamma e papà non gli danno accesso al malloppo finché non si sistema? Sarebbe una motivazione più che sufficiente per metterle un anello al dito. Oppure si sente solo.»

Lily scoppiò a ridere. «Vedo che anche tu hai scartato a priori l'ipotesi che possa essersi innamorato di lei e che desideri onorarla e rispettarla finché morte non li

118

separi! Voglio dire, in questo caso l'amore è assolutamente fuori questione, giusto?»

«Concordo.»

«Bene, ecco un'altra spiegazione plausibile: è gay. Ha finalmente raggiunto la piena consapevolezza della propria identità sessuale – io conosco la verità da un pezzo – teme la reazione dei suoi e perciò sposa la prima che passa. Cosa ne pensi?»

Il film successivo sulla lista era *Casablanca*. Lily fece scorrere i titoli di testa mentre io scaldavo al microonde due tazzoni di cioccolata calda. Bivaccammo sul sofà per tutto il venerdì sera, con una capatina fuori casa per fumare e fare approvvigionamento da Blockbuster. Il sabato pomeriggio ci trovò particolarmente attive e pimpanti, così uscimmo a fare due passi a Soho. Ci comprammo un top ciascuna per il party di Capodanno e sorseggiammo un punch caldo sedute su una panchina. Tornammo a casa di Lily stanche ma felici, pronte a passare il resto della serata davanti a *Harry ti presento Sally* e *Saturday Night Live*. Relax completo, una vera pacchia: mi sentivo lontana anni luce dallo stato di perenne ansia che era diventato il mio pane quotidiano a «Runway». Avevo completamente rimosso la missione Harry Potter, finché un telefono non squillò domenica mattina. "Oh no, Miranda!" Ma sentii Lily che parlava in russo con qualcuno, probabilmente un compagno di corso, sul cellulare. Non era lei. "Grazie Signore, grazie!"

Ma a pensarci bene, non era affatto detto che fossi salva. Era domenica mattina, e io non sapevo ancora se quegli stupidi libri fossero arrivati a Parigi o no. Mi ero goduta il mio weekend al punto che l'idea di chiamare Uri non mi aveva neppure sfiorata. Certo, avevo tenuto il telefono acceso e la suoneria al massimo, ma avevo commesso l'imperdonabile errore di aspettare che qualcuno telefonasse per comunicarmi un eventuale problema, quando la cosa da fare era intraprendere un'azione preventiva.

Frugai freneticamente nel groviglio di mutande, trucchi e calzini della mia borsa, fino a ripescare il cellulare fornitomi dalla redazione. *Aarrg!* Lo schermo mi informò immediatamente che nella stanza non c'era campo. D'istinto, seppi che Miranda aveva chiamato e che era scattata la segreteria. Odiai quel cellulare con tutta me stessa. Odiai il mio telefono di casa, il telefono di Lily, le signorine sorridenti dello spot della Nokia, odiai persino Alexander Graham Bell. Lavorare per Miranda Priestly, cominciavo a realizzare, comportava un buon numero di effetti collaterali, tra i quali l'odio cieco per i telefoni era uno dei più sorprendenti.

Per la maggior parte delle persone, il trillo del telefono era un segnale amichevole del fatto che qualcuno ti stava cercando per scambiare due chiacchiere, per fare progetti e darti appuntamento. Per me, lo squillo del telefono significava panico, ipersudorazione improvvisa e presagio di arresto cardiaco. C'era gente per cui i tanti servizi offerti dalle compagnie telefoniche erano delle piacevoli novità. Per me erano una necessità assoluta. Prima di Miranda, non avevo mai sentito il bisogno di attivare la tripla opzione Avviso di Chiamata con Identificazione del Chiamante in attesa e Segreteria telefonica.

«E se suona di notte, mentre dormo?» avevo chiesto a Emily quando mi aveva consegnato il cellulare.

«Ti svegli e rispondi» aveva replicato, dandosi una limatina a un'unghia.

«E se sono fuori a cena?»

«Fai come tutti i newyorkesi e parli senza alzarti da tavola.»

«Dal ginecologo a fare il pap-test?»

«Non te lo fa nelle orecchie, no?» *Ah, beh, allora.* Avevo capito. Detestavo quel cellulare, ma non potevo permettermi di ignorarlo. Mi teneva legata a Miranda come un cordone ombelicale.

Perlustrai l'appartamento di Lily a caccia di un angolo dove la ricezione fosse migliore e chiamai la segreteria.

C'era un messaggio carino di mamma che mi augurava buon divertimento per il weekend. Un amico di San Francisco in imminente trasferta di lavoro a New York proponeva di incontrarci una sera per cena. Mia sorella aveva chiamato per ricordarmi di spedire una cartolina di buon compleanno a suo marito. E poi c'era lei, con il suo inconfondibile accento british. «Andreaaa. Sono le nove di domenica mattina qui a Parigi e i libri delle bambine non sono ancora arrivati. Attendo spiegazioni. Chiamami al Ritz. È tutto.» *Clic.*

Come al solito, il messaggio non contemplava l'uso di formule di cortesia. Niente "pronto", niente "ciao" e meno ancora "grazie". Ma il punto era un altro. Era passata quasi mezza giornata da che mi aveva cercata, e io non l'avevo ancora richiamata. Rischiavo il licenziamento. Come l'ultima delle dilettanti, avevo dato per scontato che il mio piano avrebbe funzionato e non mi ero fermata a riflettere sul fatto che Uri non aveva mai chiamato per confermare il ritiro del pacco. Cercai il numero sulla rubrica e lo chiamai. Anche lui era tenuto a rispondere ventiquattr'ore su ventiquattro, sette giorni su sette.

«Ciao Uri, sono Andrea. Scusa se ti disturbo, ma ho urgente bisogno di sapere se hai ritirato quei libri, ieri, all'incrocio tra la Diciassettesima Strada e Amsterdam Avenue.»

«Ciao, Andy, mi fa piacere sentirti» gracchiò Uri nel suo pittoresco accento russo, sempre così confortante. Mi chiamava Andy dal primo giorno, nel tono in cui un vecchio zio chiama la nipotina prediletta.

«Certo che ho ritirato i libri, ho fatto esattamente come hai detto tu. Pensi che non voglia aiutarti?»

«No, no, certo che no, Uri. È solo che ho appena trovato un messaggio di Miranda. Pare che non li abbia ricevuti e così mi chiedevo se qualcosa fosse andato storto.»

Mi mise in attesa per un attimo, mentre cercava il nome e il telefono del pilota che aveva portato i libri a Parigi il giorno precedente.

«Oh, grazie, grazie, grazie!» esclamai, annotandomi il numero in fretta e furia e pregando che il pilota potesse essermi d'aiuto. «Devo lasciarti, adesso. Passa un buona domenica.»

«Anche tu, Andy. Buona fortuna per Harry Potter» e riagganciò.

In cucina, Lily stava facendo delle crêpes che mandavano un profumino fantastico, ma io dovevo risolvere subito quella faccenda se non volevo perdere il lavoro. A meno che non l'avessi già perso, pensai, e che nessuno si fosse preso il disturbo di comunicarmi che ero stata licenziata. Mi avevano raccontato che, qualche mese prima del mio arrivo a «Runway» Miranda aveva licenziato una caporedattrice Moda mentre si trovava in luna di miele. La poveretta aveva appreso la notizia sfogliando una copia di «Women's Wear Daily» a Bali.

Digitai il numero del pilota. Mi sentii svenire quando rispose la segreteria telefonica.

«Pronto, Jonathan? Sono Andrea Sachs della redazione di "Runway". Sono l'assistente di Miranda Priestly, e ho bisogno di farti una domanda urgente riguardo al volo di ieri. Oh, ripensandoci, forse sei ancora a Parigi, o magari sulla via del ritorno. Beh, in ogni caso volevo sapere se i libri... e naturalmente tu stesso, siete arrivati a Parigi sani e salvi. Puoi richiamarmi sul cellulare appena possibile? Il numero è 917-555-8702. Grazie, a presto.»

Pensai di chiamare il portiere al Ritz, per domandargli se avesse visto arrivare la macchina con Harry Potter, ma il mio cellulare non era abilitato alle chiamate internazionali. Probabilmente era l'unico servizio non disponibile, e, naturalmente, l'unico che mi interessasse in quel momento. Lily annunciò che c'erano un piatto di crèpes e un tazzone di caffè pronti per me. Andai in cucina e attaccai la mia porzione. Lei stava sorseggiando un Bloody Mary. *Bleah*. Era ancora mattina. Come faceva a bere superalcolici a quell'ora?

«C'è qualche guaio con Miranda?» chiese.

Feci segno di sì con la testa. «Temo proprio di aver combinato un bel casino» dissi. «Mi sa che questa volta mi licenzia.»

«Oh, dolcezza, dici sempre così. Stai esagerando, ci giurerei. Miranda non ha nemmeno avuto occasione di conoscerti di persona. Tranquilla, nessuno ha intenzione di toglierti il tuo meraviglioso lavoro.»

La mia espressione eloquente la spinse ad argomentare.

«D'accordo, la tua capa sembra un po' capricciosa e difficile da accontentare. Quale boss non lo è? In compenso ti toccano scarpe e vestiti all'ultima moda, trattamenti estetici e tagli di capelli, tutto gratis. Tutti ti invidiano. Andy, lavori a "Runway", capisci?»

Capivo, capivo. Capivo fin troppo bene che persino Lily, per la prima volta in nove anni, si rifiutava di capire. Come il resto dei miei amici, adorava stare a sentire il resoconto delle mie giornate lavorative, tutte gossip e *glamour*, e non prendeva minimamente sul serio le mie lamentele su quanto fosse duro sopravvivere nel clima forsennato della redazione. Non immaginava che, se mi presentavo al lavoro giorno dopo giorno, non era certo per i vestiti gratis... perché non c'era abito, per quanto sontuoso, che potesse rendere sopportabile Miranda Priestly, nemmeno in versione telefonica! Ecco, finalmente ero riuscita ad ammetterlo, almeno a me stessa. Ma era giunto il momento di fare *outing*, di condividere con la mia migliore amica i miei sentimenti troppo a lungo repressi. Le avrei raccontato delle umiliazioni, dei dubbi, del senso di ridicolo che a volte mi assaliva. Feci per aprire bocca, emozionata al pensiero di vuotare il sacco, ma proprio in quel momento squillò il cellulare.

Acc...! Avrei voluto gridare a chiunque si trovasse all'altro capo del filo di andarsene al diavolo. Ma una piccola parte di me sperava che fosse Jonathan con qualche preziosa informazione. Lily sorrise e mi consigliò di prendere un bel respiro. Annuii mestamente e risposi.

«Pronto, Andrea?» chiese una voce maschile.

«Jonathan?»

«Sono io. Ho chiamato casa e ho trovato il tuo messaggio. Sto tornando da Parigi proprio adesso, ti parlo da sopra l'Atlantico, mi è sembrato di capire che tu sia piuttosto in ansia.»

«Sì, in effetti sono un po' preoccupata, perché vedi, qualche ora fa, Miranda mi ha chiamata per informarmi di non aver ricevuto il pacco. Tu lo hai consegnato all'autista del Ritz di Parigi, vero?»

«Certo che sì. Sai, nel mio lavoro sono abituato a non fare domande. Mi limito a volare dove mi dicono e a tenere la bocca chiusa. Ma non capita tutti i giorni di volare oltreoceano con nient'altro a bordo che un singolo pacchetto. Doveva trattarsi di qualcosa di davvero importante, immagino, tipo un organo per un trapianto o dei documenti riservatissimi. Questo per farti capire che sono stato particolarmente attento. Non ho mai perso di vista quel pacco fino a quando l'autista del Ritz non si è presentato a prelevarlo. Era un tipo simpatico. È filato tutto liscissimo.»

Lo ringraziai e riagganciai, sperando che avesse già cancellato il messaggio che gli avevo lasciato in segreteria telefonica. Se lo avesse riascoltato con attenzione, avrebbe scoperto di avere eroicamente trasportato a Parigi dei semplici libri.

Il portiere del Ritz aveva disposto che un autista aspettasse l'aereo privato del signor Tomlinson all'aeroporto e trasferisse i libri all'hotel. Se tutto fosse andato secondo i piani, Miranda avrebbe dovuto averli da un pezzo. Non c'era altra scelta: dovevo chiamare il portiere, e, visto che il mio cellulare non era abilitato alle chiamate internazionali, dovevo trovare un telefono che lo fosse.

Presi i resti delle mie crèpes ormai fredde e li gettai nella pattumiera. Lily era di nuovo allungata sul divano, mezza addormentata. La abbracciai e le dissi che l'avrei chiamata più tardi.

«E la nostra maratona di film?» piagnucolò. «Ho qui

125

pronto *Il Presidente – Una storia d'amore* con Michael Douglas e Annette Bening. Non te ne puoi andare proprio adesso, il weekend non è ancora finito!»

«Lo so, mi spiace tantissimo, Lil. Devo risolvere questa faccenda al più presto possibile. Ti chiamo, okay? Perdonami.»

Per strada, mi infilai in un taxi.

L'ufficio naturalmente era deserto. Di sicuro le mie colleghe erano tutte da Pastis per il brunch insieme ai loro fidanzati banchieri. Mi sedetti alla mia scrivania e sollevai la cornetta. Per fortuna, rispose Monsieur Renaud, il mio preferito tra i portieri del Ritz.

«Andrea, *mon chère*, come va? Siamo così felici che la signora Priestly sia di nuovo tra noi insieme alle piccole Caroline e Cassidy» mentì.

«Non stento a crederlo, Monsieur Renaud, e so per certo che Miranda è altrettanto felice di essere lì» mentii di rimando. Per quanto efficiente e accomodante il personale si sforzasse di essere, Miranda trovava da ridire su tutto.

«Monsieur Renaud, mi dica, la macchina che ha spedito all'aeroporto per recuperare quel pacco è tornata all'hotel?»

«Ma certo. È stato un bel po' di ore fa. Prima delle otto. Ho mandato il miglior autista che abbiamo» disse con orgoglio. Se soltanto avesse saputo che cosa era andato a prendere con tanta urgenza il suo miglior autista!

«Beh, mi sembra strano, perché ho appena ascoltato un messaggio di Miranda che diceva di non aver mai ricevuto il pacco. Ho controllato con l'autista qui a New York e giura di averlo consegnato all'aeroporto di Teterboro; il pilota, a sua volta, giura di averlo portato in volo a Parigi e di averlo dato al suo autista... Com'è possibile che Miranda non l'abbia visto?»

«Temo che per sciogliere l'enigma dovremo sentire la signora» trillò con voce falsamente entusiasta. «Vuole che le passi l'interno?»

Avevo sperato di riuscire a evitare quel doloroso momento. Che cosa avrei potuto dirle se avesse continuato a insistere di non avere ricevuto il pacco? Dovevo suggerirle di guardare sulla mensola all'ingresso della suite, dove probabilmente era stato depositato qualche ora prima? Avrebbe preteso che ripetessi daccapo l'intera macchinosa operazione – Julia, jet privato, autista del Ritz eccetera – per farle recapitare altre due copie entro fine giornata?

«Certo, Monsieur Renaud. Grazie dell'aiuto.»

Un paio di *clic* ed eccomi connessa all'interno di Miranda. Ero un po' sudata per la tensione, perciò mi asciugai il palmo della mano sui pantaloni della tuta, cercando di non pensare alla reazione che Miranda avrebbe avuto se avesse potuto vedere il mio abbigliamento. "Stai calma, fiduciosa" mi dissi. "Non può sgozzarti per telefono."

«Sì?» una vocetta secca e brusca mi fece sobbalzare. Era Caroline che, a soli dieci anni, aveva perfezionato le maniere spicce di sua madre nel rispondere al telefono. Cassidy, almeno, aveva il vizio di rispondere cantilenando leziosamente «Prooonto?».

«Ciao, tesorino» squittii. «Sono Andrea, dall'ufficio. C'è la mamma?»

Un momento più tardi, Miranda era in linea.

«Sì, Andreaaa? Spero che sia qualcosa di davvero importante. Sai quanto poco apprezzi le interruzioni quando passo del tempo con le bambine» cominciò.

"Ah, sì? Vuoi sapere quanto poco apprezzi il fatto di essere interrotta quando passo del tempo con Lily?..." Ma invece di risponderle a tono feci un bel respiro e abbozzai.

«Miranda, mi spiace disturbarti. Ti chiamo per accertarmi che tu abbia ricevuto il pacco con le copie di Harry Potter. Ho sentito il messaggio in cui dicevi che non lo avevi ancora avuto, ma ho parlato con tutti e...»

Mi interruppe a metà frase. «Andreaaa. Dovresti ascoltare con più attenzione. Non ho detto niente del genere. Ci hanno portato il pacco questa mattina presto, troppo presto, se vuoi saperlo. Avrei preferito non essere svegliata all'alba per una sciocchezza del genere.»

Non potevo credere alle mie orecchie. Mi ero forse sognata quel messaggio? Ero ancora troppo giovane per l'Alzheimer. *O no?*

«Io ho detto, semmai, che non avevamo ricevuto *entrambe* le copie. Nel pacco ce n'era una sola e puoi immaginare la delusione delle bambine. Non vedevano l'ora di avere ciascuna la sua, come avevo specificamente richiesto. Vorrei che tu mi spiegassi perché i miei ordini non sono stati rispettati.»

Era un incubo. Non poteva essere vero.

«Miranda, ricordo perfettamente le tue istruzioni, e infatti ho ordinato due copie» balbettai. «Ho parlato con la ragazza delle edizioni Scholastic e sono certa che ha capito benissimo la mia richiesta, non so davvero immaginare cosa...»

«Andreaaa, sai che effetto mi fanno le scuse. Non sono affatto interessata ad ascoltare le tue, ora. Mi aspetto che una cosa del genere non accada mai più, d'accordo? È tutto.» Chiuse la comunicazione.

Rimasi immobile per un tempo indefinibile (cinque

minuti? Un'ora?) ad ascoltare il *tuuuu* del telefono pressato contro l'orecchio. Potevo ucciderla e sperare di farla franca? Mi chiesi, travolta dalla rabbia. Oppure la polizia avrebbe capito subito che ero stata io? Certo che no, tutti, a «Runway», avevano un valido movente. Avrei avuto la forza interiore di stare a guardare mentre moriva di una morte lunga, lenta, possibilmente dolorosa? Sì, in quel momento ero quasi certa di sì.

Riabbassai lentamente il ricevitore. E se davvero avessi capito male, quando avevo sentito il messaggio qualche ora prima? Presi il cellulare e lo riascoltai. «Andreaaa, sono le nove di domenica mattina qui a Parigi e le bambine non hanno ancora ricevuto i libri. Attendo spiegazioni. Chiamami al Ritz. È tutto.»

No, conclusi fra me. Forse Miranda aveva ricevuto una sola copia invece di due, ma il suo messaggio era deliberatamente ambiguo, per non dire fuorviante. Aveva chiamato con la precisa intenzione di gettarmi nel panico, per di più alle tre del mattino, di un giorno festivo. Aveva chiamato per mettermi sotto pressione ancor più di quanto già non fossi.

Era ufficiale: avevo cominciato a odiarla, profondamente e senza riserve.

7

La festa di Capodanno di Lily: champagne nei bicchieri di carta, un po' di gente dell'università e qualche faccia nuova a rimorchio. Non ero mai stata una patita del veglione. Avevo letto da qualche parte che qualcuno chiamava San Silvestro "La notte dei dilettanti" (credo fosse Hugh Hefner, il fondatore di «Playboy»), dedicata a quelli che stavano a casa in pantofole le restanti trecentosessantaquattro notti. Ero perfettamente d'accordo. La festa di Lily, comunque, ci avrebbe fatto risparmiare centocinquanta dollari d'ingresso in qualche club e ci avrebbe evitato di morire di freddo aspettando la mezzanotte a Times Square. Ognuno aveva portato una bottiglia di qualcosa di non troppo mefitico; Lily aveva distribuito fischietti e coroncine luccicanti. Brindammo all'anno nuovo ballando sul tetto affacciato su Harlem. Ci avevamo dato dentro con l'alcol, specialmente Lily, che quando la festa finì era k.o. da un pezzo. Aveva vomitato due volte e non mi sentivo tranquilla a lasciarla a casa da sola. Alex e io ficcammo po' delle sue cose in una borsa e la caricammo sul nostro taxi. Kendra e Shanti erano partite, quindi andammo a casa mia. Sistemammo Lily sul futon in sala da pranzo e il giorno successivo uscimmo tutti e tre per un mega brunch.

Ero contenta che fossero finite le feste. Era ora di far pace con la mia nuova vita e buttarmi davvero nel lavoro. Anche se mi sembrava che fossero passati dieci anni dai tempi dell'università, tecnicamente ero ancora in fase di rodaggio. Speravo che le cose sarebbero migliorate, con Miranda in ufficio. Chiunque poteva sembrare un mostro al telefono, specialmente una come lei che lavorava non-stop anche in vacanza. Mi ero convinta che l'infelicità di quel primo mese di lavoro fosse servita a spianare la strada. La solita ottimista.

Erano le dieci del mattino di un freddo e grigio tre gennaio, e io ero davvero felice di essere al lavoro. *Felice!* Emily, inchiodata al telefono, non la smetteva di parlare di un tipo che aveva incontrato a una festa a Los Angeles, uno strafico che scriveva canzoni e aveva promesso di venire a trovarla a New York. Io chiacchieravo con un redattore della Bellezza, un gay laureato alla Vassar University i cui genitori, nonostante il figlio avesse scelto proprio quell'ateneo e lavorasse per le pagine *Beauty* di un giornale di moda, preferivano fingere di ignorare le sue inclinazioni sessuali.

«Oh, dài, vieni, ti prego! Sarà così divertente. Andy, vedrai, ho dozzine di amici etero da presentarti. E poi è la festa di Marshall: sarà gran-dio-so», insisteva, sporgendosi sulla mia scrivania. Emily continuava a chiacchierare al telefono tutta contenta, senza badare a noi.

«Mi piacerebbe, davvero, ma ho un impegno con il mio fidanzato stasera» dissi. «Sono settimane che dobbiamo uscire a cena insieme, e l'ultima volta che ci abbiamo provato sono stata costretta a disdire, non posso dargli buca di nuovo.»

«E allora vediti con lui dopo! Andiamo, Andy, non capita tutti i giorni di incontrare il colorista più talentuoso dell'emisfero occidentale! Ci saranno tonnellate di Vip, gente incredibile, è la festa più *in* di tutta la settimana. È organizzata da Harrison e Shriftman, dico, il meglio del meglio! Dimmi di sì!» Fece un sorriso da un orecchio all'altro e sbatté gli occhioni da cucciolo. Non potei fare a meno di ridere.

«James, ripeto, mi piacerebbe, tanto più che non sono mai stata al Plaza. Ma Alex ha già prenotato in un ristorantino italiano vicino a casa e non ho intenzione di rimandare.» Ero ansiosa di uscire con Alex, ma, accidenti, dovevo ammettere che mi seccava che la nostra cena coincidesse con la festa. Ne avevano parlato perfino i giornali: tutta Manhattan era in febbrile attesa del party di Marshall Madden, acclamato colorista autore del bestseller *Colorami Marshall*. Ma non me la sentivo di bidonare il mio fidanzato per andare a una festa di Vip.

«Vabbè, ho capito. Ma non piagnucolare quando domani leggerai su "Page Six" che mi hanno visto ballare con Mariah o con J-Lo.» Se ne andò sbuffando, come se fosse arrabbiato.

I primi giorni dell'anno erano filati via senza intoppi. Emily e io eravamo ancora impegnate a scartare e catalogare i regali. In compenso, i telefoni ci davano un po' di tregua, perché la maggior parte della gente era ancora in vacanza. Miranda sarebbe tornata da Parigi a fine settimana, ma non sarebbe rientrata in ufficio fino al lunedì successivo. Emily ormai confidava che fossi pronta a trattare con lei. Anche io mi sentivo pronta. Avevamo ripassato ogni dettaglio, e avevo riempito un intero quaderno di appunti. Caffè: latte macchiato (formato gigante e solo di Starbucks), due cucchiai rasi di zuc-chero di canna, due tovagliolini, una bacchetta per ri-mestare. Colazione: servizio consegne Mangia, telefono 555-3948, una danese alla crema di formaggio, quattro fette di bacon, due salsicce. Giornali: edicola nella lob-by, «New York Times», «Daily News», «New York Post», «Financial Times», «Washington Post», «USA Today», «Wall Street Journal», «Women's Wear Dai-ly», e il «New York Observer» il mercoledì. Settimanali in uscita il lunedì: «Time», «Newsweek», «U.S. News», «New Yorker» (!), «Time Out New York Magazine», «The Economist». E così via.

Avevo preso nota dei suoi fiori preferiti, dei dottori che la curavano (nomi, indirizzi e numeri di telefono), dei suoi snack prediletti, delle marche di acqua mine-rale. Conoscevo la sua taglia per ogni possibile e imma-ginabile articolo di abbigliamento, dalla biancheria inti-ma ai doposci.

Mi ero fatta una lista delle persone con cui era dispo-sta a parlare sempre e comunque e un'altra con i nomi di quelli che non si sarebbe mai degnata di richiamare. Avevo la sensazione che non ci fosse più niente che non sapevo riguardo a Miranda Priestly... a parte, natural-mente, che cosa esattamente la rendesse tanto impor-tante da costringermi a studiare le sue preferenze, riem-piendo pagine e pagine di appunti.

«Già, è incredibile» sospirava Emily al telefono, attorcigliandosi il filo intorno all'anulare. «È stato il weekend più romantico di tutta la mia vita.»

Ping! Sul mio schermo comparve una piccola busta da lettere bianca. *«Hai appena ricevuto un nuovo mes-saggio da Alexander Fineman. Clicca qui per aprirlo.»* Eseguii.

«Ehi, piccola,
come sta andando la tua giornata?? Qui è una follia come
al solito. Ricordi Jeremiah, che qualche giorno fa ha mi-
nacciato le ragazzine della terza B con un tagliacarte? Be-
ne, oggi è tornato alla carica e durante l'intervallo ha sfre-
giato una sua compagna. Non è un taglio profondo, ma
quando l'insegnante di turno gli ha chiesto come gli fosse
venuto in mente di fare una cosa del genere, Jeremiah ha
detto che l'ha visto fare in casa. Pare che l'amico di sua ma-
dre la minacci con il coltello. Ha sei anni, Andy, ci credi?
Comunque, il direttore ha indetto una riunione straordi-
naria dei docenti per stasera, perciò ho paura che non
potremo vederci per cena. Mi dispiace da morire! Per pia-
cere, non arrabbiarti. Ti chiamo più tardi, prometto che
mi farò perdonare. Ti amo, A.»

Per piacere non arrabbiarti? Uno dei suoi alunni aveva sfregiato una compagna e lui sperava che non fosse
un problema per me se rimandavamo la cena? Mi ver-
gognai al pensiero che io avevo mandato a monte l'appuntamento con lui alla fine della mia prima settimana
di lavoro solo perché trovavo che cinque giorni a spasso
in limousine fossero stati troppo stancanti! Mi veniva
da piangere, avrei voluto chiamarlo e dirgli che era tutto okay, che ero orgogliosa di lui e dell'impegno che
metteva nel suo lavoro. Cliccai su "rispondi". Stavo per
cominciare a scrivere quando mi sentii chiamare sottovoce da Emily, tutta agitata.

«Andrea! Sta arrivando! Abbiamo pochi minuti» be-
lò disperata.

«Come? Scusa, non ho capito...»

«Miranda sta venendo qui. È già in macchina. Dobbiamo prepararci.»

«Sta venendo qui? Ma non doveva restare in Francia fino a sabato?»

«Beh, evidentemente ha cambiato idea. Perciò muoviti! Scendi a prendere i giornali e allineali sul tavolo luminoso come ti ho insegnato. Quando hai finito, spolvera la sua scrivania e lascia un bicchiere di acqua minerale effervescente naturale sul lato sinistro, con ghiaccio e un pezzo di lime. Accertati che in bagno ci sia tutto il necessario, okay? E adesso vai! Abbiamo dieci-quindici minuti, a seconda del traffico.»

Mi precipitai in corridoio. Emily gridava frenetica al telefono: «Sta arrivando, passate parola». Dalla redazione Moda si levavano voci piene di panico «Sta arrivando Miranda!», e un grido da far accapponare la pelle: «È tornaaaaaaaaaataaaaaaa!». La troupe degli assistenti stava già ordinando i vestiti sugli attaccapanni lungo i corridoi. Una sostituiva dei comodi mocassini con un paio di tacchi a spillo vertiginosi. Un'altra si dava il rossetto, si pettinava le ciglia con il mascara e si aggiustava le spalline del reggiseno, tutto senza smettere di correre. Una caporedattrice uscì dal bagno degli uomini; dietro di lei James si ingozzava di pastiglie per l'alito e intanto spulciava freneticamente la maglia di cachemire a caccia di pelucchi. Come facevano a sapere dell'arrivo improvviso di Miranda? Il bagno degli uomini era forse dotato di altoparlanti?

Morivo dalla voglia di fermarmi a contemplare la scena, ma avevo dieci minuti scarsi per prepararmi al mio primo incontro ufficiale con Miranda e non volevo commettere errori. Dopo avere constatato la generale perdita di dignità dei membri della redazione, accelerai ulteriormente il passo.

«Andrea, dove credi di andare! Lo sai che Miranda

sta arrivando, vero?» mi chiamò Sophy dal bancone della reception mentre le volavo davanti.

«Sì, ma tu come fai a saperlo?»

«Caramellina, io so tutto. Ora ti consiglio di muovere le chiappe. A Miranda Priestly non piace aspettare.»

Mi fiondai nell'ascensore urlando: «Prendo i giornali e torno!».

«Scusate» dissi rivolta alle altre occupanti della cabina. «Il fatto è che abbiamo appena saputo che sta per tornare il direttore e siamo tutti un po' nervosi.»

«Oh, mioddio, allora lavori per Miranda! Aspetta, fammi indovinare. Sei la sua nuova assistente? Andrea, giusto?» si sdilinquì una. «Sei così fortunata. Miranda è una donna incredibile, ti rendi conto quante ragazze farebbero di tutto per...»

«Già, sono Andrea» la interruppi, pronunciando il mio nome come se non mi appartenesse. «La nuova assistente di Miranda.»

In quel momento l'ascensore arrivò alla lobby. Prima ancora che le porte finissero di aprirsi ero già schizzata fuori.

In volata raggiunsi l'edicola. Ahmed, un omino che veniva dal Kuwait, teneva tutte le copertine patinate in bella mostra, accanto a un piccolo assortimento di caramelle e bibite in lattina ipocaloriche.

«Fermati!» gridò, non appena cominciai ad afferrare i giornali dagli espositori. «Sei la nuova ragazza di Miranda, vero? Vieni qui!»

Si abbassò a rovistare dietro la cassa, con la faccia rossa per lo sforzo. «Ah-ah!» gridò, tirandosi su. «Questi sono per te. Te li terrò da parte ogni mattina. Così non rischi di restare senza.» Mi fece l'occhiolino porgendomi un sacchetto pieno di giornali e riviste. C'erano tutti quelli della lista. "Bravo Ahmed". Dovevo solo pagare.

Tessera magnetica, tessera magnetica... dove diavolo avevo messo la tessera magnetica? Frugai dentro la camicia inamidata fino a trovare la cordicella di seta che Emily aveva forgiato per me da uno dei vecchi foulard bianchi di Miranda. «Non dovresti indossare la tessera di riconoscimento quando lei è nei paraggi,» mi aveva avvertito «ma se per caso dimenticassi di togliertela, almeno non avrai l'aggravante di una di quelle orribili catenelle di plastica.»

Ahmed fece scivolare la mia tessera sul lettore e mi piazzò la cordicella di seta intorno al collo come una ghirlanda.

Afferrai la borsa di plastica straripante di giornali e riviste e ricominciai a correre. Strisciai la tessera al cancelletto della security e spinsi. Niente. Strisciai e spinsi di nuovo, più forte. Niente.

«Bambina, bambina, è ora della canzoncina» cantilenò Eduardo, sorridendo sornione da dietro il bancone. *Merda.* Anche quel giorno aveva deciso di torturarmi con i suoi giochetti. Nelle ultime settimane, Eduardo accettava di farmi entrare solo dopo che avevo interpretato per lui una canzone. Aveva un repertorio infinito di irritanti motivetti che dovevo mimare e cantare. A volte riusciva perfino a farmi divertire. Ma oggi era il mio vero primo giorno con Miranda, e non potevo rischiare di non riuscire a preparare in tempo la sua scrivania, proprio non potevo. L'avrei volentieri ammazzato.

«*Nella vecchia fattoria-ia-ia-oh!*» mormorai a denti stretti.

Alzò le sopracciglia. «Che ne diresti di metterci un tantino di entusiasmo, baby?»

Cedetti. Bocconi sul pavimento mimai mucca, maiale, gallina, eccetera. Scoppiò a ridere, e fece scattare il cancelletto.

Presi un appunto mentale: "Discutere con Eduardo quando è appropriato prendermi per il culo e quando no". Due minuti dopo passavo di corsa davanti a Sophy, che gentilmente aprì le porte per me senza che glielo chiedessi. Feci tappa alla microcucina e misi un po' di ghiaccio in uno dei calici Baccarat che tenevamo in un apposito armadietto sopra il microonde, solo per Miranda. Il bicchiere in una mano, giornali e riviste nell'altra, svoltai l'angolo e mi imbattei in Jessica, alias Miss Manicure.

«Andrea, sei al corrente che Miranda sta arrivando in ufficio, vero?» chiese, squadrandomi.

«Certo che sì. Sono andata a prenderle le riviste e l'acqua. Ora devo sistemare tutto nel suo ufficio, quindi scusami ma...»

«E cosa conti di fare per le scarpe?»

Mi fermai di colpo e abbassai lo sguardo. Le regole dell'abbigliamento vigenti in redazione erano meno severe quando Miranda era via. Ergo: ora che lei era tornata le mie scarpe da tennis di rete dovevano sparire.

Arrivai da Emily tutta sudata. «Ho i giornali e le riviste. Ma... non credo che Miranda tollererebbe la vista di queste scarpe, o sbaglio?»

Emily lasciò cadere l'auricolare sulla scrivania. «Certo che no!» Prese il telefono, chiamò un interno e annunciò: «Jeffy, portami subito un paio di Jimmy Choo numero...» mi guardò.

«Trentanove e mezzo.» Aprii una bottiglia di acqua minerale effervescente naturale e riempii il bicchiere per Miranda.

«Nove e mezzo. No, subito. Dico sul serio, subitissimo. Andrea indossa delle scarpe da tennis *di rete*, santiddio, e lei sarà qui da un momento all'altro. Okay, grazie.»

Fu allora che notai che nei quattro minuti in cui ero stata di sotto, Emily era riuscita a sostituire i jeans invecchiati con un paio di pantaloni in pitone e le Puma con delle decolleté aperte sulle punte. Aveva anche dato una ripulita all'ufficio, riversato il contenuto delle scrivanie nei cassetti e ammassato nello sgabuzzino tutti i regali arrivati e non ancora schedati. Si era data una passata di lucidalabbra e un tocco di fard, e al momento mi stava facendo segno di darmi una mossa.

Posai i giornali sul tavolo luminoso. Emily mi aveva spiegato che Miranda passava ore e ore a quel tavolo a scegliere le diapositive dei servizi fotografici. E le piaceva trovare i giornali sistemati lì sopra. Consultai gli appunti in fretta e furia per essere sicura di disporre le varie testate nell'ordine corretto. Per primo il «New York Times», seguito dal «Wall Street Journal», poi il «Washington Post». E così via, secondo un criterio imperscrutabile, ogni giornale leggermente sovrapposto al precedente, a formare un ventaglio sulla superficie lucente e tiepida del tavolo. L'unica eccezione era «Women's Wear Daily», che andava posizionato in mezzo alla scrivania.

«È arrivata! Andrea! Esci subito! Sta salendo!» gridò Emily. «Uri l'ha lasciata davanti all'ingresso principale.»

Misi «Women's Wear Daily» sulla scrivania, piazzai il calice di acqua minerale effervescente naturale su un tovagliolo di lino in un angolo (*a destra o a sinistra?* Non riuscivo più a ricordare e non c'era tempo di controllare gli appunti); diedi un'ultima occhiata per accertarmi che fosse tutto a posto e uscii di corsa. Jeffy, uno degli assistenti addetti al guardaroba della redazione di moda, mi lanciò una scatola con una fascia rossa e scappò via. Conteneva un paio di sandali a listelli in pelo di cammello con le borchie, marca Jimmy Choo. Dovevano costare almeno ottocento dollari. Gettai le scarpe e i calzini sotto la scrivania. Il primo sandalo calzò subito a pennello, l'altro dovetti avvitarmelo addosso a rischio di lacerarmi la carne. Due secondi, ed ero di nuovo in posizione eretta. Miranda entrò in quel momento.

Gelo. Subito venne alla mia scrivania e si sporse in avanti per scrutarmi da capo a piedi. Restai immobile. Gli occhi azzurri del direttore indugiarono sulla mia camicia bianca, sulla minigonna rossa di Gap, e sulle scarpe, degli appropriatissimi sandali a listelli di cammello di Jimmy Choo. Ogni molecola del mio corpo era sotto esame, pelle, capelli, vestiti. Gli occhi di Miranda guizzavano da un dettaglio all'altro, ma la faccia restava impassibile. Si sporse un poco più avanti e quando il suo viso fu a una decina di centimetri dal mio, sentii l'effluvio di uno shampoo pregiato misto a un profumo di marca. Era così vicina che potevo scorgere le sottilissime linee di espressione intorno ai suoi occhi e alla bocca, invisibili a una distanza più discreta. Nulla nel suo atteggiamento faceva pensare che ricordasse: a) che ci eravamo già incontrate; b) che ero la sua nuova assistente.

«Buongiorno, signora Priestly!» dissi infine, benché lei non avesse ancora pronunciato parola. Eppure Emily aveva insistito fino alla nausea su quel punto: né io né lei eravamo autorizzate a parlarle, se non dopo essere state interpellate. Ma la tensione era insopportabile, e così proseguii.

«Sono talmente emozionata di averti qui, finalmente. Grazie infinite per avermi dato questa opportunità...» "Zitta! Chiudi quella stupida bocca! Un po' di dignità."

Si allontanò mentre stavo ancora balbettando. Sentii una vampata di calore al viso, un'ondata di confusione e di umiliazione.

Emily mi fissava.

«È aggiornato il Bollettino?» chiese Miranda, entrando nel suo ufficio.

«Sì, Miranda. Ecco» disse Emily, ossequiosa, correndole appresso e porgendole il raccoglitore dove tenevamo tutti i messaggi per lei scrupolosamente ordinati e battuti a macchina.

Rimasi a guardare Miranda che sovrappensiero si muoveva per l'ufficio; seguivo la sua immagine riflessa nelle cornici di vetro delle foto appese alla parete. Calò un silenzio insolito e assoluto. Chissà, magari io ed Emily non avevamo il permesso di parlare quando lei era presente. Mi sedetti al computer e glielo chiesi via e-mail. «*Esatto*» rispose Emily. «*Se proprio dobbiamo comunicare, sussurriamo. Altrimenti, zitte. Mi raccomando, non rivolgerle mai la parola per prima. E non chiamarla mai più signora Priestly, è Miranda, punto e basta. Capito?*» Contrita alzai lo sguardo e annuii. Fu allora che notai il cappotto. Un favoloso ammasso di pelliccia buttato a un'estremità della mia scrivania, con una manica penzoloni. Guardai Emily. Alzò gli occhi al cielo e mi fece segno muovendo le labbra: «Appendilo!». Era più pesante di un piumone matrimoniale appena uscito dalla lavatrice. Lo drappeggiai con cura su una delle grucce rivestite di seta. Con cautela chiusi le porte dell'armadio, senza fare rumore.

Stavo per tornare al mio posto quando Miranda si

materializzò al mio fianco. Questa volta mi guardò negli occhi.

«Vorrei il mio cappotto» disse calma. Non c'era niente nel suo sguardo che indicasse che mi aveva riconosciuta: eppure erano passate solo poche settimane dal colloquio.

«Certo» mormorai. Ma Miranda si trovava esattamente a metà strada tra me e l'armadio. Con un sorriso tirato mi girai di lato e cercai di scivolarle accanto senza sfiorarla. Non si spostò nemmeno di un centimetro per agevolarmi il passaggio, continuando a frugarmi con lo sguardo. Finalmente, riuscii a raggiungere la pelliccia. Con la massima attenzione, la feci scivolare dalla gruccia. La aiutai persino a indossarla.

«Aspetto il Book per stasera, Emily» e Miranda uscì dall'ufficio con passo marziale, senza nemmeno notare il terzetto di redattrici che al suo passaggio scattò sull'attenti.

«Sì, Miranda, te lo faccio portare da Andrea».

Basta. Se n'era andata. La visita che aveva scatenato il panico e i preparativi frenetici di tutta la redazione, aggiustamenti di trucco e di vestiario compresi, era durata in totale quattro minuti, e – almeno ai miei occhi inesperti – non era stata motivata da nessuna ragione specifica.

8

«Non voltarti,» bisbigliò James, con le labbra immobili come un ventriloquo «ma ho appena visto Reese Witherspoon alla tua destra.»

Mi girai di scatto, mentre lui si faceva piccolo piccolo per l'imbarazzo. Reese era proprio lì, sorseggiava champagne ridendo e buttando la testa all'indietro. Non volevo sembrare una che si impressionava facilmente, ma caspita, era una delle mie attrici preferite.

«James, tesoro, sono così contento che tu sia potuto venire alla mia festicciola» esordì un tipo alto e magro alle nostre spalle. «E chi abbiamo qui?» Si baciarono.

«Marshall Madden, guru del colore, ti presento Andrea Sachs. Andrea è...»

«La nuova assistente di Miranda» Marshall finì la frase, sorridendomi. «Ho sentito parlare di te, baby. Benvenuta in famiglia. Spero che tu venga a trovarmi presto. Insieme potremmo, ehm, lavorare un po' sul tuo look.» Mi passò le mani tra i capelli, ispezionò le punte, e le confrontò alle radici. «Non c'è male, giusto un tocco di miele e sembrerai una top-model. Fatti dare il mio numero da James, dolcezza, e chiamami quando hai un minuto. Più facile a dirsi che a farsi, immagino» e si era già voltato verso Reese.

«È un maestro,» sospirò James «è semplicemente il migliore. Il top. Un gigante tra nani. E poi, è bellissimo.» Un gigante tra nani. Buffo. Era un'espressione che avevo sentito altre volte, ma mi aveva sempre fatto pensare a un campione di basket come Shaquille O'Neal, non a un esperto di *meches*.

«Ha l'aria simpatica. Siete stati insieme?» m'informai. Sembrava la coppia perfetta: il redattore Bellezza di «Runway» e il più ricercato colorista del pianeta.

«Magari! Sono quattro anni che sta con lo stesso. Ci crederesti? Quattro anni! Da quando in qua i gay sono monogami? Non è valido!»

Risi, aspirai una lunga boccata dalla sigaretta ed esalai un perfetto anello di fumo.

«Avanti, Andy, dimmi che sei contenta di essere venuta. Non è la più grande festa di tutti i tempi?» James cambiò discorso.

Dopo che Alex aveva disdetto, avevo accettato l'invito di James e non ne ero pentita. Quando Johnny Depp era venuto a salutarci ero rimasta di sasso: non solo aveva una piena padronanza della lingua inglese, ma riusciva persino a fare qualche battuta divertente. Inoltre, era stato gratificante apprendere che Gisele, la più sexy tra le sexy, non era poi così alta. Sarebbe stato più simpatico ancora scoprire che era decisamente tozza e tarchiata, o che aveva un serio problema di acne e che l'avevano ritoccata da capo a piedi in quelle meravigliose foto di copertina, ma nella vita bisogna sapersi accontentare.

«Grazie James per aver insistito tanto» dissi, cogliendo la fugace apparizione di un tipo attraente accanto all'espositore con i libri di Marshall sui colpi di sole. «Avevo davvero bisogno di distrarmi dopo una giornata come quella di oggi.»

Quando Miranda se n'era andata all'improvviso così com'era venuta, Emily mi aveva confermato che quella sera avrei dovuto portarle il Book a casa. Era la mia prima volta. Il Book era un fac-simile della rivista, rilegato, con le pagine disposte in ordine, grande come un elenco del telefono. Emily mi aveva spiegato che, durante il giorno, finché Miranda era in redazione, non si poteva lavorare, perché i grafici e l'art-director erano impegnati in continue riunioni con lei, che naturalmente cambiava idea ogni dieci minuti. Il lavoro vero cominciava solo alle cinque, quando Miranda se ne andava a casa per passare un po' di tempo con le gemelle. I grafici disegnavano i nuovi layout, impaginavano le foto scelte nel corso della giornata; i redattori "cucinavano" i testi che avevano finalmente, faticosamente, ottenuto l'approvazione di Miranda, certificata dalla sigla MP scarabocchiata a caratteri cubitali. Ogni redattore spediva ai grafici i cambiamenti decisi nel corso della giornata. Ore dopo che tutti se ne erano andati, questi ultimi mandavano il tutto in stampa e confezionavano il Book. A quel punto era mio compito portarlo a casa di Miranda, a qualunque ora compresa tra le otto e le undici di sera. Lei lo leggeva e lo riempiva di segni e annotazioni. La mattina dopo al giornale, il Book tornava e la trafila ricominciava.

Emily mi aveva sentita accettare l'invito di James e subito era intervenuta. «Ehm, sai che non puoi andare da nessuna parte finché il Book non è finito, vero?»

James aveva l'aria di volerla sbranare viva.

«Miranda ha bisogno di vedere il Book tutte le sere.

Lei lavora da casa. A ogni modo, stasera aspetto con te e ti insegno come fare, da domani però te la sbrigherai da sola.»

Alle otto e mezza un assistente grafico esausto aveva consegnato il Book direttamente nelle mie mani. Emily, sepolta sotto una valanga di vestiti freschi di lavanderia, mi aveva spiegato che di norma la consegna del Book coincideva con quella dei vestiti puliti. Miranda faceva portare gli abiti sporchi in ufficio, e d'ora innanzi sarebbe toccato a me chiamare la lavanderia e ordinare il ritiro con consegna entro ventiquattr'ore. Avrei custodito la roba pulita nell'armadio dell'ufficio fino a quando Uri non fosse passato a prenderla, oppure l'avrei riportata io stessa a casa di Miranda insieme al Book. Perbacco! Il mio lavoro diventava ogni giorno intellettualmente più stimolante!

«Ehi, Rich» aveva chiamato Emily, falsamente allegra, rivolta allo smistatraffico masticatore di pipa che avevo conosciuto il primo giorno di lavoro. «Ti ricordi di Andrea, vero? Porterà lei il Book a Miranda tutte le sere, quindi cerca di riservarle sempre una buona macchina, okay?»

«Certo, Rossa.» Si era tolto la pipa di bocca e aveva fatto un cenno verso di me. «Ci penso io alla Bionda.»

«Fantastico. Oh, abbiamo bisogno di un'altra macchina che ci segua fino a casa di Miranda. Andrea e io andiamo in posti diversi, dopo aver consegnato il Book.»

Due lucenti macchine del car service erano comparse un attimo dopo.

Ci eravamo fermati di fronte al tipico condominio di lusso di Fifth Avenue. Marciapiede immacolato, balconi lussureggianti e un ingresso fantastico, soffuso di un'invitante luce calda. Un tipo in smoking e cilindro era venuto incontro alla macchina e aveva aperto la portiera per farci scendere. Chissà perché non potevamo semplicemente lasciare il Book e i vestiti al portiere. Era per questo che esistevano i portieri, no? Per ritirare e smistare pacchi. Ma Emily aveva tirato fuori dalla borsa di Gucci un portachiavi in pelle Louis Vuitton.

«Io ti aspetto qui. Prendi tutto e portalo su a casa, è il superattico "A". Apri la porta e lascia il Book sulla mensola nel foyer; i vestiti appendili sui ganci vicino all'armadio a muro. Non *nell'*armadio, *vicino all'*armadio. E poi vieni via. Non bussare e non suonare il campanello. A Miranda non piace che la si disturbi. Entra ed esci senza far rumore.» Mi aveva consegnato un groviglio di grucce e sacchi di plastica.

L'addetto all'ascensore mi aveva sorriso gentile. Senza parlare, aveva girato la chiave e schiacciato il bottone giusto. Aveva l'aria sottomessa e triste di una moglie maltrattata, arresa alla propria ineluttabile infelicità.

«L'aspetto qui» aveva detto sottovoce, guardando a terra. «Le ci vorrà un minuto.»

Il corridoio era coperto da una folta moquette bordeaux scuro e le pareti tappezzate di un pesante tessuto color crema, con sottili strisce gessate; appoggiata a una parete c'era una panca con il sedile in pelle, naturalmente color crema. Le porte a vetri davanti a me dicevano "Superattico B"; quelle alle mie spalle, identiche alle prime, "Superattico A". Mi ero ricordata giusto in tempo di non suonare il campanello, e avevo infilato la chiave nella serratura. Mi ero ritrovata in un foyer grande e arioso. C'era un profumo molto invitante di costolette di agnello. Ed ecco Miranda, che portava con delicatezza la forchetta alla bocca, mentre due ragazzine dai lunghi capelli neri gridavano da un lato all'altro della tavola e un signore alto con lineamenti marcati e capelli brizzolati leggeva imperturbabile il giornale.

«Mamma, dille che non può entrare nella mia stanza e prendere i miei jeans! Non vuole ascoltarmi!» continuava a ripetere una delle gemelle. Miranda aveva posato la forchetta, si era pulita la bocca con il tovagliolo e aveva preso un sorso d'acqua sollevando un bicchiere che stava sul lato sinistro del piatto.

«Caroline, Cassidy, basta. Non voglio più sentire queste storie. Tomas, porta dell'altra gelatina di menta.» Tomas, il cuoco, si era precipitato in sala da pranzo con una salsiera d'argento.

A un tratto mi ero resa conto che stavo lì in piedi imbambolata, ferma a guardarli mangiare. Stavo quasi per salutare, ma poi mi era tornata in mente la figuraccia che avevo fatto in redazione la mattina, e avevo deciso di non fiatare. *Mensola. Depositare il Book sulla mensola.* Mi ero guardata intorno, disperata. Non riuscivo a localizzare niente di simile a quel che aveva descritto Emily. A tavola era calato il silenzio. Sentivo tutti gli sguardi su di me. Le bambine non sembravano per nulla stupite dal fatto che una perfetta sconosciuta si fosse introdotta in casa loro, silenziosa come un gatto. Alla fine, avevo scovato un piccolo armadio a muro per i cappotti nascosto dietro la porta, l'avevo aperto e avevo fatto per metterci dentro i vestiti.

«Non-nell'-armadio, Emily» aveva scandito Miranda con freddezza. «Ma sugli appositi ganci.»

«Oh, ehm, buonasera.» "Idiota! non c'è bisogno che tu le risponda, fai quel che ti ha detto e basta!" Ma a quel punto non ero più riuscita a tacere. Era troppo strano e umiliante che nessuno mi salutasse, che nessuno si chiedesse chi fossi. E poi, *Emily*? Stava scherzando? Era forse cieca? Davvero non si era accorta che non ero la stessa ragazza che lavorava con lei da più di un anno? «Sono Andrea, Miranda. La nuova assistente.»

Silenzio. Un silenzio insopportabile, senza fine, che ammorbava l'aria.

Sapevo che non avrei dovuto continuare a parlare, sapevo che mi stavo scavando la fossa da sola, ma non ero riuscita a fermarmi. «Bene, scusate l'intrusione. Adesso metto questi sul gancio, come ha detto Miranda, e me ne vado.»

"Basta con le chiacchiere!" «Okay, allora, buona cena e buon proseguimento di serata.» Mi ero girata per andarmene sentendomi ridicola. *Buon proseguimento di serata?* Da quando in qua parlavo come le annunciatrici della televisione?

«Emily!» aveva chiamato Miranda, mentre posavo la mano sulla maniglia. «Emily, che questa scenetta non si ripeta domani sera. Io e la mia famiglia non gradiamo le interruzioni.»

Un attimo dopo ero già in corridoio. Mi sentivo come se avessi fatto un'intera vasca olimpionica sott'acqua, senza mai respirare.

Mi ero lasciata cadere sulla panca con un lungo sospiro. *Che stronza*! La prima volta poteva anche avermi chiamato Emily per sbaglio, ma la seconda l'aveva fatto apposta, ci avrei giurato. Non c'era modo migliore di sminuire qualcuno che insistere a chiamarlo col nome sbagliato. Sapevo di essere la più bassa tra le forme di vita presenti al giornale – Emily non si lasciava scappare occasione per imprimermelo bene in mente – ma che bisogno aveva Miranda di ricordarmelo così perfidamente?

Mentre fantasticavo di passare la notte a sparare contro il superattico "A", qualcuno si era schiarito la voce. Avevo alzato lo sguardo: il piccolo ascensorista triste era lì, con gli occhi incollati al pavimento.

«Scusi» ero riuscita a dire, trascinandomi verso la cabina.

«Si immagini» aveva sussurrato, senza distogliere lo sguardo dai tasselli del parquet. «Vedrà, finirà per abituarcisi.»

«Come, scusi?»

«Niente, niente. Eccola arrivata, signorina. Buonasera.» L'ascensore si era aperto sulla lobby. In macchina, Emily stava chiacchierando ad alta voce al cellulare. Aveva chiuso la telefonata non appena mi aveva vista arrivare.

«Com'è andata? Tutto bene?»

Per un attimo avevo pensato di raccontarle cos'era successo, sperando che una volta tanto si dimostrasse solidale; ma poi avevo scartato l'idea: probabilmente mi sarei guadagnata l'ennesima ramanzina.

«Nessun problema. Stavano cenando e mi sono limitata a lasciare tutto quanto esattamente dove avevi detto tu».

«Bene. Ecco, d'ora in poi farai così tutte le sere. Dopo la consegna del Book sei libera, salti in macchina e te ne vai a casa. Comunque, divertiti stasera alla festa di Marshall. Ci verrei anch'io, ma ho appuntamento per la ceretta all'inguine e non posso disdire, hanno prenotazioni per i prossimi due mesi. Pensa, in pieno inverno! Tutta gente che se ne va in vacanza ai tropici, immagino. È pazzesco, ma questa è New York, cosa vuoi farci?»

Annuii, con scarsa convinzione.

«Bene, adesso è meglio che vada, James mi sta aspettando. Ci vediamo domani?»

«Sì, certo. Oh, perché tu lo sappia, adesso che è finito il training, tu entri alle sette, io alle otto. Miranda è al corrente, s'intende: l'assistente senior arriva più tardi perché è quella che lavora di più.» Già, come no. «Perciò, sbriga la routine del mattino come ti ho insegnato. Chiamami se hai bisogno, ma ormai dovresti sapertela cavare. Ciao!»

«Ciao!» le avevo rivolto un sorriso falso ed ero salita sulla seconda macchina. «Al Plaza, per piacere.»

James mi aspettava sulle scale fuori dall'hotel, anche se c'erano almeno cinque gradi sotto zero. Era andato a casa a cambiarsi e con indosso i pantaloni neri scamosciati sembrava ancora più magro. La canotta a costine esibiva un'invidiabile abbronzatura fuori stagione. Io sembravo la sua cuginetta di campagna, con la mia minigonna rossa di Gap.

«Ehi, Andy, com'è andata la consegna del Book?» Ci eravamo messi in fila per consegnare i cappotti e mi era subito caduto l'occhio su Brad Pitt.

«Oh mioddio, sogno o son desta? C'è anche Brad Pitt?»

«Chiaro. Marshall fa i capelli a Jennifer, quindi da qualche parte dev'esserci anche lei. Davvero, Andy, la prossima volta spero che accetterai al volo quando ti inviterò da qualche parte. Beviamo qualcosa.»

All'una avevo già buttato giù quattro cocktail e, seduta accanto a un'assistente della redazione Moda di «Vogue», sfoggiavo una brillante parlantina sul tema "cerette inguinali". "Perbacco," pensai poco dopo, zigzagando nella folla in cerca di James "questo party non è per niente male." Ma ero brilla, dovevo presentarmi al lavoro di lì a sei ore, ed erano quasi ventiquattr'ore che non passavo da casa. Vidi James che pomiciava con uno degli sciampisti di Marshall; stavo quasi per filarmela all'inglese quando sentii una mano sulla schiena.

«Ehi» disse il tipo che avevo notato qualche ora prima vicino al tavolo dei libri. Mi aspettavo che si accorgesse di avere approcciato la ragazza sbagliata, chissà, magari vista da dietro somigliavo alla sua fidanzata. Invece mi rivolse un sorriso abbagliante. «Non sono molto portato per le chiacchiere mondane, e tu?»

«In altre parole "ehi" per te è il massimo dell'eloquenza?» "Andy!" mi ammonii mentalmente. "Un uomo attraente ti abborda a una festa piena di Vip e tu lo aggredisci con il tuo sarcasmo?" Lui però non sembrava offeso, anzi, il sorriso divenne ancora più raggiante.

«Scusa» mormorai, abbassando lo sguardo sul bicchiere quasi vuoto che tenevo in mano. «Ricominciamo. Ciao, sono Andrea.» Gli porsi la mano. Chissà cosa voleva da me.

«Christian. Piacere di conoscerti, Andrea.» Scostò una ciocca di capelli castani dall'occhio sinistro e prese un sorso dalla sua bottiglia di birra. Aveva un aspetto vagamente familiare.

«Birra?» dissi, indicando la bottiglia. «Pensavo che qui servissero solo champagne.»

Rise. «Non hai peli sulla lingua, eh?» Dovevo avere l'aria mortificata, perché sorrise di nuovo e mi rassicurò: «No, no, è una buona cosa. Una qualità rara, specialmente in questo ambiente. È che lo champagne in bottiglietta monoporzione da bersi con la cannuccia proprio non mi va giù. Credo che abbia a che fare con la mia idea di virilità. Così il barista mi ha scovato questa da qualche parte». Spinse di nuovo la ciocca da un lato, ma quella ricadde immediatamente. Estrasse un pacchetto di sigarette dalla tasca della giacca sportiva nera e me ne offrì una. La presi e decisi di applicare la strategia brevettata da Emily per esaminare un uomo dalla testa ai piedi. Lasciai cadere la sigaretta e mi abbassai a raccoglierla, cogliendo l'occasione per fare a Christian un bel check up.

La sigaretta era caduta a pochi centimetri dai mocassini squadrati e lucidi che esibivano l'inconfondibile tassello Gucci. Alzandomi, notai i jeans sapientemente invecchiati, abbastanza lunghi da strisciare l'orlo per terra. La cintura nera, probabilmente Gucci anche quella, ma senza il logo in vista, inchiodava i jeans appena sotto la vita, fasciata da una T-shirt bianca di cotone sicuramente di Armani o Hugo Boss. La giacca nera doveva essergli costata un bel po'. Era tagliata benissimo, forse fatta su misura per aderire alla corporatura media ma sexy. Salendo ancora, incontrai gli occhi verdi. Schiuma marina, pensai, ricordando il colore di una sciarpa che avevo portato per tutto il liceo. L'altezza e le proporzioni ricordavano vagamente Alex, solo abbigliate con stile europeo e non da centro commerciale. Christian era leggermente più giusto, leggermente più bello del mio fidanzato. Sicuramente più vecchio, intorno ai trenta. E molto, molto più sgamato.

Fece scattare l'accendino e si avvicinò per essere sicuro che la fiamma attecchisse. «Allora, come mai sei a questa festa, Andrea? Sei una delle poche privilegiate che possono chiamare Marshall Madden "il mio colorista"?»

«No, temo proprio di no. Almeno, non ancora, anche se lui mi ha detto senza mezzi termini che ho un disperato bisogno del suo aiuto.» Risi. Chissà perché speravo di far colpo su quello sconosciuto. «Lavoro a "Runway". Mi ha portata qui uno dei redattori della Bellezza.»

«Ah, "Runway", la rivista di moda, eh? Un posto fantastico, se pratichi il sado-maso. Ti piace?»

Non ero sicura se mi avesse chiesto se mi piaceva il sado-maso oppure «Runway». Per un attimo considerai la possibilità che conoscesse la vera natura del mio lavoro, che fosse abbastanza addentro all'ambiente da sapere che l'aura che lo circondava era del tutto ingannevole. Ma poi, chissà chi era quel tipo... per quanto ne sapevo poteva lavorare a «Runway» anche lui, in qualche remoto dipartimento che non avevo ancora visitato, o per un'altra rivista della Elias-Clark. O magari, dico magari, era uno di quei subdoli reporter di «Page Six», da cui Emily mi aveva messa in guardia. «Arrivano così, come se niente fosse e cercano di farti dire qualcosa di compromettente su Miranda o su "Runway". Stai attenta,» mi aveva avvertita.

Sentii che stavo per cascarci: il classico voltafaccia paranoico di «Runway».

«Certo che mi piace» dissi, con tutta la naturalezza possibile. «È un posto strano. La moda non mi interessa poi tanto, preferirei scrivere, piuttosto, ma credo che non sia un cattivo inizio. E tu cosa fai?»

«Sono uno scrittore.»

«Oh, davvero? E cosa scrivi?»

«Attualmente sto lavorando al mio primo romanzo storico.» Prese un altro sorso di birra e scostò quell'adorabile ciocca di capelli.

"Primo romanzo storico" implicava che ce ne fossero stati altri, non storici. *Accidenti!* «Di cosa parla?»

Stette a pensare per un momento, poi cominciò. «Di una giovane donna, durante la seconda guerra mondiale. Sto ancora finendo la fase di ricerca, trascrivo interviste e cose del genere, ma quel poco che ho scritto finora è venuto abbastanza bene. Penso...»

Continuava a parlare, ma io ero troppo colpita per riuscire a prestargli attenzione. *Porca miseria.* Avevo letto di quel romanzo *in fieri* in un recente articolo del «New Yorker». Stavo chiacchierando con nientemeno che Christian Collinsworth, l'*enfant prodige* che aveva pubblicato il suo primo romanzo a vent'anni, a Yale. I critici erano andati in visibilio, l'avevano acclamato come una delle opere più significative del ventesimo secolo. In seguito aveva pubblicato altri due libri, entrambi best-seller.

«Wow, è fantastico» dissi, improvvisamente troppo stanca per sforzarmi di essere brillante. Quel tipo era uno scrittore famoso: cosa diavolo poteva volere da me? Probabilmente desiderava solo ammazzare il tempo intanto che la sua fidanzata Supermodel finiva lo shooting con La Chapelle.

Inventai lì per lì che dovevo andare subito a casa. Christian sembrava divertito. «Hai paura di me» affermò, con un sorriso accattivante.

«Paura di te? E perché mai dovrei avere paura di te?» Non potevo evitare di flirtare a mia volta. Christian mi prese per un gomito. «Vieni, ti metto su un taxi.» Volevo obiettare che ero perfettamente capace di trovare da sola la strada di casa, e che poteva scordarsi di venire via insieme a me... ma stavamo già scendendo le scale del Plaza.

«Taxi, signori?» chiese il portiere.

«Sì, per la signorina» rispose Christian.

«No, grazie, ho una macchina che mi aspetta laggiù» dissi, indicando il punto di fronte al Paris Theatre dove le macchine del car service attendevano in fila.

Evitai di incrociare il suo sguardo, ma sentii che Christian sorrideva di nuovo. Mi accompagnò alla macchina e aprì la portiera, allungando il braccio con un gesto galante verso il sedile posteriore.

«Grazie» dissi in tono piuttosto formale e imbarazzato, porgendogli la mano. «Piacere di averti conosciuto, Christian.»

«Piacere mio, Andrea.» Prese la mano che gli porgevo e invece di stringerla vi impresse un bacio a fior di labbra, indugiando giusto un attimo più del necessario. «Spero che ci rivedremo presto.»

Mi ero già infilata sul sedile posteriore, senza inciampare o fare qualche altra figuraccia, e mi stavo concentrando per impedirmi di arrossire, anche se sentivo che ormai era troppo tardi. Chiuse la portiera e stette a guardare la macchina che si allontanava.

Anche se fino al mese prima non avevo mai visto l'interno di una macchina di lusso, quella sera il fatto di avere avuto un autista a mia disposizione per le ultime sei ore mi era parso quasi normale. Dopo tutto, avevo trascorso la serata gomito a gomito con le star di Hollywood e mi ero fatta strofinare la mano dal naso – sì, ci aveva sfregato il naso – di uno degli scapoli più ambiti di New York (almeno secondo la graduatoria pubblicata da «Vanity Fair».) Mi guardai la mano cercando di evocare la sensazione di quel bacio a fior di labbra, poi frugai nella borsa, afferrai il cellulare e composi il numero di Alex.

9

Ci vollero dodici settimane perché capitolassi e accettassi di imbottire il mio guardaroba con l'ampia gamma di abiti firmati che «Runway» non vedeva l'ora di fornirmi. Dodici lunghissime settimane di superlavoro e cinque ore di sonno a notte. Dodici miserabili settimane simili a un unico, lunghissimo esame, senza mai un complimento o una parola di incoraggiamento da parte dei miei superiori. Dodici orribili settimane in cui mi ero sentita inetta, incompetente, disperatamente stupida. Finché, all'inizio del quarto mese, stanca di tante umiliazioni, avevo deciso che avrei preso tutto ciò che di buono «Runway» poteva darmi, rinnovando il mio look.

Prima di questa epifania, vestirmi per andare al lavoro era un'impresa difficilissima, la parte più stressante dell'orrenda routine mattutina.

Arrivare al lavoro alle sette era di per sé un'impresa. Significava privarmi sistematicamente del sonno necessario alla mia salute psicofisica. Non so quante volte avevo tentato di andare a dormire prima di mezzanotte, fallendo miseramente. Le ultime due settimane erano state particolarmente dure. Poiché stavamo chiudendo il numero con la moda di primavera, spesso ero rimasta in ufficio fino alle undici di sera in attesa che il Book fosse pronto. Tempo di consegnarlo e andare a casa, ed era già mezzanotte. Mangiavo un boccone e mi infilavo a letto mezzo vestita.

La sveglia scattava alle cinque e mezza in punto. Allungavo un piede nudo in direzione dell'odioso apparecchio (strategicamente piazzato ai piedi del letto per costringermi ad alzarmi per spegnerlo) e scalciavo alla cieca finché non centravo il bersaglio. Ripetevo la mossa ogni sette minuti, fino alle sei e quattro minuti. A quel punto, in preda al panico, schizzavo fuori dal letto e mi cacciavo sotto la doccia.

Dopo la doccia, mi aspettava la solita disputa con l'armadio. I primi mesi mi ero svegliata addirittura a notte fonda, nel tentativo di cavare una *mise* adatta a «Runway» dal mio guardaroba targato Banana Republic. Stavo in piedi davanti all'armadio per delle mezz'ore, con in mano il mio caffè bollente, indecisa tra stivali e ballerine, lana e microfibra. Cambiavo collant almeno cinque volte prima di trovare il colore giusto, solo per ricordare avvilita che i collant, di qualsiasi stile o colore, erano out, punto e basta. Le mie scarpe avevano sempre il tacco troppo basso, troppo massiccio o troppo superato. Non possedevo neppure un capo in cachemire e non avevo mai sentito parlare del tanga. E per quanto ci provassi, non riuscivo a indossare un top elasticizzato senza spalline per andare al lavoro.

A livello emotivo, fisico e mentale, la prova quotidiana del guardaroba era un pozzo succhia-energia. E così, dopo tre mesi, mi ero arresa. Ero troppo stanca, ecco tutto.

Era un mattino come gli altri, stavo in piedi davanti

all'armadio a sorbire caffè dal tazzone giallo con su scritto "I love Providence". Con la mano libera scorrevo i miei pezzi preferiti (tutti acquistati al centro commerciale). "Perché remare contro?" mi chiesi all'improvviso. Lavoravo a «Runway», porca miseria: non potevo più accontentarmi di indossare capi il cui unico pregio era quello di non essere strappati, macchiati o usurati dai troppi lavaggi. Misi da parte la generica camicia bianca e stanai la gonna in tweed di Prada, un dolcevita nero Armani e gli stivali a mezzo polpaccio che Jeffy, un redattore Moda, mi aveva portato qualche sera prima, mentre aspettavo il Book.

«Che cos'è?» avevo chiesto, aprendo la borsa strapiena.

«È quello che devi indossare, se non vuoi farti licenziare, cara Andy.» Sorrideva, ma senza guardarmi negli occhi.

«Come, scusa?»

«Guarda, è ora che tu sappia che il tuo, ehm, look non è molto ben visto, qui dentro. Ora, so che i vestiti firmati costano cari, ma a questo problema c'è rimedio. Ci sono montagne di capi di lusso nel guardaroba della redazione. Non se ne accorgerà nessuno se deciderai di prenderne in prestito qualcuno, ogni tanto.» Nel pronunciare le parole "prendere in prestito" aveva mimato il gesto delle virgolette. «Inoltre, ti consiglio di chiamare tutti i PR della città e di farti mandare le tessere sconto per gli stilisti che rappresentano. Io ho solo il trenta per cento, ma tu otterrai molto di più: faranno a gara per regalarti roba, dal momento che sei l'assistente di Miranda. Non c'è davvero nessuna scusa per la tua sciatteria.»

Avevo annuito, senza perder tempo ad argomentare

che indossare Nine West invece di Manolo Blahnick, o comprare i jeans da Banana invece che all'ottavo piano di Barney (il paradiso del denim firmato), non era tanto un fatto di risparmio, quanto un tentativo di dimostrare a me stessa che avevo abbastanza personalità da non lasciarmi totalmente inghiottire dal «Runway-style».

Alle sei e cinquanta ero fuori di casa. A dire la verità, mi sentivo dannatamente bene nei miei nuovi panni. Il tipo che vendeva il caffè al baracchino all'angolo mi lanciò un'occhiata d'apprezzamento, e non avevo fatto neanche dieci passi che una signora mi fermò per confidarmi che erano mesi che spiava quegli stivali in vetrina. "Potrei persino abituarmici" pensai. In fondo, vestirsi era una necessità quotidiana, e quella roba era indiscutibilmente migliore di qualunque cosa avessi indossato in passato. Fermai un taxi con un cenno della mano e collassai nel tepore del sedile posteriore. «Seicentoquaranta, Madison Avenue. Velocemente, per favore.» Il taxista mi guardò nello specchietto retrovisore – con una punta di pietà, ci avrei giurato – e disse: «Ah, sì, l'Elias-Clark Building». Voltammo a sinistra sulla Novantasettesima, poi ancora a sinistra su Lexington, dribblando tutti i semafori fino alla Cinquantanovesima, dove svoltammo a ovest verso Madison. Non c'era traffico e dopo sei minuti esatti ci fermammo con stridore di freni davanti al monolite alto, affusolato, lucente ed elegante quanto i suoi frequentatori. Il tassametro segnava sei dollari e quaranta centesimi; come ogni mattina, porsi al taxista un biglietto da dieci. «Tenga il resto» dissi quasi cantando. Tutte le volte provavo una gioia incredibile nel vedere lo choc e la felicità dipinte sul volto dei taxisti: «Offre "Runway".»

Quell'obolo mattutino non era un problema. Mi ci

era voluta appena una settimana per capire che la contabilità non era il forte della Elias-Clark. Nessuno avrebbe protestato se segnavo dieci dollari di taxi tutti i giorni. Un'altra società avrebbe potuto chiedermi cosa mi dava il diritto di prendere un taxi per andare a lavorare; alla Elias-Clark si chiedevano perché prendessi il taxi, quando avevo a disposizione il miglior car service di New York. Saltai sul marciapiede. Oltre alle redazioni dei giornali, l'Elias-Clark Building ospitava una delle più prestigiose banche della città, la JS Bergman. Le due società non avevano nessuno spazio in comune, nemmeno un ascensore, ma i ricchi banchieri della JS Bergman e le bellezze alla moda impiegate dalla casa editrice si scambiavano occhiate di fuoco quando si incrociavano nella lobby.

Mi stavo preparando mentalmente alla solita gag con il simpaticamente sadico Eduardo, quando qualcuno mi chiamò: «Ehi, Andy. Come va? È un sacco che non ci vediamo». Mi voltai. Era Benjamin, l'ex fidanzato di Lily, seduto sul marciapiede proprio davanti all'ingresso. Lily aveva avuto moltissime storie, ma Benji era uno dei pochi che le fosse piaciuto davvero. Erano secoli che non lo vedevo, almeno da quando Lily l'aveva sorpreso a far sesso con due ragazze conosciute al coro. Gli aveva fatto un'improvvisata nell'appartamentino appena fuori dal campus e l'aveva beccato in posizione compromettente insieme a un soprano e a un contralto, due timide secchione che da quel giorno avevano fatto in modo di non capitarle mai più davanti. All'epoca avevo cercato di convincerla che era stata solo una bravata da studenti, ma non aveva funzionato. Lily aveva passato un'intera settimana a piangere sconsolata, e mi aveva fatto promettere assoluta discrezione sull'episodio.

Purtroppo, Benji si era già incaricato di spargere la voce, raccontando a chiunque fosse disposto ad ascoltarlo di come aveva «infilzato» quelle due santarelline mentre – questa era la sua versione – «la sua ragazza stava a guardare». Lily aveva giurato che non si sarebbe mai più innamorata, e, almeno fino a quel momento, aveva mantenuto la promessa. Era stata a letto con un sacco di gente, senza mai farsi coinvolgere veramente.

Cercai di trovare sul volto che avevo davanti il Benji che ricordavo, un tipo carino, spigliato. Normale. Ma la JS Bergman l'aveva ridotto a una larva di se stesso. Portava un vestito troppo grande e spiegazzato e fumava come se ne andasse della sua vita. Aveva l'aria stravolta benché fossero solo le sette del mattino, cosa che, confesso, mi fece sentire meglio. Naturalmente, a differenza di me, Benji si beccava centocinquantamila dollari all'anno per presentarsi in ufficio a quell'ora, ma chissenefrega, non ero l'unica forzata delle levatacce ed era già qualcosa.

Benji mi chiamò agitando la sigaretta accesa, un bagliore inquietante nel buio mattino invernale. Io ero nervosa perché non volevo far tardi, ma gli andai incontro comunque. Aveva gli occhi velati, senza speranza. Probabilmente pensava anche lui di avere un capo tirannico. Ah, se solo avesse conosciuto Miranda Priestly!

«Ehi, Andy, ti ho intravista altre volte, sei l'unica che arriva così presto al mattino» gracchiò con voce stanca. «Come mai?»

Aveva l'aria così esaurita, che provai un moto di solidarietà. Poi mi ricordai di Lily in lacrime sul divano e raddrizzai la schiena.

«Lavoro per un tipo molto esigente» mi limitai a dire con freddezza.

«Mi spiace, sembri malmessa. Chi è il tuo capo, si può sapere?»

«Miranda Priestly» mormorai, pregando che non avesse reazioni di nessun genere. Sarei stata davvero felice di scoprire che sulla faccia della terra esisteva un professionista mediamente colto e di successo che non l'aveva mai sentita nominare.

Per fortuna, Benji non mi deluse. Alzò le spalle e prese un'altra boccata di fumo, in attesa che continuassi a parlare.

«È il direttore di "Runway",» abbassai ulteriormente la voce «ed è la più grande stronza che abbia mai conosciuto. Voglio dire, sinceramente, non è neppure umana.» Avevo bell'e pronta una litania di lamentele che avrei riversato con piacere sul povero Benji, ma il voltafaccia paranoico di «Runway» colpì ancora una volta. A un tratto ero agitata, temevo che l'ex ragazzo della mia migliore amica fosse una spia dell'«Observer» o di «Page Six». Sapevo ch'era ridicolo, assurdo. Dopo tutto, conoscevo Benji da anni. Ma d'altra parte, come facevo a essere sicura che non stesse recitando? Urgeva contenere i danni.

«Certo, è una delle donne più influenti del mondo in fatto di moda e di editoria. È comprensibile che sia un po' stressante lavorare insieme a lei. Sarei altrettanto esigente, al suo posto. Bene, adesso devo proprio andare. Piacere di averti rivisto.» Mi defilai, come avevo imparato a fare ogni volta che mi sorprendevo a parlare male di Miranda con qualcuno che non fosse Lily, Alex o i miei genitori.

«Ehi, non prendertela» mi chiamò Benji, mentre correvo verso la porta girevole. «Pensa che è da martedì scorso che lavoro non-stop, non sono nemmeno riuscito a tornare a casa a cambiarmi.» E con quelle amare parole, lasciò cadere la cenere a terra e spense la sigaretta.

«'Giorno, Eduardo» dissi, con l'espressione più stanca e patetica del mio repertorio. «Odio il lunedì.»

«Ehi, amica, su con la vita. Almeno oggi l'hai battuta sul tempo.» Si riferiva a quelle disgraziate mattine in cui Miranda arrivava alle cinque e lui doveva scortarla fino al diciassettesimo piano, visto che rifiutava di indossare la tessera di riconoscimento.

Spinsi il cancelletto, pregando che quel lunedì Eduardo facesse un'eccezione e mi lasciasse passare senza balletti o canzoncine. Negativo.

«Dimmi quando tu verrai, dimmi quando quando quando...» intonò con il suo largo sorriso e l'accento spagnolo. Come ogni giorno, ebbi l'impulso di scavalcare il bancone e di strappargli di bocca tutti quei denti. Ma siccome ero un'anima buona ed Eduardo era uno dei pochi amici che avessi lì dentro, mi rassegnai e stetti al gioco. *«Dimmi quando tu verrai, dimmi quando quando quando»* cantai a mia volta, battendo un dito sull'orologio nell'imitazione di Miranda che aspettava un'assistente ritardataria. Eduardo fece un sorriso ancora più largo e mi lasciò passare.

«Ehi, non dimenticare: il sedici luglio!» gridò, mentre mi allontanavo. Non si stancava di ricordarmi che compivamo gli anni lo stesso giorno. Non so come l'avesse scoperto, ma la cosa lo deliziava, e pertanto era entrata a far parte del nostro rituale mattutino. Roba da pazzi! Come se non bastasse la forzata esibizione coreutico-canora, ogni santissima mattina, mi toccava associarmi all'estatica constatazione che un giorno in meno ci separava dal sedici luglio.

C'erano otto ascensori alla Elias-Clark; la metà andava fino al diciassettesimo piano, l'altra metà per i piani dal diciassettesimo all'ultimo. La maggior parte della gente importante, naturalmente, lavorava dal diciottesimo in su.

Al secondo piano c'era una palestra gratuita che offriva tutti i corsi più in voga, con un'attrezzatissima sala per il body-building e un centinaio di tapis roulant. Gli spogliatoi erano forniti di sauna, idromassaggio, bagno turco, servizio manicure e pedicure e massaggi viso e corpo. Gli inservienti in uniforme fornivano gratuitamente gli asciugamani puliti: almeno, così avevo sentito dire, visto che c'era sempre il tutto esaurito e che comunque non avevo avuto tempo di metterci piede. Giornalisti, direttori, caporedattori, addetti al marketing, chiamavano con almeno tre giorni di anticipo per prenotare le classi di yoga o kick-boxing. Come tutte le iniziative concepite per migliorare la qualità della vita dei dipendenti della Elias-Clark, la palestra finiva per rappresentare un'ulteriore fonte di stress.

Avevo sentito dire che c'era un asilo nido nel seminterrato, ma non conoscevo alcun clarkista che avesse dei bambini, perciò sospettavo che si trattasse di una leggenda. Il terzo piano ospitava la mensa, dove Miranda, aborrendo l'idea di mangiare in mezzo alla plebe, andava solo quando pranzava con Irv Ravitz, il presidente della casa editrice, che, al contrario, ci teneva a far la figura del democratico di fronte ai dipendenti.

Scesi al diciassettesimo piano, controllandomi il fondoschiena nel riflesso della porta a vetri.

Come tutte le mattine, il piano era ancora immerso

nel buio. Andai dritta verso la mia scrivania. Sulla sinistra, appena entrata, c'era la sezione Pubblicità, piena di ragazze che adoravano Chloé e gli stivali con i tacchi a spillo. I loro uffici erano completamente separati dal settore editoriale, dove si sceglievano i vestiti per i servizi, si corteggiavano i giornalisti più bravi, si abbinavano gli accessori, si selezionavano le modelle, si editavano i testi, si disegnavano i layout e si impaginavano le foto. I redattori viaggiavano in tutto il mondo per realizzare i servizi fotografici, ricevevano omaggi dagli stilisti, andavano a caccia di nuove tendenze e non si perdevano neanche una festa da Pastis o da Float, perché dovevano "vedere come si veste la gente".

Le ragazze Chloé si occupavano di vendere le pagine agli inserzionisti. A volte davano delle feste, considerate un po' tristi a causa della cronica carenza di Vip. Tuttavia, il mio telefono squillava all'impazzata quando era in programma uno di quei party. Gente che nemmeno conoscevo elemosinava un invito. «Ehm, ho sentito che stasera fate baldoria. Perché non sono stato invitato?» Se c'era una festa dei pubblicitari, venivo a saperlo da qualcuno di esterno: la redazione non era invitata, perché tanto avrebbe snobbato l'evento. *Quelli di «Runway»* non si accontentavano di trattare "gli altri" alla stregua di paria inavvicinabili, ma aderivano a un rigido sistema di caste interne.

Dall'ufficio dei pubblicitari un corridoio lungo e stretto portava alla minicucina, con un assortimento di caffè, tè e un frigorifero per tenerci il pranzo, del tutto superfluo, perché i dipendenti selezionavano il proprio menu in mensa, previo scrupoloso calcolo delle calorie. Ma era un tocco carino, quasi amichevole, come a dire: *«Ehi, guarda qua, abbiamo delle bustine di tè, del dolcificante, e persino un microonde, nel caso volessi scaldarti gli avanzi della cena di ieri! Questo è un ufficio normale!»*.

Misi piede nell'enclave di Miranda alle sette e cinque minuti. Cominciai con l'aerare il locale, poi accesi tutte le luci. Fuori il cielo era ancora nero. Mi eccitava l'idea di quell'isola di luce e potere in mezzo all'oscurità, con me intenta a fissare dall'alto l'oceano addormentato della città. Poi New York ingranava la marcia e il mio senso di onnipotenza sfumava e della sensazione di "tutto è possibile" che avevo provato all'alba non restava traccia.

Aprii l'armadio nell'area esterna all'ufficio. Era lì che erano conservati i famigerati foulard bianchi di Hermès. Quando, due anni prima, la casa madre aveva deciso di cessarne la produzione, il direttore generale aveva sentito il dovere di chiamare Miranda per porgerle le sue scuse. Come prevedibile, lei aveva replicato freddamente che era delusa, e aveva prontamente acquistato tutto lo stock. Circa cinquecento foulard erano stati consegnati in redazione, e adesso ne restava poco meno della metà. Miranda li seminava dappertutto: ristoranti, anteprime al cinema o a teatro, sfilate, riunioni, taxi. Li lasciava in aereo, a scuola delle bambine, sul campo da tennis. Ne aveva *sempre* uno incorporato con stile nella sua *mise*, eppure questo non bastava a spiegare la sistematicità con cui li smarriva. Pensava forse che fossero fazzoletti usa e getta? O magari preferiva prendere appunti sulla seta anziché sulla carta? La Elias-Clark aveva pagato duecento dollari per ogni foulard, ma Miranda non se ne curava. Al ritmo a cui andava, nel giro di due anni avrebbe esaurito la scorta.

Ero persa in quei pensieri quando telefonò Uri.

«Andrea? Ciao, sono io. Potresti scendere, per favore? Sono sulla Cinquantottesima, vicino a Park Avenue, proprio di fronte al New York Sport Club. Ho qualcosa per te.»

La maggior parte delle mattine, Miranda incaricava il suo autista di precederla in ufficio con un assortimento di vestiti da lavare, testi che si era portata da leggere a casa, riviste, scarpe o borse da riparare, e il Book. Io scendevo da basso, mi caricavo addosso quegli oggetti e sbrigavo le relative incombenze in anticipo sul suo orario d'arrivo. In genere, Miranda si faceva viva dopo mezz'ora, il tempo necessario perché Uri consegnasse il carico a me e tornasse a prenderla, a casa o dovunque si trovasse.

E poteva davvero essere ovunque perché, a sentire Emily, Miranda non dormiva mai. Dapprima non le avevo creduto, ma solo finché non avevo cominciato ad ascoltare per prima i messaggi in segreteria. Tutte le notti, senza eccezioni, tra l'una e le sei del mattino Miranda lasciava una decina di messaggi. Cose tipo: «Cassidy vuole una di quelle borse di nylon che portano le ragazzine. Ordinane una di media grandezza nel colore che piace a lei» e «Mi serve l'indirizzo e il numero di telefono dell'antiquario che sta da qualche parte tra la Settantesima e la Settantanovesima, quello dove ho visto il cassettone d'epoca.» Ogni mattina ascoltavo e trascrivevo fedelmente i messaggi, schiacciando "replay" ogni due parole, nel tentativo di dare un senso alle sue deliranti istruzioni.

Una volta, feci l'errore di suggerire che forse potevamo chiedere a Miranda di fornirci qualche dettaglio in più. Far domande a Miranda era fuori di discussione, m'informò Emily tagliente come un rasoio.

Di conseguenza, per localizzare il cassettone di cui sopra, mi era toccato girare in limousine per tre giorni, setacciando le strade dalla Settantesima alla Settantanovesima, su entrambi i lati del parco. Avevo escluso a priori York Avenue (troppo residenziale) per procedere con la Prima, la Seconda, la Terza, fino a Lexington. Avevo saltato Park Avenue (di nuovo, troppo residenziale) e continuato con Madison; e poi avevo ricominciato tutto daccapo sulla West Side. Al negozio numero quattro, avevo sviluppato la tattica perfetta.

«Buongiorno, per caso vendete cassettoni antichi?» gridavo nell'istante stesso in cui mi aprivano la porta. Arrivata al sesto negozio, non mi prendevo neppure più il disturbo di entrare. C'era sempre qualche commesso spocchioso che mi guardava dall'alto in basso dubitando che valesse la pena di dedicarmi del tempo. Molti notavano la macchina a noleggio che mi aspettava in seconda fila, e, controvoglia, mi rispondevano con un sì o un no; ma c'era anche chi pretendeva una dettagliata descrizione del cassettone che mi interessava.

Se ammettevano di avere qualcosa di simile, passavo immediatamente alla domanda successiva: «Miranda Priestly è stata qui, recentemente?». Alcuni non la avevano mai sentita nominare, allora li ringraziavo sentitamente e me ne andavo segretamente esultante. La patetica maggioranza diventava a un tratto molto ossequiosa. In ogni caso, nessuno aveva visto Miranda nel proprio negozio negli ultimi mesi, e *oh, come ci manca! Per favore le dica che Franck/Charlotte/Sarabeth le manda i suoi saluti.*

Cercavo da tre giorni, e ancora non avevo identificato il negozio quando Emily finalmente mi aveva autorizzato a chiedere delucidazioni al boss. Avevo cominciato a sudare con largo anticipo, mentre tra me e me preparavo un discorso di questo tenore: "Ciao, Miranda, sto bene, grazie, e tu come stai? Senti, volevo solo farti sapere che ho cercato di localizzare l'antiquario che hai descritto, ma non sono stata molto fortunata. Forse potresti cercare di ricordare se si trova a est o a ovest di Fifth Avenue? O addirittura come si chiama?".

Contro ogni protocollo, non avevo registrato la mia domanda nel Bollettino. Ma quando le avevo chiesto il permesso di avvicinarmi alla scrivania, aveva prontamente acconsentito, forse colpita dalla mia faccia tosta. Per farla breve, Miranda aveva sospirato, accondisceso, sbuffato e offeso in tutte le deliziose maniere del suo collaudatissimo repertorio, prima di aprire l'agenda in pelle di Hermès e di allungarmi il bigliettino con nome e indirizzo del negozio.

«Ho lasciato queste informazioni sul messaggio, Andreaaa. Immagino che trascriverle per te fosse troppo faticoso.» Benché pervasa dalla tentazione di farle del male, mi ero limitata ad annuire e a darle ragione.

Era stato solo quando avevo abbassato lo sguardo che avevo notato l'indirizzo: 244 Est, Sessantottesima strada. Ma certo.

Ripensai a tutto ciò mentre trascrivevo l'ennesimo messaggio notturno di Miranda, prima di precipitarmi incontro al suo autista. Pochi minuti dopo, fui sollevata nel constatare che anche quella mattina Uri mi era venuto incontro: era appoggiato a uno dei cancelletti dell'ingresso, con borse, vestiti e libri tra le braccia, e il sorriso di un nonno benevolo e generoso.

«Non devi correre per me, capito?» mi disse, nel suo bell'accento russo. «Corri sempre tutto il giorno, corri, corri.» Mi passò le borse straripanti e le scatole. «Ogni tanto ricordati di godere la vita. Passa una buona giornata.»

Dopo un salto in edicola, tornai di sopra, scaricai tutto quanto per terra sotto la mia scrivania. Era ora di fare il primo giro di ordini. Feci il numero di Mangia, un take-away di lusso nel cuore di Midtown. Come al solito, rispose Jorge.

«Ehi, Jorge, sono io» dissi, mentre controllavo la mia posta su hotmail. «Tocca far partire anche questa giornata.» Jorge e io eravamo diventati amici. Parlare tre, quattro, cinque volte ogni mattina era un modo buffo e veloce per creare un legame tra due persone.

«Ti mando subito uno dei ragazzi. È già arrivata?» chiese. Era un piacere parlare con lui. Come Uri, Eduardo e Ahmed, Jorge era deliziosamente estraneo al mondo di «Runway», benché anche lui, a suo modo, contribuisse a rendere perfetta la vita del direttore.

La colazione numero uno arrivò al 640 di Madison nel giro di qualche minuto. C'erano buone *chances* che sarebbe finita nella spazzatura. Ogni mattina Miranda mangiava quattro fette di bacon bisunto, due salsicce e una danese alla crema di formaggio, e lavava via il tutto con un latte macchiato extra large di Starbucks (il solo latte macchiato che accettasse, e solo con due cucchiai rasi di zucchero di canna, guai a dimenticarlo). La redazione si divideva in due correnti di pensiero: quelli che sostenevano che il direttore fosse una seguace a oltranza della dieta Atkins e quelli convinti che fosse semplicemente così fortunata da avere un metabolismo eccezionalmente efficiente. Comunque, Miranda non ci pensava su due volte prima di divorare le schifezze più grasse, più rivoltanti e meno salutari della terra, salvo proibire a tutti noi di concederci analoghe abbuffate di grassi e proteine, almeno in ufficio. Dal momento che la colazione restava calda per non più di dieci minuti dalla consegna, io continuavo a ordinare e buttare via, finché Miranda non prendeva posto alla sua scrivania. Avrei potuto riscaldare tutto al microonde, ma mi ci sarebbero voluti cinque minuti, e di sicuro lei se ne sarebbe accorta («Andreaaa, è spregevole. Portami subito una colazione fresca»). Al secondo o terzo giro di ordini arrivava la sua chiamata: «Andreaaa, sarò in ufficio tra poco. Ordinami la colazione». Naturalmente, si trattava di un preavviso di due, massimo tre minuti, perciò era assolutamente necessario ordinare *prima* della telefonata.

Suonò il telefono. Doveva per forza essere lei, era troppo presto per chiunque altro.

«Ufficio di Miranda Priestly» cinguettai, preparandomi alla solita ventata di gelo.

«Emily, sarò lì fra dieci minuti, fammi trovare la colazione pronta.»

Aveva preso l'abitudine di chiamare "Emily" sia la vera Emily che me, suggerendo, peraltro correttamente dal suo punto di vista, che eravamo completamente interscambiabili e dunque fondamentalmente indistinguibili. Io me ne sentivo un po' offesa, ma avevo finito per abituarmici. Inoltre, ero sempre troppo stanca per sciocchezze del genere.

«Sì, Miranda, subito.» Troppo tardi. Aveva già riagganciato. La vera Emily fece il suo ingresso in ufficio.

«È già arrivata?» sussurrò, guardando furtiva verso l'ufficio di Miranda, come sempre, senza un ciao né un buon giorno.

«No, ma ha appena chiamato, dice che sarà qui tra dieci minuti. Torno subito.»

Trasferii velocemente cellulare e sigarette nella tasca del cappotto, e corsi via. Avevo pochi minuti per scendere, attraversare Madison, saltare la coda da Starbucks e, soprattutto, fumare la mia prima, preziosa sigaretta per strada. Spensi la cicca proprio all'ingresso dello Starbucks all'angolo tra la Cinquantasettesima e Lexington, ed esaminai la coda. Se c'erano meno di otto persone, preferivo aspettare come tutti gli altri. Come accadeva la maggior parte delle mattine, anche quel giorno la coda comprendeva una ventina di impiegati affranti in crisi di astinenza da caffeina. Non avevo scelta: non potevo permettermi di aspettare il mio turno. Non che ci provassi gusto, ma Miranda non voleva capire che il latte macchiato che le portavo ogni mattina non doveva soltanto essere trasportato fino alla sua scrivania, ma anche preparato e acquistato, un processo che poteva richiedere mezz'ora. Dopo due settimane di chiamate stridule e rabbiose sul cellulare («Andreaaa, non so cosa pensare. Ti ho chiamata venticinque minuti fa per dirti che arrivavo, e la mia colazione non è ancora pronta. È inammissibile»), avevo deciso di parlare con il manager del locale.

«Ehm, buon giorno. La ringrazio di dedicarmi qualche minuto del suo tempo» avevo esordito, rivolta alla minuta donna di colore. «So che sembra un'assoluta pazzia, ma mi stavo chiedendo se sarebbe possibile trovare una soluzione riguardo ai tempi dell'attesa in coda.» Le spiegai la situazione meglio che potevo. Le dissi che lavoravo per una persona molto importante e poco ragionevole a cui non piaceva che le facessero aspettare il suo caffè la mattina. Si poteva fare in modo di stabilire una corsia preferenziale per le sue ordinazioni? Per qualche strano colpo di fortuna, Marion, la manager, frequentava i corsi serali del Fashion Institute of Technology e voleva diplomarsi in merchandising.

«Ommioddio, sta scherzando? Lei lavora per Miranda Priestly? E Miranda Priestly beve il nostro latte macchiato? Quello extra-large? Tutte le mattine? Incredibile. Oh, sì, sì, certo che sì. Darò istruzioni a tutti di servirla subito, appena entra.»

E così avevo ottenuto il privilegio di bypassare la coda a mio piacimento, a differenza degli altri newyorkesi che, benché stanchi, aggressivi e arroganti come al solito, erano costretti ad aspettare, aspettare, aspettare.

Ordinai un latte macchiato grande a una delle nuove bariste. Poi, di mia iniziativa, aggiunsi un Amaretto Cappuccino, un Moka Frappuccino, un Caramel Macchiato e una mezza dozzina tra muffin e croissant. Il totale era di ventotto dollari e ottantatré centesimi. Infilai la ricevuta nella apposita sezione del mio portafoglio, ormai cronicamente stragonfia. La Elias-Clark avrebbe rimborsato tutto senza fare domande.

E ora dovevo sbrigarmi, erano già dodici minuti da quando Miranda aveva chiamato. Prima che potessi prendere tutto quanto dal bancone, suonò il telefono. Al solito, tuffo al cuore e pre-infarto. Sapevo che era lei, lo sapevo perfettamente, assolutamente, ma non rinunciavo a sperare. La scritta che identificava il nome del chiamante confermò i miei sospetti, perciò fui sorpresa nel sentire la voce di Emily, che chiamava dall'apparecchio di Miranda.

«È qui, ed è incazzata nera» sussurrò. «Devi tornare subito.»

«Sto facendo del mio meglio» ringhiai, cercando di tenere in equilibrio il vassoio e il sacchetto delle brioches con un braccio, mentre reggevo il cellulare con l'altro.

Odiavo Emily per i motivi più svariati: perché veniva a lavorare in maglietta senza maniche riuscendo lo stesso a sembrare stilosa; perché non c'era volta che mi guardasse senza comunicarmi il suo disprezzo; perché solo a sentir pronunciare il nome di Miranda drizzava le orecchie come il più devoto dei cani; e, soprattutto, perché, in qualità di assistente senior, non doveva uscire dall'ufficio ogni due per tre a sbrigare commissioni. Emily, specularmente, mi odiava perché, come assistente junior, avevo sempre una scusa per uscire dall'ufficio, e spesso ne approfittavo per fare due chiacchiere al cellulare o fumarmi una sigaretta.

Il ritorno in ufficio richiedeva più tempo dell'andata, perché uscita da Starbucks mi fermavo a distribuire caffè e merendine a un gruppetto di barboni *habitué* della zona. C'era qualcosa di terapeutico – rivitalizzante, davvero – nel fatto di sapere che i dispendiosi caffè sponsorizzati dalla Elias-Clark andavano a scaldare le pance dei reietti della città.

Il tipo che dormiva fuori dalla Chase Bank si faceva sempre la pipì addosso. A lui destinavo il Moka Frappuccino. Non si tirava mai su per accettarlo, ma glielo lasciavo ugualmente (con zucchero e cannuccia, naturalmente) accanto al braccio sinistro, e quando tornavo per il secondo rifornimento della giornata, qualche ora dopo, sia lui sia il Frappuccino erano spariti.

All'anziana signora che esponeva bene in vista la scritta «Sono senza casa/Posso fare le pulizie/Ho fame» toccava il Caramel Macchiato. Si chiamava Theresa. All'inizio le compravo un latte macchiato grande, come a Miranda. Ringraziava sempre, ma non lo assaggiava nemmeno. Quando, una volta, le avevo chiesto se le piacesse, aveva sussurrato che detestava fare la figura della schizzinosa, ma le sarebbe piaciuto qualcosa di un po' più dolce, e che il caffè era troppo forte. Il giorno seguente le avevo offerto un caffè alla vaniglia con panna montata. Andava meglio così? Oh, sì, era molto meglio, forse un tantino troppo dolce. Al terzo tentativo avevo trovato la formula giusta: a Theresa piaceva il caffè con la panna montata annaffiata da una colata di sciroppo al caramello, e niente aroma di vaniglia.

Il terzo caffè era per Rio, il nigeriano che vendeva cd su una coperta stesa per terra. Non aveva l'aria di essere un barbone, ma un mattino mi era venuto incontro mentre davo a Theresa il caffè omaggio e mi aveva detto, o piuttosto, cantato: «Ehi, ehi, ehi, sei la fatina di Starbucks, o cosa? E il mio caffè dov'è?». Il giorno seguente gli avevo portato un Amaretto Cappuccino grande, e da quel momento eravamo diventati amici.

Ogni mattina spendevo ventiquattro dollari di caffè più del necessario (il solo latte macchiato di Miranda ne costava quattro), sferrando alla Elias-Clark l'equivalente di un pizzicotto sotto la cintola. Così imparavano a lasciare le briglie sciolte a Miranda Priestly. Distribuivo i caffè ai matti, ai puzzolenti e ai sudici, consapevole che quella, e non lo spreco di denaro, era la vera provocazione.

Nella lobby trovai Pedro, il fattorino messicano di Mangia, che chiacchierava in spagnolo con Eduardo accanto agli ascensori.

«Ehi, ecco Andy!» esclamò Pedro, mentre alcuni Clarkioti ci guardavano bovini. «Ti ho portato il solito, bacon, salsiccia, e una di quelle orribili cose al formaggio. Hai ordinato soltanto una volta, oggi! Non so come fai a mangiare queste schifezze e a restare così magra, amica.» Come al solito, gli porsi una banconota da dieci dollari per pagare una colazione da tre dollari e novantanove centesimi, e me ne andai senza aspettare il resto.

Miranda era al telefono quando entrai in ufficio. Il suo trench in pelle di serpente di Gucci era drappeggiato sopra la mia scrivania. L'avrebbe forse uccisa fare due passi verso l'armadio, aprirlo e appendersi da sola il cappotto, dico io? Posai il caffè, salutai Emily che al solito era troppo impegnata a rispondere a tre linee telefoniche contemporaneamente per accorgersi di me, e appesi il trench di serpente. Mi scrollai di dosso il cappotto e mi chinai per buttarlo sotto la scrivania.

Afferrai due buste di zucchero e un cucchiaio lungo per rimestare e arrotolai il tutto in un tovagliolo. Poi presi un piattino di porcellana dall'armadietto in alto e ci versai il bacon bisunto e la danese lucida di burro. Mi pulii le mani sui vestiti sporchi di Miranda che avevo momentaneamente accatastato sotto il lavandino. Per pulire il suo piatto dopo ogni pasto, invece, mi servivo di un tovagliolo e grattavo via con l'angolo dell'unghia gli eventuali avanzi di formaggio induriti. Se il piatto era davvero sporco, aprivo una bottiglia di acqua minerale effervescente naturale e ce ne versavo sopra un po'. D'accordo, non era il massimo dell'igiene, ma per come la vedevo io Miranda doveva essermi grata del fatto che non usavo la mia stessa saliva.

«Ricorda, voglio delle ragazze sorridenti» stava dicendo lei al telefono. Dal tono della voce capii che stava parlando con Lucia, la caporedattrice Moda, che in quei giorni era incaricata di curare un servizio ambientato in Brasile. «Le voglio felici, sorridenti, pulite, sane. Niente di meditabondo, niente facce arrabbiate, imbronciate, accigliate. Non voglio vedere del trucco nero. Le voglio splendenti. Bada bene, Lucia, non accetterò niente di diverso.»

Posai il piatto sull'angolo della scrivania con accanto il caffè e gli accessori necessari. Indugiai un attimo in caso avesse un fax da spedire o un documento da archiviare, ma mi ignorò e uscii dalla stanza.

Alle otto e mezza finalmente tornai al mio posto. Mi stavo preparando a collegarmi a hotmail, quando Miranda uscì dall'ufficio. Portava un tubino aderente con sopra una giacca la cui cintura, annodata stretta stretta, esaltava il suo microscopico vitino. Dovevo ammetterlo: stava benissimo.

«Andreaaa. Il caffè è gelato. Non capisco come sia possibile. Di sicuro te la sei presa con comodo. Portamene subito un altro.»

Feci un respiro profondo e mi costrinsi a restare calma. Miranda posò la tazza sulla mia scrivania e sfogliò nervosa il nuovo numero di «Vanity Fair», che qualcuno dello staff aveva dimenticato lì. Sentivo su di me lo sguardo di Emily, un misto di rabbia e solidarietà: le dispiaceva che dovessi ripetere l'operazione caffè, ma sentiva che ero furibonda, e non me lo perdonava: non c'erano forse schiere di ragazze pronte a qualunque sacrificio pur di ottenere un posto come il mio?

Infine, con un sospiro appena percettibile (per essere certa che non sfuggisse a Miranda senza tuttavia provocare una scenata da parte sua), tornai a infilarmi il cappotto e ordinai alle mie gambe di mettersi in marcia verso l'ascensore. Sarebbe stata un'altra lunga, lunghissima giornata.

Il secondo rifornimento di caffè filò più liscio e veloce del primo. La coda alla cassa di Starbucks si era assottigliata e Marion aveva preso servizio. Preparò personalmente il caffè nell'attimo in cui mi vide entrare. In aggiunta, ordinai due cappuccini extra-large per me e per Emily. Stavo pagando, quando il telefono suonò. All'inferno, quella donna era insopportabile, insaziabile, impaziente, impossibile: ero uscita da appena quattro minuti! Afferrai il vassoio con una mano, e con l'altra estrassi il cellulare dalla tasca del cappotto. Avevo già deciso che un atteggiamento così persecutorio da parte di Miranda mi autorizzava a fumare un'altra sigaretta – lasciando il suo caffè al fresco per un paio di minuti – ma era Lily, che mi chiamava dal telefono di casa.

«Ciao, è il momento sbagliato?» chiese. Sembrava agitata. Guardai l'orologio. A quell'ora avrebbe dovuto essere in classe.

«Ciao, beh, sì, un po'. Sono al secondo rifornimento di caffè. Ma dimmi, cosa succede? Non dovresti essere a lezione?»

«Sì, ma ieri sera sono uscita con Camicia Rosa e ci siamo fatti un po' troppi margarita. Tipo, otto più del necessario. A testa, s'intende. Lui è ancora qui, praticamente svenuto e non posso mica mollarlo. Ma non ti ho chiamata per questo.»

«No?» L'ascoltavo piuttosto distratta, perché uno dei cappuccini aveva cominciato a colarmi addosso. Avevo il telefono incastrato tra il collo e la spalla mentre con la mano libera cercavo di recuperare una sigaretta.

«Il mio padrone di casa è piombato qui alle otto di mattina per annunciarmi lo sfratto» disse, con un guizzo di ilarità nella voce.

«Sfratto? Lily, perché? E cosa farai adesso?»

«Sembra che si sia accorto che non sono Sandra Gers, e che sono sei mesi che Sandra Gers non abita qui. Siccome tecnicamente non sono una sua parente stretta, Sandra non era autorizzata a passarmi il contratto d'affitto a tasso controllato. Io lo sapevo, logico, per questo ho sempre sostenuto di essere lei. Non so come abbia scoperto la verità. Ma chissenefrega, non ha nessuna importanza, perché finalmente io e te potremo andare ad abitare insieme! Il tuo accordo con le due indianine ha scadenza trimestrale, vero? E hai subaffittato solo perché non sapevi dove andare, giusto?»

«Giusto.»

«Bene, presto non avrai più bisogno di Shanti e Kendra. Cominceremo oggi stesso a cercare casa!»

«Fantastico.» Il mio tono era un po' troppo moscio per risultare convincente, eppure ero sincera.

«Allora, ci stai?» chiese. Anche il suo entusiasmo sembrava un po' scemato.

«Lily, certo che ci sto. Davvero, è un'idea grandiosa. Non voglio sembrarti dubbiosa, è solo che a un tratto si è messo a nevicare, e io sono per strada con del caffè bollente che mi cola lungo il braccio sinistro...» *Bip-Büp*. C'era un chiamata in attesa, e per un pelo non mi bruciai il collo con la sigaretta mentre cercavo di allontanare il telefono dall'orecchio per controllare il display. Emily.

«Merda, Lily, è Miranda che mi sta chiamando. Devo rispondere. Ma congratulazioni per lo sfratto. Sono emozionatissima. Ti chiamo dopo, okay?»

«Okay, ci sentiamo do...»

Avevo già riagganciato.

«Sono io » disse Emily, tesa. «Cosa diavolo stai facendo? È un fottuto caffè, cristo santo. Dimentichi forse che un tempo facevo il tuo lavoro? So bene che non ci vuole così tanto per...»

«Cosa?» gridai, coprendo il ricevitore con la mano. «Cos'hai detto? Non ti sento. Se tu mi senti, non ti preoccupare: un minuto e sono lì.» Chiusi la comunicazione e seppellii il telefono in tasca. La sigaretta era solo a metà, ma la buttai sul marciapiedi e corsi al lavoro.

Miranda si degnò di accettare il caffè leggermente più tiepido del solito e ci concesse persino un'ora di pace tra le dieci e le undici, quando si chiuse nel suo ufficio, cinguettando al telefono con Sor-Ci. L'avevo conosciuto ufficialmente la settimana prima, quando avevo consegnato il Book una sera verso le nove. Aveva tolto il suo cappotto dall'armadio nel foyer per far spazio ai vestiti della moglie e aveva passato dieci minuti buoni a parlare di se stesso in terza persona. Da quell'incontro, mi rivolgeva un'attenzione speciale ogni volta che mi introducevo a casa sua; si prendeva sempre qualche minuto per chiedermi com'era andata la giornata o per complimentarsi per un lavoro ben fatto. Nessuna di queste gentilezze sembrava destinata a contagiare sua moglie, ma almeno lui era una persona piacevole, entro certi limiti.

Stavo per chiamare due o tre PR per farmi mandare qualche vestito decente, quando la voce di Miranda mi distolse dai miei propositi. «Emily, il pranzo.»

La vera Emily mi guardò e fece un cenno. Composi il numero della steak house Smith e Wollensky. Non erano esattamente un take-away, ma facevano un'eccezione per Miranda, la regina della moda. Dall'altra parte del filo riconobbi la voce della ragazza nuova.

«Ciao, Kim, sono Andrea dell'ufficio di Miranda Priestly. C'è Sebastian?»

«Oh, eh, ehm, come hai detto che ti chiami?» Mi

aveva risposto in diverse occasioni, sempre alla stessa ora, ma per quanto avessi già provveduto a identificarmi, si comportava sempre come se fosse la prima volta che parlavamo.

«Chiamo dall'ufficio di Miranda Priestly, della rivista "Runway". Senti, non vorrei sembrarti scortese» – "oh, eccome se vorrei" – «ma sono un po' di fretta, puoi passarmi Sebastian?»

Se avesse risposto chiunque altro, sarebbe bastato ordinare "il solito per Miranda", ma siccome quella Kim era un po' scema, preferivo farmi passare il manager.

«Ehm, un attimo, vedo se è libero.» "Credimi, Kim, è libero. Per Miranda Priestly è sempre libero."

«Andy, cara, come stai?» soffiò Sebastian un minuto dopo. «Anche oggi il nostro direttore preferito vuole una bella bistecca al sangue?»

Chissà come avrebbe reagito se gli avessi detto che non era per Miranda che ordinavo il pranzo, ma per me.

«Proprio così. E mi ha pregato di porgerti i suoi saluti.» Naturalmente, Miranda non sarebbe stata capace di identificare il ristorante che quotidianamente le preparava il pranzo nemmeno sotto tortura, figuriamoci ricordare il nome del manager di turno.

«Favoloso! È semplicemente favoloso! Te la facciamo trovare pronta per la solita ora» si esaltò Sebastian. «E baciala da parte mia!»

«Certo, contaci. A presto.» Era così spossante chiamare a raccolta l'entusiasmo necessario per lisciare l'ego di quelli come lui. Ma Sebastian, con la sua efficienza, mi rendeva la vita più facile, e valeva la pena di lusingarlo un po'. Quando Miranda non pranzava fuori, le servivo sempre lo stesso menu alla sua scrivania, e lei lo mangiava nella pausa pranzo, a porte chiuse. Tenevo una scorta di piatti di porcellana nell'armadietto della cucina proprio per quell'uso.

Per la maggior parte erano campioni di servizi spediti da stilisti e designer per presentare le loro linee casa; alcuni provenivano dalla mensa. Sarebbe stata una seccatura dover tenere in ufficio anche salsiere, coltelli da carne e tovaglioli di lino, così Sebastian si premurava di fornirmeli insieme alle pietanze.

Ancora una volta mi infilai il cappotto, cacciai in tasca sigarette e telefono e uscii, in una giornata di febbraio sempre più nevosa.

Erano solo quindici minuti a piedi fino al ristorante, all'angolo tra la Quarantanovesima Strada e la Terza Avenue. Considerai l'eventualità di chiamare un taxi, ma ci ripensai sentendo l'aria fredda pizzicarmi piacevolmente le guance. Accesi una sigaretta e aspirai. Non so se fosse il fumo o l'aria fredda o l'irritazione che sfumava, ma, per la prima volta dall'inizio della giornata, mi sentivo bene.

Fino a pochi mesi prima avevo guardato con disapprovazione le persone che camminavano con l'orecchio incollato al cellulare, ma data l'attuale frenesia delle mie giornate, ero diventata una di loro. Tirai fuori il cellulare e chiamai la scuola di Alex. Secondo la mia annebbiata ricostruzione, era possibile che stesse pranzando nella sala docenti, al momento.

Squillò due volte prima che rispondesse una voce femminile acuta.

«Pronto. Qui è la Scuola Elementare Pubblica 277, parla la signorina Whitmore. Posso esserle d'aiuto?»

«C'è Alex Fineman?»

«Chi devo dire?»

«Sono Andrea Sachs, la sua fidanzata.»

«Ah, certo, Andrea! Alex ci ha parlato così tanto di lei!»

«Oh, davvero? Bene... benissimo! Anche a me ha parlato un sacco di voi. Alex dice cose fantastiche di tutti quanti.»

«Che gentile! Ma tornando a lei, ci risulta che professionalmente parlando si trovi a occupare una posizione davvero invidiabile. Dev'essere così interessante, lavorare per una donna come la signora Priestly. Lei è una ragazza fortunata.»

«Sicuro è una fantastica opportunità» sospirai. «Ci sono schiere di ragazze disposte a tutto pur di...»

«Può dirlo forte, cara!» mi interruppe. «Ma è appena arrivato Alex. Glielo passo.»

«Ciao, Andy? Come va?»

«Benone al momento. Sto andando a prenderle il pranzo. E tu?»

«Fino adesso non c'è male.»

«Nessuna coltellata?»

«No.»

«Beh, è maledettamente incoraggiante. Un'intera mattinata senza spargimenti di sangue! Ma ti ho chiamato per raccontarti una novità. Qualche ora fa mi ha chiamata Lily: la sfrattano dall'appartamento ad Harlem, quindi andremo a vivere insieme.»

«Ehi, congratulazioni! Vi divertirete un sacco. Benché, ripensandoci, mi faccia un po' paura. Avere a che fare con Lily a tempo pieno... e tutti quegli uomini per casa.... Prometti che starai spesso da me?»

«Naturale. Comunque sono contenta. Shanti e Kendra sono carine, ma dividere casa con due sconosciute...» Apprezzavo il fatto che spesso mi lasciassero da parte qualche avanzo, ma francamente incominciavo ad averne abbastanza di tutto quel curry. «Potremmo vederci stasera per festeggiare. Io, te e Lil, intendo. Che te ne pare? Magari nell'East Village.»

«Ottima idea. Nel pomeriggio faccio un salto a Larchmont per stare un po' con il mio fratellino, ma sarò di ritorno in città per le nove. E se invitassi anche Max? A proposito, Lily si vede con qualcuno? Max potrebbe farci un pensierino.»

«Cosa?» risi. «Voi maschi siete incredibili. In ogni caso, mi risulta che tale Camicia Rosa – temo che Lily non conosca il suo vero nome – abbia passato la notte da lei.»

«Peccato. Ooops! La campanella. È ora di rientrare in classe. Chiamami stasera, quando hai finito con la consegna del Book.»

«Va bene. Ciao.»

Stavo per cacciarmi il telefono in tasca quando trillò. Il numero sul display non mi diceva niente. Risposi, eccitata all'idea che per una volta non si trattasse di Miranda né di Emily.

«Uffic... ehm, pronto?» Era un riflesso condizionato che mi creava un certo imbarazzo. Ormai rispondevo "Ufficio di Miranda Priestly" anche al telefono di casa.

«Pronto, parlo con Andrea Sachs? La stessa deliziosa ragazza che ho involontariamente terrorizzato alla festa di Marshall?» chiese una voce roca e molto sexy. Christian! Nei giorni successivi alla festa, avevo accolto con sollievo il fatto che lo sconosciuto che mi aveva massaggiato la mano con le labbra non avesse cercato di rintracciarmi. Ma ora il desiderio di fare colpo su di lui si impossessò di me in un lampo.

«Sono io. Posso sapere con chi parlo? Un numero considerevole di uomini mi ha terrorizzata nel corso di quella festa, e per le ragioni più svariate.» "Okay, per ora tutto bene. Respira a fondo e stai calma."

«Ah, maledetta concorrenza» sospirò. «Ma dimmi, come stai, Andrea?»

«Bene, anzi, divinamente» mentii, ispirandomi a un articolo apparso su «Cosmopolitan» che consigliava di mantenere «un tono leggero, brioso e allegro» quando parlavi con un membro del sesso maschile. «Il lavoro è perfetto. Ultimamente è stato così interessante... mille cose da imparare, mille novità. E tu?» "Non parlare troppo di te, non dominare la conversazione, mettilo a suo agio in modo che possa concentrarsi sul suo argomento preferito: se stesso."

«Le bugie non sono il tuo forte, Andrea. A un orecchio meno allenato potresti anche suonare credibile, ma sai come si dice, no? Non puoi raccontar balle a un ballista. Ma non ti preoccupare, non ti torturerò per costringerti a sputare la verità.» Feci per protestare, ma mi uscì una risata. Che tipo perspicace, davvero. «Lascia che venga al dunque, perché sto per salire su un aereo per Washington e quelli della security sono sul punto di requisirmi il cellulare. Hai programmi per sabato sera?»

Odiavo la gente che formulava gli inviti a quel modo, chiedendoti se avevi programmi prima ancora di avanzare una proposta. E poi, che voleva quel tipo da me? Forse gli serviva qualcuno che portasse a spasso il cane mentre concedeva un'altra intervista al «New Yorker» o al «New York Times»? Stavo ancora annaspando in cerca di una risposta il più possibile evasiva, quando lui disse: «Ecco, ho prenotato un tavolo da Babbo per sabato sera, alle nove. Sarò con un gruppetto di amici, per lo più gente che lavora nel giornalismo, tutti tipi interessanti. C'è un caporedattore di "The Buzz", un paio di collaboratori del "New Yorker". Bella gente. Ti va di venire?» In quel preciso istante, un'ambulanza mi sfrecciò accanto a sirene spiegate. Come al solito, gli automobilisti la ignorarono e l'ambulanza dovette fermarsi al semaforo.

Christian mi aveva proposto di uscire con lui? *Sì*, pensai, era esattamente quel che era appena accaduto. Christian Collinsworth mi stava chiedendo un appuntamento! Un appuntamento per sabato sera, per essere precisi, da Babbo, dove aveva un tavolo riservato per un gruppo di amici, gente giusta, interessante, gente come lui. Cercai di ricordare se per caso alla festa gli avessi detto che Babbo era uno dei ristoranti più apprezzati da Miranda e che più desideravo provare. Avevo persino deciso di giocarmi un paio di settimane di paga e avevo chiamato per prenotare un tavolo per Alex e me, ma c'era una lista d'attesa di cinque mesi. Comunque erano tre anni che nessuno mi chiedeva un appuntamento, a parte Alex, naturalmente.

«Ehm, Christian, cavolo, mi piacerebbe andarci» cominciai, lottando per non soccombere alla vergogna di avere appena pronunciato la parola "cavolo". *CAVOLO!* Come diamine mi era venuto in mente di dire "cavolo"? «Mi piacerebbe, davvero, sì...», "stupida, l'hai appena detto, sforzati almeno di finire la frase" «ma proprio non posso, ho già preso impegni.» Tutto sommato, me l'ero cavata dignitosamente. Era ragionevole che non fossi disponibile per un appuntamento chiesto con appena due giorni di anticipo, ed era più che comprensibile che non avessi sentito il bisogno di rivelare l'esistenza di un fidanzato... dopo tutto, non erano affari suoi. Giusto?

«Sei davvero impegnata, Andrea, o piuttosto temi che il tuo fidanzato non approverebbe?» Non c'era dubbio: ci stava provando.

«In entrambi i casi, la cosa non ti riguarda» dissi nel tono di una suorina scandalizzata. Attraversai la Terza Avenue senza accorgermi che il semaforo era rosso e per poco non venni travolta da una monovolume che stava svoltando a sinistra.

«Okay, per questa volta passi. Ma sappi che ti inviterò di nuovo. E qualcosa mi dice che la prossima volta dirai di sì.»

«Oh, davvero? Come fai a esserne tanto sicuro?» La sua sicurezza, che fino a quel momento mi era sembrata così sexy, adesso cominciava a sconfinare nell'arroganza. Il che, naturalmente, la rendeva ancora più sexy.

«È solo una sensazione, Andrea. E non affannare quella tua testolina – né quella del tuo fidanzato – lanciandoti in premature elucubrazioni. Ti ho semplicemente esteso un amichevole invito a mangiar bene in buona compagnia. Anzi, perché non porti anche il tuo lui? Dev'essere un tipo in gamba, mi piacerebbe conoscerlo.»

«No!» quasi gridai, piena di orrore al pensiero di Alex e Christian seduti fianco a fianco davanti a un piatto di gnocchi alla Babbo, ciascuno così meraviglioso, e così diverso dall'altro. La verità era che, di fronte a Christian, l'integrità morale di Alex, le sue maniere da bravo ragazzo traboccante di nobili ideali mi avrebbero fatto arrossire di imbarazzo. Agli occhi di Christian, Alex sarebbe sembrato un paesanotto un po' naïf. Ma ancor di più mi sarei vergognata di mostrare ad Alex i difetti che rendevano Christian così incredibilmente attraente: lo stile fin troppo curato, le arie da galletto, la supponenza impossibile da scalfire.

«Cioè,» mi corressi, cercando di sembrare disinvolta «non credo che sia una buona idea. Benché, sia ben chiaro, anche ad Alex piacerebbe conoscerti.»

Christian si abbandonò a una risatina condiscendente. «Stavo scherzando, Andrea. Sono sicuro che il tuo fidanzato è un tipo simpatico, ma confesso che non ho grande urgenza di fare la sua conoscenza.»

«Ma certo. Sicuro. Voglio dire, immaginavo che...»

«Senti, adesso devo andare. Perché non mi chiami, se cambi idea... o i tuoi piani per sabato? L'offerta è sempre valida. Buona giornata.» E prima che potessi replicare, chiuse la comunicazione.

Che cosa diavolo stava succedendo? Provai a ripassare. Uno scrittore bello, sexy e risaputamente geniale, si era chissà come procurato il numero del mio cellulare per dare inizio a quello che aveva tutta l'aria di essere un corteggiamento. Oppure no?

L'unica cosa che sapevo per certo era che avevo passato troppo tempo al telefono, come mi confermò un'occhiata all'orologio. Erano passati trentadue minuti da quand'ero uscita dall'ufficio, molti più di quelli che in genere impiegavo per ritirare il pranzo e portarlo a Miranda.

Infilai in tasca il cellulare e mi accorsi di essere davanti al ristorante. Aprii la massiccia porta di legno ed entrai nella sala immersa nella penombra. Anche se tutti i tavoli erano occupati dalla folla di banchieri e bancari tipica di Midtown, il brusio era controllato, come se la lussuosa moquette e il motivo colorato della tappezzeria assorbissero i decibel in eccesso.

«Andrea!» Sebastian mi chiamò dal fondo della sala. «Siamo così contenti di vederti!» Le addette alla reception, due ragazzine in gonna di panno e giacca attillata, annuirono compunte alle sue spalle. «Oh, davvero? E come mai?» Non riuscivo mai a evitare di giocare un po' con Sebastian. Era ossequioso da non credere.

Si sporse in avanti con fare cospiratorio. «Beh, tutto lo staff qui alla Smith & Wollensky adooora Miranda Priestly. Lo stile "Runway" è impareggiabile, lascia a bocca aperta. Per questo, adoooriamo la sua direttrice. Punto e baaasta!»

Un cameriere si avvicinò e gli consegnò una borsa di tela. Sebastian esultò. «Ecco qui, il pranzo perfetto per il direttore perfetto.»

«Grazie, Sebastian» aprii la borsa e controllai che ci fosse tutto. La bistecca sanguinolenta da settecentocinquanta grammi, due gigantesche patate al cartoccio fumanti, il purè arricchito con panna, otto asparagi appena scottati, una salsiera piena di burro montato a crema, un barattolino di sale kosher, un coltello da bistecca con il manico di legno e un tovagliolo di lino bianco inamidato, che quel giorno era piegato a guisa di gonna plissettata. *Adorabile.* Sebastian era in attesa.

«È bellissimo, Sebastian» dissi, nel tono di una ricca signora che si congratula con il barboncino per aver fatto cacchina. «Hai davvero superato te stesso, oggi.»

Sorrise beato e abbassò lo sguardo in segno di (finta) modestia. Non avevo cuore di confessargli che ogni giorno demolivo le sue estrose creazioni nel momento esatto in cui mettevo piede in ufficio. La signora Priestly che lui tanto venerava, infatti, non sarebbe riuscita a mandar giù neppure un boccone se si fosse trovata *vis-à-vis* con un tovagliolo volgarmente travestito da borsa da bowling o da guepierre. Chiusi la borsa e aprii bocca per salutare, ma in quel momento il cellulare suonò.

Sebastian mi guardò carico di aspettative. Evidentemente sperava che la voce che risuonava acuta nel mio orecchio fosse quella della sua adorata Miranda. Infatti.

«Emily? Sei Emily? Emily, non sento niente!»

«Ciao, Miranda. Sono Andrea» dissi con calma, mentre Sebastian simulava uno svenimento per l'eccitazione.

«Stai preparando il mio pranzo personalmente, Andreaa? Perché, secondo il mio orologio, te l'ho chiesto ben trentacinque minuti fa. Non so immaginare nessuna ragione per cui, se tu stessi svolgendo il tuo lavoro correttamente, il mio pranzo non dovrebbe già trovarsi sulla mia scrivania. Ebbene?»

Mi aveva chiamata con il mio nome! Un piccolo successo, ma non era il momento di festeggiare.

«Mi spiace di averci messo così tanto, ma c'è stato un piccolo contrattempo.»

«Ormai dovresti sapere che non nutro alcun interesse per i dettagli.»

«Certo, capisco, non impiegherò molt...»

«Ti ho chiamata per dirti che voglio il mio pranzo, e lo voglio *adesso*. Non c'è spazio per le sfumature, Emily. Voglio-il-mio-pranzo-subito!» E con questo riattaccò. Mi tremavano le mani, tanto che lasciai cadere il cellulare.

Sebastian si precipitò a raccoglierlo e me lo porse.

«È arrabbiata con noi, Andrea? Spero di non averla delusa. È così? È questo che pensa?» Increspò le labbra in un ovale disperato. Le vene sulla sua fronte pulsavano visibilmente. Avrei voluto odiarlo almeno quanto odiavo lei, invece mi faceva compassione. Perché mai quell'uomo, un uomo la cui unica peculiarità era di non avere nessuna peculiarità, teneva così tanto a Miranda Priestly? Perché investiva tante energie nello sforzo di accontentarla, di impressionarla, servirla? Forse avrebbe dovuto prendere il mio posto, pensai. Perché io mi sarei licenziata. Ero stufa dei modi dispotici di Miranda. Che cosa le dava il diritto di essere così villana con me o con chiunque altro? La sua posizione? Il potere? Il prestigio? Gli abiti firmati Prada?

La solita ricevuta da novantacinque dollari giaceva sul bancone, in attesa che la firmassi. Scarabocchiai una firma illeggibile. Che fosse la mia, quella di Miranda, di Emily o del Mahatma Gandhi, a questo punto non potevo dirlo con sicurezza, ma non aveva importanza. Afferrai la borsa con le cibarie e uscii a passi pesanti, lasciandomi alle spalle un Sebastian sull'orlo di una crisi nervosa. Mi buttai su un taxi, evitando per un pelo di travolgere un signore di una certa età che scrutava rapito le profondità di un tombino scoperchiato. Dovevo licenziarmi. Nonostante la neve e il traffico di mezzogiorno, impiegammo solo dieci minuti per arrivare. Lanciai al tassista una banconota da venti dollari. Cominciò subito a contare il resto, ma io avevo già sbattuto la portiera e stavo correndo verso l'ingresso dell'Elias-Clark Building. Era preferibile che i dieci dollari del resto sovvenzionassero la riparazione di uno scaldabagno, decisi. O che, a fine turno, finanziassero un paio di birre nel bar di fronte al parcheggio dei taxi nel Queens: qualunque cosa il taxista avesse deciso di fare con quel denaro, sarebbe stata più nobile dell'acquisto dell'ennesimo latte macchiato.

Carica di indignazione, entrai nel palazzo come una furia, ignorando gli sguardi di disapprovazione di un gruppetto di Clarkioti. Vidi Benji uscire dagli ascensori della banca e gli voltai le spalle, per non rischiare di perdere altro tempo. Passai la mia tessera al lettore e spinsi il cancelletto con un fianco. *Merda.* La barra metallica resistette al mio osso pelvico. Alzai lo sguardo e vidi due file di denti brillare sulla faccia grassa e sudaticcia di Eduardo. Stava forse scherzando?!

Lo fulminai con la più velenosa delle occhiate, ma non funzionò. Guardandolo dritto negli occhi, passai al cancelletto a fianco, strisciai la tessera velocissima e balzai contro la barra. L'aveva bloccata appena in tempo. Mi toccò starmene lì impalata, mentre sei Clarkioti sfilavano indenni attraverso il cancelletto alla mia sinistra. Eduardo parlò.

«Amica, non fare quella faccia. Non è mica una tortura, è il nostro giochetto. E adesso vai, attacca a cantare... *Nella vecchia fattoria... c'è l'oca, oca, o-o-oca...*»

«Eduardo, risparmiami. Non ho tempo per queste amenità.»

«Okay, okay. Per questa volta puoi stare in piedi. Basta che mi faccia il verso. Avanti, segui me: *Nella vecchia fattoria, c'è la mucca, mucca...*»

«*Mu-mu-mucca*» capitolai.

Eduardo rise fragorosamente in segno di approvazione. Lasciai che la sua manona battesse il cinque contro la mia, e sentii il *clic* della barra che scattava.

«Buon pranzo, Andy!» mi gridò, sempre ridendo.

«Anche a te, Eduardo, anche a te.» Chissà perché, con lui non riuscivo mai ad arrabbiarmi più di tanto.

Nell'istante stesso in cui varcavo la soglia dell'ufficio, mi resi conto che non potevo licenziarmi. A parte il motivo più ovvio – ovvero, la terrificante prospettiva di annunciare la mia decisione a Miranda – c'era il fatto che si trattava soltanto di un anno della mia vita. Un unico, insignificante anno, in cambio di un posto assicurato nel mondo del giornalismo. Un anno, dodici mesi, cinquantadue settimane, trecentosessantacinque giorni di sacrifici, per ritrovarmi proiettata nella carriera dei miei sogni. Non era poi così male, come accordo. Tanto più che ero troppo stanca per pensare di cercarmi un altro lavoro.

Emily alzò lo sguardo quando entrai. «Miranda torna subito. Mister Ravitz l'ha appena fatta chiamare nel suo ufficio. Ma seriamente, Andrea, perché ci hai messo così tanto? Sai che se la prende con me quando sei in ritardo e io che diamine posso dirle? Che probabilmente avevi bisogno di una sigaretta? Non è giusto, davvero.» Tornò a concentrarsi subito sul monitor con espressione rassegnata.

Aveva ragione lei, naturalmente. Non era giusto. Per me, per lei, per nessun essere umano dotato di un minimo d'autostima. Ma questo non m'impediva di sentirmi in colpa.

«Scusami, ho sbagliato. Mi impegnerò di più.»

Sembrò sinceramente sorpresa, persino un pelino contenta. «Voglio darti fiducia, Andrea. E sappi che ti comprendo. In fondo ho esperienza diretta del tuo lavoro. So bene che non è tutto rose e fiori. Credimi, c'erano giorni in cui dovevo uscire nella neve, nella pioggia, nel fango per prenderle il caffè anche sei, sette volte in poche ore. Ero così stanca che la sera non riuscivo a muovermi. A volte mi allontanavo per procurarle qualcosa, gli assorbenti superseta, il pranzo, un qualche speciale dentifricio per denti sensibili...» Fu un conforto, per me, scoprire che almeno i denti di Miranda avevano un briciolo di sensibilità. «...ma non facevo in tempo ad attraversare la strada che già telefonava per sapere a che punto ero. È fatta così, Andy. Devi accettarlo, o non riuscirai a reggere. Non è cattiva, davvero. È il suo carattere.»

Feci cenno di sì con la testa per darle a intendere che capivo; ma sfortunatamente non era vero. Non avevo mai lavorato da nessun'altra parte, eppure ero pronta a giurare che in tutta Manhattan non esisteva un capo peggiore di Miranda.

Posai la borsa con il suo pranzo sul ripiano della cucina e cominciai a preparare il vassoio. Spostai contorno e carne prelevandoli con le dita dai contenitori termici e disponendoli – con una certa cura, persino – in uno dei piatti in porcellana che tenevo nell'armadietto in alto. Mi pulii le mani unte su un paio di pantaloni di Versace e misi il piatto su un vassoio in tek mosaicato. Adagiai sul vassoio la salsiera piena di burro, la saliera, e le posate avvolte nel tovagliolo ex gonna plissettata. Un veloce controllo rivelò che mancava l'acqua minerale effervescente naturale, l'unica che Miranda bevesse. Dovevo sbrigarmi: poteva tornare da un momento all'altro. Corsi al frigo del cucinotto in fondo al corridoio e presi una manciata di cubetti di ghiaccio, soffiandoci sopra per evitare che mi congelassero le mani.

Miranda non era ancora rientrata quando tornai. L'unica cosa che mi restava da fare era versare l'acqua nel bicchiere e piazzare il vassoio sulla sua scrivania. In genere, Miranda entrava in ufficio, si appollaiava sulla grande sedia e strillava che qualcuno chiudesse le porte. Quello era un momento felice, che attendevo con trepidazione, perché se ne stava tranquilla per almeno mezz'oretta a ruminare la bistecca e a sfogliare le riviste della concorrenza. Emily e io ne approfittavamo per mangiare. Una delle due correva in mensa, afferrava la prima cosa commestibile che le capitava a tiro e tornava su di corsa, di modo che l'altra potesse fare altrettanto. Pranzavamo all'ombra del computer, nascoste dietro un archiviatore, casomai Miranda fosse uscita all'improvviso. Una regola non scritta ma inderogabile, infatti, proibiva ai membri della redazione di mangiare di fronte a Miranda Priestly.

Guardai l'orologio. Erano le due e un quarto, ma il mio stomaco brontolava come se non toccasse cibo da due giorni.

«Emily, sto per svenire dalla fame. Faccio una corsa di sotto a prendere da mangiare. Vuoi che ti porti su qualcosa?»

«Sei matta? Non le hai ancora servito il pranzo. Può tornare da un momento all'altro.»

«Dico sul serio, mi sento poco bene. Non penso di poter aspettare...» Le poche ore di sonno della notte precedente e il basso tasso di zuccheri nel sangue mi davano un senso di vertigine. Non ero neppure sicura che sarei riuscita a trasportare il vassoio con la bistecca fino alla sua scrivania, se prima non avessi messo qualcosa sotto i denti.

«Andrea, cerca di essere razionale! E se la incontrassi nell'ascensore o alla reception? Darebbe in escandescenze. Tieni duro un secondo, vado a prenderti qualcosa io.» Afferrò la borsa e uscì. Nemmeno un istante dopo, Miranda mi veniva incontro lungo il corridoio. Vertigini, fame e stanchezza sparirono nell'istante in cui adocchiai la sua faccia tesa, accigliata. In un lampo depositai il vassoio sul suo tavolo.

Riatterrai sulla sedia, con la testa che girava e la gola secca, un attimo prima che i suoi tacchetti firmati varcassero la soglia. Non si degnò nemmeno di guardare nella mia direzione. A giudicare dalla sua espressione, la riunione con il signor Ravitz non doveva essere andata troppo bene, anche se il broncio poteva essere la conseguenza del semplice fatto che era stata costretta a lasciare il suo ufficio. Ravitz era l'unica persona in tutto il palazzo che Miranda desiderasse compiacere.

«Andreaaa! Cos'è questo schifo? Per favore, vieni subito qui.»

Corsi nel suo ufficio e scattai sull'attenti davanti alla scrivania, dove entrambe fissammo lo sguardo su... il pranzo che consumava tutte le sante volte che, invece di andare al ristorante, restava in ufficio. Ricapitolai mentalmente: non mancava niente, nulla era fuori posto, tutto era cotto (o meglio, semicrudo) secondo le istruzioni. Dov'era il problema?

«Ehm, beh, è... il tuo pranzo» dissi facendo uno sforzo sincero per non suonare sarcastica. «C'è qualcosa che non va?»

«*C'è qualcosa che non va?*» ripeté con una vocina stridula che non aveva nulla di umano. Con gli occhi ridotti a due fessure scandì. «Sì, c'è qualcosa che non va. Qualcosa di completamente sbagliato. Perché mai, mi chiedo, devo rientrare in ufficio e trovare questa roba sulla scrivania?»

Era un bel rompicapo. Chiaramente, il fatto di averlo espressamente richiesto circa un'ora prima non era la risposta corretta, anche se, purtroppo, era l'unica a cui riuscissi a pensare. Non le piaceva il vassoio? Impossibile: l'aveva visto un milione di volte e non se n'era mai lamentata. Le avevano dato per sbaglio una qualità di carne diversa dal solito? No, sembrava la stessa di sempre. Era successo una sola volta che il manager le avesse mandato di sua iniziativa un meraviglioso filetto, pensando che l'avrebbe apprezzato più della abituale bistecca coriacea, invece per poco non era schiattata di rabbia. Mi aveva costretta a chiamare lo chef e a gridargli insulti irripetibili che lei mi suggeriva in diretta.

«Andreaaa. L'assistente del signor Ravitz non ti ha forse detto che ho pranzato con lui in quella spregevole mensa giusto pochi minuti fa?» ruggì, esasperata.

Cosa? Dopo tutto quel casino, dopo la corsa alla steak house e la solita gag con Sebastian; dopo le telefonate isteriche, i novantacinque dollari di conto, la canzoncina di Eduardo, il vassoio apparecchiato e l'attacco di vertigini... saltava fuori che Miranda aveva già pranzato?!?

«Purtroppo no, Miranda. Questo significa che devo ritirare il vassoio?» chiesi, avvicinandomi di un passo alla scrivania.

Mi guardò come se le avessi appena suggerito di divorare una delle gemelle. «Tu cosa ne pensi, Emily?» *Merda!* Aveva ricominciato a chiamarmi Emily.

«Immagino che la risposta sia sì.»

«Sei davvero perspicace, Emily. Sono fortunata ad avere un'assistente che capisce le cose al volo. Porta via questa sbobba. E bada che non si ripeta più. È tutto.»

Mi balenò in mente una fantasia: io che rovesciavo il vassoio per terra mentre Miranda, scioccata e contrita, si prostrava ai miei piedi per... Ma il ticchettio delle sue unghie sul tavolo mi riportò alla realtà. Presi il vassoio e uscii con sussiego dal suo ufficio.

«Andreaaa! Chiudi la porta! Ho bisogno di un attimo di pace» gridò alle mie spalle. Evidentemente il fatto di essersi trovata di fronte una bistecca da settecentocinquanta grammi quando non aveva appetito le aveva causato un picco di stress che adesso doveva smaltire.

Emily era appena rientrata con una lattina e un pacchetto di uvetta per me. E quello era lo snack che doveva aiutarmi ad arrivare viva al pranzo? Manco a dirlo, era ipo-tutto: tre calorie, zero grassi e neanche un sospetto di zucchero aggiunto. Lasciò cadere il tutto sulla mia scrivania.

«Cos'è successo?» sussurrò nel vedere la mia faccia.

«Oh, sembra che il nostro delizioso direttore abbia già pranzato» sibilai a denti stretti. «Mi ha appena dato una bella strigliata perché non sono stata in grado di indovinarlo, né di farle telepaticamente una radiografia allo stomaco.»

«Stai scherzando» disse Emily. «Ti ha sgridato solo perché sei andata di corsa a prenderle il pranzo che ti aveva ordinato senza immaginare che nel frattempo aveva deciso di mangiare altrove? Che stronza!»

Sussultai. Era un cambiamento fenomenale, una volta tanto Emily era dalla mia parte! Ma l'illusione s'infranse un istante dopo, con il sopraggiungere del voltafaccia paranoico.

«Tuttavia, ricorda ciò che ti ho detto poco fa, Andrea. Non lo fa per ferirti. Non lo fa per alcun motivo particolare. È semplicemente troppo importante per soffermarsi sui particolari. Perciò non prendertela. Butta via il vassoio, e andiamo avanti a lavorare.»

Emily mise su un'espressione efficiente e si sedette al computer. Sapevo fin troppo bene che si stava domandando se Miranda poteva aver origliato la nostra conversazione. Era rossa in volto, atterrita all'idea che il suo autocontrollo avesse ceduto senza preavviso. Chissà come faceva a reggere quella vita da più di un anno.

Pensai di mangiare la bistecca di Miranda, ma subito scartai l'idea in preda a un attacco di nausea. Portai il vassoio in cucina e lo vuotai nel bidone della spazzatura. Buttai ogni cosa: la carne con gli asparagi e le patate, il piatto di porcellana, la salsiera con il burro, il sale, il tovagliolo di lino, il coltello da bistecca e il calice Baccarat. Via, via tutto. Che importanza aveva? L'intera trafila sarebbe ricominciata daccapo il giorno dopo all'una, o in qualunque altro momento Miranda avesse chiamato per ordinare il pranzo.

Quando finalmente arrivai al Drinkland, trovai Alex seccato e Lily ubriaca persa. Chissà, mi chiesi, forse ad Alex era bastato uno sguardo per capire che qualche ora prima avevo flirtato telefonicamente con un uomo bello e famoso. Oppure dovevo dirglielo io? No, non era assolutamente il caso di menzionare un episodio tanto insignificante. Christian sarebbe uscito dalla mia vita con la stessa rapidità con cui ci era entrato, perciò non c'era proprio niente da dire.

«Ehi, eccoti qui» biascicò Lily, agitando un gin tonic nella mia direzione. Se ne rovesciò un po' sul cardigan, ma non sembrò accorgersene. «Bevi qualcosa, futura compagna di casa. Dobbiamo festeggiare!»

Baciai Alex e mi sedetti accanto a lui.

«Stai benissimo!» disse, studiando la mia *mise* Prada integrale. «Stivali nuovi?»

«Oh, non è roba mia. L'ho presa in prestito al giornale. Sai, mi stavano addosso perché accettassi di mimetizzarmi un po'. In ogni caso, ragazzi, mi spiace per il ritardo. Stasera i grafici non finivano più di ritoccare il Book, e quando l'ho finalmente consegnato a Miranda, lei mi ha spedita a comprare del basilico.»

«Pensavo che avesse un cuoco» obiettò Alex. «Perché non se ne occupa lui?»

«Certo che ha un cuoco. Ha anche una governante, diverse colf, una tata e due bambine. Ciò nondimeno, ho dovuto camminare fino a Lexington per trovare un negozio di alimentari. Solo che, manco a dirlo, non avevano il basilico. Ci ho messo quarantacinque minuti a trovarne un mazzetto delle dimensioni adeguate. Ma sono stati tre quarti d'ora ben spesi: voglio dire, non immaginate quante cose si imparino andando in giro a caccia di basilico! La mia strada è spianata: presto sarò matura per il ruolo di caporedattore!» e chiusi con un sorriso trionfante.

«Al tuo futuro!» gridò Lily, che evidentemente era troppo cotta per cogliere il sarcasmo nella mia voce.

«Già» borbottò Alex, guardando Lily come si guarda un familiare malato all'ospedale. «Max ti saluta, ma è dovuto scappare. Lily, in compenso, deve essere qui da almeno quattro ore e, come vedi, non ha alcuna intenzione di andarsene.»

La mia migliore amica era sempre stata una gran bevitrice, naturalmente portata all'eccesso com'era. Era stata la prima a provare le canne alla scuola media, la prima a perdere la verginità alla scuola superiore, e la prima a scoprire il paracadutismo all'università. Era disposta a farsi del male e ad amare chiunque non la amasse, fin tanto che questo la faceva sentire viva.

«Non capisco come fai ad andare a letto con lui quando sai benissimo che non lascerà mai la sua fidanzata» le avevo detto a proposito di un ragazzo con cui usciva di nascosto durante il penultimo anno all'università.

«E io non capisco come tu faccia a giocare seguendo

tutte le regole» aveva ribattuto. «Come fai a divertirti nella tua vita iperpianificata, controllata, superazionale? Lasciati andare, Andy! Senti, ascolta, prova! È così bello rischiare!»

Forse negli ultimi tempi capitava che Lily bevesse un po' troppo e un po' troppo spesso, ma il dottorato alla Columbia comportava uno stress incredibile persino per una secchiona come lei; i professori erano molto più esigenti di quelli della Brown, che la consideravano un piccolo genio e la trattavano di conseguenza. "Forse Lily non ha tutti i torti" pensai, e feci segno alla barista. Forse un po' di alcol era quello che ci voleva per dimenticare lo stress. Mi feci portare una vodka con succo di pompelmo e mandai giù una bella sorsata. Più che altro mi fece venire la nausea, anche perché non avevo ancora avuto tempo di mangiare, a parte la Coca Light e l'uvetta che Emily mi aveva portato all'ora di pranzo.

«Probabilmente ha avuto una settimana particolarmente pesante» dissi ad Alex, come se Lily non fosse seduta lì accanto, intenta a far gli occhi dolci a uno yuppie di passaggio. Alex mi mise un braccio intorno alle spalle e io mi rannicchiai contro di lui sul divanetto. Era così bello essere insieme: sembrava che fossero passati mesi, dall'ultima volta.

«Mi dispiace lasciarti così presto, ma devo proprio andare» disse sistemandomi una ciocca di capelli dietro un orecchio. «Ce la farai da sola con Lily?»

«Devi andare? Di già?»

«*Di già*? Andy, ho passato due ore qui a far compagnia alla tua amica ubriaca. Sono venuto per vedere te, e tu non c'eri. È quasi mezzanotte, e io devo ancora correggere i compiti.» Parlava con calma, ma si vedeva che era arrabbiato.

«Mi spiace, davvero. Sai benissimo che sarei stata puntuale, se avessi potuto. Sai che...»

«So tutto. Non sto dicendo che hai fatto qualcosa di male o che avresti potuto comportarti diversamente, capisco perfettamente. Ma tu cerca di capire me, okay? Sono stanco.»

Feci di sì con la testa e lo baciai. Giurai solennemente a me stessa che mi sarei fatta perdonare, che avrei organizzato una sera solo per noi. Tutto sommato, Alex aveva una pazienza incredibile con me.

«Sicuro di non voler dormire a casa mia?» chiesi, speranzosa.

«No, a meno che non ti serva aiuto con Lily. Devo lavorare su quei compiti.» Mi abbracciò, baciò Lily su una guancia e si diresse all'uscita. «Chiamami, se hai bisogno» disse ancora, uscendo.

«Ehi, perché Alex se n'è andato?» domandò Lily inebetita. «Ce l'ha con te?»

«Probabile» sospirai, stringendomi la sacca di tela al petto. «Sono stata un verme con lui, ultimamente.» Andai al bar a chiedere il menu degli antipasti. Al mio ritorno, un tipo vestito in pieno stile Wall Street si era accoccolato sul divano accanto a Lily. Doveva essere sulla trentina, con un inizio di calvizie.

Presi il cappotto di Lily e glielo lanciai. «Lily, vestiti. Stiamo andando» dissi, guardando il tipo dritto negli occhi. Era basso, e i pantaloni con le pences non snellivano la sua figura tracagnotta. Il fatto che la sua lingua si trovasse a due centimetri dall'orecchio della mia amica non contribuì a rendermelo simpatico.

«Ehi, che fretta c'è?» chiese Wall Street Boy con voce lamentosa. «La tua amica e io stiamo facendo conoscenza.» Lily sorrise da un orecchio all'altro, facendo di sì con la testa. Fece per prendere un sorso, ma si accorse che il bicchiere era vuoto e lo posò, un po' confusa.

«Bene, ne sono felice, davvero, ma per noi è ora di andare. Come ti chiami?»

«Stuart.»

«Piacere di conoscerti, Stuart. Perché non dai il tuo numero alla mia amica Lily, così potrà chiamarti quando starà un po' meglio, se lo vorrà?» buttai lì con un sorriso tirato.

«Ehm, non disturbarti. Ci vediamo un'altra volta.» Era già in piedi. Se la filò verso il bar così velocemente che Lily non si accorse nemmeno che se n'era andato.

«Stuart e io abbiamo un sacco di cose in comune, vero, Stu?» Si girò verso il posto rimasto vuoto, e restò interdetta.

«Stuart era di fretta, Lil. Vieni, usciamo.»

Le misi il cappottino tre quarti verde stinto sulle spalle e la tirai su con uno strattone. Oscillò in equilibrio precario per qualche secondo. L'aria fuori era gelida, quel che ci voleva per farle passare la sbronza.

«Non mi sento molto bene» farfugliò.

«Lo so, piccola, lo so. Adesso prendiamo un taxi e ce ne andiamo a casa tua, va bene? Pensi di potercela fare?»

Annuì, si sporse in avanti con naturalezza e vomitò, imbrattandosi gli stivali. "Ah, se Miranda potesse vedere la mia migliore amica in questo momento" non potei trattenermi dal pensare. "Resterebbe folgorata dal suo charme, dalla sua eleganza."

La feci sedere su una panchina e le ordinai di non muoversi. C'era un negozio aperto ventiquattr'ore dall'altra parte della strada e Lily aveva bisogno di un po' d'acqua. Quando tornai, trovai che aveva vomitato di nuovo, stavolta sul proprio cappotto. Aveva gli occhi vuoti, slavati. Avevo preso due bottiglie di cui una per ripulirla; ma adesso era conciata da far paura. Le vuotai una bottiglia sugli stivali e con metà dell'altra pulii alla meglio il cappotto. Era così ubriaca che non protestò nel ritrovarsi bagnata fradicia.

Con Lily in quelle condizioni, non fu facile trovare un tassista disposto a caricarci, ma alla fine promisi una mancia spropositata e uno si lasciò convincere.

Arrivare al terzo piano senza ascensore fu persino meno divertente del resto della serata, anche se, nei venticinque minuti della corsa in taxi, Lily era diventata più collaborativa. Riuscì persino a lavarsi da sola sotto la doccia, dopo che l'ebbi spogliata. La puntai in direzione del letto e lasciai che cadesse a faccia in giù. Per un istante ebbi nostalgia dell'università, di tutte le avventure che avevamo vissuto insieme. Ci divertivamo anche adesso, certo, ma non saremmo mai più state spensierate come a quei tempi.

Ultimamente però, Lily sembrava ubriacarsi una sera sì e l'altra pure. Quando Alex aveva sollevato la questione, la settimana prima, gli avevo assicurato che era soltanto perché era ancora una studentessa, non viveva nel mondo reale, con le responsabilità che comportava la vita adulta: tipo posizionare sul lato giusto della scrivania il bicchiere di acqua minerale effervescente naturale preferita dal proprio capo. Fino all'estate precedente, il nostro stile di vita non era poi troppo diverso.

Era capitato che Lily mi tenesse indietro i capelli mentre espellevo l'alcol ingurgitato a qualche festino post-esame. La notte del suo ventunesimo compleanno, me l'ero trascinata a casa e l'avevo infilata nel mio letto, controllando ogni dieci minuti se respirava ancora. Alla fine mi ero addormentata per terra vicino a lei, convinta che sarebbe sopravvissuta almeno fino all'alba. Si era svegliata due volte, quella notte. La prima, per vomitare, facendo un sincero e commovente sforzo per centrare il catino che avevo sistemato a lato del letto (purtroppo, nel suo stato confusionale aveva sbagliato mira, e la pizza mista a gin tonic era finita sulla parete). La seconda volta, per chiedermi scusa, per dirmi che mi voleva bene e che ero l'amica migliore del mondo.

Alex, quando rievocavo quegli episodi, insisteva che adesso era diverso, che *Lily* era diversa, ma lo accusavo di drammatizzare.

Avrei dovuto passare la notte con lei, ma erano quasi le due, e solo tre ore e mezza mi separavano dal trillo della sveglia. I miei abiti sapevano di vomito e non sarei riuscita a trovare qualcosa di appropriato da mettermi nell'armadio di Lily; tanto più adesso, che mi ero convertita al «Runway» look.

Sospirai, le rimboccai la coperta e puntai la sveglia sulle sette, nella remota eventualità che intendesse trascinarsi a lezione.

«Ciao, Lil. Adesso vado. Tu riposa.» Appoggiai il telefono portatile sul cuscino accanto alla sua testa.

Aprì gli occhi arrossati, mi guardò e sorrise. «Grazie» mormorò.

«Grazie a te» dissi. E lo pensavo davvero. Occuparmi di Lily mi aveva fatto ritrovare le energie dopo ventuno ore di corse, commissioni, sgridate, malintesi e ritardi. «Ti chiamo domani» dissi, facendo uno sforzo di volontà per muovere le gambe in direzione della porta. «Sempre che superiamo la nottata.» E finalmente, *finalmente*, me ne andai a casa.

10

«Ehi, sono contenta di averti trovata.» All'altro capo del telefono, Cara aveva già il fiatone alle otto meno un quarto del mattino.

«Oh-oh. Non mi hai mai chiamata così presto. Cosa c'è che non va?» Nella frazione di secondo che mi ci volle per pronunciare quelle parole, mi passarono per la mente almeno una dozzina di cose di cui Miranda poteva avere bisogno.

«Niente di grave. Volevo solo avvertirti che Sor-Ci sta venendo da te, e che oggi è particolarmente loquace.»

«Oh, maledizione. È passata solo una settimana dall'ultima volta che mi ha sottoposta a un interrogatorio sulla mia vita privata.» Finii di digitare un promemoria e lo mandai in stampa.

«Sei fortunata, Andy. Il signor Tomlinson ha smesso di considerarmi da un pezzo» recitò, fingendosi nostalgica. «Ha occhi solo per te. L'ho sentito dire che voleva venire a esporti i dettagli del party in onore di suo fratello in programma al Metropolitan.»

«Fantastico, davvero. Finora io e suo fratello ci siamo solo parlati al telefono, e confesso che mi è sembrato insopportabile. Sei sicura che stia venendo proprio qui?»

«Sicurissima. Miranda ha un appuntamento per il pedicure alle otto e mezza, perciò credo che verrà da solo.»

Controllai l'agenda sulla scrivania di Emily. Era vero. Quella mattina Miranda sarebbe stata fuori ufficio. «Secondo te, perché Sor-Ci parla così tanto?»

«Ha sposato Miranda, tesoro, non può essere del tutto normale. Chiamami, se dice qualcosa di memorabile. Adesso devo scappare. Caroline ha appena spiaccicato un rossetto sullo specchio del bagno senza una ragione apparente.»

«Grazie per l'avvertimento, e a dopo.» *Clic.*

Diedi un'occhiata al promemoria fresco di stampa mentre aspettavo l'arrivo di Sor-Ci. Era una richiesta indirizzata al consiglio di amministrazione del Metropolitan Museum, da parte di Miranda. Chiedeva l'autorizzazione a dare una cena di gala in una delle gallerie durante il mese di marzo, in onore di suo cognato. Jack Tomlinson era il titolare di un gigantesco patrimonio immobiliare e fratello minore di Sor-Ci. Di recente aveva annunciato ai media la sua intenzione di abbandonare la moglie e i tre figli per sposare la sua massaggiatrice. La sua storia era nota a tre quarti della nazione. Verso i trent'anni aveva lasciato la East Coast per andare a vivere in Sud Carolina, dove aveva gettato le basi del suo impero. A sentire Emily, si era trasformato in uno zotico di prima categoria, di quelli che andavano in giro in tuta sintetica, masticando tabacco ininterrottamente, ragion per cui Miranda lo vedeva come il fumo negli occhi. Sor-Ci, tuttavia, le aveva chiesto di organizzare un party per celebrare il fidanzamento del fratellino, e Miranda, accecata dall'amore, non aveva saputo sottrarsi. Quando decideva di fare qualcosa, il direttore la faceva immancabilmente al top. E il top era il Metropolitan.

«Egregi membri del consiglio, bla bla bla, desidero organizzare una piccola soirée bla bla bla, assumeremo solo i migliori servizi di catering, fioristi e musicisti, naturalmente, bla bla bla, accoglieremo ogni vostro suggerimento, bla bla.»

Controllai ancora una volta che non ci fossero errori di battitura, falsificai la firma di Miranda e chiamai un fattorino che venisse a ritirare la missiva.

Poco dopo sentii bussare alla porta, che tenevo chiusa, al mattino presto. Pensai che fosse il fattorino, invece comparve il sorriso raggiante di Sor-Ci.

«Andrea» cantò, venendo verso la mia scrivania. Sorrideva così sincero che quasi mi sentii in colpa per il fatto di trovarlo irritante.

«Buon giorno, signor Tomlinson. Come mai da queste parti?» chiesi. «Mi spiace, ma devo informarla che Miranda non è ancora arrivata.»

Ridacchiò, storcendo il naso come un roditore. «Sì, sì, verrà solo dopo pranzo, credo. Andy, è troppo tempo che non ci vediamo. Racconta al signor Tomlinson come te la passi.»

«Oh, dia a me» dissi, strappandogli di mano una sacca piena dei vestiti sporchi della moglie. Presi in consegna anche una deliziosa borsa – un pezzo unico con le perline cucite a mano secondo un disegno appositamente studiato da Silvia Venturini Fendi – che una delle assistenti della redazione Moda aveva valutato intorno ai diecimila dollari. Una delle sottili maniglie di pelle si era rotta di nuovo e pendeva mestamente all'ingiù.

L'avevamo già rimandata a Fendi almeno sei, sette volte perché la sistemassero. Era nata per contenere un piccolo portamonete da signora, magari un paio di occhiali da sole, o tutt'al più, se proprio non se ne poteva fare a meno, un piccolo cellulare. Miranda se ne fregava, ficcandoci dentro ogni sorta di oggetti, dalla bottiglia extra large di profumo Bulgari, al collare con borchie di Madelaine (o era forse un accessorio per il prossimo redazionale?), al sandalo con il tacco rotto che, ovviamente, avrei dovuto provvedere a far riparare. Io avrei potuto impegnare quella borsetta e pagarci l'affitto per un anno; Miranda preferiva usarla come pattumiera di lusso.

«Grazie, Andy. Sei davvero di grande aiuto, come sempre. Ma il signor Tomlinson vorrebbe sapere qualcosa di più sulla tua vita. Come va? Cosa succede di nuovo?»

«Beh, signor Tomlinson, non molto. Lavoro duramente. E quando non lavoro, passo il tempo con la mia migliore amica, o con il mio fidanzato. Ogni tanto faccio in modo di vedere la mia famiglia.»

«Hai venticinque anni, vero?» Non riuscivo a capire dove volesse andare a parare.

«Ventitré, per la precisione. Mi sono laureata lo scorso maggio.»

«Ah-ah! Ventitré, eh? Avanti, racconta al signor Tomlinson cosa fai a ventitré anni per divertirti in questa città. Vai al ristorante? Ti vedi con gli amici in qualche club?» Sorrise di nuovo. Percepivo che non c'era niente di sinistro dietro il suo interesse per me. Era motivato unicamente da un insopprimibile, divorante bisogno di chiacchiere.

«Più o meno. Però non frequento club, semmai bar,

pub e altri posti del genere. Ceno fuori, vado al cinema.»

«Insomma, ti diverti. Anche il signor Tomlinson faceva questo genere di cose, quando aveva la tua età.
Adesso esce solo per i pranzi di lavoro e per le raccolte
fondi. Spassatela finché puoi, Andy.» Mi fece l'occhiolino come un papà impacciato.

«Ci proverò.» "Per piacere, vattene, per piacere",
pregai. Avevo diritto a pochi minuti di solitudine e di
silenzio al giorno, e quell'uomo me li stava rubando
senza pietà.

Fece per aprire bocca, ma la porta si aprì di scatto ed
Emily entrò a passi larghi e pesanti. Aveva le cuffiette in
testa e si muoveva a tempo di musica. Restò a bocca
aperta nel vedere il signor Tomlinson.

«Signor Tomlinson!» esclamò, strappandosi via le
cuffie e buttando il lettore nella borsa di Gucci. «È tutto okay? Miranda sta bene, vero?» Sembrava davvero
preoccupata. Una performance da Oscar, nel ruolo del-
l'assistente perfetta, attenta, infallibile e premurosa.

«Buon giorno, Emily. Va tutto benissimo, non ti
preoccupare. Miranda sarà qui dopo pranzo. Il signor
Tomlinson è passato a lasciare le sue cose. Come stai?»

Emily sorrise radiosa. Chissà se era davvero contenta
di trovarselo tra i piedi. «Benissimo, grazie. E lei? Andrea le è stata di aiuto?»

«Oh, ma certo» rispose il signor Tomlinson, lancian-
domi l'ennesimo sorriso. «Al signor Tomlinson piacerebbe discutere un po' di dettagli a proposito della festa di suo fratello, ma si rende conto che probabilmente
è troppo presto, non è così?»

Per un istante pensai che si fosse reso conto che non
erano neppure le nove. Stavo quasi per gridare "Sì!",

ma poi realizzai che probabilmente intendeva un'altra cosa.

Si voltò e disse, rivolto a Emily: «Ti sei trovata un'assistente junior meravigliosa, non credi?».

«Assolutamente» rispose Emily a denti stretti. «È la migliore.» Ci scambiammo un sorriso da un orecchio all'altro.

Il signor Tomlinson ci surclassò con un capolavoro da mille watt. Chissà, magari aveva uno squilibrio ormonale, era ipertiroideo o qualcosa del genere.

«Bene, è ora che il signor Tomlinson vada per la sua strada. È sempre un piacere chiacchierare con voi, ragazze. Passate una buona giornata. Arrivederci.»

«Arrivederci, signor Tomlinson!» cinguettò Emily, mentre Sor-Ci s'incamminava lungo il corridoio.

«Perché sei così sgarbata con lui?» chiese non appena si fu allontanato, sfilandosi il blazer di pelle sottile come carta velina per scoprire una blusa di chiffon ancor più sottile.

«Sgarbata? Ma se l'ho intrattenuto per dieci minuti buoni!»

«Beh, non gli hai detto arrivederci, tanto per cominciare. E poi hai quel modo di guardarlo...»

«Quale modo?»

«Il tuo, tipico. Quello che usi per far sapere alla gente quanto ti senta superiore a tutto questo» fece un gesto a indicare la redazione. «Passi che tu lo faccia con me, ma non puoi permettertelo con il signor Tomlinson. Non puoi trattare così il marito di Miranda.»

«Emily, sinceramente, non trovi che il signor Tomlinson sia un po'... un po' strano? Non per niente è stato soprannominato Sor-Ci. Non smette mai di parlare. E poi come fa a essere così gentile mentre lei è una tale s... è sempre così *diretta*?» Emily entrò nell'ufficio di Miranda per controllare che avessi disposto i giornali correttamente. Tornò.

«Strano? Non direi, Andrea. È uno dei più importanti avvocati di Manhattan; è specializzato in cause fiscali.»

Fatica sprecata. «Come non detto, non so quello che dico. Come ti va? Com'è andata la serata di ieri?»

«Oh, bene. Dalle sette alle nove sono stata a fare shopping con Jessica, che doveva comprare i regali per le sue damigelle. Siamo andate dappertutto: Scoop, Bergdorf's, Infinity. Ho provato un sacco di vestiti, sai, per Parigi.»

«Per Parigi? Vai a Parigi? Vuoi dire che mi lascerai sola con lei?» Non avevo inteso gridare, ma mi era scappato.

Mi guardò di nuovo come se fossi matta. «Sì, vado a Parigi con Miranda a ottobre, per le sfilate del pret-à-porter. Ogni anno porta con sé l'assistente senior, per farle capire cos'è un vero *defilé*. Voglio dire, io sono stata a un milione di sfilate a Bryant Park, ma in Europa è tutta un'altra cosa.»

Feci un calcolo veloce. «A ottobre, cioè fra sette mesi? Hai provato dei vestiti per un viaggio che farai fra sette mesi?» Non volevo suonare ostile, ma Emily si mise sulla difensiva.

«Beh, sì. Voglio dire, non ho comprato niente, ovvio, per allora saranno cambiati tanti di quegli stili. Ma devo pur cominciare a pensarci. Insomma, alloggeremo in un hotel a cinque stelle, parteciperemo alle feste più incredibili, assisteremo alle sfilate più esclusive...»

Emily mi aveva già detto che Miranda andava in Europa tre o quattro volte all'anno, per le sfilate. Snobbava quelle di Londra, ma non si perdeva mai le anteprime di primavera a Milano e a Parigi, durante il mese di ottobre; a giugno c'era la *haute couture* invernale, e a marzo il pret-à-porter. A volte faceva solo un'apparizione fugace, ma per lo più stava via almeno una settimana. Avevamo lavorato come pazze per preparare tutto il necessario per il viaggio previsto per la fine del mese. Chissà perché Miranda ci andava da sola.

«Ma perché non ti porta con sé tutte le volte?» Ero entusiasta all'idea di Miranda impegnata oltreoceano per due settimane, e trovavo addirittura vertiginoso il pensiero di potermi liberare anche di Emily. Fui assalita da sontuose visioni di hamburger con doppio bacon, jeans scuciti e ballerine graffiate: al diavolo, avrei riesumato persino le mie vecchie scarpe da ginnastica di tela. «Perché solo a ottobre?»

«Beh, non è che le manchino le aiutanti, quando è là. Le redazioni italiane e francesi di "Runway" mettono sempre qualcuna delle loro assistenti a disposizione di Miranda, quando non gli stessi direttori. Ma a Parigi, per tradizione, Miranda dà una grande festa, l'evento clou della settimana. Per questo l'accompagno, non c'è nessun altro di cui possa fidarsi, affinché il party riesca perfettamente.»

«Wow, sembra fantastico. E questo significa che io resterò qui a tenere la postazione da sola?»

«Più o meno. Per te sarà senz'altro la settimana più dura dell'anno, perché Miranda ha bisogno di un sacco di cose, quando è via. Chiamerà di continuo.»

«Oh, che gioia» mormorai. Emily alzò gli occhi al cielo.

Dormii a occhi aperti, con lo sguardo fisso sullo schermo del computer, finché l'ufficio cominciò a riempirsi. Alle dieci, il grosso dei redattori era al suo posto, ciascuno con il suo bicchierone di latte scremato in pugno nella speranza di contrastare i postumi dello champagne ingurgitato la sera prima. James si fermò a salutarmi, come faceva sempre quando Miranda non era ancora arrivata. In piedi davanti alla mia scrivania, proclamò solennemente di avere finalmente incontrato il suo futuro marito.

«Era lì, seduto al bar, con la più bella giacca di pelle che abbia mai visto. Credimi, era uno schianto, sia con la giacca sia senza. Dovevi vedere come si faceva scivolare le ostriche sulla lingua...» Si lasciò scappare dei gemiti. «Oh, è stato magnifico.»

«Ti sei fatto dare il suo numero?» chiesi.

«Il suo numero? Tesoro, mi sono fatto dare le sue mutande. Alle undici di sera era sdraiato sul mio divano, lascia che ti dica...»

«Complimenti, James. Non sei uno che gioca a fare il prezioso, a quanto pare. Che mi dici del rischio HIV?»

«Dolcezza, persino tu ti saresti gettata ai suoi piedi all'istante. È un tipo incredibile! Assolutamente incredibile!»

E con quelle parole mi lasciò e andò ad aiutare Jeffy.

Ogni mattino, Jeffy ordinava gli appendiabiti con i vestiti, i costumi da bagno, i pantaloni, le camicie, i cappotti, le scarpe e qualunque altro oggetto destinato ai servizi fotografici. Poi li portava a spasso per tutto il piano, di modo che i caporedattori potessero prendere ciò di cui avevano bisogno senza dover sgomitare per ore nel guardaroba.

Il guardaroba non era un semplice guardaroba. Assomigliava piuttosto a un piccolo auditorium. Il lato destro era tutto ingombro di scatole per calzature di ogni taglia, colore e stile, una specie di fabbrica di caramelle per modaioli, con dozzine di décolleté, ballerine, stivali e sandali. Le cassettiere e gli scaffali degli accessori occupavano la parete di fondo. Le cassettiere contenevano ogni modello immaginabile di collant, calze, reggiseni, culottes, sottovesti, canottiere e corsetti. Ti accorgevi all'ultimo minuto di avere bisogno di un push-up di La Perla? Nel guardaroba non mancava mai. Un paio di calze a rete color carne? Gli occhiali da sole modello aviatore di Dior? Era tutto disponibile nel guardaroba. C'era tanta di quella merce da far venire il capogiro, soprattutto se provavi a calcolarne il valore complessivo. File su file di vestiti, così serrate l'una contro l'altra che era impossibile camminarci in mezzo. Penne stilografiche. Gioielli. Fiori di seta. Cappelli, tanti di quei cappelli! E borse. Ah, le borse! C'erano delle sacche con le maniglie, delle borse da bowling simili a quella resa famosa da Prada, zainetti, pochettes, tracolle, buste e sacche da postino di ogni dimensione. Ciascuna esibiva la sua bella etichetta e il cartellino del prezzo, spesso superiore al mutuo mensile sborsato dall'americano medio.

Jeffy aveva il compito di trasformare il guardaroba in uno spazio dove le modelle (ma anche le assistenti come me) potessero provare i vestiti e rifornirsi di scarpe e borse. Spingeva tutti gli appendiabiti a rotelle fuori nel corridoio. Non c'era un visitatore – giornalista, fidanzato, fattorino o stilista che fosse – che non restasse folgorato da quello scorcio di *haute couture*. A volte gli appendiabiti erano ordinati per servizio fotografico (Sydney, Santa Barbara); o per articolo (bikini, tailleur con la gonna); ma per lo più si trattava di un ammasso inestricabile di articoli oscenamente costosi. Chiunque passasse di lì si fermava ad ammirare, accarezzare, annusare il cachemire e gli abiti da sera ricamati, le pelli e le sete finissime.

«Solo una come Maggie Rizer potrebbe indossare questi pantaloni alla Capri» annunciò ad alta voce Hope, una delle assistenti Moda che pesava l'enormità di cinquantadue chili per un metro e ottanta. Reggeva i pantaloni in oggetto davanti a sé, sospirando. «Mi farebbero un culo ancora più gigantesco di quello che è.»

«Andrea,» mi chiamò la sua amica, una ragazza che lavorava negli Accessori che conoscevo solo di vista «per favore, di' a Hope che non è grassa.»

«Non-sei-grassa» obbedii. Avrei risparmiato un sacco di tempo, in quel maledetto ufficio, se mi fossi fatta stampare una maglietta con su scritto "non sei grasso/a". O forse mi conveniva farmi tatuare quella frase direttamente sulla fronte. Ogni due per tre dovevo rassicurare qualcuno della redazione circa l'esilità delle sue proporzioni.

«Mio dio, hai visto che pancia che mi è venuta? Sembro un deposito di pneumatici, ho ciambelle di ciccia dappertutto. Sono enorme!» Gemeva Janine. Emily giurava che le sue cosce avevano «la circonferenza di una sequoia gigante». Jessica era convinta che «quel flaccidume sugli avambracci» la facesse sembrare una specie di Aretha Franklin bianca. Persino James lamentava di essersi scoperto un culo tanto grosso che la mattina, uscendo dalla doccia, era tentato di chamare l'ufficio per "darsi grasso".

All'inizio, rispondevo alle continue professioni di ciccitudine con quella che mi sembrava un'obiezione razionale. «Se *tu* sei grassa, Hope, che cosa dovrei dire io?»

«Oh, Andy, sii seria. *Io* sono grassa. *Tu* sei magra e bellissima!» giungeva l'immancabile risposta.

Naturalmente, davo per scontato che Hope mentisse sapendo di mentire, ma presto avevo capito che – esattamente come tutte le ragazze pelle e ossa in odore di anoressia che popolavano la redazione, e come la maggior parte dei ragazzi – Hope era perfettamente capace di valutare il peso altrui, ma quando si trattava di guardare nello specchio, vedeva sempre e soltanto un odioso mastodonte.

Per quanto mi sforzassi di ricordare a me stessa che io ero quella normale e loro i pazzi, tutti quei commenti sulla ciccia avevano finito per condizionarmi. Erano solo quattro mesi che lavoravo lì, tuttavia mi capitava di pensare che i colleghi parlassero di grasso al solo scopo di darmi la sveglia. Del tipo: io, che sono alta, bella, longilinea, fingo di credermi grassa di modo che tu, gonfia e tarchiata, ti accorga finalmente di avere un problema. Ero alta uno e settantotto e pesavo cinquantacinque chili (più o meno lo stesso peso di quando il mio corpo era in preda alla dissenteria). Avevo sempre creduto di appartenere alla categoria "magre", ed ero abituata a sentirmi più alta del novanta per cento delle ragazze che conoscevo, e di almeno metà dei ragazzi. Prima di entrare in quel paese delle pseudo-meraviglie che era «Runway», avevo ignorato cosa volesse dire sentirsi bassa e grassa. Ma adesso ero la bruttina del gruppo, la più larga e massiccia con la mia scandalosa taglia quarantadue.

«Il dottor Eisenberg ha detto che la dieta Zone funziona solo se rinunci anche alla frutta, sai» saltò fuori Jessica, prendendo distrattamente dall'appendiabiti una gonna di Narciso Rodriguez. Si era appena fidanzata con uno dei vicepresidenti più giovani della Goldman Sachs, e sentiva tutta la pressione di un matrimonio che l'avrebbe fatta entrare nell'alta società, riscattandola dall'imbarazzante condizione di ricca rampolla di ristoratori. «E ha ragione. Ho perso almeno cinque chili, dall'ultima prova.» Potevo perdonarle la scelta di lasciarsi morire di fame quando aveva a mala pena abbastanza grasso per assolvere alle funzioni corporee di base, ma non il cattivo gusto di parlarne continuamente in pubblico.

Verso l'una, il lavoro si faceva più intenso, perché nessuno voleva rischiare di perdersi il pranzo. Non che l'intervallo di mezzogiorno fosse in alcun modo associato all'assunzione di cibo; semplicemente era l'ora dei visitatori, che ogni giorno accorrevano a frotte per respirare un po' del *glamour* che esalava da tutti quei vestiti da migliaia di dollari, da quelle facce bellissime, e da quel brulicare di gambe lunghe e lunghissime.

Jeffy si presentò non appena ebbe la certezza che sia Emily sia Miranda si fossero allontanate e mi porse due enormi borse da boutique.

«Ecco, controlla un po' qui.»

Svuotai il contenuto della prima borsa per terra accanto alla mia scrivania, e cominciai a scegliere. C'erano due pantaloni Mark Joseph color cammello e carbone, lunghi e stretti, con la vita bassa, fatti di una lana incredibilmente soffice. Un paio di pantaloni scamosciati Gucci che promettevano di trasformare qualunque sciacquetta in una top model; due paia di jeans Marc Jacobs perfettamente invecchiati che sembravano cuciti su misura per me. C'erano otto o nove opzioni diverse tra dolcevita aderenti di Calvin Klein e bluse trasparenti di Donna Karan. Un abito avvolgente in jersey di cotone a stampe grafiche di Diane von Fürstenberg accanto a un tailleur pantaloni di velluto firmato Tahari. Non appena la vidi, mi innamorai di una gonna di jeans plissettata di Habitual, che mi arrivava alle ginocchia e sarebbe stata perfetta con il blazer a stampa floreale di Katayone Adelie.

«Ma... è tutto per me?» chiesi, sperando di apparire emozionata, e non offesa.

«Figurati, cosa vuoi che sia. Tanto stava tutto ad ammuffire nel guardaroba. La prassi qui è di non restituire nulla agli stilisti. Ogni due-tre mesi svuoto la stanza e distribuisco roba in giro. Ho pensato che magari poteva interessarti.

«Grazie. È fantastico, come posso ringraziarti?»

«Guarda nell'altra borsa» disse, indicando quella che non avevo ancora svuotato. «Non penserai mica di abbinare questo tailleur di velluto alla patetica bisaccia che ti trascini sempre dietro, vero?»

Dalla seconda borsa, ancora più piena della prima, spuntò una strabiliante fornitura di scarpe, borse e persino un paio di cappotti. C'erano due paia di stivali di Jimmy Choo – uno alle caviglie, l'altro alle ginocchia –, due paia di sandali con i tacchi a spillo, un paio di classiche décolleté di vernice nera di Prada, dei mocassini Tod's che Jeffy mi proibì di indossare in ufficio. Mi misi a tracolla una borsa scamosciata rossa di Chanel, poi testai quella di Celine, di pelle color cioccolato. Un trench militare lungo alle caviglie ornato dai grandi bottoni a caramella tipici di Marc Jacobs completava il tutto.

Inforcai un paio di occhiali da sole di Dior e fissai Jeffy. «Dev'essere per forza uno scherzo.»

Sembrava contento della mia reazione. «Fammi solo

un favore: metti subito via tutta questa roba, va bene? E non dire a nessuno che ti ho concesso il privilegio di fare la prima scelta.» Fuggì nel sentire la voce di Emily che rientrava dalla mensa. Feci sparire tutti i vestiti nuovi sotto la mia scrivania prima che la mia collega entrasse reggendo il suo pranzo abituale: un frappé di sola frutta senza zucchero e un piccolo contenitore di lattuga e broccoli conditi con aceto di mele. Miranda era in arrivo – Uri aveva appena chiamato per dire che la stava accompagnando – e così potevo dire addio alla zuppa che sognavo di trangugiare alla scrivania. "Saltare un pasto non ti ucciderà", mi consolai. Anzi: a ingozzarmi di zuppa avrei rischiato il ridicolo fasciata nei miei pantaloni da duemila dollari. Mi lasciai crollare sulla sedia e mi congratulai con me stessa: finalmente cominciavo a recepire la filosofia di «Runway».

11

Il cellulare si mise a suonare. Con sforzo titanico la mia coscienza riaffiorò in superficie, quel tanto che bastava per chiedermi se poteva essere lei. Dopo un lento processo di orientamento – Dove sono? Che giorno è? – realizzai che era sabato mattina, e che un cellulare che squillava alle otto non era di certo un buon segno. Nessuno dei miei amici si sarebbe svegliato prima di mezzogiorno, e dopo anni di discussioni, i miei genitori si erano finalmente arresi al fatto che per la loro bambina il riposo del sabato mattina era un diritto sacro e irrinunciabile.

Cercai di trovare una valida ragione per rispondere. Mi tornò in mente quello che aveva detto Emily il primo giorno, quando mi aveva dato il cellulare aziendale, così allungai un braccio, afferrai il cellulare e risposi appena in tempo.

«Pronto» dissi, soddisfatta che la mia voce suonasse forte e chiara, come se, invece di essere riemersa da un sonno catatonico, avessi passato le ultime ore a lavorare.

«Buongiorno, tesoro! Meno male che sei sveglia. Volevo soltanto dirti che siamo sulla Terza Avenue, all'altezza della Settantesima strada. Saremo lì tra pochissimo, va bene?» La voce di mia madre rimbombava attraverso il filo. Il trasloco! Era il giorno del trasloco! I miei avevano accettato di darmi una mano a impacchettare la mia roba e trasferirla nel nuovo appartamento che avevo affittato insieme a Lily. Noi avremmo portato via gli scatoloni di vestiti (tanti, visto che ormai avevo definitivamente adottato il look «Runway»), i cd e gli album fotografici, mentre i traslocatori se la sarebbero vista con il letto e il resto dei mobili.

«Oh, ciao, mamma» sbadigliai. Potevo rilassarmi. «Pensavo che fosse lei.»

«No, oggi ti prendi una pausa. Dove parcheggiamo? C'è un garage dalle tue parti?»

«Sì, proprio sotto casa, si entra dalla Terza Avenue. Dai il numero del mio appartamento e ti faranno uno sconto. Devo ancora vestirmi, ci vediamo tra poco.»

«Va bene, tesoro.»

Ricaddi sul cuscino e presi in esame l'ipotesi di tornare a dormire. Ma la vedevo dura, soprattutto considerando che i miei erano venuti apposta dal Connecticut per aiutarmi a traslocare. Proprio in quel momento, suonò la sveglia. Dunque non mi ero dimenticata il trasloco! Era confortante scoprire che nonostante tutto i miei neuroni funzionavano ancora.

Alzarmi fu persino più duro degli altri giorni, anche se mi ero concessa qualche ora in più di sonno. C'era una piccola pila di vestiti accanto al letto, gli unici miei averi che non avessi ancora chiuso in una scatola, oltre allo spazzolino da denti. Mi infilai i pantaloni della tuta in poliacetato, la felpa con il cappuccio e un paio di sneaker sgangherate. Buttai giù l'integratore vitaminico della mattina e sentii il citofono suonare.

«Ciao, vi apro.»

223

Dopo un minuto bussavano alla porta, ma invece dei miei mi trovai davanti Alex. Aveva un aspetto trasandato, ma decisamente sexy: jeans invecchiati calati sui fianchi, e T-shirt aderente con maniche lunghe. Cercava di mascherare gli occhi rossi dietro un paio di occhiali dalla sottile montatura metallica. Lo abbracciai, lì sulla soglia. Non lo vedevo dalla domenica precedente, quando ci eravamo dati appuntamento per un tè a metà pomeriggio. In realtà contavamo di passare insieme il resto della giornata, ma all'improvviso Miranda aveva avuto bisogno di una baby-sitter per Cassidy, e, guarda caso, c'era andata di mezzo la sottoscritta. Ero tornata a casa troppo tardi, e Alex se ne era andato. Del resto, ultimamente si fermava a dormire da me solo di rado; non era un'esperienza particolarmente eccitante vedermi crollare ogni sera sul cuscino, come se lui fosse trasparente.

«Ehi, piccola. Ho pensato che forse potevo esservi d'aiuto.»

Teneva in mano un sacchetto di ciambelle, quelle salate, le mie preferite, e una pinta di caffè. «Sono già arrivati i tuoi? Ho preso del caffè anche per loro.»

«Pensavo che dovessi dare ripetizioni» dissi, mentre Shanti usciva come un fantasma dalla sua camera da letto, vestita di tutto punto. Passandoci accanto balbettò un saluto e uscì.

«Già, ma ho chiamato i genitori delle bambine, e ho rimandato la lezione a domani mattina.»

«Andy! Alex!» Mio padre apparve sulla soglia con un sorriso radioso stampato in volto. Mia madre sprizzava una tale energia che mi venne il sospetto che facessero uso di qualche eccitante.

«Andy ci aveva detto che oggi non saresti potuto venire» esclamò papà, posando sul tavolo del soggiorno un sacchetto di ciambelle: salate, ovviamente. Evitò di guardare Alex negli occhi. «Sei appena arrivato, o hai passato la notte qui e te ne stavi andando?»

«Oh, sono appena arrivato, dottor Sachs» disse un po' imbarazzato. «Ho spostato la lezione a domani. Pensavo che due braccia in più vi avrebbero fatto comodo.» Papà parve rassicurato.

«Come no! Ecco, servitevi. Ho portato delle ciambelle. Alex, mi spiace, ma ho preso solo tre caffè.»

«Non si preoccupi, dottor Sachs. Ho portato qualcosa anch'io.» E i due si accomodarono sul futon a far colazione.

Presi un pezzo di ciambella da entrambi i sacchetti e mi spostai in camera da letto con mia madre al seguito.

Ci volle un'ora per caricare le scatole sulle macchine. I traslocatori – ben più costosi del letto – sarebbero arrivati in un secondo momento. Alex e papà ci precedettero a Downtown. Lily aveva scovato il nostro nuovo appartamento grazie a un annuncio sul «Village Voice». Io non avevo ancora avuto il piacere di vederlo. Mi aveva chiamata al lavoro, gridando eccitata: «L'ho trovato! L'ho trovato! È perfetto! Non ci crederai, ma il bagno è okay, il parquet non è divorato dai tarli, e sono stata lì per cinque minuti buoni senza veder sbucare topi o scarafaggi. Puoi venire a vederlo subito?».

«Ma sei impazzita?» sussurrai. «Lei è qui, il che significa che io non vado proprio da nessuna parte.»

«*Devi* venire. Sai come funzionano queste cose. Ho i documenti e tutto il resto.»

«Lily, cerca di essere ragionevole. Non potrei venire

via adesso nemmeno se avessi un attacco di cuore. Vuoi farmi licenziare in tronco?»

«Bene, fra trenta secondi l'avranno già affittato a qualcun altro. Ci sono almeno venticinque persone che stanno compilando il modulo dell'agenzia. Dobbiamo concludere subito.»

Nell'assurdo mercato immobiliare di Manhattan, un appartamento decente era merce rara, persino più ambita di un ragazzo eterosessuale semi-equilibrato. Riuscire ad accaparrarselo era più difficile che affittare un'isola privata sulla costa meridionale dell'Africa.

«Lily, ti credo, prendilo. Puoi mandarmi una descrizione per e-mail?» Cercavo di chiudere in fretta la conversazione, perché Miranda poteva arrivare da un momento all'altro. Se mi avesse sorpreso al telefono a discutere dei fatti miei, per me sarebbe stata la fine.

«Beh, ho qui una copia della tua busta paga – che, tra parentesi, fa schifo – la dichiarazione della banca, e la tua lettera di assunzione. Manca solo il garante. Dev'essere un residente dello stato di New York, del Connecticut o del New Jersey, con una dichiarazione dei redditi pari ad almeno quaranta volte l'importo dell'affitto mensile. Mia nonna non ci si avvicina neppure. Pensi che i tuoi siano disposti a garantire per noi?»

«Gesù, Lily, non lo so. Non gliel'ho mai chiesto, e adesso non posso proprio chiamarli. Pensaci tu.»

«Va bene. Guadagnano abbastanza, vero?»

«Santo cielo, ti ripeto che non ne ho la più pallida idea! Chiamali e basta» risposi esasperata. «Spiega loro che c'è Miranda e che non posso telefonare.»

«Va bene» concluse. «Ti chiamo dopo» e riagganciò. Nemmeno venti secondi più tardi suonò di nuovo il telefono. Era Lily. Emily alzò gli occhi al cielo, come per dire: "Ragazza, ma allora i guai te li vai proprio a cercare!".

«È importante» le sussurrai, mentre sollevavo la cornetta. «La mia migliore amica sta cercando di affittare un appartamento. Visto che io non posso uscire da questo cavolo di...»

Prima che potessi finire la frase, tre voci si sovrapposero. Quella di Emily, molto seccata: «Andrea, per piacere...», quella di Lily che gridava: «Ci fanno il contratto! Mi senti? L'appartamento è nostro, lo danno a noi!», e quella di Miranda, la sola che in quel momento entrasse forte e chiara nei miei timpani.

«Abbiamo qualche problema, Andreaaa?» Incredibile: aveva azzeccato il mio nome. Mi stava sopra come un mastino.

Chiusi il telefono in faccia a Lily, e mi preparai a subire l'attacco: «No, Miranda, nessun problema».

«Bene. Ora, vorrei un gelato, bada che non si squagli. Vaniglia – niente yogurt, né altre schifezze ipocaloriche – voglio un vero gelato alla vaniglia, con sciroppo al cioccolato e panna montata. Non quella nelle lattine, chiaro? Panna montata vera, fresca.» E con quest'ultima precisazione alzò i tacchi e tornò a parlare con l'art director, lasciandomi con la netta sensazione che il gelato fosse solo un pretesto per controllare cosa stessi facendo. Emily sogghignò compiaciuta. Il telefono suonò ancora. Era di nuovo Lily. Merda! Ma non poteva mandarmi una mail e farla finita? Alzai il ricevitore e mi appiccicai il microfono contro l'orecchio, senza aprire bocca.

«Okay, ho capito che non puoi parlare, quindi parlo io. I tuoi garantiscono per noi, il che è fantastico. L'appartamento ha una grande camera da letto, ma se tiriamo su un tramezzo ne salta fuori un'altra. Il bagno sembra a posto. Non c'è la lavapiatti, chiaro, e nemmeno l'aria condizionata, ma possono mettere i condizionatori da incassare nella finestra. C'è la lavanderia in cantina, un portiere part-time, ed è a un isolato dalla fermata della metro. E non è finita. C'è un balcone!»

Dovevo essermi lasciata scappare un gridolino di esultanza, perché Lily riprese a parlare in modo più concitato. «Lo so! È pazzesco, vero?»

«Quanto?» sussurrai.

«Duemiladuecentottanta dollari al mese. Ma ci credi, un balcone per millecentoquaranta dollari a testa? Questa casa è la scoperta del secolo. Allora, che ne dici? Firmo?»

Rimasi in silenzio. Era riapparsa Miranda. Si stava scagliando come una furia contro la coordinatrice degli eventi speciali, sotto gli occhi allibiti di tutti i presenti. Era di umore mefistofelico. La sua vittima stava a capo chino, con le guance talmente rosse che sembravano sul punto di esplodere. Pregai che non si mettesse a piangere.

«Andy! Adesso stai diventando ridicola, cazzo! Ti chiedo solo un sì o un no! Non mi dirai che non ti è permesso! Allora, sì o no? Cosa diamine...» Lily era al limite, e la capivo, solo che non potevo davvero far niente, a parte riagganciare. Gridava così forte che la voce risuonava in tutto l'ufficio, e Miranda era a meno di cinque passi da me. Se solo avessi potuto stringere forte quel maledetto foulard Hermès intorno al suo collo ossuto, o farglielo ingoiare...

«Andreaaa!» mi chiamò con voce stridula. «Che cosa ti ho chiesto cinque minuti fa?» *Porc...!* Il gelato. Avevo dimenticato il gelato. «C'è qualche ragione particolare per cui sei ancora seduta lì? Ti ho dato forse l'impressione che stessi scherzando?» Aveva gli occhi fuori dalle orbite e si stava avvicinando minacciosa. Feci per aprire bocca, ma Emily mi precedette.

«Miranda, scusa. Mi dispiace, è colpa mia. Ho chiesto ad Andrea di rispondere al telefono perché pensavo che potesse essere Caroline o Cassidy, e io ero sull'altra linea per ordinare la tua gonna di Prada. Andrea stava per uscire e... Mi spiace, non accadrà più.»

No, non potevo crederci! Miss Assistente Perfetta aveva parlato, e per difendere la sottoscritta!

L'uragano Miranda si placò. Almeno per quel momento. «Adesso portami il gelato, Andrea» e si ritirò nel suo ufficio.

Guardai Emily, ma lei fece finta di lavorare. Le mandai una mail. Una sola parola: «*Perché?*» Rimasi a osservarla mentre leggeva.

«*Perché avrebbe potuto licenziarti, e io non ho nessuna voglia di ricominciare il training con una nuova assistente*» rispose all'istante.

Uscii per andare a cercare il gelato di vera vaniglia con vero latte intero, vero sciroppo di vero cioccolato e vera panna montata. Appena uscita dall'ascensore, chiamai subito Lily.

«Mi spiace, davvero. È solo che...»

«Lascia perdere. Sono di fretta. Ti chiamo a firma avvenuta. Anche se a questo punto sospetto che non te ne freghi un ficco secco.»

Feci per protestare, ma aveva già riagganciato. Già, come potevo aspettarmi che Lily capisse una situazione tanto assurda?

La chiamai dopo mezzanotte per ringraziarla.

«È incredibile, Lil. Non mi sdebiterò mai abbastanza.»

Fu allora che mi venne un'idea. «Ehi, sei a casa? Vengo da te per festeggiare, ti va?»

Pensavo che le avrebbe fatto piacere, invece rimase impassibile. «Non ti disturbare» disse. «Ho una buona bottiglia e c'è qui Mister Slinguazzami-col-piercing. Ho tutto quel che mi serve.»

Era ancora arrabbiata e non c'era da stupirsene. Lily non era permalosa e di rado se la prendeva per qualcosa, ma quando accadeva, ci volevano giorni prima che sbollisse. Sentii in sottofondo il rumore del liquido versato in un bicchiere, il tintinnio dei cubetti di ghiaccio, e lei che mandava giù una sorsata.

«Va bene. Ma chiamami se hai bisogno, okay?»

«E perché? Per sentire che te ne stai in silenzio all'altro capo del filo? No, grazie.»

«Lil...»

«Non preoccuparti per me. Sto benissimo.» Un altro sorso. «Ci sentiamo domani. Ehi, e felicitazioni per la nuova casa.»

«Già, anche a te» ma aveva messo giù.

Chiamai Alex sul cellulare per chiedergli se potevo fare un salto da lui, ma non mi parve particolarmente elettrizzato dalla proposta.

«Andy, lo sai che mi piacerebbe vederti, ma esco con Max e i ragazzi questa sera. Durante la settimana non ci sei mai, così mi sono messo d'accordo con loro.»

«Siete a Brooklyn o da qualche parte qui a Manhattan? Posso raggiungervi?» chiesi.

«Senti, qualunque altra sera sarebbe perfetto, ma 'sta volta è proprio una cosa tra uomini.»

«Okay, vuol dire che resterò a casa. Dovevo andare da Lily per festeggiare l'appartamento nuovo, ma, ehm, abbiamo avuto una piccola discussione. Non riesce a capire perché non posso parlare al telefono quando sono al lavoro.»

«Beh, Andy, a volte nemmeno io ti capisco. Voglio dire, so che il tuo capo è un osso duro, ma sembra che tu prenda tutto troppo sul serio, quando si tratta di Miranda Priestly.» Nonostante il suo tono pacato, mi sentii punta sul vivo.

«Ma davvero?» sbottai. A un tratto ero furibonda. «E la mia vita, la mia carriera, il mio futuro? Cosa diavolo pensi che dovrei fare? Mandare tutto all'aria?»

«Andrea, stai travisando le mie parole. Sai benissimo che non è quello che intendevo dire.»

Ma ormai avevo perso le staffe. Prima Lily, e adesso Alex. Non bastava Miranda ogni santo giorno? Era troppo. Non riuscivo a smettere di gridare.

«Dovrei considerarlo un bel gioco, eh? Ecco cos'è il mio lavoro per voi! Mi sembra di sentirvi: "Suvvia, Andy, non vai mica in miniera tutte le mattine". Non capite un acc...»

«Chiamami quando ti sarai calmata» disse fermo e riagganciò. Aveva riagganciato! Pazzesco! Aspettai che mi richiamasse, ma non lo fece, e quando finalmente mi addormentai, verso le tre, non si erano fatti vivi né lui né Lily.

Era passata una settimana, ed era giunto il giorno del trasloco. La rabbia era passata, almeno in apparenza, ma niente sembrava esattamente come prima. Non avevo avuto il tempo di scusarmi personalmente né con Lily né con Alex, perché stavamo chiudendo un numero e gli orari serali della consegna del Book si erano dilatati fino allo sfinimento. Ma confidavo che tra Lily e me le cose si sarebbero sistemate non appena avessimo varcato la soglia della nostra nuova casa.

I traslocatori arrivarono alle undici, smontarono il mio lettone e caricarono i pezzi nel retro del furgone. Mamma e io approfittammo di un passaggio fino alla nuova casa. Quando arrivammo, papà e Alex stavano familiarizzando col portiere che, strano ma vero, era un sosia di John Galliano. I miei scatoloni erano impilati contro il muro nella lobby.

«Andy, meno male che sei qui. Il signor Fisher non apre l'appartamento se uno dei due locatari non è presente» disse papà con un gran sorriso. «Un atteggiamento decisamente professionale, a mio modo di vedere.»

«Oh, e Lily non è ancora arrivata? Ha detto che sarebbe stata qui verso le dieci, dieci e mezza.»

«No, non si è ancora fatta viva. Devo chiamarla?» chiese Alex.

«Sì, direi di sì. Intanto io, papà e il signor Fisher, saliamo di sopra con i primi scatoloni.»

Il signor Fisher mi squadrò con occhio lubrico: «Prego, ora siamo in famiglia» disse. «Mi chiami John.»

Roba da non credere! Ci mancava solo che mi dicesse che per hobby disegnava vestiti per Dior!

Alex annuì e si pulì gli occhiali con la T-shirt. «Vi raggiungo subito.»

La lobby era carina, un po' *retro*. Le pareti erano di pietra chiara, e di fronte agli ascensori erano parcheggiate alcune panchine dall'aria scomodissima. L'appartamento era il numero 8 C.

John aprì la porta con il suo passepartout e fece un passo indietro per lasciarci passare.

«Benvenuta a casa, signorina» annunciò solennemente.

Entrai. Mi aspettavo di essere investita da una squadriglia di acari inferociti, ma rimasi sorpresa nel trovare l'appartamento pulito e luminoso. Sulla destra c'era la cucina, una striscia lunga e stretta in cui poteva infilarsi una persona per volta, con le piastrelle bianche e gli armadietti di formica.

«Fantastico!» esclamò mia madre, aprendo il frigo. «Ci sono già i vassoietti del ghiaccio!» I traslocatori ci passarono accanto, trascinando pezzi del mio letto tra grugniti di fatica.

Il soggiorno era stato diviso per ricavare una seconda stanza da letto. Il bagno era incuneato tra il soggiorno e la camera da letto vera e propria e aveva le piastrelle e il soffitto, ahimè, di un bel rosa shocking. Entrai nella camera più grande e diedi un'occhiata in giro. C'erano un piccolo armadio, un ventilatore al soffitto e una finestra che dava direttamente sull'appartamento di fronte. Lily aveva voluto per sé quella stanza, e io non avevo obiettato, visto che lei passava la maggior parte del tempo in casa a studiare.

«Grazie, Lil» sussurrai, anche se non poteva sentirmi.

«Cos'hai detto, tesoro?» chiese mia madre, alle mie spalle.

«Oh, niente. Solo che Lily ha trovato una casa davvero carina. Non sapevo cosa aspettarmi, e sono piacevolmente sorpresa. Tu che ne pensi?»

Mamma aveva l'aria di chi temporeggia per cercare un modo diplomatico di dire qualcosa. «Certo, per New York, è un bel posticino. È solo che non vale quello che costa. Tua sorella e Kyle pagano quattrocento dollari al mese, e hanno il riscaldamento centralizzato, i pavimenti di marmo, la lavapiatti nuova di zecca, l'asciugabiancheria, tre camere da letto e due bagni...» Era vero. Con duemiladuecentottanta dollari avremmo potuto affittare una casa di fronte alla spiaggia a Los

Angeles, un intero condominio di tre piani a Chicago, una villetta a due piani con quattro camere da letto a Miami, e un castello con tanto di ponte levatoio a Cleveland. "Grazie mamma, per avermelo ricordato."

«E due posti auto, accesso al campo da golf, palestra e piscina» aggiunsi per amore di precisione. «Sì, lo so. Ma credimi, per New York, è un affare. Staremo benissimo qui.»

Mi abbracciò. «Lo penso anch'io» disse, con dolcezza.

Papà entrò e aprì la sacca da viaggio che si era portato in giro tutto il giorno. Pensavo che ci tenesse dentro la tuta per la partita di racquetball nel pomeriggio, invece tirò fuori una scatola marrone con su scritto "edizione limitata". Scarabeo. Nella versione extralusso per collezionisti.

«Oh, papà, è bellissimo!» Sapevo che quella scatola costava almeno duecento dollari.

In quel momento entrò Alex. Aveva un'aria strana.

«Cosa c'è che non va?» chiesi immediatamente.

«Oh, niente ehm... ecco ho portato un altro scatolone» mentì, dando un'occhiata in direzione dei miei, quindi mi guardò come per dire "Devo parlarti in privato".

«Andiamo giù a prenderne degli altri» propose papà. Lui e mamma si avviarono verso la porta. «Forse il signor Fisher ha un carrello da prestarci. Torniamo subito, ragazzi.»

Alex aspettò in silenzio, finché non sentimmo la porta dell'ascensore che si chiudeva.

«Ho appena parlato con Lily» disse piano.

«Non è più arrabbiata con me, vero? È stata così sfuggente per tutta la settimana.»

«No, non credo che sia questo.»

«E allora cos'è?»

«Beh, non era a casa...»

«Che cosa?! Non posso credere che sia in ritardo per il trasloco.»

«Andy, Lily è alla centrale di polizia» disse Alex, guardandosi la punta delle scarpe.

«Cosa? Sta bene? Oh, mio Dio. L'hanno aggredita? Violentata? Devo andare subito da lei.»

«Sta bene. L'hanno solo arrestata.»

«Cosa significa, l'hanno solo arrestata?» cercai di restare calma, ma mi accorsi troppo tardi che avevo alzato la voce. Papà entrò in quel momento, spingendo un carrello traboccante di scatole impilate alla rinfusa.

«Chi hanno arrestato?» chiese, come se niente fosse.

Mi scervellai per trovare una bugia plausibile, ma così, su due piedi, non mi venne in mente niente. Per fortuna Alex fu più veloce di me. «Ieri sera ho visto su MTV che la cantante del gruppo TLC è stata arrestata per possesso di droga. Sembrava una così a posto...»

Papà scosse la testa e si guardò intorno nella stanza. Non sembrava che l'argomento lo interessasse particolarmente. «Penso che l'unico posto sensato per il letto sia lì, a ridosso del muro» annunciò. «A proposito del letto, vado a vedere se i traslocatori hanno bisogno di aiuto.»

Non appena la porta d'ingresso si richiuse alle sue spalle, mi attaccai come una piovra al braccio di Alex.

«Svelto, dimmi! Cos'è successo?»

«Andy, controllati. Non è così grave. Anzi, è quasi divertente.»

«Alex, dimmi immediatamente che cosa è successo alla mia migliore amica, altrimenti...»

«Okay, okay, calmati.» Era evidente che si stava divertendo. «Allora, ieri sera è uscita con un tizio che lei chiama Mister Slinguazzami-col-piercing. Lo conosci?»

Lo fissai muta, in attesa che continuasse.

«Dunque, dopo cena Mister Slinguazzami-col-piercing si offre di accompagnarla a casa a piedi, e lei per ricompensarlo, decide di mostrargli un po' di mercanzia, proprio lì, fuori dal ristorante.»

Provai a immaginare Lily che usciva ancheggiando dal ristorante, e di colpo si sbottonava la camicia solo per far colpo su un tizio disposto a pagare per avere un pezzo di metallo conficcato nella lingua. Gesù.

«Oh, no...»

Alex annuì, cercando di non ridere.

«Mi stai dicendo che hanno arrestato la mia migliore amica perché ha messo in mostra le tette? Ma è ridicolo! Siamo a New York! Decine di donne circolano praticamente in topless tutti i giorni, perfino sul posto di lavoro.» Stavo di nuovo alzando la voce.

«Non si tratta delle tette.»

«Cosa?»

«Non erano le tette. Lily si è calata i pantaloni.»

«Ma è pazzesco!» mormorai affranta. «E un poliziotto l'ha vista e l'ha arrestata?»

«No. L'hanno vista due bambini, che hanno chiesto delucidazioni a mammina.»

«Santo cielo.»

«La donna, scandalizzata, le ha ingiunto di rivestirsi immediatamente e Lily l'ha mandata a quel paese. A quel punto, l'altra è andata a cercare un poliziotto.»

«Oh, basta, ti prego, basta.»

«Il meglio deve ancora venire. Prima che la mamma e il poliziotto arrivassero, Lily e Mister Slinguazzami-col-piercing sono venuti al dunque, lì per strada, e stando a quel che dice lei, ci hanno dato dentro di gusto.»

«E questa sarebbe la mia dolce, adorabile amica Lily Goodwin?»

«Per fortuna, hanno messo fine alle loro effusioni giusto in tempo. L'unica ragione per cui il poliziotto l'ha arrestata è che lei gli ha mostrato il medio, quando lui le ha chiesto se era vero che si era tolta i pantaloni...»

«Oh, mio dio, non ce la faccio più.»

«Grazie al cielo l'hanno lasciata andare. Si è beccata solo una ramanzina, e adesso è a casa, che si riprende. Pare che fosse completamente ubriaca. Quindi non ti preoccupare. Finiamo il trasloco e poi possiamo andare a trovarla, se vuoi. » Alex si diresse verso il carrello che papà aveva lasciato in mezzo al soggiorno, e cominciò a scaricare gli scatoloni.

Non potevo aspettare: dovevo capire cos'era successo. Subito. Feci il numero. Lily rispose al quarto squillo.

«Stai bene?» le chiesi, senza nemmeno lasciarle il tempo di dire pronto.

«Ehi, Andy. Spero di non averti incasinato il trasloco. Non hai bisogno di me, vero? Mi spiace di tutta questa storia.»

«Me ne frego, Lily. Mi importa solo di te. Stai bene? Hai passato la notte là dentro? In prigione?»

«Beh, sì. Non è stato malaccio. Niente di quel che si vede alla tivù. Ho dormito in stanza con un'altra ragazza assolutamente innocua che era dentro per una fesseria. Le guardie sono state gentili, davvero. Niente sbarre, né maltrattamenti.» Rise, ma non era convincente.

Per un attimo la mia mente andò a ruota libera e immaginai la povera piccola Lily spalle al muro in una cella puzzolente con di fronte un donnone tatuato deciso a possederla. «E dove diavolo era Mister Slinguazzami-col-piercing, durante tutto questo casino?» Ma prima ancora che Lily potesse rispondere, mi balenò un'altra domanda: dov'ero io? Perché Lily non mi aveva telefonato nel momento del bisogno?

«No, lui è stato fantastico, sai...»

«Lily, perché...»

«...si è offerto di stare con me e ha persino chiamato l'avvocato dei suoi.»

«Lily, Lily! Aspetta un secondo. Perché non mi hai chiamata? Sai bene che sarei arrivata lì in tre secondi e che non avrei mollato finché non fossi riuscita a portarti via con me. Perché, allora? Perché non mi hai telefonato?»

«Oh, Andy, che importanza vuoi che abbia, adesso. Non posso credere di avere fatto una simile sciocchezza, e credimi, ho chiuso con le sbronze. Non ne vale proprio la pena.»

«Perché non mi hai chiamata? Sono stata a casa tutta la sera.»

«Non è importante, davvero. Non ti ho chiamata perché ho pensato che stessi lavorando, o che fossi stanchissima. Non volevo disturbare.»

Ripensai a che cosa avevo fatto la sera prima. Avevo guardato *Dirty Dancing* su TNT per la sessantottesima volta.

«Lavorare? Pensavi che fossi a lavorare? E cosa c'entra col fatto che avevi bisogno d'aiuto? Lily, non capisco.»

«Guarda, Andy, lasciamo perdere, va bene? Lavori sempre. Giorno e notte, e un sacco di volte anche durante il fine settimana. E quando non lavori, ti lamenti del lavoro. Non che non ti capisca, perché so quant'è dura per te, con la capa che ti ritrovi. Ma pensavo che fossi con Alex. Voglio dire, Alex dice che non ti vede mai, e non volevo guastarvi la serata. Se avessi davvero avuto bisogno di te, ti avrei chiamata. So che saresti venuta di corsa. Ma ti giuro, non è stato niente di terribile. Per piacere, possiamo chiuderla qui? Sono esausta e ho bisogno di una doccia.»

Ero così rattristata che non riuscivo più a parlare.

«Sei sempre lì?» chiese Lily dopo qualche secondo. Stavo disperatamente cercando le parole per scusarmi o per spiegare.

«Lil, mi dispiace tanto. Se ti ho dato l'impressione che tu non possa...»

«Andy, basta. Non c'è niente di cui dispiacersi. Sto bene.»

«Va bene, cerca di riposare. E chiamami se hai bisogno.»

«Lo farò. Oh, a proposito, com'è la nuova casa?»

«È perfetta, Lil, davvero. Sei stata bravissima. È meglio di come me l'ero immaginata. Staremo benissimo, vedrai.»

«Sono contenta che ti piaccia. Speriamo che piaccia anche a Mister Slinguazzami-col-piercing» scherzò. Ma la sua voce sembrava lontana.

Riagganciammo e rimasi lì in piedi in soggiorno, con lo sguardo fisso sul telefono, finché mia madre entrò e annunciò che era ora di uscire per pranzo.

«C'è qualcosa che non va, Andy? Dov'è Lily? Pensavo che avesse bisogno di aiuto per portare qui le sue cose, ma io e papà non possiamo trattenerci oltre le tre del pomeriggio. Sta arrivando?»

«No. Il fatto è che ieri notte è stata male. Il suo trasloco è rimandato a domani. Ero con lei al telefono.»

«Pensi che dovremmo fare un salto da lei? Mi preoccupa quella ragazza, senza genitori, con quella vecchia signora un po' svanita come unico riferimento.» Mi posò una mano sulla spalla. «È fortunata ad avere un'amica come te.»

Feci uno sforzo per far uscire la voce. «Già» mormorai. «Proprio così.»

«Ufficio di Miranda Priestly» risposi, con un tono che la diceva lunga sul mio stato d'animo.

«Pronto, è Em-em-mi-mi-ly?» balbettò qualcuno all'altro capo del filo.

«No, sono Andrea, la nuova assistente di Miranda» dissi, anche se ormai mi ero già presentata a mezzo mondo.

«Ah, la n-nuova assistente» rimbombò la strana voce femminile. «Sei o non sei la ragazza più fortunata del m-m-m-m-ondo? Come ti trovi a lavorare per la i-i-iena?»

Questa era nuova. Per tutto il tempo che avevo lavorato a «Runway», non avevo conosciuto nessuno che osasse sparlare di Miranda così apertamente. «Uhm, beh, lavorare a "Runway" è un'esperienza che mi sta insegnando molto» mi sorpresi a rispondere. «C'è un sacco di gente che mi invidia questo posto.» Incredibile, ero stata proprio io a dire una simile idiozia.

Ci fu un attimo di silenzio, seguito da un sibilo. «Oh, ma b-b-b-b-brava! Vi chiude a chiave in un monolocale al West Village e vi priva di tutti i vostri ninnoli firmati G-g-g-g-ucci finché il lavaggio di cervello non è completato e siete pronte a uscire con delle stronzate del genere? F-f-f-f-fantastico! Quella donna è un genio! Bene, Miss Esperienza-che-ti-sta-insegnando-molto, avevo sentito dire che stavolta Miranda si era comprata un lacchè pensante, ma vedo che come al solito le voci di corridoio sono infondate. Ti piacciono i twin-set di Michael Kors e i cappottini di pelliccia di J. Mendel, vero? Ma sì, tesoro, hai d-d-davanti una carriera con i fiocchi. E adesso passami quel culo secco del tuo capo.»

Ero combattuta. Il primo impulso fu di mandarla a quel paese, ma mi resi conto che non avevo la più pallida idea di chi fosse la persona con cui stavo parlando.

Presi fiato e decisi di contrattaccare. Non potevo lasciarmi insultare impunemente dalla tartagliona! «Bene, vediamo, è vero che adoro Michael Kors, ma non è certo per via dei suoi twin-set. Le pellicce di Mendel sono carine, però preferisco i capi su misura di Pologeorgis, sulla Ventinovesima strada. Oh, e per il futuro, preferirei che lei usasse un tono più urbano per definire la sottoscritta. Ora, di grazia, posso chiederle con chi ho il piacere di parlare?»

«*Touché*, nuova assistente di Miranda, *touché*. Io e t-t-t-te potremmo anche diventare amiche, dopo tutto. In genere non mi piacciono quei robot che si assume, ma non c'è da stupirsi, perché non mi piace neanche lei. Mi chiamo Judith Mason, e nel caso tu non ne fossi al corrente, sono l'autrice di tutti i rep-p-portage di viaggi che pubblicate. E adesso dimmi, visto che sei ancora relativamente nuova: sei in piena luna di miele?»

Rimasi in silenzio. Cosa intendeva dire?

«Allora? Scommetto che stai attraversando quell'affascinante periodo in cui tutti hanno finalmente imparato come ti chiami, ma non hanno ancora s-s-scoperto le tue debolezze e il modo di sfruttarle. Goditelo, perché non d-d-durerà molto.»

Prima che potessi replicare, continuò: «E adesso basta f-f-f-flirtare, mia cara. Ci ho ripensato, non p-p-p-prenderti il disturbo di passarmi Miranda, perché tanto si negherebbe. Credo che la balbuzie le dia sui nervi. Limitati a scrivere il mio nome sul Bollettino, così mi farà r-r-richiamare da qualcun altro. Grazie, b-b-baci, ciao.» *Clic.*

Riagganciai e scoppiai a ridere. Emily alzò lo sguardo dall'ennesimo estratto conto di Miranda e mi chiese con chi avessi parlato. «Judith Mason? È una stronza di prima categoria. Non credo che Miranda abbia mai accettato di parlare con lei. In ogni caso, non passargliela, limitati a scrivere il suo nome sul Bollettino, e Miranda la farà chiamare da qualcun altro.» A quanto pareva, Judith Mason sapeva molto meglio di me come funzionavano le cose nella redazione di «Runway».

Cliccai due volte sull'icona del Bollettino e diedi un'occhiata ai contenuti. Il Bollettino era un semplice documento Word, a cui potevamo accedere sia io sia Emily, ma solo una per volta. Quindi succedeva spesso che stampassimo la versione aggiornata e scoprissimo solo all'ultimo momento quale delle due aveva battuto l'altra in velocità. Miranda esaminava il Bollettino ogni cinque-dieci minuti durante l'arco della giornata, mano a mano che io ed Emily ci affannavamo a digitare, stampare e spillare le successive versioni nel raccoglitore ad anelli sul ripiano sopra la mia scrivania.

«Il mio ultimo aggiornamento è il messaggio di Judith» dissi, esausta per l'ansia di finire prima che Miranda arrivasse in ufficio. Eduardo aveva chiamato per dirci che era già in ascensore.

«Io ho il portiere del Ritz, dopo Judith» gridò trionfante Emily, inserendo la nuova versione nel raccoglitore. Presi il mio Bollettino troppo vecchio di quattro secondi e lo riportai alla scrivania. Miranda aveva imposto delle regole che a suo avviso avevano lo scopo di velocizzarne la lettura. Per esempio, i numeri telefonici non dovevano essere inframmezzati da trattini, ma solo da punti. Le ore non andavano mai indicate all'americana con i due punti, ma all'europea con un punto solo. L'orario di arrivo di ogni messaggio andava arrotondato al quarto d'ora più vicino. I numeri da richiamare andavano riportati su una riga a parte, per evidenziarli con più efficacia. La parola "nota" stava a indicare ciò che Emily o io dovevamo comunicarle. "Promemoria" si riferiva per lo più alle decine di messaggi che Miranda aveva lasciato in segreteria tra l'una di notte e le cinque del mattino. Eravamo tenute a parlare di noi stesse in terza persona, e solo quando era assolutamente necessario.

Spesso ci chiedeva di scoprire a che numero e a che ora una determinata persona fosse rintracciabile. All'inizio, ero rimasta impressionata dal fatto che il Bollettino sembrasse un elenco di Vip; ma dopo qualche mese, i nomi di super-model, super-rockstar e super in genere, non mi facevano più alcun effetto. Nella mia nuova mentalità «Runway», la telefonata della segretaria della Casa Bianca contava quanto quella del veterinario che voleva parlare della vaccinazione del cucciolo (chance di essere richiamati: praticamente nulle).

Sconsolata, fissai il mio Bollettino, ormai inutile.

GIOVEDÌ 8 APRILE
7.30: ha chiamato Simone dell'ufficio di Parigi. Il servizio di Testino con Gisele è confermato, ma S. vuole discutere degli accessori. Per favore, richiamala.
011.33.1.55.91.30.65

8.15: ha chiamato il signor Tomlinson. È sul cellulare. Per favore, richiamalo.

Nota: Andrea ha parlato con Bruce. Il grande specchio nel foyer ha la cornice rotta nell'angolo in alto a sinistra. Bruce ha trovato uno specchio identico da un antiquario a Bordeaux. Vuoi che lo ordini?

8.30: ha chiamato Jonathan Cole. Parte per Melbourne sabato, e vorrebbe dei chiarimenti sul suo incarico. Per favore, richiamalo.

555.7700

Promemoria: Karl Lagerfeld vuole parlarti del party per la modella dell'anno. Sarà rintracciabile a casa a Biarritz questa sera dalle 20.00 alle 20.30, ora di Biarritz.

011.33.1.55.22.06.78: casa

011.33.1.55.22.58.29: studio di casa

011.33.1.55.22.92.64: autista

011.33.1.55.66.76.33: numero della sua assistente a Parigi, nel caso tu non riesca a parlare con lui.

9.00: Natalie della Banchetti Sontuosi chiede se preferisci il Vacherin farcito di frutti di bosco o di composta tiepida di rabarbaro. Per favore, richiamala.

555.9887

9.00: Ingrid Sischy si congratula con te per il numero di aprile. Dice che la copertina è "spettacolare, come sempre" e vuole sapere chi ha fatto lo styling del servizio di apertura. Per favore, richiamala.

555.6246: ufficio

555.8833: casa

Nota: ha chiamato Miho Kosudo per scusarsi di non aver potuto consegnare i fiori a Damien Hirst. Il fattorino ha aspettato all'esterno del palazzo per quattro ore, ma siccome Damien non ha un portiere, alla fine se n'è andato. Ci riproveranno domani.

9.15: il signor Samuels desidera ricordarti la riunione di classe coi docenti questa sera alla Horace Mann School. Vorrebbe discutere la ricerca di storia di Caroline con te. Per favore, richiamalo tra le 14.00 e le 16.00.

555.5932

9.15: di nuovo il signor Tomlinson. Ha chiesto ad Andrea di riservare un tavolo per cena questa sera, dopo la riunione a scuola. Per favore, richiamalo. È sul cellulare.

Nota: Andrea ha prenotato un tavolo per due per questa sera alle 20.00 da Caravelle. Rita Jammet vi ringrazia per la preferenza accordata al suo ristorante e non vede l'ora di rivedervi.

9.30: ha chiamato Donatella Versace. È tutto confermato per la tua visita. Se ti serve altro personale, oltre all'autista, lo chef, il personal trainer, il parrucchiere, la truccatrice, un'assistente personale, tre cameriere e il capitano dello yacht, per favore, faglielo sapere prima che parta per Milano.

011.39.01.55.27.55.61

9.45: ha chiamato Judith Mason. Per favore, richiamala.

555.6834

Appallottolai il foglio e lo buttai nel cestino sotto la scrivania nell'attimo esatto in cui Miranda entrò in ufficio con passo marziale.

Al diavolo! Sophy si era di nuovo dimenticata di darmi uno squillo per avvertirmi quando usciva dall'ascensore.

«Il Bollettino è aggiornato?» chiese, senza guardarmi negli occhi.

«Sì, Miranda» risposi, porgendole la versione aggiornata, in modo che non dovesse fare lo sforzo di prenderselo da sola. "Due parole" pensai. "Ho pronunciato solo due parole". Chissà, con un po' di fortuna di lì a mezzogiorno sarei riuscita a non superare le settantacinque.

Si tolse la giacca di ermellino e la buttò sulla mia scrivania. Andai ad appendere quel magnifico animale morto nell'armadio, quindi scoperchiai il bicchiere di latte tiepido, e sistemai con cura su un piatto la dose quotidiana di bacon, salsicce e brioche di crema al formaggio. Entrai in punta di piedi nel suo ufficio e piazzai tutto quanto su un angolo della scrivania. Miranda era concentrata sulla stesura di una nota sulla sua carta intestata marca Dempsey and Carrol, e parlò così sottovoce che la sentii per miracolo.

«Andreaaa. Devo discutere con te i dettagli della festa di fidanzamento. Prendi un taccuino.»

Feci di sì con la testa.

Bene.

Una parola risparmiata.

Sospirò, come se si accingesse ad affrontare un compito immane, e sciolse il foulard bianco di Hermès che si era avvolta intorno al polso.

«Chiama Natalie alla Banchetti Sontuosi e dille che preferisco la composta di rabarbaro. Insisterà per parlare direttamente con me, ma tu sii inflessibile. Parla anche con Miho e accertati che consegnino esattamente ciò che ho ordinato. Chiama Robert Isabell prima di pranzo e passamelo, dobbiamo ricapitolare le disposizioni per le tovaglie, i segnaposto e i vassoi. Chiama anche la ragazza del Metropolitan per vedere quando posso passare a controllare che sia tutto a posto. È tutto, per il momento.»

Mi aveva sciorinato tutta la lista senza mai smettere di scrivere, e quando finì di parlare mi porse la sua nota da spedire.

«Okay» mormorai, e mi girai per andarmene. Sentii il suo sguardo che esaminava la taglia del mio sedere, mentre ritornavo al mio posto. Per un attimo presi in considerazione l'ipotesi di girarmi e di camminare all'indietro, come un ebreo osservante che si allontana dal Muro del Pianto. Invece, affrettai il passo e scivolai al sicuro dietro la mia scrivania.

12

Il giorno che tanto avevo atteso, sognato, agognato era finalmente arrivato: grazie a dio Miranda era partita. Era salita sul Concorde un'ora prima, rendendomi la ragazza più felice del pianeta. Emily continuava a ripetermi di non farmi illusioni, perché quand'era all'estero il direttore diventava ancora più esigente, ma io non avevo alcuna intenzione di darle retta. Ero assorta a pianificare come avrei passato ogni estatico momento delle successive due settimane, quando mi arrivò una mail di Alex.

«Ehi, piccola, come va? Spero che la tua giornata sia okay adesso che lei è partita... beh, goditela! Comunque, pensi di potermi chiamare verso le tre e mezza, oggi pomeriggio? Ho un'ora libera, e ho bisogno di parlare con te. Niente di preoccupante. Ti amo. A.»

Naturalmente, mi preoccupai eccome, e scrissi all'istante per chiedergli se c'era qualcosa che non andava, ma evidentemente non era più connesso, perché non ottenni risposta. Mi ripromisi di chiamarlo alle tre e mezza precise, gustandomi la meravigliosa consapevolezza che Miranda sarebbe stata a un oceano di distanza, impossibilitata a interferire con i miei piani. Poi, dato che la prudenza non è mai troppa, presi un post-it e scrissi «*Chiamare A., 15.30*» e lo incollai sul lato del monitor.

Non feci in tempo ad alzare il ricevitore che il telefono squillò.

«Ufficio di Miranda Priestly» dissi in un sospiro.

«Emily?» Era lei. La sua voce inconfondibile si insinuava nel filo del telefono e sembrava echeggiare per tutto l'ufficio.

«Ciao, Miranda. Sono Andrea. Posso esserti d'aiuto?» Come diavolo faceva a essere al telefono? Diedi un'occhiata all'itinerario che Emily aveva stampato per me. Il suo volo era decollato solo sei minuti prima, e stava già chiamando dal telefono di bordo.

«Bene, lo spero proprio. Mi risulta che il parrucchiere e il truccatore per la cena di giovedì non sono stati ancora confermati.»

«Ehm, sì, Miranda. Monsieur Renaud non è riuscito a ottenere la garanzia assoluta, ma ha detto che al novantanove per cento...»

«Andreaaa, rispondimi: il novantanove per cento è lo stesso del cento per cento? È lo stesso che "confermato"?» Prima che potessi rispondere, la sentii dire, probabilmente a un'assistente di volo, che non era "particolarmente interessata a conoscere le regole riguardo all'uso degli apparecchi elettronici", e che "per piacere andasse a seccare qualcun altro".

«Ma, Madame, è contro le regole. Mi spiace, ma sono costretta a chiederle di interrompere la telefonata e di non usare l'apparecchio finché non avremo raggiunto l'altitudine di crociera» disse l'assistente di volo.

«Andreaaa, mi senti? Mi senti...»

249

«Madame, devo insistere. Ora, per favore riaggancì.»

«Andreaaa, la hostess qui mi costringe a chiudere la chiamata. Ti richiamo non appena possibile. Nel frattempo, conferma parrucchiere e truccatore, e convoca le aspiranti baby-sitter per un colloquio. È tutto.» *Clic.*

«Cosa voleva?» chiese Emily, con la fronte aggrottata per la preoccupazione.

«Mio dio è così eccitante, mi ha chiamata con il nome giusto per tre volte di fila» commentai con sarcasmo. «Tre volte. Penso che questo significhi che stiamo per diventare amiche, non credi? Chi l'avrebbe mai detto? Andrea Sachs, migliore amica di Miranda Priestly.»

«Andrea, cos'ha detto?»

«Vuole che le confermiamo il parrucchiere e il truccatore per giovedì. Oh, e ha detto qualcosa a proposito di una nuova baby-sitter. Devo aver capito male. Comunque richiama fra trenta secondi.»

Emily fece un respiro profondo. «No, temo che tu abbia capito benissimo. Cara non lavora più per Miranda, perciò lei ha bisogno di una nuova baby-sitter.»

«Come? Cosa vuoi dire? Perché Cara se n'è andata?» Non riuscivo a credere che Cara non mi avesse avvisata in anticipo delle sue intenzioni.

«Miranda ha pensato che Cara si sarebbe trovata meglio altrove» disse Emily, nel tono di un pappagallo scemo.

«Emily, per favore, spiegami cosa è successo.»

«Caroline mi ha raccontato che l'altro giorno Cara le ha castigate – o lei o la sorella – perché, sosteneva, erano state sgarbate. A quanto pare Miranda non ha apprezzato la cosa. E io sono d'accordo con lei. Cara non è la madre delle bambine, capisci?»

E così Cara era stata licenziata.

«Inoltre, a Miranda non è mai andato a genio il fatto che Cara non parlasse francese. Come possono le creature sperare di imparare se la loro tata rifiuta di collaborare?» concluse Emily.

Come possono imparare il francese? Chissà, forse grazie alla scuola privata da diciottomila dollari all'anno, dove il francese era una materia obbligatoria e le insegnanti erano tutte madrelingua. O magari grazie alla loro mamma, che aveva vissuto in Francia e leggeva, scriveva e parlava la lingua con accento impeccabile. Mi guardai bene dall'esternare i miei pensieri. Mi limitai a rispondere: «Niente francese, niente lavoro. Ho capito».

«Bene. Qui c'è il numero dell'agenzia incaricata di selezionare le candidate» disse Emily, spedendomelo per e-mail. «Sanno quanto è esigente Miranda – a ragion veduta, naturalmente – perciò non ti faranno perdere tempo.»

Pochi minuti dopo il telefono squillò. Per fortuna, Emily prese la chiamata.

«Ciao, Miranda. Sì, sì, ti sento. No, non c'è nessun problema. Sì, ho confermato il parrucchiere e il truccatore per martedì. Sì, Andrea ha cominciato a cercare la nuova baby-sitter. Abbiamo già selezionato tre candidate, perché tu le veda al tuo rientro.» Piegò il capo da un lato e si portò la penna alle labbra. «Uhm, sì. Sì, è assolutamente confermato. No, non al novantanove per cento, al cento per cento. Assolutamente. Sì, Miranda. Sì, l'ho verificato io personalmente; ne sono assolutamente certa. Non vedono l'ora di potersi prendere cura di te. Okay. Ti auguro un buon viaggio. Sì, è confermato. Va bene, ti mando subito il fax. Va bene. Ciao» riagganciò con mano tremante.

«Perché quella donna non capisce?» sbottò. «Le ho detto che il parrucchiere e il truccatore sono confermati. Gliel'ho ripetuto più volte. E sai che cosa ha risposto?»

Feci di no con la testa.

«Che questa faccenda le ha fatto venire una tremenda emicrania e che perciò devo riscrivere il programma corretto, con la conferma del parrucchiere e del truccatore, e inviarglielo via fax al Ritz. E pensare che faccio di tutto per quella donna – le do la mia vita – e questo è il risultato!»

Pensai: "Ci siamo, adesso si mette a frignare". L'idea di sentire Emily parlar male di Miranda mi stuzzicava, tuttavia sapevo che il voltafaccia paranoico era imminente, quindi dovevo procedere con cautela.

«Non è colpa tua, Em. Miranda sa perfettamente che non ti risparmi: sei indispensabile per lei. Se non lo pensasse, si sarebbe liberata di te già da un pezzo. Non mi sembra si faccia molti scrupoli a licenziare la gente, non so se mi spiego.»

Emily assunse l'espressione diffidente e nervosa di un furetto: era scattata la fase "fedeli a oltranza". Non bisognava essere Freud per capire che avrebbe preso le difese di Miranda, se solo mi fossi azzardata a dire una parola di troppo.

Ma i limiti che mi ero imposta di non valicare cominciavano a vacillare e, fregandomene solennemente del buon senso e della cautela, feci un respiro profondo e mi lanciai in picchiata.

«È una lunatica, Emily» dissi sottovoce, lentamente. «È lei che non funziona. È vuota, superficiale, acida.»

La faccia di Emily si irrigidì, vedevo la pelle tendersi sulle guance e sul collo, ma non potevo fermarmi.

«Hai notato che non ha amici, Emily? L'hai notato? Il telefono squilla giorno e notte. La gente che conta la chiama da tutto il mondo, ma solo perché ha bisogno di qualcosa. Tutti quanti se ne infischiano di lei.»

«Smettila!» gridò. «Smettila con queste stronzate! Sei qui da due giorni e pensi di capire tutto. Bene, ficcati nel cervello che in realtà non capisci niente, Andrea! Niente!»

«Em...»

«E non chiamarmi Em, Andy. Fammi finire. So che Miranda non è una persona facile. So che cosa vuol dire dormire male, perché hai l'ansia che il telefono possa suonare da un momento all'altro e che ci sia lei all'altro capo del filo. So anche che nessuno dei tuoi amici capisce quanto tu sia stressata. Ma se tutto questo ti sembra insopportabile, se non riesci a far altro che lamentarti del lavoro, di lei e di tutti quanti noi, perché non te ne vai? Il problema è tuo. E quanto alla reputazione di Miranda, molte, moltissime persone pensano che lei sia unica, magnifica, e che abbia talento da vendere. Lei... lei è incredibile, Andy, lo è, eccome!»

Considerai il discorso di Emily e dovetti ammettere che almeno riguardo a quest'ultimo punto aveva ragione. Miranda era un direttore formidabile. Non c'era una sola parola che venisse pubblicata sulla rivista senza la sua approvazione. Miranda sceglieva il look e le modelle per i servizi fotografici, durante i quali i caporedattori si attenevano rigorosamente alle sue dettagliatissime istruzioni. Aveva l'ultima parola – e spesso anche la prima – su ogni singolo bracciale, borsa, scarpa, accessorio, pettinatura, intervista, giornalista, fotografo, modella e location – il che faceva di lei la ragione principale, se non l'unica, dello strabiliante successo della rivista. «Runway» non sarebbe stato «Runway» senza Miranda Priestly. Lo sapevo, e come lo sapevo io, lo sapevano tutti. Tuttavia ero convinta che quelle argomentazioni, per quanto valide, non dessero a Miranda il diritto di trattare gli altri come zerbini.

«Emily, sto semplicemente dicendo che sei un'assistente fantastica per lei, e che è fortunata ad avere al suo fianco qualcuno che lavora sodo come te. Vorrei solo che tu realizzassi che non è colpa tua se lei è eternamente scontenta. Miranda è un'infelice. Non c'è niente che tu possa fare a riguardo.»

«Lo so. Ma tu sei troppo prevenuta nei suoi confronti, Andy. Pensaci. Miranda è brava nel suo mestiere, e ha lottato duramente per conquistarsi quello che ha. E poi, tutto sommato, a certi livelli essere duri fa parte del gioco. La scalata al successo costringe a tirar fuori gli artigli.»

Naturalmente, non condividevo la sua ultima affermazione. Era chiaro che Emily aveva investito tutto su Miranda e su «Runway», ma non riuscivo ad afferrarne il motivo. C'era qualcosa che mi sfuggiva.

Sospirai. «Spero solo che tu sia consapevole di quanto vali, e che non sei tenuta a sopportare le sue angherie per sempre.»

Mi aspettavo un contrattacco. Ma Emily aveva una strana espressione, quasi euforica.

«Sai una cosa? Le ho detto una balla colossale. Non ho chiamato nessuno per confermare un bel niente!»

«Emily! Sul serio? E adesso come farai? Hai giurato e spergiurato di avere confermato personalmente.»

«Andy, cerca di ragionare. Sinceramente, pensi che una persona sana di mente potrebbe rifiutare un appuntamento a Miranda Priestly? È un'occasione unica per chi vuole fare carriera. Sono sicura che il parrucchiere con cui ha parlato il portiere del Ritz intendeva accettare sin dal primo momento. Probabilmente dovrà rivedere i suoi programmi, ma ti garantisco che non c'è alcun bisogno di confermare, perché se anche dovesse circumnavigare il globo terracqueo per compiacere Miranda, il tipo in questione lo farà. E come potrebbe regolarsi diversamente? È Miranda Priestly!»

L'avrei abbracciata, ma mi limitai a dire: «Dunque, cosa devo sapere a proposito della nuova baby-sitter? Intendo cominciare subito a cercarla.»

«Già» convenne Emily, ancora tutta eccitata. «È una buona idea.»

La prima ragazza a cui feci il colloquio era estasiata.

«Ommioddio!» gridò, quando le chiesi al telefono se poteva venire in ufficio. «Ommioddio! Dice sul serio? Ommioddio!»

«"Ommioddio" significa sì o no?»

«Dio, certo che sì. Sì, sì, sì! "Runway"! Ommioddio. Le mie amiche moriranno d'invidia. Giuro, moriranno. Mi dica dove devo venire e a che ora.»

«Lei ha capito, vero, che Miranda è via in questi giorni, e che perciò non avrà occasione di conoscerla?»

«Sì. Positivo. Ho capito.»

«E capisce che il lavoro consiste nel fare da baby-sitter alle due figlie di Miranda, vero? Che non c'entra niente "Runway"?»

Sospirò. «Certo, chiaro. Baby-sitter, ricevuto.»

Bene, invece aveva ricevuto meno di zero, perché anche se aveva il *physique du rôle* – alta, ben truccata, ben pettinata, ben vestita e seriamente denutrita – durante l'incontro continuò a chiedermi quale sarebbe stato il suo compito in redazione.

Le sparai il mio speciale "sguardo assassino" – una imitazione di quello di Emily – ma non sembrò farci caso.

«Ehm, mi sembra che abbiamo già parlato di questo. Io sto facendo solo una selezione iniziale per conto di Miranda, ed è assolutamente casuale che questo avvenga in redazione. Le gemelle non vivono qui, chiaro?»

«Certo, certo» convenne, ma io l'avevo già scartata.

Le altre tre candidate selezionate dall'agenzia non erano molto meglio. Fisicamente, tutte e tre corrispondevano ai canoni di Miranda – l'agenzia conosceva bene le sue esigenze – ma nessuna di loro possedeva tutti i requisiti che lei giudicava indispensabili. I miei standard erano altri. Come far capire a Miranda che se una ragazza era attraente, atletica, si sentiva a proprio agio in mezzo ai Vip, viveva a Manhattan, aveva la patente, sapeva nuotare, aveva una laurea o una specializzazione, parlava francese ed era completamente flessibile riguardo all'orario, c'erano buone probabilità che non volesse fare la baby-sitter?

Evidentemente mi aveva letto nel pensiero, perché il telefono suonò immediatamente. Una veloce controllatina all'itinerario mi confermò che al momento doveva trovarsi in macchina, diretta al Ritz.

«Ufficio di Miranda Prie...»

«Emily!» gridò. Decisi saggiamente che non era il caso di correggerla. «Emily! L'autista non mi ha dato il solito telefono, e così non ho i numeri di nessuno.» Al Ritz tenevano pronto un cellulare apposta per Miranda con tutti i numeri aggiornati e già inseriti nella rubrica. «Questa faccenda è inammissibile, Emily. Assolutamente inammissibile. Come possono pensare che diriga il mio ufficio senza numeri di telefono? Voglio parlare immediatamente con il signor Lagerfeld.»

«Sì, Miranda, attendi in linea, per favore» e misi la chiamata in attesa.

«Vuole Karl!» gridai rivolta a Emily. Il solo nome bastò a metterla in moto. Cominciò a frugare freneticamente fra le carte sulla sua scrivania.

«Okay, senti, abbiamo dai venti ai trenta secondi. Tu chiama Biarritz e l'autista, io provo Parigi e la sua assistente» gridò Emily, con le dita che volavano sulla tastiera. Cliccai due volte per aprire la lista dei contatti, e trovai subito tutti e cinque i numeri da chiamare: Biarritz casa, Biarritz casa secondo numero, Biarritz studio, Biarritz piscina e Biarritz autista. C'erano altri sette numeri alla voce Lagerfeld Parigi, e altri ancora per New York e Milano. Eravamo spacciate prima ancora di cominciare.

Provai il primo numero di Biarritz. Niente. Stavo chiamando il secondo quando mi accorsi che la luce rossa non lampeggiava più. Emily annunciò che Miranda aveva riagganciato, casomai non l'avessi notato. Diavolo, erano passati solo quindici secondi. Prevedibilmente il telefono riprese subito a suonare; Emily cedette alla muta preghiera dei miei occhi supplicanti e tirò su la cornetta. Non aveva ancora pronunciato i convenevoli, e già stava facendo di sì con la testa, nel tentativo di rassicurare Miranda.

«Sì, sì, Miranda. Andrea e io stiamo chiamando tutte e due, proprio adesso. È questione di secondi. Sì, capisco. No, lo so che è frustrante. Ti metto in attesa per dieci secondi, non uno di più, va bene?» Pigiò il pulsante "attesa" e attaccò a parlare in un francese orribile con qualcuno che, a giudicare dalla sua faccia, non aveva nessuna idea di chi fosse Karl Lagerfeld. Eravamo finite. Morte. Stavo per riprovare con Biarritz piscina, quando notai che la luce rossa si era spenta di nuovo. Emily era sempre impegnata a digitare un numero via l'altro.

«Ha riagganciato!» gridai.

«La prossima è tua!» gridò di rimando. Manco a dirlo, il telefono squillò immediatamente.

La voce dall'altro capo mi investì come un treno.

«Andreaaa! Emily! Potete spiegarmi per quale ragione sto parlando con voi e non con Lagerfeld?»

La mia reazione istintiva fu quella di rimanere in silenzio.

«Prontoooo? C'è qualcuno lì? Devo concludere che l'operazione di mettermi in contatto con qualcuno sia troppo difficile per le mie assistenti?»

«No, Miranda, certo che no» la voce mi tremava leggermente, ma non riuscivo a controllarmi. «...È solo che non riusciamo a trovare il signor Lagerfeld. Abbiamo già provato almeno otto...»

«Non riuscite a trovarlo?» mi fece il verso con voce stridula. «Cosa significa "non riusciamo a trovarlo"?»

Quale di quelle quattro parole non sapeva interpretare? Non. Riusciamo. A. Trovarlo. Mi venivano in mente decine di risposte pungenti, ma mi limitai a balbettare come una scolaretta punita dalla maestra per non aver fatto i compiti.

«Ehm dunque, Miranda, abbiamo chiamato tutti i numeri sull'agenda alla voce Lagerfeld, e sembra che il signor Lagerfeld non si trovi a nessuno di quelli» riuscii ad articolare.

«Ma certo che no!» stava quasi per mettersi a urlare.

Il suo prezioso self control minacciava di franarmi addosso da un momento all'altro. Fece un respiro profondo, esagerato, e disse con calma: «Andrea. Sei al corrente che il signor Lagerfeld è a Parigi, questa settimana?».

«Certo, Miranda. Emily ha provato tutti i numeri di...»

«Sei al corrente che il signor Lagerfeld aveva detto che sarebbe stato raggiungibile sul cellulare, durante il soggiorno a Parigi?» Si percepiva chiaramente che stava facendo uno sforzo terribile per mantenere la calma.

«No, non abbiamo un cellulare nella lista, alla voce "Lagerfeld Parigi", non sapevamo nemmeno che il signor Lagerfeld avesse un cellulare per quando è a Parigi. Ma Emily è al telefono con la sua assistente proprio in questo momento, e si farà dare subito il numero.» Emily mi mostrò il pollice alzato, e scribacchiò qualcosa esclamando: «*Merci*, oh, grazie, grazie tante, voglio dire, *merci*».

«Miranda, ho qui il numero. Vuoi che ti metta in contatto con lui?» chiesi, con orgoglio. Ben fatto! Una performance straordinaria, se si considerava lo stress mortale al quale eravamo state sottoposte. La mia bella camicia di Guess adesso aveva due enormi aloni di sudore sotto le ascelle ma ne era valsa la pena: l'importante era il risultato, nient'altro che il risultato.

«Andreaaa?»

«Sì, Miranda?»

«Andreaaa, non capisco la ragione di tanto trambusto. Il numero di cellulare del signor Lagerfeld ce l'ho qui davanti. Me lo ha dato lui stesso cinque minuti fa, ma poi è caduta la linea e sembra che io non riesca a fare il numero correttamente» disse, come se tale malaugurata circostanza fosse da imputarsi a tutto tranne che a lei.

«Oh, Miranda, vorresti dire che sapevi già che lui si trovava a quel numero?» parlavo a voce alta, in modo che Emily sentisse.

«Non mi sono spiegata? Mi serve che mi mettiate in contatto con lo 03.55.23.56.67.89. Immediatamente. È troppo difficile?»

Emily scuoteva la testa, incredula.

«No, Miranda, certo che no. Ti collego subito. Stai in linea.» Schiacciai il tasto per la comunicazione a tre, e la voce di un uomo di una certa età gridò «Allò?». Schiacciai di nuovo il tasto e annunciai: «Signor Lagerfeld, Miranda Priestly, siete in linea». Riagganciai e restammo sedute in silenzio per qualche minuto.

«Scusa, fammi capire. Aveva il numero, ma non sapeva come usarlo?»

«Forse semplicemente non ne aveva voglia» sibilai, sempre entusiasta quando si trattava di far comunella contro Miranda.

«Dovevo aspettarmelo» disse. «Fa sempre così, mi chiama perché la metta in contatto con gente che sta nel suo stesso albergo, o in quello vicino. Una volta pensavo che fosse il massimo della follia: chiamare da Parigi a New York per farsi mettere in linea con qualcuno che si trova a Parigi. Ormai mi sembra una cosa normale, ma non posso credere di essermi fatta cogliere impreparata.»

A quel punto volevo solo correre in mensa per il pranzo, ma naturalmente il telefono suonò di nuovo. Decisi di prenderla sportivamente e risposi io.

«Ufficio di Miranda Priestly.»

«Emily! Sono in piedi sotto la pioggia battente in rue

de Rivoli e l'autista è sparito. Spa-ri-to! Mi capisci? Scomparso! Trovamelo subito!»

«Solo un minuto, Miranda. Ho qui il numero.» Mi girai per cercare sulla scrivania il programma che vi avevo posato un momento prima, ma non vidi altro che scartoffie, vecchi Bollettini e pile di numeri arretrati del giornale. Erano solo tre secondi che Miranda aspettava al telefono, ma mi sentivo già come se fossi lì in piedi davanti a lei, a guardare la pioggia che scrosciava sulla pelliccia di Fendi e il trucco che le si scioglieva, colando in piccoli rivoli neri sulla sua faccia.

«Andreaaa! Le mie scarpe sono rovinate, da buttare. Mi senti? Mi stai ascoltando? Trova l'autista, subito!»

Ero tesa come una corda di violino. Non sapevo se ridere o piangere. Emily doveva aver capito la situazione, perché saltò su dalla sedia e mi porse la sua copia del programma. Aveva evidenziato i tre numeri dell'autista: della macchina, del cellulare, di casa.

«Miranda, devo metterti in attesa un istante.» Chiamai Parigi. Per fortuna l'autista rispose al primo squillo; purtroppo, però, non parlava inglese. Disperata, picchiai la testa contro la scrivania. Alla terza testata, Emily prese la linea dal suo telefono.

Insultò l'autista quanto bastava per farlo filare dritto al punto dove aveva lasciato Miranda tre o quattro minuti prima. Tirammo tutte e due un sospiro di sollievo. Mi era passata la fame, un fenomeno tipico che cominciava a preoccuparmi. Che l'anoressia di «Runway» fosse contagiosa? O era l'adrenalina a cancellarmi l'appetito? Mi ripromisi di rimandare la questione a un altro momento, perché nel frattempo James era comparso sulla soglia.

«Signore, signore, signore! Su quelle teste, raddriz-

zate le spalle! Pensate un po' se Miranda potesse veder-
vi adesso. Non sarebbe molto contenta di voi!» ci prese
in giro. I suoi capelli trasudavano una specie di brillan-
tina marca "Bed Head", e sulla maglietta campeggiava
il numero 69.

«Su, lasciatemi indovinare. La mamma cattiva ha
perso un orecchino da qualche parte tra il Ritz e Alain
Ducasse e pretende che lo troviate, anche se lei è a Parigi e voi a New York?»

Sbuffai. «Pensi che saremmo ridotte così per una simile sciocchezza? Prova con qualcosa di più difficile.»

Emily scoppiò a ridere. «Davvero James, troppo facile. Sarei capace di trovare un orecchino in meno di
dieci minuti in qualunque città al mondo» disse, improvvisamente ispirata. «Potrebbe essere impegnativo
solo se Miranda dimenticasse di specificare in quale città l'ha perso. Ma scommetto che anche in quel caso riu-
scirei a trovarlo.»

James uscì dall'ufficio camminando all'indietro con
le mani alzate, come se qualcuno gli stesse puntando
contro un fucile. «Va bene, va bene, mi arrendo e vi auguro una buona giornata. Se non altro, siete ancora in
grado di riderci sopra. Ringraziamo dio per questo.
Beh, arrivederci.»

«NON COSÌ IN FRETTA, MAMMOLETTA!» gridò qualcuno,
in falsetto. «VOGLIO CHE TORNI INDIETRO E SPIEGHI ALLE RA-
GAZZE COSA PENSAVI QUANDO TI SEI MESSO QUELLO STRACCIO
STAMATTINA!» Nigel afferrò James per l'orecchio sinistro
e lo trascinò al nostro cospetto.

«Mollami, Nigel!» piagnucolò James, fingendosi in-
fastidito, benché fosse visibilmente eccitato per il fatto
che Nigel lo stava toccando. «Che c'è, non ti piace la
mia maglietta?»

«PIACERMI? QUESTO PATETICO SCHERZO DA MATRICOLE?!»

«Cos'ha che non va? È una maglietta da calcio in jersey, molto sexy.» Emily e io annuimmo, d'accordo con James. Magari non era esattamente di buon gusto, ma gli stava bene. Senza contare che non era così facile accettare consigli di moda da uno che, in quel preciso momento, indossava jeans zebrati, stivali pelosi e una maglia nera con un buco a forma di serratura sulla schiena, il tutto completato da un cappello di paglia e un tocco di eye-liner color carbone.

«PICCOLO, LA MODA NON SERVE A PUBBLICIZZARE LE TUE PREFERENZE SESSUALI. NO, NO! VUOI LASCIAR INTRAVVEDERE LA PELLE? VA BENE! VUOI METTERE IN MOSTRA LE CURVE? BENONE! MA NON CI SI VESTE PER DIRE AL MONDO LA POSIZIONE CHE PREFERISCI, AMICO. CAPITO?»

«Ma, Nigel!» James finse un'aria sconsolata, per mascherare il piacere di trovarsi al centro dell'attenzione.

«E NON CHIAMARMI NIGEL, TESORO. VAI DA JEFFY E DIGLI CHE TI HO MANDATO IO. FATTI DARE LA MAGLIA DI CALVIN KLEIN CHE ABBIAMO ORDINATO PER IL SERVIZIO A MIAMI. VACCI SUBITO, VIA SCIÒ. POI VEDI DI TORNARE QUI, VOGLIO VEDERE COME TI STA!»

James filò via come un coniglietto che ha appena avuto in premio una carota. Nigel si voltò verso di noi. «AVETE GIÀ STESO IL SUO ORDINE PER I VESTITI?» chiese.

«No» rispose Emily, con l'aria annoiata. «Ha detto che ci penserà al suo ritorno.»

«BENE, FATEMELO SAPERE IN TEMPO. NON VOGLIO PERDERMI IL GRANDE EVENTO!» si diresse al guardaroba, probabilmente per dare un'occhiata a James che si stava cambiando.

Negli ultimi mesi aveva già assistito a un round di ordini per il rinnovo stagionale del guardaroba di Miranda. Alle sfilate, il direttore girava, con il taccuino in mano, per prepararsi al ritorno negli States, quando avrebbe raccontato ai Vip della Grande Mela cosa avrebbero dovuto indossare la stagione successiva – e a mezza America, cosa avrebbe desiderato indossare – per mezzo dell'unica passerella che contasse veramente: quella di «Runway».

Un paio di settimane dopo essere rientrata dall'Europa, Miranda passava a Emily una lista di stilisti di cui voleva vedere i *Look Book*. Nigel era precettato per aiutarla a sfogliarli tutti e a selezionare il suo guardaroba personale. Il caporedattore degli Accessori era a disposizione per scegliere borse e scarpe, un redattore Moda si accertava che i vari pezzi formassero un insieme coerente, specialmente nel caso in cui l'ordine includesse qualcosa di grosso, tipo pellicce o abiti da sera. Quando le *maison* avevano inviato i capi ordinati, arrivava in redazione il sarto di Miranda per le prove, che duravano svariati giorni. Jeffy svuotava completamente il guardaroba, e nessuno poteva lavorare, perché Miranda e il suo sarto si chiudevano dentro per ore e ore. Una volta, durante il primo giro di prove, passando davanti al guardaroba, avevo sentito Nigel gridare: «Miranda Priestly! Togliti subito quello straccio! Ti fa sembrare una puttana da due soldi!». Mi ero fermata all'esterno, con l'orecchio schiacciato contro la porta – rischiando la vita e il licenziamento se per caso qualcuno mi avesse sorpresa – in attesa che lei lo sbranasse, ma tutto quel che avevo sentito era un quieto bisbiglìo di approvazione, e il fruscio del tessuto mentre Miranda si spogliava.

Quattro volte all'anno, puntuale come un orologio svizzero, Miranda sfogliava i *Look Book*, come se fossero i suoi cataloghi personali, scegliendo tailleur di Alexander McQueen e pantaloni di Balenciaga come se fossero T-shirt di Gap. Metteva un post-it sui pantaloni affusolati di Fendi, un altro sopra il tailleur-gonna di Chanel, un terzo con un grande "NO" sulla blusa di seta coordinata.

Ero stata a guardare mentre Emily faxava agli stilisti le scelte di Miranda, omettendo taglia e colore, visto che chiunque nell'ambiente sapeva benissimo quali inviare. Solo dopo che l'intero guardaroba era stato ordinato, spedito e consegnato nella sua camera da letto, naturalmente per mezzo di una limousine con autista, solo allora Miranda abbandonava i vestiti della stagione passata, e mucchi di Yves Saint-Laurent, Celine e Helmut Lang approdavano in redazione, stipati in una sfilza di borse. La maggior parte degli abiti smessi da Miranda era vecchia di quattro, massimo sei mesi, tutta roba indossata una volta o due o, nella maggioranza dei casi, non indossata per niente.

Ogni tanto mi capitava di trovarci in mezzo qualcosa di veramente esplosivo, che costava un capitale, allora lo tiravo fuori dalla borsa e lo imboscavo sotto la mia scrivania, per poi portarmelo a casa. Una visita al sito di eBay, e un salto a uno dei negozi dell'usato deluxe di Madison Avenue, ed ecco che a un tratto il mio stipendio non era più da fame.

Era un modo come un altro per arrotondare.

Miranda chiamò altre sei volte tra le sei e le nove di sera – ovvero da mezzanotte alle tre, ora francese – per farsi mettere in contatto con gente che era a Parigi. Accontentai tutte le sue richieste senza ulteriori incidenti, dopo di che radunai le mie cose e mi preparai a filare via prima che il telefono suonasse ancora. Fu solo nel momento in cui, esausta, infilavo il cappotto, che mi balenò davanti agli occhi il post-it che avevo attaccato al computer per non dimenticare quello che, ahimè, avevo puntualmente dimenticato: «*Chiamare A., 15.30*». La testa mi esplodeva e le lenti a contatto erano schegge di vetro.

Mi sedetti nell'ufficio ormai buio e silenzioso e presi il telefono. Il numero di casa suonò a vuoto. Riagganciai prima che scattasse la segreteria. Sul cellulare, invece, Alex rispose al primo squillo.

«Ciao» disse. Sapeva che ero io, aveva letto "Runway" sul display. «Com'è andata oggi?»

«Come al solito. Alex, io... mi spiace di non averti chiamato alle tre e mezza. È solo che qui è stata una tale follia, Miranda ha continuato a telefonare senza tregua e...»

«Ehi, non ci pensare, non è mica la fine del mondo. Senti, adesso non è un buon momento per me. Posso chiamarti domani?» Sembrava distratto, distante, come se parlasse dall'altro capo del mondo.

«Oh, ma certo. Volevo solo sapere se va tutto bene. Non hai voglia di accennarmi nulla? Mi hai fatto preoccupare, è forse successo qualcosa?»

Rimase in silenzio per un istante e poi disse: «Beh, non mi hai dato l'impressione di essere così preoccupata.» Non c'era sarcasmo nelle sue parole né disapprovazione.

Mi morsicai il labbro inferiore tanto da farlo sanguinare.

«Alex, non ho dimenticato di chiamarti» mentii spudoratamente. «È che non ho avuto nemmeno un secondo libero. Emily se n'è andata alle cinque lasciandomi sola con il telefono. Miranda non la smetteva di imperversare, e ogni volta che mi dicevo "Adesso chiamo Alex" lei spuntava sull'altra linea. Capisci, adesso?»

Alex non l'avrebbe bevuta, sapeva perfettamente che mi ero dimenticata, così come lo sapevo io. Non riuscivo a spiegarmi come mai nel momento esatto in cui entravo in ufficio, tutto ciò che non era strettamente correlato a Miranda e a «Runway» cessasse di esistere. «Runway» era l'unica cosa che non funzionava nella mia vita. Eppure, paradossalmente, l'unica che contava.

«Senti, Andy, adesso devo tornare da Joey. Ha due amichetti qui, e a quest'ora avranno già tirato giù la casa.»

«Joey? Sei a Larchmont? Oggi è mercoledì, di solito non ci vai il mercoledì. È tutto a posto?»

«Sì, sì, va tutto bene. Stasera mia madre è stata chiamata d'urgenza. Andy, adesso non posso proprio parlare. Ti ho chiesto di chiamarmi perché avevo una buona notizia.»

Presi il filo del telefono e me lo arrotolai così stretto intorno al medio e all'indice che cominciai a sentire le dita che pulsavano.

«Alex, non immagini quanto mi dispiace. Ti prego, ti prego, dimmi qual è la buona notizia.»

«Guarda, non è niente di eccezionale. È solo che ho organizzato tutto per la rimpatriata all'università.»

«Hai organizzato tutto? Davvero? Vuoi dire che ci andiamo?» L'avevo proposto la penultima volta che ci eravamo visti, in modo del tutto casuale. Ma Alex aveva capito quanto tenessi al raduno degli ex studenti, e aveva voluto farmi una sorpresa.

«Sì. Ho prenotato una stanza al Biltmore.»

«Al Biltmore? Stai scherzando? Hai preso una stanza al Biltmore? È incredibile!»

«Beh, hai sempre detto che ti sarebbe piaciuto provarlo, così ho deciso di accontentarti. Ho anche prenotato un tavolo per dieci per il brunch al Forno.»

«Non mi dire! Hai fatto tutto questo?»

«Certo. Sapevo che ne saresti stata felice, ecco perché non vedevo l'ora di dirtelo. Ma a quanto pare, sei troppo impegnata per darmi un colpo di telefono...»

«Alex, sono al settimo cielo. Non vedo l'ora che sia ottobre. Ci divertiremo come pazzi! Grazie!»

Parlammo ancora qualche minuto. Quando riagganciai, Alex non sembrava più arrabbiato, ma in compenso io non riuscivo quasi a muovermi. Lo sforzo fatto per convincerlo che non mi ero dimenticata di lui mi aveva risucchiato le ultime energie. Non ricordo di essere salita in taxi quella sera né di aver detto buona sera a John Fisher-Galliano nella lobby del mio palazzo. A parte la spossatezza, l'unica cosa che ricordo è il senso di sollievo che provai nel constatare che la porta della camera di Lily era chiusa, senza nemmeno un filo di luce sotto la porta. Pensai di ordinare una cena a domicilio, ma la sola idea di trovare un menu e fare l'ennesima telefonata fu sufficiente a farmi desistere.

Invece di mangiare, mi sedetti sul cemento ruvido del balcone e inalai con piacere il fumo di una sigaretta. A un certo punto, la porta della camera di Lily si aprì, e sentii i suoi passi strascicati nell'ingresso. Spensi subito la luce nella mia stanza e restai seduta lì al buio, in silenzio. Avevo parlato, parlato, parlato per quindici ore di seguito, e adesso il solo pensiero di aprire bocca ancora mi dava la nausea.

13

«Assumila» aveva decretato Miranda dopo aver fatto il colloquio ad Annabelle, la dodicesima ragazza che le avevo sottoposto. Annabelle era madrelingua francese, anzi, si esprimeva così male in inglese che per capirla mi ero dovuta far aiutare dalle gemelle. Si era laureata alla Sorbona, e aveva un corpo longilineo e meravigliosi capelli castani. Aveva stile, e non sembrava intimorita dai modi bruschi di Miranda. Il fatto che gliela avessi segnalata come una fra le candidate più interessanti era la prova che in qualche modo stavo cominciando a capire i suoi gusti.

Devo ammettere che ultimamente le cose erano andate meglio di quanto osassi sperare. Ero riuscita a portare a termine tutti gli ordini per il guardaroba come mi era stato chiesto. Me l'ero persino cavata a coordinare le prove con il suo sarto e la consegna dei capi presso la sua abitazione.

Durante l'assenza di Miranda l'organizzazione della festa di fidanzamento di suo cognato aveva fatto progressi. Stranamente, nessuno era stato colto da attacchi di panico, crisi d'ansia, o insonnia nervosa e tutto pareva pronto per l'imminente venerdì sera. Mentre Miranda era ancora in Europa, Chanel aveva consegnato un abito da sera rosso: un pezzo unico, lungo fino ai piedi e tempestato di vere perle. L'avevo immediatamente spedito in tintoria per una rinfrescata. Un mese prima avevo visto un abito di Chanel simile a quello, su una pagina di «W», il mensile specializzato dedicato al popolo della moda. Lo avevo mostrato a Emily, che aveva annuito con aria grave.

«Già! Quarantamila dollari». Aveva cliccato per selezionare un paio di pantaloni neri su www.style.com, dove passava ore a caccia di nuove idee per il viaggio in Europa con Miranda.

«Quarantamila dollari per cosa?»

«Il suo vestito. Quello rosso di Chanel. Costa quarantamila dollari, in negozio. Certo, Miranda non paga il prezzo pieno, ma ti garantisco che non gliel'hanno regalato. Non è una pazzia?»

«Quarantamila dollari?» Ero allibita. Quarantamila verdoni, uguale: due anni in un'università privata di medio livello, un acconto per l'acquisto di un appartamento, lo stipendio annuale dell'impiegato americano medio che ci manteneva moglie e figli. Quarantamila verdoni per un vestito? A quel punto pensavo di averle viste proprie tutte, almeno fino a quando l'abito non era tornato dalla lavanderia accompagnato da una busta con su scritto *Per la signora Miranda Priestly*: dentro c'era una fattura vergata a mano su un cartoncino color crema.

«Capo di vestiario: *abito da sera*. Stilista: *Chanel*. Lunghezza: *caviglie*. Colore: *rosso*. Taglia: *38*. Decrizione: *perle cucite a mano, senza maniche, scollo rotondo, cerniera lampo laterale invisibile, fodera di seta pesante.*

Tipo di servizio effettuato: *prima pulitura*. Totale da pagare: *$ 670*.»

Accanto alla fattura c'era un biglietto della proprietaria, che sicuramente si pagava l'affitto di casa con quel che la Elias-Clark sborsava per il servizio di pulitura a secco richiesto da Miranda.

«Felici di aver lavorato sul suo stupendo abito da sera, speriamo che lo indossi con piacere per il party al Metropolitan Museum. Come da accordi, ritireremo l'abito lunedì 24 maggio per la pulitura successiva al party. La preghiamo di farci sapere se desidera altri servizi.

Coi nostri migliori auguri.

Colette.»

Era solo giovedì, e Miranda aveva un vestito nuovo di zecca, rinfrescato e appeso con cura nell'armadio. Emily aveva già trovato i sandali argento di Jimmy Choo che Miranda intendeva abbinarci. Il parrucchiere sarebbe andato a casa sua alle cinque e mezza di venerdì pomeriggio, il truccatore alle cinque e quarantacinque, e Uri aveva l'ordine di andare a prendere Miranda e il signor Tomlinson alle sei e un quarto in punto per portarli al Metropolitan.

Miranda era fuori ufficio per il saggio di ginnastica di Cassidy, e io speravo di potermela svignare presto per fare una sorpresa a Lily. Aveva appena superato l'ultimo esame dell'anno, e volevo portarla fuori a festeggiare.

«Emily, pensi che potrei staccare verso le sei e mezza, sette? Oggi Miranda non ha bisogno del Book, perché non sono state fatte modifiche» chiesi.

«Ehm, certo. Io comunque sto per andare.» Controllò l'ora sul monitor del computer. Erano passate da poco le cinque. «Un altro paio d'ore e poi vai pure. Questa sera Miranda sta con le gemelle, perciò non credo che telefonerà.» Emily doveva incontrare il tipo che aveva conosciuto a Los Angeles a Capodanno. Era venuto a New York e, sorpresa, l'aveva chiamata. Andavano al bar di Craft per bere qualcosa e poi, se il ragazzo si fosse comportato da essere umano, Emily l'avrebbe portato da Nobu. Aveva prenotato cinque settimane prima, non appena lui le aveva mandato una mail. Emily aveva dovuto usare il nome di Miranda, per ottenere un tavolo.

«Ma cosa succederà quando arriverai lì e vedranno che non sei Miranda Priestly?» chiesi ingenuamente.

Come al solito, Em rovesciò gli occhi e fece un sospiro profondo. «Ragazza, cosa devo fare con te? Dunque, apri bene le orecchie e impara. Semplicemente che Miranda è stata trattenuta fuori città, quindi mostrerò il biglietto da visita, e dirò che ha lasciato a me il tavolo. Tutto chiaro?»

Miranda chiamò solo una volta dopo che Emily se n'era andata, per dirmi che l'indomani sarebbe arrivata in ufficio verso mezzogiorno, e che voleva trovare sulla scrivania una copia della recensione di un ristorante che aveva letto "oggi sul giornale". Ebbi l'inutile presenza di spirito di chiederle se per caso ricordasse il nome del ristorante o il giornale su cui l'aveva letta ma la mia domanda scatenò la solita reazione.

«Andreaaa, sono già in ritardo per l'incontro. Non mi seccare. Era un ristorante di cucina Asian fusion, ed era sul giornale di oggi. È tutto.» Aveva chiuso la comunicazione facendo scattare il cellulare con violenza. "Dio mio," pensai, "prima o poi ci lascerà un dito dentro quel maledetto telefono!"

Scrissi un rapido promemoria per l'indomani mattina, poi mi precipitai giù e saltai in macchina.

Chiamai Lily sul cellulare. Rispose mentre ero sotto casa e stavo per salire. Salutai con la mano John
Fisher-Galliano.

«Ehi, come va? Sono io.»

«Ciaooooo» esclamò frizzante. Erano mesi che non
la sentivo così felice. «Ho finito! Niente sessioni prima-
verili, nemmeno un piccolo insignificante progetto di
ricerca per la tesi del master, niente di niente. Non
ho più nulla da fare fino a metà luglio, ci credi?» Era
su di giri.

«Lo so, sono così contenta per te! Ti va di uscire per
festeggiare? Andiamo dove vuoi, paga "Runway"!»

«Davvero? Proprio dove voglio?»

«Dove vuoi tu. Sono qui sotto nella hall e c'è una
macchina che ci aspetta. Scendi subito, non sto nella
pelle!»

Strillò di gioia. «Fantastico! Devo assolutamente
parlarti di Mister Freud. È bellissimo! Mi metto i jeans
e sono da te.»

Si lanciò fuori dall'ascensore dopo nemmeno cinque
minuti. Il suo look era perfetto. Indossava jeans invecchiati e una blusa morbida bianca, stile country. Un
paio di flip-flop in cuoio e perline turchesi.

«Stai benissimo» dissi, mentre saltava sul sedile accanto a me. «Qual è il tuo segreto?»

«Mister Freud, ovviamente. È incredibile. Penso di
essermi innamorata. Per adesso, sta marciando dritto
sui nove-decimi.»

«Voglio sapere ogni dettaglio. Ma prima decidiamo
dove andare. Non ho prenotato, ma possiamo chiamare
ovunque a nome di Miranda. Dove vuoi tu.»

Si stava ritoccando il rossetto guardandosi nello specchietto retrovisore. «Sicura?»

«Sicura. Te l'ho già detto. Che ne dici di Chicama, fanno un mojito eccezionale» suggerii, sapendo che il modo migliore per proporre un ristorante a Lily era reclamizzare i suoi cocktail, non la cucina. «Oppure Meet, per il Cosmopolitan. O l'Hudson Hotel. Se invece vuoi bere del vino, allora potremmo provare...»

«Andy, possiamo andare al Benihana?» Sembrava imbarazzata.

«Benihana? Vuoi andare al Benihana? La catena di ristoranti gremiti di turisti e bambini, dove attori asiatici disoccupati cuociono quello che mangi direttamente al bancone? Quel Benihana?»

Fece di sì con la testa con tale entusiasmo, che chiamai il servizio informazioni per farmi dare l'indirizzo.

«No, no, ce l'ho qui. Cinquantaseiesima strada, tra la Quinta e la Sesta Avenue, sul lato nord» disse all'autista.

Era così eccitata che non si accorse nemmeno che la fissavo. Continuò a chiacchierare raccontandomi di Mister Freud. Si erano incontrati nel seminterrato della biblioteca. Lui era all'ultimo anno del dottorato di ricerca in psicologia: ventinove anni («Maturo, ma non troppo»), originario di Montreal («Ha un delizioso accento francese, per il resto è totalmente americanizzato») capelli lunghi («Niente codina») e la barba sfatta al punto giusto («sembra Antonio Banderas che non si rade da tre giorni»).

Al Benihana, Lily continuò a ridere e a chiacchierare tra un boccone e l'altro, giuliva come una ragazzina. Sembrava impossibile che potesse piacerle seriamente un ragazzo, eppure era quella l'unica spiegazione plausibile per la sua euforia. Era ancora più difficile crederle quando sosteneva che tra loro non era ancora successo niente. Quando le chiesi perché non l'avevo ancora visto per casa, lei sorrise orgogliosa: «Non l'ho ancora invitato. Ci andiamo piano».

Finita la cena, ci imbattemmo in Christian Collinsworth all'uscita del ristorante.

«Andrea. La dolce Andrea. Devo dire che mi sorprende vedere che sei una fan di Benihana... Cosa direbbe Miranda?» chiese, prendendomi in giro, e mi posò un braccio sulla spalla.

«Io... beh... bene... » Accidenti, mi si era inceppata la lingua e i pensieri mi rimbalzavano in testa come palline da ping-pong. "Christian sa che hai mangiato al Benihana! Anche Miranda lo verrà a sapere! Dio, è adorabile con quel bomber di pelle! Magari mi sente addosso l'odore di fritto! Non baciarlo sulla guancia! Bacialo sulla guancia!" «Bene, non è che, eh, che...»

«Stavamo proprio cercando di decidere dove andare» intervenne Lily, porgendo la mano a Christian: solo allora mi accorsi che non era accompagnato. «Eravamo così assorte che non ci siamo nemmeno rese conto di esserci fermate in mezzo alla strada! Ah, ah! Comunque, piacere, io sono Lily.» Christian le strinse la mano, quindi si scostò una ciocca di capelli dagli occhi, proprio come aveva fatto più volte alla festa. Ancora una volta ebbi la netta sensazione che avrei potuto restare in trance per ore, forse giorni, a guardarlo compiere quel semplice gesto.

Fissai Lily e Christian, pensando che prima o poi dovevo decidermi a dire qualcosa, ma sembrava che i due se la cavassero benissimo da soli.

«Lily» Christian sussurrò. «Lily. Bellissimo nome.

Quasi come Andrea.» Lily sorrideva radiosa. Stava sicuramente pensando che quel tipo non era soltanto maledettamente attraente, ma anche sexy e affascinante. Già sentivo gli ingranaggi del suo cervellino che giravano, soppesando il mio interesse per lui. Lily adorava Alex, del resto era impossibile non adorarlo, ma rifiutava di capire come facessero due persone della nostra età a passare tanto tempo insieme; o almeno, così sosteneva, anche se io sapevo benissimo che era la faccenda della monogamia a spaventarla. Se c'era anche solo un barlume di possibilità che nascesse una storia tra me e Christian, Lily avrebbe sicuramente soffiato sul fuoco.

«Piacere di conoscerti, Lily. Io sono Christian. Un amico di Andrea» sorrise.

«Dunque, Christian, come ti dicevo, abbiamo appena cenato al Town, e adesso vorremmo trovare un posticino dove andare a bere qualcosa. Hai qualche suggerimento?»

Il Town! Era uno dei ristoranti più fichi e più cari di tutta New York. Miranda ci andava spesso. Jessica, la maniaca dello smalto per unghie, lo frequentava insieme al suo fidanzato. Emily ne parlava come di un'ossessione. Ma Lily? Come faceva Lily a sapere dell'esistenza di un ristorante chiamato Town?

«Curioso» disse Christian, che a quanto pareva si era bevuto la storia. «Ho appena cenato lì insieme al mio agente. È strano che non vi abbia viste...»

«Eravamo in fondo, nascoste dietro il bar» ebbi la prontezza di dire, risvegliandomi dalla catalessi. Meno male che avevo fatto attenzione quando Emily mi aveva mostrato la foto del bar del Town su www.citysearch.com, mentre cercava di decidere se fosse il posto adatto per portarci il tipo di Los Angeles.

«Hum.» Annuì. L'aria un po' distratta lo rendeva ancora più attraente. «Così, ragazze, state andando a bere qualcosa?»

«Proprio così. Allora, c'è qualche posto che ti piace, qui intorno?»

«Beh, Midtown non è esattamente il quartiere migliore per un drink dopo cena, ma io ho appuntamento con il mio agente da "Au bar". È andato a prendere dei documenti in ufficio, ma dovrebbe sbrigarsela in fretta. Andy, conoscerlo potrebbe farti comodo: chissà mai che un giorno non ti serva un agente. Allora, tutti da Au bar?»

Lily mi rivolse uno sguardo incoraggiante, come a dire: "È bello, Andy! Bello! Non so chi diavolo sia, ma ti vuole, perciò datti una regolata e digli quanto ti piace Au bar!"

«Au bar è perfetto» dissi, con sufficiente convinzione, anche se non ci ero mai stata.

Lily sorrise, Christian sorrise, io sorrisi. Aggiudicato: saremmo andati al Au bar.

Era incredibile. Christian Collinsworth e io a bere qualcosa insieme. *Alex, Alex, Alex*. Continuavo a scandire mentalmente il nome del mio fidanzato, per ricordarmi che stavo con un ragazzo che mi amava, e intanto mi sgridavo, delusa per il fatto che dovessi sforzarmi di ricordare che avevo un fidanzato che mi amava.

Anche se era un giovedì sera qualunque, c'era un esercito di buttafuori. Ci lasciarono passare senza problemi, ma non si sognarono di offrirci uno sconto o un ingresso gratuito: venti dollari a testa solo per entrare.

Prima che potessi porgere i quaranta dollari per me e per Lily, Christian estrasse tre biglietti da venti da un grosso rotolo che aveva in tasca, e li porse alla cassiera.

Provai a protestare, ma mi posò due dita sulle labbra per zittirmi. «Piccola Andy, non devi preoccuparti.» E con l'altra mano mi afferrò la nuca. Da qualche parte negli anfratti del mio cervello ormai fuso, qualche lenta sinapsi mi avvisò che stava per baciarmi. Lo sapevo, lo sentivo, ma non riuscivo a muovermi. Scambiò quel mezzo secondo di esitazione per un permesso, si sporse verso di me e mi sfiorò il collo con la punta della lingua. Velocissimo, delicato come un soffio. Poi mi prese per mano e mi guidò all'interno.

«Christian, aspetta! C'è, ehm, c'è qualcosa che devo dirti» cominciai. Ero impacciata, come potevo evitare che lui si facesse l'idea sbagliata? A quanto pareva, per Christian non era necessaria alcuna spiegazione, perché nel frattempo mi aveva condotta a un divanetto in un angolo buio e mi aveva messa a sedere.

«Vado a prendere qualcosa da bere, okay? Non ti preoccupare. Non mordo» rise, mentre io arrossivo come una scolaretta. «E se anche dovessi mordere, ti prometto che ti piacerà.» Si voltò e andò al bar.

Nell'attesa che tornasse, scandagliai il locale alla ricerca di Lily. Eravamo lì da tre minuti scarsi, e lei stava già facendo gli occhi dolci a un ragazzone che, dovevo ammettere, emanava un certo magnetismo animale. Sembrava che Lily pendesse dalle sue labbra. Mi feci strada in quella babele di irriducibili sbevazzatori. Passai davanti a un gruppo di uomini sulla trentina che gridavano in giapponese, due donne che battevano le mani e parlavano appassionatamente in arabo, una giovane coppia dall'aria infelice che si insultava in spagnolo o portoghese. Il tipo insieme a Lily le aveva già posato una mano sulla schiena, e la guardava come un pitone guarda un coniglio. Non c'era tempo per i convenevoli. Christian Collinsworth mi aveva appena massaggiato il collo con la lingua. Ignorai il pitone, presi Lily per mano e la trascinai verso il divanetto.

«Andy! Piantala!» sibilò, liberando il braccio con uno strattone, senza smettere di sorridere al tipo. «Voglio presentarti qualcuno. William, questa è la mia migliore amica, Andrea. Andy, questo è William.» Ci stringemmo la mano.

«Allora, Andrea, posso chiederti perché vuoi rubarmi Lily?» chiese William, con una bella voce profonda da principe delle tenebre.

«William, scusa, non è niente di personale. È che ho un problemino e vorrei parlare con Lily in privato. Te la riporto subito.» E con questo, la presi sottobraccio e la condussi al divanetto dove Christian mi aveva parcheggiata. Controllai che fosse sempre impegnato a cercare di catturare l'attenzione del barman e presi fiato.

«Christian mi ha baciata.»

«E allora, dov'è il problema? Bacia male? È così, vero? Se bacia male la prima volta è un vero guaio!»

«Lily! Che differenza vuoi che faccia se bacia bene o male?»

Inarcò le sopracciglia e fece per aprire bocca, ma io continuai.

«Mi ha baciata sul collo. E Alex? Non sono esattamente il tipo che va in giro a baciare gli estranei, lo sai.»

«Di regola, nemmeno io perdo tempo a baciarli» mormorò. Poi riprese a voce più alta. «Andy, non essere ridicola. Tu ami Alex e lui ti ama, ma cosa c'è di male se hai voglia di baciare un altro, una volta ogni tanto? Hai ventitré anni, Cristo. Datti un po' di tregua!»

«Ma non sono io che l'ho baciato... è lui che ha baciato me!»

«Prima di tutto, chiariamo una cosa. Ti ricordi quando Monica ha fatto quella cosa a Bill e tutta la nazione, compresi i tuoi genitori e Ken Starr, hanno detto che equivaleva a far sesso? Beh, quello non era sesso. È più o meno la stessa cosa quando qualcuno che probabilmente intendeva baciarti sulla guancia finisce per baciarti sul collo: non ti ha "baciata".»

«Ma... »

«Chiudi il becco e lasciami finire. La cosa che conta non è quello che è successo, ma ciò che tu volevi che accadesse. Ammettilo, Andy. Tu volevi baciare Christian, e chi se ne frega se è "sbagliato" o "contro le regole". E se non lo ammetti, stai solo cercando di ingannare te stessa.»

«Lily, seriamente, penso che non sia giusto...»

«Ti conosco da nove anni, Andy. So capire quando sei attratta da qualcuno. Buttati, Andy, goditela. Se Alex è quello giusto per te, tra voi non cambierà nulla. E adesso, scusa, ma devo proprio andare, perché ho trovato quello giusto per me... almeno per stasera.»

Saltò in piedi e tornò da William, che si mostrò molto lieto di rivederla.

Rimasi seduta sul divano di velluto, sola, e mi guardai in giro in cerca di Christian, che però non era più al bar.

Dovevo smetterla di preoccuparmi, mi dissi. Forse aveva ragione Lily, Christian mi piaceva: cosa c'era di male, in questo? Era in gamba, innegabilmente attraente, e terribilmente sexy. Passare del tempo con lui non significava tradire Alex. Certo che no, quindi mi alzai e feci il giro della sala.

Lo trovai. Stava parlando con un tizio sulla cinquantina, che indossava un vestito con il panciotto. L'uomo mi fissò e sorrise. Christian si girò un poco, seguendo il suo sguardo, e mi vide.

«Andy, tesoro» disse, senza traccia del tono allusivo di poco prima. «Vieni, voglio presentarti un amico. Questo è Gabriel Brooks, il mio agente, il mio manager, e il mio eroe. Gabriel, questa è Andrea Sachs, attualmente della redazione di "Runway".»

«Incantato» disse Gabriel, allungando una mano molliccia e sudata verso la mia. «Christian mi ha parlato tanto di te.»

«Davvero?» chiesi, sottraendomi immediatamente a quella flaccida stretta. «In bene, spero.»

«Certo. Mi ha detto che sei un'aspirante scrittrice, come il nostro comune amico qui.» Sorrise.

Rimasi sorpresa nel sentire che Christian gli aveva parlato di me, visto che gli avevo accennato della mia passione per la scrittura solo di sfuggita. «Sì, mi piace scrivere, perciò spero, chissà, un giorno...»

«Bene, se sei brava anche solo la metà di quello che Christian dice, allora non vedo l'ora di leggere qualcosa di tuo.» Dal taschino interno della giacca tirò fuori un astuccio di pelle, lo aprì, prese un biglietto da visita e me lo porse. «Quando deciderai di far leggere i tuoi manoscritti a qualcuno, spero che ti ricorderai di me.»

«Grazie tante» feci, con voce stridula dall'emozione, infilando il biglietto in borsa. Mi sorrisero entrambi, e mi resi conto che era ora di andarmene. «Bene, signor Brooks, ehm, Gabriel, mi ha fatto molto piacere conoscerla. Ora devo proprio rientrare, ma spero che le nostre strade si incroceranno ancora.»

«Il piacere è tutto mio, Andrea. E salutami Miranda Priestly. Appena uscita dall'università e già lavori per "Runway". È impressionante!»

«Ti accompagno fuori» disse Christian, facendo cenno a Gabriel di non muoversi.

Ci fermammo al bar, dove informai Lily che ero pronta a tornare a casa, naturalmente senza di lei. Fuori del locale, Christian mi baciò su una guancia.

«È stato grandioso incontrarti stasera. E ho la sensazione che tu abbia fatto colpo su Gabriel.» Sorrise.

«Ma se abbiamo scambiato appena due parole!» esclamai.

«Gabriel non ha bisogno di sapere molto sul tuo conto per conoscere il tuo potenziale: sei abbastanza brava da essere stata assunta a "Runway" e poi, accidenti, sei una mia amica. Non ha niente da perdere, a darti il suo biglietto da visita. E credimi, Gabriel Brooks può fare molto per te.»

«Non ne dubito. Grazie di tutto.» Mi sporsi in avanti per restituirgli il bacio sulla guancia. Mi aspettavo che si sarebbe girato quel poco che bastava a far sì che le mie labbra incontrassero le sue, ma si limitò a sorridere.

«Buona notte.» E prima che avessi il tempo di aggiungere qualcosa, era già tornato all'interno.

Perplessa alzai un braccio per fermare un taxi. Piovigginava, e come al solito in questi casi non si trovava un taxi libero in tutta Manhattan. Chiamai il servizio di auto private della Elias-Clark, diedi il numero della mia Vip card, e nel giro di pochi minuti un'auto si fermò stridendo a pochi passi da me. Alex mi aveva lasciato un messaggio sulla segreteria del cellulare, per sapere com'era andata la giornata in ufficio, e annunciando che sarebbe restato a casa tutta la sera, perché doveva scrivere i programmi delle lezioni. Erano mesi che non gli facevo una sorpresa. L'autista accettò di aspettare sotto casa per qualche minuto. Corsi su, feci una doccia al volo, mi pettinai, misi insieme una borsa con il necessario per andare a lavorare l'indomani. Erano già le undici e il traffico era scorrevole, per cui arrivammo a casa di Alex a Brooklyn nel giro di un quarto d'ora. Alex restò a bocca aperta quando mi vide sulla porta. Era felice.

Trascorsi il resto della serata con la testa appoggiata sul suo petto, guardando Conan alla tivù e ascoltando il ritmo del suo respiro mentre giocava coi miei capelli. Chi ci pensava più, a Christian.

«Ehm, buongiorno. Potrei parlare con il caporedattore dell'inserto gastronomico, per favore? No? Va bene, magari con un assistente, o con qualcuno che possa dirmi quando è stata pubblicata la recensione di un ristorante.» La centralinista del «New York Times» non sembrava particolarmente simpatica. Aveva risposto al telefono con un grugnito, e al momento faceva finta di non capire la mia banale richiesta. Ma non mi persi d'animo e alla fine la mia tenacia fu premiata. Si stancò di me, e mi passò un interno.

«Redazione» disse un'altra voce di donna, non meno seccata della prima.

«Buongiorno, ho una domanda. Ieri avete pubblicato la recensione di un ristorante che fa cucina Asian fusion?»

«Ha guardato sul sito?» mi rispose con un sospiro. «Perché, guardi, se dovessi dar retta alle migliaia di persone che in base a vaghe descrizioni mi telefonano per chiedermi di recuperare un articolo, impazzirei. Deve guardare sul sito, ecco tutto.» Sospirò ancora.

«No, no, mi ascolti solo un minuto» dissi, pronta al

contrattacco. «Chiamo dall'ufficio di Miranda Priestly, e il caso vuole che... »

«Mi scusi, ha detto che sta chiamando dall'ufficio di Miranda Priestly?» chiese. «Miranda Priestly... quella di "Runway"?»

«L'unica e sola. Perché? Ne ha sentito parlare?»

In un lampo, la trasformazione. «Se ne ho sentito parlare? Ma certo! Perché, c'è qualcuno che non ha mai sentito parlare di Miranda Priestly? È, come dire, il massimo nel mondo della moda. Cosa posso fare per Miranda?»

«Cercare una recensione. Pubblicata sul giornale di ieri. Un ristorante Asian fusion. Non l'ho trovata sul sito. Eppure sono certa di aver cercato bene.» Mentii. In realtà avevo buttato un'occhiata veloce, perché ero quasi sicura che non ci fosse alcuna recensione di alcun ristorante Asian fusion, né il giorno prima, né tutta la settimana precedente.

Per il momento, avevo chiamato il «New York Times» e il «Daily News», senza successo. Avevo digitato la log-in di Miranda per accedere all'archivio a pagamento del «Wall Street Journal» e avevo scovato due righe su un nuovo ristorante Thai al Village, ma l'avevo scartato dopo aver notato che il prezzo medio era di sette dollari, e che www.citysearch.com lo classificava tra i ristoranti di fascia più bassa.

«Bene, certo, stia in linea un secondo.» Ecco che all'improvviso Miss Sospiro digitava tutta euforica sulla tastiera, cantarellando a labbra socchiuse.

Avevo ancora mal di testa dalla notte prima. Nonostante fossi rimasta a dormire da Alex, per la prima volta da molti mesi, non ero riuscita a prendere sonno. Ripensavo senza sosta a quanto era accaduto quella sera con Christian, al bacio sul collo, e al fatto che non ne avevo fatto parola ad Alex. Mi sentivo in colpa e il senso di colpa mi impediva di dormire. Insomma un vero supplizio. Quando finalmente ero riuscita ad addormentarmi, avevo sognato che Alex era stato assunto come baby-sitter delle gemelle e che si era trasferito a casa di Miranda. Ogni volta che volevo vederlo, ero costretta a vedere anche lei. Miranda continuava a chiamarmi Emily, e mi spediva a fare le commissioni più strane, anche se ripetevo che ero venuta a trovare il mio fidanzato. Poco prima dell'alba, Alex era caduto sotto l'incantesimo di Miranda, e peggio, Miranda aveva cominciato a uscire con Christian. Mi ero svegliata di colpo in mezzo alla scena in cui Miranda, Christian e Alex sedevano tutti insieme, avvolti in accappatoi firmati, mentre io preparavo e servivo la colazione. La notte era stata un inferno e adesso la storia della recensione stava facendo naufragare qualunque speranza che il mio venerdì filasse via liscio.

«No, di recente non abbiamo pubblicato niente sull'Asian fusion. Sto cercando di ricordare se ci siano nuovi locali Asian fusion di grido. Posti dove Miranda potrebbe cenare» disse. Sembrava pronta a tutto, pur di prolungare la conversazione.

Ma era arrivato il momento di salutarla. «Okay, va bene, è proprio come pensavo. Grazie lo stesso, comunque. Arrivederci.»

«Aspetti!» gridò, quando ormai avevo quasi appoggiato il ricevitore. Lo alzai di nuovo. «Sì?»

«Oh, bene, ecco, volevo soltanto che sapesse che se c'è, ecco, qualsiasi altra cosa che io posso fare – o che chiunque di noi possa fare – ci chiami senza problemi. Sa, qui siamo tutti fan di Miranda.»

La parte più triste dell'intera faccenda era che non ero nemmeno sorpresa.

«Va bene, riferirò. Grazie molte.»

Emily alzò lo sguardo dal solito mucchio di conti e chiese: «Ancora niente?».

«No. Ho parlato con tutti i quotidiani di Manhattan, ho controllato on line, ho interrogato archivisti, critici gastronomici, chef. Non c'è una sola persona in questa città in grado di citare un posto Asian fusion che abbia aperto la settimana scorsa, tanto meno uno che sia stato recensito nelle ultime ventiquattr'ore. Miranda si è chiaramente bevuta il cervello. E adesso?» Mi lasciai andare sulla sedia. Non erano ancora le nove del mattino, e il mal di testa non mi dava tregua.

«Credo,» disse Emily, con rammarico «che tu non abbia altra scelta che chiederle delucidazioni.»

«Oh, no! Questo no! Ho troppa paura della sua reazione!»

Come al solito, Emily non apprezzò il mio sarcasmo, anzi, non lo notò neppure. «Sarà qui a mezzogiorno. Al posto tuo, mi preparerei in anticipo un discorso di scuse, perché non sarà contenta quando saprà che hai fallito.»

Non avevo alternative. Miranda era impegnata nella maxi-seduta mensile con il suo psicanalista e sapevamo perfettamente che non avrebbe chiamato neppure se avesse saputo che l'ufficio era in preda alle fiamme. Mancavano tre ore abbondanti al suo rientro: non potevo certo restare con le mani in mano per tutto quel tempo. Così decisi di chiamare la tintoria.

«Buongiorno Mario. Sono io. Può mandare un ritiro, per favore? Benone. Grazie.» Riagganciai e, arricciando il naso, mi chinai sotto la scrivania a rovistare nella pila della roba sporca. Dovevo leggere le etichette, classificare e registrare ogni vestito sull'elenco computerizzato degli abiti in uscita.

Quando capitava che Miranda chiamasse la mattina e chiedesse nervosa dov'era il suo tailleur Chanel nuovo, era sufficiente che aprissi il file e le dicessi che il capo in questione era andato in lavanderia il giorno prima e sarebbe stato riconsegnato l'indomani. Inserii i dati dei vestiti del giorno: una blusa di Missoni, due paia di pantaloni identici di Alberta Ferretti, due maglie di Jill Sander, due foulard bianchi di Hermès, un trench di Burberry. Li buttai dentro una busta da shopping con il logo di «Runway» e chiamai un fattorino perché li portasse giù nella lobby.

Era proprio la mia giornata fortunata! La tintoria era uno dei compiti più odiosi. Dopo mesi, provavo ancora repulsione a maneggiare gli abiti sporchi di Miranda. Il suo odore persistente entrava dappertutto. Era un misto di profumo e latte per il corpo di Bulgari e qualche traccia delle sigarette fumate da Sor-Ci – in effetti non era un odore sgradevole – ma mi faceva stare male fisicamente. L'accento inglese, il profumo di Bulgari, i foulard di seta bianca: piccoli piaceri della vita che ormai consideravo persi per sempre.

La posta, come al solito, per un buon novantanove per cento era da cestinare. Lettere che Miranda non avrebbe mai letto. Tutte le buste intestate "al direttore" finivano direttamente ai redattori che curavano la pagina delle lettere. Molti lettori però si erano fatti furbi e spedivano la corrispondenza direttamente a Miranda. Tonnellate e tonnellate di lettere. Per lo più sfoghi ansiosi di teen-ager in crisi, richieste di consigli da parte di casalinghe frustrate, e deliri gay: «*Miranda Priestly, tu sei la Regina del mio mondo!*» sviolinava una. Un'altra tuonava contro una pubblicità di Gucci troppo esplicita, con due donne in tacchi a spillo e giarrettiera, avvinghiate l'una all'altra su un letto disfatto; altre ancora criticavano gli occhi scavati, l'aria da eroinomani denutrite delle modelle apparse su «Runway» nell'articolo "Obiettivo salute". C'era una cartolina indirizzata a Miranda Priestly con una scrittura fiorita, che diceva solo: «*Perché? Perché stampate un giornale così stupido e noioso?*». Scoppiai a ridere forte e infilai la cartolina in borsa: la mia collezione di lettere e cartoline al vetriolo aveva raggiunto dimensioni notevoli, presto non ci sarebbe più stato spazio disponibile sul frigorifero, per poterle incollare.

L'ultima lettera aveva l'indirizzo scritto nella calligrafia rotonda da adolescente, con tanto di puntini a cuore sulle i e faccine sorridenti dopo i pensieri positivi. Pensavo di darle una scorsa veloce, ma il tono mi colpì, costringendomi a leggerla da cima a fondo.

Cara Miranda,
mi chiamo Anita, ho diciassette anni, e frequento il penultimo anno all'istituto superiore Barringer a Newark, nel New Jersey. Mi vergogno tanto del mio corpo, anche se tutti mi dicono che non sono grassa. Vorrei essere come le modelle del vostro giornale. Sono abbonata, e tutti i mesi non aspetto altro che il postino recapiti «Runway» nella cassetta. La mamma dice che è stupido spendere tutta la paghetta per una rivista di moda. Lei non capisce il mio sogno, ma voi lì lo capite, vero? Ho sempre desiderato diventare modella, sin da quand'ero bambina, ma non penso che accadrà mai. Perché?, mi chiederà lei. Perché ho il seno piatto e il sedere molto più grande di quel-

lo delle vostre modelle, e questo mi crea parecchi problemi. Mi chiedo se è così che voglio vivere la mia vita e rispondo: NO!!!, perché voglio cambiare. Voglio essere bella e stare bene con me stessa, e per questo le sto chiedendo di aiutarmi. Voglio guardarmi allo specchio e poter amare il mio seno e il mio sedere, perché finalmente sono diventati come quelli fotografati sulla miglior rivista della terra!!!

Miranda, so che lei è una persona meravigliosa e un fantastico direttore, e potrebbe trasformarmi in una persona nuova, e mi creda, gliene sarei grata per sempre. Ma se non può farmi diventare una persona nuova, forse potrebbe spedirmi un vestito bellissimo taglia 40 per un'occasione speciale. E magari anche un paio di scarpe col tacco numero 39. Non ho ancora il ragazzo, ma la mamma dice che non c'è problema se esco con le mie amiche, e perciò faccio così. Ho un vecchio vestito, ma non è disegnato da uno stilista, e non somiglia per niente a quelli che vedo su «Runway». I miei stilisti preferiti sono:
1° Prada
2° Versace
3° John Paul Gotier.
Adesso la smetto di disturbarla, ma voglio che lei sappia che anche se dovesse gettare questa lettera nella spazzatura, resterò sempre una grande fan della sua rivista, perché adoro le modelle, i vestiti e tutto quanto, e naturalmente adoro anche lei.

    Con affetto sincero   Anita Alvarez

P.S. Il mio numero di telefono è 973-555-3948. Mi può scrivere o telefonare, ma per favore lo faccia prima della settimana del 4 luglio, perché ho davvero bisogno di un bel vestito per allora. Le voglio bene! Grazie!

La lettera sapeva di Jean Naté, uno di quei profumi sintetici che piacciono alle ragazzine. Ma era qualcos'altro a farmi stringere il cuore. Quante Anite c'erano, nel mondo là fuori? Quante ragazze veneravano la donna che metteva insieme «Runway» ogni mese, l'orchestratrice di una fantasia così seducente? Quante ragazze non sospettavano neppure lontanamente che l'oggetto della loro ammirazione fosse una donna sola, profondamente infelice, spesso crudele, che non meritava nemmeno un istante del loro sincero affetto, nemmeno un briciolo di quell'attenzione?

Mi veniva da piangere, per Anita e per tutte le sue amiche che sprecavano tanta energia sognando di somigliare a Shalom o a Stella o a Carmen, desiderando compiacere la donna che ogni giorno, con insofferenza, appallottolava e cestinava le loro lettere senza neppure aprirle. Decisi, quindi, di mettere la lettera nel cassetto sopra la scrivania e mi ripromisi di aiutare Anita. Ero sicura che, in mezzo alla montagna di capi ammassata nel guardaroba, sarei riuscita a trovarle un vestito decente.

«Senti, Emily, corro un attimo giù all'edicola a vedere se è arrivato "Women's Wear Daily". Vuoi che ti prenda qualcosa?»

«Una Diet Coke, per piacere.»

«Certo. Torno subito.» Volai all'edicola, afferrai una copia del giornale, una Diet Coke per Emily e una Pepsi per me, poi ci ripensai, e presi una Diet Coke anche per me.

Ero talmente presa a guardare la foto di apertura di «Women's», che per poco non mi accorsi che l'ascensore era al piano, a porte aperte. Con la coda dell'occhio, notai sullo sfondo qualcosa di verde. Miranda aveva un tailleur di Chanel proprio di quel colore. E nonostante sapessi già cosa avrei visto, guardai ugualmente dentro l'ascensore, da dove Miranda mi stava scrutando da qualche secondo. Era dritta, impettita; i capelli, raccolti in un'acconciatura severa, le lasciavano il volto scoperto, gli occhi fissavano lo sconcerto che dovevo aver dipinto in faccia. Non avevo alcuna alternativa. Dovevo salire in ascensore con lei.

«Buongiorno, Miranda» bisbigliai confusamente. Le porte si chiusero: noi due da sole, fino al diciassettesimo piano, un viaggio indimenticabile. Miranda non rispose al mio saluto, tirò fuori l'agenda di pelle e cominciò a scorrere le pagine.

"Che non mi abbia riconosciuta?" mi chiesi. Era possibile che avesse dimenticato che da sette mesi ero la sua assistente junior? Chissà perché non mi aveva chiesto subito se avevo trovato la recensione del ristorante, e se avevo ricevuto il suo messaggio e avevo già provveduto a ordinare tre nuovi servizi di porcellana, o se avevo ultimato i preparativi per la festa di quella sera. Si comportava come se non esistessi.

Passò quasi un minuto, un lunghissimo minuto, prima che mi accorgessi che eravamo ancora ferme al piano della lobby. Ommioddio! Dunque Miranda mi aveva vista, e aveva dato per scontato che dovessi essere io a schiacciare il pulsante, solo che io ero troppo confusa per fare il minimo gesto. Timorosa, mi sporsi in avanti lentamente, e schiacciai il diciassette. L'ascensore cominciò a risucchiarci all'insù. Non ero nemmeno sicura che Miranda si fosse accorta che non era partito subito.

Cinque, sei sette... mi sembrava che quell'affare si muovesse al rallentatore. Il silenzio mi rimbombava nelle orecchie. Quando trovai il coraggio di lanciare un'occhiata furtiva nella direzione di Miranda, scoprii che mi stava scrutando. Muoveva gli occhi sulle mie scarpe, sui pantaloni, sulla maglietta, sui capelli, con un'espressione di disapprovazione che non lasciava presagire nulla di buono.

Dodici, tredici, quattordici... l'ascensore si fermò, le porte si aprirono e una donna sui trentacinque anni fece per salire, ma si fermò di colpo vedendo Miranda.

«Oh, io, eh....» balbettò, cercando disperatamente una scusa per non entrare. E anche se per me sarebbe stato un sollievo averla a bordo, pregai che riuscisse a trovare una via di fuga. «Io, eh, oh! Ho dimenticato le foto per la riunione!» riuscì finalmente a dire, girando sui tacchi particolarmente malfermi di un paio di décolleté di Manolo Blahnick, e filando come il vento verso l'ufficio. Miranda non se ne accorse neppure. Le porte si richiusero e l'ascensore riprese la marcia.

Quindici, sedici e finalmente – finalmente! – diciassette. Le porte si aprirono su un gruppo di assistenti Moda in procinto di rifornirsi di sigarette e bibite ipocaloriche. Erano uno spettacolo. Una più impacciata dell'altra. Mancava poco che si calpestassero a vicenda per far largo a Miranda, che si degnò di passare in mezzo al gregge. Tutte la contemplarono in silenzio, mentre attraversava la reception.

A un tratto si girò. «Andreaaa?» chiamò.

«Sì, Miranda?»

«Di chi sono le tue scarpe?». Appoggiò una mano sul fianco, scrutandomi. L'ascensore era ripartito, ma le assistenti Moda, come tante oche, erano ancora lì, troppo occupate a osservare la scena e ad ascoltare Miranda Priestly in carne e ossa. Dodici occhi erano puntati sui miei piedi.

L'ansia del viaggio in ascensore mi aveva mandato in tilt, tanto che quando Miranda mi rivolse quella domanda a proposito delle scarpe, lì per lì pensai che volesse sapere se le avevo prese in prestito da qualcuno.

«Eh, le mie scarpe?» ripetei inebetita. Il gruppetto di Clarkiote cominciò a bisbigliare. Miranda dirottò la sua rabbia su di loro.

«Mi chiedo come mai la maggioranza delle mie assistenti non abbia niente di meglio da fare che spettegolare.» Cominciò a indicarle una a una, anche perché non sarebbe riuscita a ricordarsi i loro nomi nemmeno sotto tortura.

«Tu!» disse, rivolgendosi alla ragazza nuova, tutta gambe, che probabilmente vedeva per la prima volta. «Ti abbiamo assunta per questo, o per far consegnare i vestiti per il servizio sui tailleur?» La ragazza chinò la testa e fece per scusarsi, ma non ne ebbe il tempo, perché Miranda sbottò di nuovo.

«E tu!» fece due passi e si piazzò davanti a Jocelyn, quella di più alto rango tra le presenti, nonché la cocca di tutti i caporedattori. «Non credi che là fuori ci siano folle di ragazze che vorrebbero il tuo posto e che capiscono di moda quanto te?» Le fulminò con lo sguardo, indugiando quel tanto che bastava per farle sentire sciatte e inadeguate; dopo di che ordinò loro di tornare al lavoro. In un baleno il gruppo di oche si dileguò e a quel punto realizzai che eravamo di nuovo sole.

«Di chi sono le scarpe che indossi?» chiese di nuovo, questa volta con un tono che non ammetteva tentennamenti.

Controllai le mie scarpe nere aperte dietro. Come potevo confessare alla donna più chic dell'emisfero occidentale che le scarpe che avevo ai piedi erano di una marca sconosciuta, disegnate da uno stilista anonimo perché arrivavano direttamente dal centro commerciale? Una rapida occhiata alla sua faccia mi convinse che non potevo proprio dirglielo.

«Le ho prese in Spagna» risposi, senza guardarla negli occhi. «A Barcellona, in un negozietto delizioso, vicino alle Ramblas, che distribuiva la nuova linea di un giovane stilista catalano.»

Chiuse la mano a pugno, se la portò alla bocca, drizzò la testa. Sembrava una diva del muto.

Vidi James che si avvicinava lungo il corridoio, ma non appena notò Miranda girò sui tacchi e scomparve. «Andreaaa, quelle scarpe sono inaccettabili. Le mie ragazze devono rappresentare "Runway", e quelle scarpe non corrispondono al messaggio che voglio trasmettere. Trova qualcosa di decente nel guardaroba. E portami un caffè.» Mi guardò, guardò la porta, e capii finalmente che toccava a me farmi avanti per aprirgliela. Cosa che feci all'istante. Passò senza ringraziare e andò dritta verso il suo ufficio. Ritornai all'ascensore. Pensavo che non si sarebbe nemmeno accorta del mio dietrofront, ma la sua voce mi colpì come una scudisciata.

«Andreaaa?»

«Sì, Miranda?» Mi fermai di botto e mi voltai a guardarla.

«Mi aspetto che la recensione del ristorante sia sulla mia scrivania.»

«Ehm, bene, veramente, ho avuto qualche problema. Vedi, ho parlato con tutti i giornali e sembra che nessuno abbia pubblicato una recensione di un ristorante Asian fusion nei giorni scorsi. Per caso ricordi il nome del ristorante?» Stavo trattenendo il fiato, preparandomi a subire un'altra ramanzina.

A quanto pareva, la mia spiegazione non la interessava minimamente, perché aveva ripreso a camminare. «Andreaaa, ti ho già detto di averla vista sul "Post": è davvero così difficile da trovare?» E con questo, scomparve nel suo ufficio. Il «Post»? Avevo parlato con il loro critico gastronomico il giorno prima, e mi aveva giurato di non aver pubblicato alcuna recensione che corrispondesse alla mia descrizione. Miranda era esaurita, poco ma sicuro, ma se non avessi trovato la recensione fantasma si sarebbe imbufalita.

La passeggiata per il caffè mi portò via solo qualche minuto, perché era metà mattina e non c'era fila da Starbucks. Così, prima di rientrare decisi di concedermi dieci minuti per chiamare Alex, che a quell'ora doveva essere in pausa. Grazie a dio, rispose al primo squillo.

«Ehi, piccola, come ti va?» Sembrava allegro, quasi da far rabbia.

«Alla grande, come sempre. Ho passato le ultime quattro ore a cercare un articolo immaginario che Miranda si è sognata nottetempo, anche se probabilmente preferirebbe togliersi la vita piuttosto che riconoscere di avere torto. E tu?»

«Beh, io ho una bella novità. Ricordi Shauna?» Feci di sì con la testa, anche se Alex non poteva vedermi. Shauna era una ragazzina che in classe non aveva mai aperto bocca, nonostante Alex le avesse provate tutte per convincerla. L'assistente sociale aveva scoperto che, a nove anni, la ragazzina frequentava la scuola per la prima volta.

«Beh, sembra che non voglia più saperne di tacere! Pensa, tutto quel che ci voleva era una canzoncina. Ho invitato un cantante folk in classe oggi, e mentre

295

lui suonava la chitarra, Shauna si è messa a cantare come se niente fosse. E una volta rotto il ghiaccio, ha cominciato a parlare. Ora è inarrestabile. Parla un buon inglese. Ha un vocabolario adeguato alla sua età. È completamente normale!»

Sentirlo così euforico mi fece sorridere. Tutt'a un tratto provai una fitta di nostalgia. Passare la notte da lui era stata un'idea grandiosa, ma come al solito ero ridotta uno straccio e non ero stata una compagnia particolarmente eccitante. Comunque, avevamo deciso di comune accordo di sopportare con pazienza il mio periodo di prigionia a «Runway»; una volta finito il mio anno di schiavitù, le cose sarebbero tornate come prima.

«Ehi, congratulazioni! Sei proprio un insegnante meraviglioso.»

Sentii la campanella che suonava.

«Senti, è sempre valida l'offerta di stare insieme stasera?» chiesi, sperando che non avesse fatto altri programmi. Quando quella mattina ero riuscita a tirarmi su dal letto, e a trascinare il mio corpo stremato e dolorante sotto la doccia, Alex mi aveva detto che voleva noleggiare un film, prendere qualcosa da mangiare a un take-way, e passare una serata a casa, noi due da soli. Io avevo ironizzato sul fatto che non valeva la pena che perdesse il suo tempo con me, perché tanto sarei rincasata tardi e sarei crollata sul letto per la stanchezza. Ora invece volevo dirgli che ce l'avevo con Miranda, con «Runway», con me stessa, con tutti tranne che con lui, e che non c'era niente al mondo che avrei desiderato di più che rannicchiarmi accanto a lui sul divano per quindici ore filate.

«Certo.» Sembrava sorpreso, ma contento. «Perché

non facciamo così? Ti aspetto a casa tua, sto un po' con Lily, e quando arrivi decidiamo cosa fare.»

«Mi sembra perfetto. Così racconterà anche a te la storia di Mister Freud.»

«Chi?»

«Non importa. Senti, adesso devo scappare. La regina aspetta il caffè e non vorrei che si spazientisse. Ci vediamo stasera. Non vedo l'ora.»

Eduardo mi permise di salire dopo avermi fatto cantare un jingle a scelta tra quello della pubblicità del dentifricio e quello della carta igienica.

Miranda stava parlando animatamente quando posai il caffè sull'angolo sinistro della scrivania. Passai le successive cinque ore a discutere con assistenti e redattori del «New York Post», continuando a ripetere che conoscevo il giornale meglio di loro, e se per piacere una volta per tutte potevano decidersi a faxarmi una copia della recensione del famoso ristorante Asian fusion.

«Signorina, gliel'ho detto una dozzina di volte e glielo ripeto: non abbiamo pubblicato nessuna recensione del genere. So che la signora Priestly è pazza e non ho dubbi che le stia rendendo la vita un inferno, ma non posso trovare un articolo che non esiste. Le pare?»

Emily era sull'altra linea con uno dei loro collaboratori free-lance; poco prima aveva persino costretto James a chiamare uno dei suoi ex che lavorava nell'ufficio pubblicità, per vedere se poteva fare qualcosa, qualunque cosa.

«Emily!» chiamò Miranda da dentro l'ufficio.

«Sì, Miranda?» rispondemmo entrambe, balzando in piedi.

«Emily, ho sentito che stavi parlando con quelli del "Post"» disse. La vera Emily tornò a sedersi, sollevata.

«Sì, Miranda, ho appena chiuso la telefonata. Ho parlato con tre diverse persone e tutte e tre insistono nel dire che non c'è nessun ristorante Asian fusion in tutta Manhattan la cui recensione sia stata pubb...» Barcollavo di fronte alla sua scrivania, tenendo la testa china e lo sguardo fisso sui trampoli Versace che Jeffy mi aveva fornito.

«Manhattan?» sembrava spiazzata e alterata allo stesso tempo. «Chi ha mai parlato di Manhattan?»

Adesso ero io a sentirmi confusa. E un tantino alterata.

«Andreaaa. Ti ho detto almeno cinque volte che era una recensione sul "Washington Post". Visto che sarò nella capitale la prossima settimana, ho bisogno di prenotare un tavolo.» Alzò la testa e tirò le labbra in un sorriso forzato.

Washington? Mi aveva detto cinque volte che il ristorante recensito era a Washington? Non mi pareva. Evidentemente stava perdendo il lume della ragione, a meno che non provasse un piacere sadico nel vedermi sbarellare. Ma, essendo esattamente l'idiota che lei pensava che fossi, aprii bocca ancora prima di pensare.

«Ma, Miranda, sono quasi sicura che il "New York Post" non recensisca ristoranti di Washington. Mi sembra che si concentrino sui locali di recente apertura a New York.»

«Pensi di essere divertente, Andreaaa?» Il sorriso forzato era scomparso. Miranda si sporse in avanti sulla sedia, come un avvoltoio famelico che plana sulla preda.

«Ehm, no, Miranda. È solo che pensavo che...»

«Andreaaa, come ti ho già detto una dozzina di volte, la recensione che cerco è sul "Washington Post". Hai mai sentito nominare questo piccolo quotidiano?

Hai capito come funziona?» Il suo tono era più corrosivo della soda caustica.

«Te la trovo subito» dissi, cercando di non perdere la poca calma di cui ancora disponevo, e feci per uscire.

«Oh, Andreaaa?» il cuore mi balzò in gola a una tale velocità che temetti di rimanerci secca.

«Mi aspetto che tu venga alla festa questa sera per ricevere gli ospiti. È tutto.»

Guardai Emily, che sembrava sconcertata quanto me. «Ho sentito bene?» le sussurrai. Emily si limitò ad annuire e a farmi segno di avvicinarmi alla sua scrivania.

«È accaduto quello che temevo» sussurrò gravemente.

«Non può dire sul serio, sono le quattro del pomeriggio. La festa comincia alle sette. È in lungo, accidenti: come può pensare che riesca a prepararmi in tempo? Non diceva sul serio!» Guardai di nuovo l'orologio, incredula, cercando di ricordare le parole esatte che aveva pronunciato.

«Oh, sì che era seria» disse Emily, impugnando il telefono. «Ti aiuto io, va bene? Tu procurati la recensione del "Washington Post" e dagliene una copia prima che se ne vada. Uri viene a prenderla presto, perché il parrucchiere e il truccatore l'aspettano a casa. Intanto io ti trovo un vestito e tutto quel che ti occorre per stasera. Non ti preoccupare. Ce la faremo.» Cominciò a mitragliare istruzioni nella cornetta. Ero rimasta lì in piedi a fissarla come un automa.

«Vai!» sussurrò, guardandomi con una rara espressione di solidarietà. Obbedii.

14

«Non puoi andarci in taxi» disse Lily, mentre mi impiastricciavo le palpebre di mascara. «È una festa in lungo, per dio.» Stette a guardarmi un attimo, quindi mi strappò di mano il pennellino del mascara e mi chiuse le palpebre con un colpetto.

«Mi sa che hai ragione» sospirai. Rifiutavo ancora di rassegnarmi al fatto che i miei programmi erano sfumati, e che invece che sul divano con Alex, avrei passato la serata in lungo al Metropolitan Museum, a dare il benvenuto a un gruppo di contadini arricchiti appena arrivati dalla Georgia e dal Nord Carolina con un sorriso di plastica stampato sulla faccia miseramente truccata. L'annuncio tardivo di Miranda mi aveva lasciato solo tre ore di tempo per trovare un vestito, acquistare i trucchi e prepararmi.

Fortunatamente, il fatto di lavorare per una delle più grandi riviste di moda della nazione aveva i suoi vantaggi: per le cinque meno venti del pomeriggio avevo ottenuto in prestito un prodigioso abito da sera di Oscar de la Renta, gentilmente fornito da Jeffy («Ragazza, è un party in lungo e un abito di Oscar è quello che ci vuole. Chiuso l'argomento. Adesso non fare la timida, tirati giù i pantaloni e prova questo per me»). Le assistenti Moda avevano già fatto arrivare un paio di décolleté con tacco a spillo di Manolo Blahnick, e un addetto agli accessori aveva scelto una vistosa borsetta da sera di Judith Leiber, con una catenella lunga e tintinnante. Io avrei preferito una pochette discreta di Calvin Klein, ma l'assistente in questione aveva arricciato il naso, e mi aveva allungato la borsa di Judith Leiber con un gesto che non ammetteva repliche. Stef era incerta se dovessi indossare un girocollo o una collana con pendente. Allison, l'ex assistente senior ora caporedattore alla Bellezza, mi aveva prenotato una seduta dalla manicure.

«Avete appuntamento alle cinque meno un quarto nella sala conferenze» aveva annunciato, dopo aver messo giù il telefono. «Ti vesti in nero, vero? In questo caso, chiedi il rosso di Chanel, Rosso Rubino. Dille di mandare la fattura al giornale.»

Tutto l'ufficio si era attivato con entusiasmo per procurarmi un look adeguato alla serata di gala. Ma non era certo una dimostrazione di simpatia nei miei confronti, piuttosto una voglia irrefrenabile di dimostrare a Miranda che livello di gusto, classe ed efficienza sapeva raggiungere la sua redazione.

Lily finì il suo caritatevole intervento e posò il pennello del mascara. Mi sentivo ridicola, con quell'abito da sera di Oscar de la Renta e il lucidalabbra da tre soldi color ghiacciolo alla Coca-Cola. D'altro canto non potevo lamentarmi; mi ero rifiutata categoricamente di avere tra i piedi un truccatore professionista. Tutti avevano provato a insistere, ma io ero stata irremovibile. Ognuno ha i suoi limiti. Il truccatore a casa, no e poi no.

Entrai zoppicando nella mia camera da letto, in bilico sui nove centimetri delle décolleté, e baciai Alex sulla fronte. «Sarò a casa per le undici al più tardi, quindi possiamo andare a mangiare da qualche parte, o a bere qualcosa, va bene? Mi dispiace che tocchi proprio a me andare a ricevere gli ospiti di Miranda, davvero. Se decidi di uscire con gli amici, chiamami, così posso raggiungervi, okay?»

Come promesso, Alex era venuto a casa mia direttamente da scuola, e non era stato troppo entusiasta di apprendere che poteva benissimo concedersi una serata di relax... da solo. Si era seduto sul balcone della mia camera da letto, a leggere una vecchia copia di «Vanity Fair» e aveva aperto una delle birre che Lily teneva in frigo per gli ospiti.

«Dov'è Lily?» avevo chiesto.

Alex aveva alzato le spalle. «Credo che sia in camera sua. La porta è chiusa, ma poco fa ho visto un tipo che si aggirava per casa.»

«Un tipo? Un tipo come?» Poteva trattarsi di Mister Freud.

«Non so, ma mette paura. Tatuaggi, piercing, canottiera sporca, non gli manca niente. Non riesco a immaginare dove possa aver raccattato un ceffo del genere.» Aveva bevuto un sorso come se niente fosse.

«Alex, sul serio! Mi stai dicendo che c'è un tizio con la faccia da galera in giro per casa – uno che magari è entrato senza che nessuno l'abbia invitato – e te ne freghi? È ridicolo! Dobbiamo scoprire chi è» ero sbottata.

«Andy, datti una calmata. Non è un delinquente, di questo sono sicuro.» Aveva voltato una pagina. «Magari appartiene a una band punk-grunge, ma non è un delinquente.»

Evitava di guardarmi negli occhi. D'accordo, era seccato per la serata andata a monte, capivo perfettamente, ma se era per quello ero seccata quanto lui, e non potevo farci niente.

«Chiamami, se hai bisogno» aveva detto, mentre mi allontanavo.

«Perfetto» avevo sbuffato. «Non sentirti in colpa se domattina trovi il mio corpo smembrato sul pavimento del bagno.»

Ero entrata a passi pesanti in cucina, cercando prove della presenza dello sconosciuto. L'unica cosa fuori posto era una bottiglia di vodka vuota, abbandonata nel lavandino. Lily era davvero riuscita a scolarsi da sola un'intera bottiglia di vodka? Avevo bussato alla porta della sua stanza. Nessuna risposta. Avevo girato la maniglia.

«Salve! C'è nessuno qui?» avevo cercato di non guardare dentro la stanza, almeno per i primi cinque secondi. A quel punto mi erano balzati agli occhi due paia di jeans aggrovigliati sul pavimento, un reggiseno che penzolava dalla scrivania e un posacenere stracolmo che faceva puzzare la stanza come un pub frequentato da camionisti. La mia migliore amica era allungata su un lato del letto, di spalle, completamente nuda. Un tipo dall'aria malsana, sudaticcio, coi capelli unti, stazionava tra le lenzuola. Il corpo era completamente ricoperto di tatuaggi. Aveva una cicatrice sotto l'occhio, un piercing a un sopracciglio, svariati addobbi metallici alle orecchie e due spuntoni luccicanti conficcati nel mento. Grazie a dio non era nudo, ma i boxer che indossava sembravano così sporchi da farmi quasi – sottolineo: quasi – rimpiangere che fosse vestito. Aspirò la sigaretta e fece un cenno nella mia direzione.

«Ehi, amica» aveva detto, gesticolando con la siga-retta accesa. «Ti secca chiudere la porta?»

Cosa? "Amica"?

«Io non sono tua amica» avevo esclamato, per nulla intimidita. Era più piccolo di me e non pesava più di sessantacinque chili: la cosa peggiore che poteva farmi, a quel punto, era toccarmi. Ero stata colta da un brivi-do di repulsione pensando a lui che posava le sue ma-nacce su Lily, che sembrava dormire della grossa. «Chi diavolo credi di essere? Questa è casa mia, e voglio che tu te ne vada. Subito!» La mia irritazione era aggravata dal fatto che il tipo mi stava facendo perdere un sacco di tempo: avevo esattamente un'ora per diventare bel-lissima e per affrontare la sera più stressante della mia carriera, e la conversazione con quel mostro non era affatto prevista nella tabella di marcia.

«Ehi, amiiiiiiica. Raffredda» aveva risposto, soffian-do una nuvola di fumo. «Lily qui non vuole che me ne vada...»

«Ti posso garantire che se fosse cosciente vorrebbe che tu te ne andassi, razza di verme!» avevo gridato esasperata.

Sentii una mano sulla spalla e mi girai di scatto. Alex era venuto a controllare la situazione. Adesso sembrava preoccupato. «Andy, perché non vai a farti una doccia e lasci che ci pensi io, okay?» Pur non essendo propria-mente un gigante, Alex aveva un fisico da lottatore pro-fessionista, se messo a confronto con quel lombrico emaciato che stava strofinando la sua brutta faccia sulla schiena nuda della mia migliore amica.

«Voglio. Che. Lui.» e avevo indicato il tipo, tanto per essere chiara. «Se. Ne. Vada.»

«Lo so, e penso che stesse giusto per farlo, non è

vero?» aveva azzardato Alex, con lo stesso tono di voce che si usa con un cane rabbioso che potrebbe morderti.

«Amiiiico, non c'è problema. Mi stavo solo divertendo un po', ecco tutto. È stata Lily a rimorchiarmi, ieri sera, da Au bar: chiedi al barman e al buttafuori, te lo confermeranno. Mi ha *pregato* di venire a casa con lei.»

«Non ne dubito» aveva detto Alex, condiscendente. «È davvero una ragazza amichevole quando vuole, ma a volte capita che alzi un po' il gomito e non si renda più conto di quello che fa. Perciò, essendo un suo amico, devo chiederti di andartene subito.»

Il tipo aveva alzato le mani in segno di resa. «Amico, nessun problema. Faccio una doccetta e saluto Lily come si deve, dopo di che me ne vado» era sceso dal letto e aveva afferrato l'asciugamano che penzolava dalla scrivania.

«No, penso che tu te ne debba andare *adesso*» e con quelle parole si era piazzato di fronte al mostro, lasciando che fosse la differenza di statura ad avere l'ultima parola.

«Cosa succede?» Lily, si era svegliata in quel momento e si sforzava di aprire gli occhi. Si era voltata e mi aveva visto, tremante di rabbia sulla porta della camera; poi aveva visto Alex, e il lombrico che si affannava ad allacciarsi le scarpe e togliersi dai piedi prima che le cose si mettessero male. Troppo tardi.

«E tu chi diavolo sei?» gli aveva chiesto, balzando a sedere sul letto, senza nemmeno accorgersi che era nuda. Il mostro aveva sorriso, guardandole le tette, allupato.

«Cocca, mi stai dicendo che non ti ricordi chi sono?

Credimi, ieri sera lo sapevi, eccome.» Aveva tutta l'aria di volersi risedere sul letto, ma Alex lo aveva preso per il braccio.

«Fuori. Subito. O ti porto io di peso.»

Il verme aveva alzato di nuovo le mani. «Devo proprio andare. Chiamami ogni tanto, Lily. Sei stata grande stanotte» e si era dileguato. Lily aveva infilato una T-shirt e si era alzata, l'espressione a metà tra il contrito e il disgustato.

«Pensi che abbia fatto sesso con lui?» aveva sussurrato. Mi era tornato in mente quello che mi aveva detto Alex qualche mese prima: Lily beveva troppo. Spesso non andava a lezione, si era fatta arrestare dalla polizia, e adesso si era trascinata a casa quella specie di mutante su cui mi era toccato posare lo sguardo. Mi ricordai del messaggio che uno dei suoi professori aveva lasciato sulla segreteria telefonica qualche giorno prima. Diceva che anche se la sua relazione finale era stellare, le troppe assenze e la consegna ritardata di tutti gli scritti gli impedivano di darle il massimo dei voti che avrebbe meritato. Avevo deciso di saggiare il terreno con calma. «Lily, piccola, il problema non è con chi fai sesso. Il problema è che bevi troppo.»

Aveva cominciato a spazzolarsi i capelli. Siccome non protestava, avevo continuato.

«Non è che non voglia che tu beva. Mi chiedo solo se ti è sfuggito il controllo della situazione ultimamente, capisci? È tutto okay con l'università?»

Aveva aperto bocca per dire qualcosa, ma Alex aveva infilato la testa nello spiraglio della porta, porgendomi il cellulare che strillava. «È lei» aveva annunciato. Aaarrgh! Quella donna aveva il potere di rovinarmi la vita.

«Andreaaaa, lo sai che mi aspetto che tu sia là alle sei

e mezza stasera, vero?» aveva gridato dentro il telefono, senza nemmeno dire "pronto".

«Oh, ehm, prima hai detto alle sette. Devo ancora...»

«Ho detto alle sei e mezza prima, e lo ripeto adesso. Sei e mezza. Capito? È tutto.» Avevo guardato l'orologio: 18.05. Ero nei guai.

«Vuole che sia lì in venticinque minuti» avevo detto, senza rivolgermi a nessuno in particolare.

Lily era visibilmente sollevata. «Forza, diamoci una mossa, okay?»

«Eravamo a metà di un discorso, e importante per giunta. Cosa stavi per dire?» Erano le parole giuste, ma ormai era chiaro a tutte e due che il mio cervello era già lontano anni luce. Avevo deciso che non avevo tempo di fare la doccia, visto che avevo solo quindici minuti per entrare nel vestito e saltare in macchina.

«Seriamente, Andy, devi darti una mossa. Comincia a prepararti: di questo parleremo poi.»

Per l'ennesima volta, dovevo fare tutto a rotta di collo: mettermi il vestito, spazzolarmi i capelli e provare ad abbinare almeno qualcuno dei nomi degli invitati con le foto che Emily aveva stampato per me. Lily era rimasta a guardare i preparativi con aria divertita, ma io sapevo che era preoccupata per l'incidente con lo sconosciuto, e mi sentivo malissimo per il fatto di non poterne parlare con lei. Ero già sulla porta quando mi lanciò un drappo di seta nera.

La guardai interrogativa.

«Uno scialle, per la tua gran serata. È un regalo della nonna di diversi anni fa, dovevo indossarlo alle nozze di Eric. È di Chanel, perciò dovrebbe andar bene.»

La abbracciai. «Promettimi solo che se Miranda dovesse uccidermi perché ho fatto o detto qualcosa di sbagliato, farai bruciare questo vestito e ti accerterai che mi seppelliscano con indosso una tuta in puro acrilico. Giuramelo!»

«Stai benissimo, Andrea, davvero. Non avrei mai pensato che un giorno ti avrei vista con indosso un abito lungo da sera di Oscar de la Renta. Su, vai, adesso.»

Mi porse la borsa di Judith Leiber e mi tenne aperta la porta mentre infilavo il corridoio. «Divertiti!»

La macchina mi aspettava fuori dal palazzo e John, da buon mandrillo, non perse l'occasione di fischiare, mentre l'autista mi apriva la porta.

«Li farà secchi. È un vero schianto!» gridò facendomi l'occhiolino. «Ci vediamo questa notte!» Naturalmente non aveva idea di dove stessi andando, ma mi confortò sapere che pensava che ne sarei uscita viva. "Magari non sarà così male" pensai, accomodandomi sul sedile posteriore della macchina a nolo. Il vestito mi scivolò sopra le ginocchia. Sentii il freddo del sedile di pelle e sussultai. "O forse, sarà una solenne rottura, esattamente come mi aspetto."

L'autista saltò fuori e girò di corsa intorno alla macchina per aprirmi la portiera, ma quando arrivò ero già sul marciapiedi. Ero stata al Metropolitan una volta, durante un viaggio a New York con mia madre e mia sorella; il classico giro da turisti. Non ricordavo nulla. L'unica cosa che mi era rimasta impressa erano gli interminabili gradini bianchi dello scalone e la sensazione che avrei continuato a salire quelle scale per sempre.

Lo scalone era esattamente dove ricordavo che fosse, ma sembrava diverso, nella luce del crepuscolo.

Avevo salito appena un decimo dei gradini, e già detestavo lo scalone, l'architetto che l'aveva progettato, il direttore del museo che l'aveva commissionato, e naturalmente anche Miranda, causa diretta o indiretta di tutte le mie disgrazie. Solo una masochista avrebbe potuto scegliere di salire volontariamente quelle scale, per di più in abito da sera e tacchi a spillo. Già, quei maledetti tacchi. Continue fitte di dolore mi trapassavano i piedi. Restavano solo altri dieci gradini, solo più dieci. Ma, oh mio dio, cos'era quel senso di umido che sentivo nella scarpa: forse sangue? Sarei giunta al cospetto di Miranda grondante di sudore, con le décolleté Manolo Blahnick piene di sangue? Beh, se non altro ero arrivata in cima. Mi sentivo come se avessi appena compiuto una performance da medaglia olimpica. Inspirai con determinazione, strinsi i pugni per combattere l'urgenza di celebrare la vittoria con una sigaretta, controllai che le scarpe fossero a posto – erano a posto – e ritoccai il lucidalabbra color ghiacciolo alla Coca-Cola.

L'addetto alla Security mi aprì la porta, si inchinò leggermente e sorrise. Forse pensava che fossi una degli invitati.

«Buona sera, signorina, lei dev'essere Andrea. Ilana mi ha raccomandato di farla accomodare laggiù. Scenderà tra un istante.» Si girò e parlò a voce bassa nel microfono nascosto nella manica e annuì quando la risposta giunse attraverso l'auricolare. «Prego, di là.»

Mi guardai intorno nell'enorme ingresso; non avevo alcuna intenzione di sedermi in disparte: quando mai mi sarebbe capitata di nuovo l'occasione di trovarmi al Metropolitan Museum of Art fuori orario di apertura? Le biglietterie erano deserte, le gallerie del piano terra buie, ma il senso di storia, di cultura che trasudava da quelle mura era palpabile.

Dopo circa un quarto d'ora che curiosavo in giro, facendo attenzione a non allontanarmi troppo dall'aspirante agente segreto che mi seguiva con discrezione, vidi che attraverso l'immenso foyer mi veniva incontro una ragazza dall'aspetto piuttosto ordinario, che indossava un abito longuette blu scuro. Mi sorprese il fatto che per quell'occasione un'addetta agli eventi speciali del museo potesse presentarsi vestita come se fosse un giorno qualunque. In effetti, Ilana aveva tutta l'aria di non essersi nemmeno presa il disturbo di cambiarsi d'abito.

Non si poteva certo dire che fosse un tipo alla moda, ma gli occhi azzurri erano gentili e tanto bastava. Mi piaceva.

«Tu devi essere Ilana» dissi. «Sono Andrea, l'assistente di Miranda Priestly. Sono qui per aiutarti, devi solo dirmi come.»

Sembrò sollevata. Mi piantò addosso i suoi occhioni innocenti, si sporse in avanti, e dichiarò, per nulla preoccupata di abbassare il tono di voce: «La tua capa è una stronza patentata».

Rimasi a fissarla, e mi ci volle qualche secondo per riprendermi. «Hai proprio ragione!» dissi, e scoppiammo a ridere. «Allora, che cosa posso fare per te?»

«Vieni, ti faccio vedere la tavola» disse, guidandomi attraverso una sala semibuia che conduceva alle gallerie di arte egizia. «È una bomba.»

Arrivammo in una galleria laterale, grande come un campo da tennis, con nel mezzo una tavola rettangolare apparecchiata per ventiquattro. Robert Isabell sapeva il fatto suo. Era l'organizzatore delle feste più esclusive della città, l'unico di cui Miranda si fidasse ciecamente, capace di dare il tocco giusto con una sbalorditiva cura dei dettagli: alla moda, senza essere trendy; di lusso, ma senza ostentazione; unico, ma senza strafare. Miranda aveva insistito che Robert si occupasse di tutto. L'unica occasione in cui l'avevo visto al lavoro era stato per il compleanno di Cassidy e Caroline. Era riuscito a trasformare il soggiorno in stile coloniale di Miranda in una lounge chic modello Downtown, con tanto di angolo bar con le bibite servite in bicchieri da Martini e le panche rivestite in pelle, e una tenda marocchina riscaldata montata all'esterno per le danze. Era solo una festa per bambini, ma nelle mani di Robert era diventata l'evento della stagione.

E adesso, al Metropolitan tutto era di un bianco splendente. Mazzi di peonie bianche sulla tavola. Porcellane bianco avorio su tovaglie di lino bianco, sedie in rovere bianco, rivestite di pelle bianca scamosciata, e un enorme tappeto bianco, disposto per l'occasione. Candele votive bianche in semplici candelieri di porcellana illuminavano il tutto di una luce morbida. L'unica nota di colore nella sala era data dai reperti allineati lungo le pareti: scene di vita egizia in blu, verde e oro.

Quando mi voltai per godermi il magnifico colpo d'occhio notai una figura rosso acceso. Era Miranda, con l'abito di Chanel intessuto di perle. E anche se mi rodeva, non potei fare a meno di ammirarla; il viso altero e il corpo longilineo, la facevano somigliare a una figura neoclassica. Non era bella – aveva gli occhi troppo piccoli e il viso troppo duro – ma stupefacente. E per quanto cercassi di apparire indifferente, non potevo distogliere lo sguardo da lei.

La sua voce spazzò via quell'attimo di estatica contemplazione. «Andreaaa, conosci i nomi e le facce degli ospiti di questa sera, vero? Presumo che tu abbia adeguatamente studiato i loro ritratti. Spero che non mi farai sfigurare, almeno stasera.»

«Ehm, sì, ho provveduto» risposi e, seguita da Ilana, fuggii dalla galleria.

«Ma di cosa diavolo sta parlando?» chiese. «Ritratti? È pazza?»

Ci sedemmo su una panca di legno in un corridoio al buio. «Sai, in condizioni normali avrei passato l'ultima settimana a cercare le fotografie degli ospiti di questa sera e a mettere in relazione volti e nomi fino a impararli a memoria» spiegai. «Ma siccome Miranda mi ha informata soltanto oggi pomeriggio che sarei dovuta venire, ho avuto a disposizione solo qualche minuto in macchina per studiare.» Ilana mi fissò incredula.

«Pensi che sia strano?» chiesi. «È assolutamente normale, per Miranda Priestly.»

«Credevo che quello di stasera non fosse un party per Vip» disse Ilana.

«Già, solo un mucchio di bilionari sudisti. In genere, quando devo memorizzare le facce degli ospiti, trovo i loro ritratti on line, o su "Women Wear Daily", o su qualche rassegna stampa. Voglio dire, non ci vuol niente a trovare un ritratto della regina Noor o di Michael Bloomberg o di Yohji Yamamoto. Ma prova a cercare il signore e la signora Packard, residenti nei ricchi sobborghi di Charleston, o che so io. È un'impresa! L'assistente senior di Miranda, Emily, ha dato la caccia alle foto degli invitati, mentre gli altri colleghi si preoccupavano di trovarmi un vestito e tutto il resto. Alla fine le ha scovate quasi tutte nelle cronache rosa dei quotidiani delle loro città o sui siti web delle loro società, ma è stata una bella sfacchinata.»

Ilana continuava a fissarmi. Sapevo di parlare come

un robot, ma non riuscivo a fermarmi. Il fatto di vederla così sconcertata mi faceva sentire uno schifo. «C'è solo una coppia che non siamo riuscite a identificare, perciò credo che li riconoscerò per eliminazione» dissi.

«Oh, mamma mia. E pensare che io sono già seccata di essermi dovuta fermare in ufficio il venerdì sera, non so proprio cosa farei al tuo posto. Come fai a reggere? Come puoi sopportare che qualcuno ti parli e ti tratti in quel modo?»

Ero spiazzata. La domanda mi aveva colto di sorpresa: nessuno fino a quel momento aveva messo in discussione il mio lavoro. Ero sempre stata io l'unica a lamentarmi, l'unica a percepire qualcosa di vagamente inquietante nella mia situazione. Ma il turbamento negli occhi di Ilana inaspettatamente mi sconvolse. Grazie a quello sguardo feci quello che non facevo da mesi, mesi passati a lavorare per un capo neuropatico, quello che troppo a lungo mi ero sforzata di rimandare. Cominciai a piangere.

Ilana mi guardò sempre più agghiacciata. «Oh, piccola, vieni qui! Mi dispiace! Non volevo, davvero. Sei una santa, a sopportare quella strega, mi senti? Vieni con me.» Mi prese per mano e mi condusse lungo un corridoio buio, fino a un ufficio sul retro. «Ecco, adesso siedi qui e lascia perdere per un attimo le stupide facce degli invitati.»

Tirai su con il naso. Iniziavo a sentirmi un po' stupida.

«E non essere imbarazzata, capito? Probabilmente sono mesi che non ti sfoghi.»

Frugò in un cassetto della scrivania, cercando qualcosa, mentre io cercavo di ripulirmi il mascara dalle guance. «Ecco» proclamò soddisfatta. «Te lo faccio vedere e poi lo distruggo, e se ti azzardi a raccontarlo a qualcuno, te ne faccio pentire.» Mi porse una grossa busta chiusa da un adesivo con scritto "confidenziale", e mi sorrise.

Staccai l'adesivo ed estrassi una cartellina verde. Dentro c'era una foto – una fotocopia a colori, per essere precisi – di Miranda seduta al tavolo di un ristorante. La riconobbi subito. Era stata scattata da Pastis, la sera del compleanno di Donna Karan. L'avevo già vista pubblicata sul «New York Magazine». Miranda indossava il suo famoso trench di serpente bianco e marrone. In effetti, avevo sempre pensato che quel cappotto le desse l'aspetto di un grosso rettile.

Bene, evidentemente non ero la sola a pensarlo, perché qualcuno, con tocco da artista, aveva incollato sulla fotocopia una coda di serpente al posto delle gambe. L'effetto era molto convincente: Miranda appoggiata coi gomiti sul tavolo, e sotto la coda di serpente penzoloni. Era perfetta.

«Non è grandioso?» chiese Ilana, guardando la foto da dietro le mie spalle. «Un pomeriggio, la mia collega Linda è arrivata nel mio ufficio piangendo. Aveva passato tutta la giornata al telefono con la tua capa, a scegliere in quale galleria tenere una cena di gala. Linda naturalmente insisteva per darle la galleria più grande e più bella, ma Miranda non voleva saperne, per lei la festa si doveva tenere in una galleria accanto al negozio del museo. Erano andate avanti a negoziare per giorni e giorni, finché Linda era riuscita a ottenere dalla direzione il permesso di ospitare la festa nella galleria preferita da Miranda. Lei, al settimo cielo, l'aveva chiamata per darle la buona notizia. E indovina un po'?»

«Miranda aveva cambiato idea, naturalmente» dissi senza scompormi. «Aveva deciso di tenere la festa nella sala proposta dalla tua collega, ma solo dopo essersi assicurata che tutti quanti avessero fatto i salti mortali per accontentarla.»

«Precisamente. E così, per consolare Linda, ho fatto questo piccolo "fotomontaggio". Ho pensato che avrebbe avuto lo stesso effetto su di te. Ricordati che non sei sola. Forse, sei quella messa peggio, ma non sei sola.»

Rimisi la foto nella busta "confidenziale" e la restituii a Ilana. «Grazie» dissi, dandole un colpetto su una spalla. «Se prometto di non dire niente a nessuno, di non rivelare mai come e dove l'ho avuta, me ne spediresti una copia a casa? Ti prego...»

Sorrise e mi porse un taccuino per scriverci il mio indirizzo. Ci alzammo e tornammo nel foyer. Erano quasi le sette, gli invitati sarebbero arrivati a minuti. Miranda e Sor-Ci stavano parlando con l'ospite d'onore, il futuro sposo, il classico tipo che aveva giocato nelle squadre di calcio, di baseball e di rugby dell'università: sempre circondato da bionde adoranti. La bionda adorante ventiseienne sua futura sposa stava lì buona buona al suo fianco, tubando come una colombella. Teneva in mano un bicchiere di qualcosa e ridacchiava a ogni sua battuta.

Miranda era appoggiata al braccio di Sor-Ci, col più falso dei sorrisi stampato in faccia. Non avevo bisogno di ascoltare la conversazione per sapere che il suo distratto contributo si limitava a qualche monosillabo. Nel corso dei mesi, avevo osservato che i suoi amici appartenevano essenzialmente a due categorie: i "più in su" e i "più in giù". L'elenco dei "più in su" era brevissimo, e comprendeva gente come Irv Ravitz, Oscar de la Renta, Hillary Clinton e tutti i grandi attori. Alla categoria dei "più in giù" apparteneva praticamente il resto del mondo: tutti i dipendenti di «Runway», i familiari, i genitori degli amichetti delle sue figlie – beninteso, solo qualora non ricadessero per combinazione nel gruppo A –, quasi tutti gli stilisti e i direttori di altri giornali, e tutti quelli che lavoravano nel settore dei servizi, sia negli Stati Uniti sia all'estero. La serata si preannunciava divertente perché gli ospiti erano persone del gruppo B, che avrebbero ricevuto il trattamento riservato alla prima, solo in virtù dell'amicizia che li legava al fratello del signor Tomlinson.

Arrivarono gli ospiti.

Ricordando le foto che avevo studiato in fretta, mi precipitai verso la prima coppia e mi offrii di prendere la stola di pelliccia della signora.

«Signori Wilkinson, buona sera e grazie di essere qui con noi. Prego, dia pure a me. Ilana vi accompagnerà nell'atrio, dove stanno servendo i cocktail.» Sperai di essere riuscita a non fissarli per tutto il tempo del mio discorso di benvenuto, perché lo spettacolo era dei più stravaganti.

Alle feste di Miranda, a giudicare dalle fotografie che mi avevano mostrato, si era già visto di tutto: eccentriche contesse ottuagenarie, uomini vestiti da donna, e modelle praticamente nude; ma quella serata costituiva un'eccezione. Mi ero aspettata che gli invitati somigliassero agli attori della vecchia serie televisiva *Dallas*. Questi, invece, sembravano presi dal cast di una soap opera sudamericana.

Persino il fratello del signor Tomlinson, che aveva un'aria distinta coi suoi capelli brizzolati, aveva fatto il terribile errore di indossare un frac bianco con un fazzoletto scozzese infilato nel taschino. La sua fidanzata sfoggiava orgogliosa un incubo di taffetà verde smeraldo elasticizzato, tutto sbuffi e arricciature, che la fasciava e le sosteneva l'enorme seno siliconato. Alle orecchie portava diamanti grossi come palle di natale, e all'anulare sinistro ne splendeva uno ancora più grande. Aveva i capelli così ossigenati che più che bionda era bianca, e camminava su dei tacchi inverosimilmente alti e appuntiti.

«Cara, sono così felice che tu sia venuta alla nostra festicciola!» modulò Miranda in falsetto. La futura signora Tomlinson sembrava sul punto di svenire. Era comprensibile: lì di fronte a lei c'era la grande Miranda Priestly! L'intera brigata si spostò nell'atrio, guidata da Miranda.

Il resto della serata scivolò via senza incidenti. Avevo riconosciuto tutti gli ospiti, pronunciato correttamente i loro nomi, ed ero riuscita a non dire niente di troppo umiliante per me. Quella parata di frac bianchi, chiffon, grandi acconciature, gioielli ancora più grandi aveva ben presto cessato di divertirmi; in compenso, non mi stancavo di guardare Miranda. Era l'unica vera signora della serata.

Feci un sospiro di sollievo quando mi congedò a metà cena, come al solito senza dire grazie né buonanotte. («Andreaaa, per questa sera non abbiamo più bisogno di te, sai dov'è l'uscita.») Cercai Ilana per salutarla, ma se n'era già andata. Chiamai una macchina e recitai l'indirizzo di casa.

Quando passai davanti a John diretta all'ascensore, lui frugò nel ripiano sotto il tavolino e mi porse una busta. «Hanno consegnato questo per lei qualche minuto fa. C'è scritto urgente.» Lo ringraziai e mi sedetti in un angolo della lobby. Chissà chi mi mandava un plico urgente alle dieci di sera di venerdì. Aprii la busta e tirai fuori un messaggio:

Carissima Andrea,
mi ha fatto molto piacere conoscerti questa sera! Pranzia-
mo insieme la settimana prossima? Ho lasciato questo
per te andandomene a casa: ho pensato che avresti avuto
bisogno di farti una bella risata.
Baci e abbracci

Ilana».

Dentro c'era la foto di Miranda in versione serpente, solo che Ilana mi aveva fatto una fotocopia ingrandita. La studiai attentamente per qualche minuto, massaggiandomi i piedi che avevo finalmente liberato dalle décolleté di Manolo Blahnick. Aggiungere quella foto alla mia collezione sul frigo e scherzarci sopra con Lily e Alex non mi avrebbe fatto passare il male ai piedi, e nemmeno mi avrebbe restituito il mio venerdì sera. La feci a pezzi e mi avvicinai zoppicando verso l'ascensore.

15

«Andrea, sono io» sussurrò Emily all'altro capo del filo. «Ti ho svegliata?» Erano mesi che non mi chiamava a casa così tardi, la sera. Doveva essere qualcosa di serio.

«Ehi, ciao Emily. Qualcosa non va? A giudicare dal tono, sembri messa maluccio» dissi, saltando a sedere sul letto. Chissà se quella vocetta abbacchiata era colpa del direttore. L'ultima volta che Emily mi aveva chiamata così tardi era stato quando Miranda le aveva telefonato alle undici di un sabato sera, perché le trovasse un aereo privato per tornare da Miami insieme al signor Tomlinson, dopo che il loro volo era stato annullato per via del maltempo. Emily stava giusto uscendo di casa per andare alla sua festa di compleanno, per cui aveva chiamato me per supplicarmi di occuparmene. Solo che io avevo saggiamente spento il cellulare, e avevo sentito il messaggio solo il giorno dopo. Quando l'avevo richiamata, stava ancora piangendo.

«Mi sono persa la mia festa di compleanno, Andrea» aveva piagnucolato al telefono il secondo stesso in cui aveva risposto. «La mia festa è saltata, perché ho dovuto trovarle un aereo!»

«Ma non potevano passare la notte in hotel e tornare il giorno dopo come la gente normale?» avevo chiesto.

«Credi che non ci abbia pensato? Nel giro di sette minuti dalla prima telefonata, avevo già prenotato le suite presidenziali allo Shore Club, all'Albion e al Delano, perché era sabato sera. Come diavolo si fa a noleggiare un aereo privato alle undici di sabato sera?»

Mi ero sentita in colpa per non averla potuta aiutare, ma anche sollevata per lo scampato pericolo.

«Ha continuato a bombardarmi di telefonate. Ogni dieci minuti mi chiedeva com'era possibile che non avessi ancora trovato niente, così per rispondere a lei ero costretta a mettere la gente in attesa, e quando riprendevo la chiamata, quelli avevano già messo giù. È stato un incubo.»

«E alla fine com'è andata?»

«Com'è andata? Ho chiamato ogni singola compagnia di voli charter della Florida, decine di piloti, sono persino riuscita a parlare con il manager dell'Aeroporto Internazionale di Miami. Gli ho spiegato che mi serviva un aereo entro mezz'ora, per portare due persone a New York, e sai come ha reagito lui?»

«Come?»

«Si è messo a ridere. Mi ha detto che avevo più probabilità di venire colpita da un fulmine che di trovare un aereo con un pilota a quell'ora, indipendentemente da quanto ero disposta a pagare.»

«Suppongo che Miranda se ne sia altamente fregata delle tue spiegazioni.»

«Proprio così. Ci ho messo venti minuti a convincerla che non c'erano aerei disponibili, di nessun tipo, di nessuna compagnia. E non perché fossero tutti quanti prenotati, ma perché a quell'ora della notte era impos-

sibile noleggiarne uno. All'una e mezza di notte si è finalmente arresa al fatto che avrebbe potuto tornare a casa
solo il mattino successivo, e mi ha ordinato di comprarle
un biglietto per il primo volo. Naturalmente la Conti-
nental aveva già predisposto la loro partenza sul primo
aereo del mattino, alle sette meno dieci. Ma Miranda
aveva sentito dire da qualcuno che la Delta aveva un volo
alle sei e trentacinque, e così non ho avuto scelta.»

«Hai comprato due nuovi biglietti per solo quindici
minuti di differenza?»

«L'ho fatto. Che alternativa avevo? Era così arrabbiata con me: se non altro, le ho dato l'impressione
di aver concluso qualcosa. Qualcosa che è costato appena duemila dollari. Era quasi contenta quando ha
riagganciato. Che altro vuoi dalla vita?»

«A quel punto che ora era?»

«Erano quasi le tre del mattino, e dalle undici della
sera prima mi aveva chiamata esattamente ventidue
volte. Ho predisposto che una macchina privata andasse a prelevarli, l'autista li ha aspettati mentre facevano
la doccia nella suite presidenziale, dopo di che sono saliti in macchina e sono arrivati all'aeroporto in tempo
per il volo Delta, quindici minuti in anticipo sull'altro.»

«È il colmo!»

«Ma il bello deve ancora venire!»

«Non ci credo, racconta!»

«Né io né lei ci eravamo accorte che il volo della Delta sarebbe atterrato otto minuti dopo quello della Con-
tinental.»

La conversazione di quella notte si era conclusa con
un'altra risata alle spalle di Miranda.

Adesso però il mio sesto sesto mi diceva che Emily
stava per darmi una notizia ferale.

«Davvero, hai una voce tremenda. Sei malata?»

«Eh, sì» gracchiò, prima di scoppiare in una raffica di colpi di tosse da spaccare i polmoni. «Sono davvero malata.»

Ero sempre diffidente, quando qualche collega sosteneva di essere "davvero malato": se non ti diagnosticavano qualcosa di grave, come il tifo o la peste bubbonica, significava che stavi abbastanza bene per fare il tuo dovere. Perciò, quando Emily la finì di espettorare e ripeté che era davvero malata, non presi nemmeno in considerazione l'eventualità che potesse non presentarsi al lavoro il lunedì successivo. Dopo tutto, il 18 ottobre doveva prendere un aereo per raggiungere Miranda a Parigi, e mancava poco più di una settimana. E poi, anch'io ero stata "malata": avevo superato un paio di infezioni alle vie respiratorie, due o tre attacchi di bronchite e un'intossicazione alimentare. Tuttavia, non mi era passata nemmeno per l'anticamera del cervello l'idea di non presentarmi in ufficio. In quasi un anno di lavoro non avevo preso un solo giorno di malattia.

E neppure avevo trovato il tempo di fare un chekup. Mi ero concessa un numero imprecisato di massaggi, manicure, pedicure, maquillage e restyling vari. Ma medici, dentisti, ginecologi, neanche a pensarci.

«C'è qualcosa che posso fare?» chiesi, mentre mi scervellavo per capire perché mai Emily mi stesse telefonando per dirmi che non si sentiva bene. Era del tutto irrilevante: che stesse bene o male, sarebbe venuta a lavorare il lunedì.

Diede un colpo di tosse cavernosa.

«Non riesco a credere che stia succedendo proprio a me!»

«Cosa? Che cosa ti succede?»

«Non posso andare in Europa con Miranda. Ho la mononucleosi.»

«Come??!»

«Hai sentito bene, non posso andare. Mi ha chiamata il dottore con i risultati delle analisi del sangue. Sono condannata a restare chiusa in casa per le prossime tre settimane.»

Tre settimane! Stava scherzando. Non era il momento di prendermi in giro, perché era stata proprio la prospettiva di Emily e Miranda fuori dai piedi per una settimana a sostenermi negli ultimi due mesi.

«Emily, Miranda ti uccide: non puoi non andare! Lo sa?»

Seguì un attimo di silenzio inquietante. «Sì, lo sa.»

«L'hai chiamata?»

«Sì. L'ho fatta persino chiamare dal medico, perché a tutta prima non voleva credere che la mononucleosi fosse una malattia seria. Lui le ha spiegato che, se andassi a Parigi, rischierei di infettare qualcuno e comunque...» lasciò la frase a metà.

«E comunque, cosa?»

«Comunque... vuole che tu vada con lei.»

«Emily, non sono in vena di scherzi.»

«Andrea, io...» un colpo di tosse le spezzò la voce, e per un momento temetti che potesse morire, lì al telefono «...sono seria. Assolutamente, totalmente seria. Ha detto che le assistenti che abitualmente le assegnano all'estero sono delle tali deficienti, che persino tu faresti meglio di loro.»

«Oh, bene, se la mette così! Non c'è niente come le lusinghe per convincermi a fare qualcosa. Davvero, non avrebbe dovuto disturbarsi a dire cose così carine sul mio conto. Mi confonde!»

«Oh, finiscila» sputacchiò Emily scossa da una tosse sempre più insistente. «Sei la persona più fortunata del mondo. Sono due anni che aspetto di fare questo viaggio – più di due anni – e adesso che tu andrai al mio posto non trovi nulla di meglio che lamentarti! Non ti rendi conto della fortuna che hai, vero?»

«Scusa, Emily; so che questo viaggio è la tua sola ragione di vita. È solo che io...»

Mi interruppe. «Ho già chiamato Jeffy per chiedergli di ordinarti dei vestiti. Ti toccherà portarne una tonnellata, perché devi avere una *mise* per ogni sfilata, una per ogni cena e, naturalmente, una per la festa di Miranda all'Hotel Costes. Allison ti aiuterà con il trucco. Parla con Stef degli accessori per farti dare borse, scarpe e gioielli. Hai solo una settimana, quindi devi darci dentro a partire da domani.»

«Non riesco a credere che Miranda si aspetti che io faccia una cosa del genere.»

«Bene, ti consiglio di crederci. Poco ma sicuro, non stava scherzando. Visto che io non potrò venire in ufficio per tutta la settimana, devi anche...»

«Cosa? Non verrai in ufficio?»

Ero sconcertata, infuriata, avvilita, ma sapevo che Emily, come me, non aveva mai fatto un giorno d'assenza prima d'ora. Figuriamoci! Nessuno si sarebbe azzardato. Era una delle regole di «Runway». Tranne che in caso di lutto (solo per perdita di familiari stretti), smembramento (tuo personale) o guerra nucleare (solo previa conferma del ministero della Difesa che la minaccia riguardava direttamente Manhattan), eri tenuto a presentarti al lavoro.

«Andrea, ho la mononucleosi, una malattia altamente infettiva. È una cosa seria. Non posso uscire di casa per prendere un caffè, figurati trascorrere una giornata al lavoro. Se l'ha capito Miranda, puoi capirlo anche tu. Smettila di fare questioni e datti una mossa. Ci sarà un sacco da fare per preparare il viaggio. Miranda parte mercoledì per Milano, tu la raggiungerai a Parigi martedì prossimo.»

Sospirai. «D'accordo. Non preoccuparti, Emily, va bene? Pensa a guarire, di tutto il resto mi occupo io.»

«Ti mando una lista per e-mail, così non dimentichi nulla.»

«Non dimenticherò niente. Preleverò il contante dalla banca nel seminterrato, cambierò qualche migliaio di dollari in euro, comprerò traveller's cheque per qualche altro migliaio di euro, e confermerò tre volte i suoi appuntamenti dal parrucchiere e dal truccatore. Che altro? Ah, sì, controllerò che al Ritz questa volta le diano il cellulare giusto, e parlerò in anticipo con gli autisti perché sappiano che non possono farla aspettare per nessuna ragione. Batterò il suo programma al computer e lo invierò alle persone interessate. E naturalmente farò lo stesso con il programma delle gemelle: scuola, lezioni private, allenamenti, appuntamenti con le amichette. Vedi? Puoi stare tranquilla, è tutto sotto controllo.»

«Non dimenticare il velluto» mi incalzò. «E nemmeno i foulard!»

«Certo che no! Sono già sulla mia lista.» Prima che Miranda facesse le valigie – o meglio, prima che la governante facesse le valigie per lei – bisognava comprare da un fabbricante di stoffe un grosso rotolo di velluto, e recapitarglielo a casa. A quel punto, mi sarebbe toccato l'ingrato compito di dare una mano alla governante: ogni capo di vestiario doveva essere avvolto in una pezza di velluto delle dimensioni adeguate. I pacchetti venivano poi impilati per bene in una dozzina di valigie firmate Louis Vuitton, con abbondanza di pezzi extra, per gli acquisti di Parigi. Una delle valigie era destinata alle scatole arancioni di Hermès, contententi foulard di seta rigorosamente bianchi che aspettavano il loro turno per essere smarriti, o semplicemente buttati.

Riagganciai. Mi sentivo sconfortata e del tutto priva di energie. Per distrarmi andai a sedermi accanto a Lily. Era allungata sul sofà, fumava una sigaretta e beveva del liquido trasparente che di sicuro non era acqua.

«Pensavo che non fosse permesso fumare dentro casa» dissi, allungando i piedi sul tavolino. «Non che mi importi, ma è una regola che hai imposto tu.» Lily non era una fumatrice accanita come la sottoscritta; in genere fumava a scrocco, e solo quando beveva. Ma adesso un pacchetto nuovo di zecca faceva capolino dal taschino del suo camicione oversize. Le feci un cenno col mento per indicare le sigarette. Me le allungò insieme all'accendino.

«Sapevo che non ti avrebbe dato fastidio» disse, assaporando un tiro. «Sono in ritardo con un testo che devo consegnare, e fumare mi aiuta a concentrarmi.»

«Cosa devi consegnare?» chiesi. Accesi la sigaretta e le restituii l'accendino insieme al pacchetto. Seguiva sei corsi quel semestre, nello sforzo di alzare la media della primavera precedente. Fece un altro tiro e si sciacquò la bocca con un sorso di vodka.

La sigaretta, i capelli sporchi e il trucco degli occhi completamente sfatto, la dicevano lunga sul suo stato mentale. «Un articolo per un bollettino universitario che non legge nessuno, ma che devo scrivere, tanto per poter dire che mi hanno pubblicato da qualche parte.»

«Che seccatura. Quando lo devi consegnare?»

«Domani.» *Nonchalance* assoluta. Non sembrava per niente preoccupata.

«Domani? Davvero?»

«Sì, domani. Bella rottura, soprattutto considerando che Mister Freud è incaricato della revisione. Comunque, non c'è nessuna possibilità che io gli consegni l'articolo in tempo. Vada a farsi fottere.» Prese un altro sorso. La sua smorfia tradiva lo sforzo di mandarlo giù a tutti i costi.

«Lil, ma che cosa è successo tra voi? L'ultima volta che mi hai parlato di lui, ci stavi andando piano e sembrava perfetto per te. Certo, era prima che ti portassi a casa quel coso, ma...»

Fui inchiodata da un'occhiataccia. Avevo cercato di parlare con lei dell'episodio del "mostro", ci avevo provato almeno una dozzina di volte, ma non voleva affrontare il discorso.

«Già, beh, pare che quella famosa sera, a un certo punto, io l'abbia chiamato e l'abbia scongiurato di venire a prendermi in quel cavolo di locale» disse, evitando di guardarmi negli occhi, apparentemente concentratissima sulla custodia del luttuoso cd di Jeff Buckley che imperversava in casa nostra da oltre ventiquattr'ore.

«E allora? Quando è arrivato tu stavi... parlando, con qualcun altro?» Dovevo muovermi con tatto. Speravo che si decidesse ad aprirsi, e a raccontarmi che cosa le passava per la testa. Non mi aveva mai tenuto nascosto niente, ma ultimamente era sfuggente.

«No, non è andata così» disse, amara. «È venuto all'Au bar e non mi ha trovata. Pare che mi abbia chiamata sul cellulare e che abbia risposto Kenny, e che non sia stato carino.»

«Kenny?»

«Il mostro che mi ero rimorchiata, come l'hai chiamato tu.»

«Ah. Immagino che Mister Freud non l'abbia presa bene.»

«Non molto. Ma chi se ne frega. Morto un papa, se ne fa un altro. Giusto?» Filò in cucina con il bicchiere vuoto. In un batter d'occhio era di nuovo sul divano e aveva ricominciato a bere.

Stavo per domandarle per quale ragione si stesse ammazzando di vodka quando doveva scrivere un articolo per il giorno dopo, ma suonò il citofono. Il portiere annunciava un visitatore.

«Chi è?» chiesi a John, pigiando il bottone di risposta.

«Il signor Fineman è qui per vedere la signorina Sachs» annunciò.

«Davvero? Oh, fantastico. Lo faccia salire.»

Lily mi guardò e alzò le sopracciglia. Anche quella volta non ero riuscita a farla parlare. «Non esultare troppo» disse, con evidente sarcasmo. «Non sembri esattamente entusiasta che il tuo fidanzato ti abbia fatto una sorpresa.»

«Certo che lo sono» risposi, piccata. Ultimamente, la situazione con Alex si era parecchio appannata. Dopo tre anni passati insieme, potevamo dire con certezza di conoscere tutto l'uno dell'altra. Lui aveva reagito alla mia latitanza dovuta al lavoro, rendendosi sempre più disponibile a scuola; si offriva per qualunque attività extra-scolastica: allenatore, assistente, guida, presidente. Quanto al tempo che trascorrevamo insieme, beh, era eccitante come se fossimo sposati da quarant'anni. Aspettavamo con ansia che le cose migliorassero con lo scadere del mio anno di schiavitù... sempre che non ci lasciassimo prima.

Così, dovevo ammettere che l'intuizione di Lily era corretta: non ero troppo felice di vedere Alex. Avevo paura di dirgli che dovevo andare in Europa, paura dell'inevitabile litigio che ne sarebbe seguito. Ma Alex stava già bussando alla porta.

«Ciao!» esclamai, con finta allegria. «Che sorpresa!»

«Non ti secca che sia passato, vero? Avevo appuntamento con Max qui vicino, e così ho pensato di fare un salto.»

«Ma certo che non mi dispiace, stupido! Sono contentissima. Vieni, entra.»

Alex si prese una birra, baciò Lily su una guancia e si sistemò sulla poltrona arancione, un reperto anni Settanta ereditato dai miei. «Allora, che succede da queste parti?» chiese, accennando allo stereo, dal quale usciva un *Hallelujah* da tagliarsi le vene.

Lily alzò le spalle. «Sono in ritardo con una consegna. Tutto qui.»

«Beh, io ce l'avrei una novità» azzardai, cercando di apparire su di giri. Pensavo che se fossi riuscita a entusiasmarmi io per prima, avrei potuto contagiarlo e Alex avrebbe preso bene la notizia. Aveva messo tanto di quell'impegno nel programmare la nostra prima rimpatriata universitaria: ora la mia defezione con neppure dieci giorni di anticipo rischiava davvero di fargli saltare i nervi.

Si girarono a guardarmi tutti e due contemporaneamente, vagamente allarmati.

«Che novità?» disse Alex.

«Beh, ho appena appreso che dovrò andare a Parigi per una settimana» spiattellai, incrociando le dita.

«Dove hai detto che vai?» chiese Lily, distratta, come se non fosse interessata all'argomento.

«E perché ci vai?» le fece eco Alex, con una faccia da funerale.

«Emily ha appena scoperto di avere la mononucleosi, e Miranda vuole che sia io ad accompagnarla alle sfilate. Non è grandioso?» dissi. Sapevo che convincere Alex che andare a Parigi era una bella opportunità, sarebbe stato spossante almeno quanto convincere me stessa.

«Non capisco. Miranda non va alle sfilate qualcosa come un migliaio di volte all'anno?» chiese. Feci di sì con la testa. «E adesso perché, all'improvviso, ha bisogno che tu la accompagni?»

Lily si era estraniata, stava sfogliando un vecchio numero del «New Yorker».

«Per tradizione, Miranda dà una megafesta alle sfilate di primavera a Parigi. Spetterà a me curare ogni dettaglio, e controllare che tutto sia a posto.»

«Questo vuol dire che ti perderai la rimpatriata all'università» disse, senza tradire alcuna emozione.

«Beh, normalmente è l'assistente senior ad accompagnare il direttore, ma siccome Emily è malata, mi tocca sostituirla. Devo partire martedì prossimo, per cui... sì, non potrò venire a Providence con te. Mi dispiace moltissimo, davvero.» Mi alzai dalla sedia e andai a sedermi accanto a lui.

«Già, per te è tutto semplice, vero? Non ti importa che abbia già pagato per intero la stanza. Né che abbia dovuto riorganizzare i miei orari, in vista di quel fottuto weekend.» Raramente l'avevo visto così arrabbiato, da quando stavamo insieme. Persino Lily alzò lo sguardo dalla rivista, si scusò e tolse il disturbo, dileguandosi prima che fosse dichiarata guerra aperta.

Provai a fargli una carezza, ma mi bloccò. «Sul serio, Andrea...» Mi chiamava così solo quand'era in collera. «Pensi davvero che ne valga la pena? Sii sincera. Ne vale la pena?»

«Che valga la pena di cosa? Di perdere una rimpatriata all'università, per il mio lavoro? Un lavoro che mi aprirà un sacco di porte? La risposta è sì. Certo che ne vale la pena.»

Abbassò la testa e per un istante pensai che stesse piangendo, ma quando la rialzò sul suo volto c'era solo rabbia.

«Non credi che preferirei venire con te?» urlai. «Non capisci che non ho scelta?»

«Non hai scelta? Ma se hai un'infinità di scelte! Andy, nel caso non te ne fossi accorta, il tuo cosiddetto lavoro ti sta divorando la vita!» gridò a sua volta, diventando paonazzo.

«Alex, senti, lo so che...»

«No, adesso sei tu che devi ascoltarmi! Lascia perdere il sottoscritto, e il fatto che io e te quasi non ci vediamo più per via di tutto il tempo che passi in ufficio. Ma, e i tuoi genitori? Quand'è stata l'ultima volta che li hai visti? E tua sorella? Da quando ha avuto il bambino, non sei ancora andata a trovarla! Questo non significa niente per te?» Abbassò la voce e si avvicinò. Pensai che volesse scusarsi, invece continuò: «E cosa mi dici di Lily? Ti sei accorta che la tua migliore amica è un'alcolista?». Dovetti assumere un'espressione incredula, perché lui rincarò la dose. «Non puoi continuare a far finta di niente, Andy. È sotto gli occhi di tutti!»

«Certo che beve. Bevi anche tu, e bevo anch'io, tutti quelli che conosciamo bevono. Lily è una studentessa, Alex. Cosa c'è di così strano?» Neppure io credevo a quello che stavo dicendo. Alex scosse la testa. Calò il silenzio per qualche minuto, poi riprese.

«Non capisco proprio, Andy. Non so con esattezza cosa sia successo, ma è come se non ti conoscessi più. Penso che sia meglio prendersi una pausa.»

«Cosa? Cosa stai dicendo? Vuoi rompere?»

«No, non sto dicendo questo. Non voglio rompere, solo una pausa. Penso che servirà a tutti e due. Ultimamente non sembri felice della nostra storia e, francamente, lo stesso vale per me. Forse una separazione ci farà riflettere su ciò che vogliamo veramente.»

«Ne sei proprio convinto?» Non ero d'accordo. Mi sembrava un atteggiamento egoista da parte sua, proprio adesso che il mio anno a «Runway» stava per finire, e per di più, a pochi giorni dalla prova più difficile della mia carriera. «Bene, allora. Concediamoci una pausa» dissi prendendo atto del suo silenzio. «Una bella boccata d'aria. Mi sembra un piano geniale.»

Mi fissò con i suoi grandi occhi scuri, sopraffatto dalla sorpresa e dal dolore. Li chiuse per un attimo, come se volesse liberarsi dall'immagine del mio volto. «Okay, Andy. Adesso tolgo il disturbo. Spero che tu ti diverta a Parigi, davvero. Ci sentiamo.»

E prima che realizzassi quello che stava accadendo, mi baciò sulla guancia come avrebbe fatto con Lily o con mia madre e si diresse alla porta.

«Alex, non pensi che dovremmo parlarne ancora?» chiesi, cercando di mantenere la calma. Non riuscivo a credere che fosse pronto ad andarsene in quel modo.

Si girò, mi sorrise: «È meglio che per questa sera la

chiudiamo qui, Andy. Avremmo fatto meglio a parlare nei mesi passati. Pensaci, va bene? Ti chiamo tra un paio di settimane. E buona fortuna per il tuo viaggio: sono sicuro che te la caverai benissimo». Aprì la porta, e se ne andò.

Corsi in camera di Lily nella speranza di sentirmi dire che Alex aveva esagerato, che io dovevo proprio andare a Parigi perché era la cosa migliore per il mio futuro, e che no, lei non aveva nessun problema con l'alcol, e che il fatto che trascurassi il figlio di Jill non faceva di me una cattiva sorella. Ma Lily era collassata sul letto, sopra le coperte, vestita, con il bicchiere vuoto sul comodino e il computer portatile ancora acceso. Chissà a che punto era arrivata con il suo articolo. Diedi un'occhiata. Brava! Aveva scritto l'intestazione, con il suo nome, cognome, codice della lezione, nome del docente, e il titolo presumibilmente provvisorio del suo articolo: «Le ramificazioni psicologiche dell'innamoramento dell'autore per il lettore». Scoppiai a ridere, ma Lily non si mosse di un millimetro, perciò spensi il computer e le puntai la sveglia per le sette del mattino. Feci appena in tempo a varcare la soglia della mia camera che il telefono suonò di nuovo. In genere lo lasciavo squillare più volte per prepararmi psicologicamente ad affrontare Miranda, ma questa volta risposi subito, perché sapevo che doveva essere Alex.

«Ciao, piccolo» sospirai. Mi mancava già, anche se preferivo il telefono alla sua versione in carne e ossa. Avevo mal di testa e le spalle così tese che sembravano incollate alle orecchie. «Sono contenta che tu mi abbia chiamata.»

«Piccolo! Wow! Facciamo progressi, eh, Andy? Vacci piano, o potrei farmi l'idea che tu ci stia provando» disse Christian, furbo, con un sorriso che riuscivo a immaginare all'altro capo del telefono.

«Oh, sei tu.»

«Beh, non è esattamente il benvenuto più caloroso che abbia mai ricevuto! Cosa c'è, Andy? Qualcosa non va?»

«È solo che ho avuto una giornataccia, come sempre ultimamente. E tu?»

Rise. «Andy, Andy, Andy. Non hai nessun motivo di essere infelice. Sei giovane, bella, brillante e destinata a una luminosa carriera. E poi, so io come risollevarti il morale. Accompagnami alla cerimonia di una premiazione letteraria, domani sera. Dovrebbe esserci un sacco di gente interessante, ed è un po' che non ci vediamo.»

Avendo letto troppi articoli intitolati «Come capire se lui è pronto a impegnarsi in una relazione seria» su «Cosmopolitan», non potei fare a meno di avvertire un brivido di pericolo. Tuttavia, decisi di ignorarlo. Era stata una serataccia, e avevo bisogno di credere, anche se solo per qualche minuto, che Christian una volta tanto potesse essere sincero. Non avrei accettato il suo invito, ma un paio di minuti di innocente flirt telefonico non mi avrebbero fatto che bene.

«Oh, davvero?» gli chiesi, giocando. «Raccontami un po'.»

Tempo pochi minuti e il viaggio a Parigi, la vodka di Lily e gli occhi tristi di Alex erano solo un ricordo sbiadito.

16

Secondo il programma, Miranda doveva arrivare in Europa una settimana prima di me. Aveva accettato di avvalersi della collaborazione di assistenti locali per le sfilate di Milano, e sarebbe arrivata a Parigi la stessa mattina in cui arrivavo io, per definire i dettagli della sua megafesta. La compagnia aerea aveva rifiutato di cambiare il nome sul biglietto di Emily, perciò avevo dovuto comprarne uno nuovo. Duemiladuecento dollari, perché era la settimana della moda. Avevo esitato un attimo, prima di sfoderare la carta di credito della Elias-Clark. "Chi se ne frega" pensai. "Miranda spende la stessa cifra in una settimana solo di parrucchiere e truccatore."

Il numero di «Runway» attualmente in lavorazione aveva subito ritardi, perché tutti – caporedattori, redattori, assistenti – erano concentrati nello sforzo di aiutarmi nei preparativi della partenza. Tre Clarkioti della redazione Moda avevano messo insieme in fretta e furia un guardaroba perfettamente tarato sui vari eventi a cui Miranda avrebbe potuto chiedermi di presenziare. Lucia, il direttore della Moda, stava preparando un taccuino di bozzetti a matita con gli abbinamenti, studiati in modo da «massimizzare lo stile e minimizzare l'imba-razzo» (parole sue).

Pantaloni grigi di Theory e dolcevita in seta nera di Céline, nel caso avessi accompagnato Miranda a una degustazione di vini pregiati. Pantaloni bianchi, giacca con zip e cappuccio, canotta da 185 dollari, e sneacker scamosciate: tutto Prada, per il tennis club. E se mi fosse capitato di trovarmi in prima fila a una delle sfilate a cui tutti giuravano che sarei andata? Le opzioni erano illimitate. La mia favorita, per il momento, (ma era solo lunedì pomeriggio, chissà quali altre meravigliose *mise* mi avrebbero proposto prima del martedì successivo) era una gonna a pieghe da scolaretta di Anna Sui, con blusa trasparentissima di Miu Miu, abbinata a sti-vali particolarmente civettuoli di Christian Laboutin e completata da un blazer di pelle di Katayone Adeli, così aderente da rasentare la pornografia. I miei jeans sdru-citi e le ballerine graffiate erano sepolti nell'armadio da parecchi mesi, ormai. E devo riconoscere che, nono-stante le mie resistenze iniziali i miei vecchi abiti non mi mancavano affatto.

Negli ultimi giorni avevo scoperto che Allison, la ca-poredattrice della Bellezza, meritava a pieno titolo la sua qualifica: quella donna *era* l'industria della bellez-za, letteralmente. Ventiquattr'ore dopo essere stata in-formata che avrei avuto bisogno del *nécessaire* per il trucco e di un numero consistente di consigli, Allison aveva creato la prima linea di cosmetici democratici che-stan-bene-proprio-a-tutte. Nel beauty-case decisa-mente oversize di Burberry c'era di tutto: ombretti, lo-zioni, lucidalabbra, creme, eye-liner. I rossetti erano divisi in opachi, brillanti, a lunga tenuta e "nudi". Sei tonalità di mascara, dall'azzurro chiaro al nero blackout, erano accompagnate da un curvatore per le ciglia e da un pettine per le sopracciglia.

Le ciprie erano almeno una decina, in grado di fissare/accentuare/illuminare palpebre e guance. I fondotinta, innumerevoli, servivano a "dare lucentezza" o a "coprire le imperfezioni" specifiche del mio tipo di pelle. In un beauty-case più piccolo, c'erano gli accessori: batuffoli di cotone, dischetti struccanti, cotton fioc, spugnette, ventiquattro applicatori di misura diversa e salviettine di cotone umidificate. Poi detergenti e creme: due tipi di struccante per occhi (idratante e senza olii aggiunti) e non meno di dodici – DODICI! – tipi di idratanti diversi (per il viso, per il corpo, ad azione profonda, con filtro solare, luccicante, colorato, profumato, senza profumo, ipoallergenico, con Alfa-idroxiacidi, antibattterico e – giusto nel caso che il dispettoso sole parigino di fine ottobre dovesse giocarmi qualche brutto scherzo – con aloe vera, calmante ed emolliente).

Infilati in un taschino laterale del beauty-case più piccolo c'erano alcuni fogli. Ognuno ritraeva un viso caratterizzato da un make-up differente: Allison aveva applicato ai visi di carta tutti i prodotti inclusi nel kit. Uno era intitolato: «Serate in relax con *glamour*». In basso era scarabocchiato un avvertimento: «INADATTO ALLE SERATE IN LUNGO! È TROPPO CASUAL!!!» Sul viso "casual" era stato steso del fondotinta opaco e una leggera pennellata di cipria abbronzante. L'ombreggiatura delle palpebre era accentuata da un tocco di mascara jet-black. Le labbra risaltavano grazie a un lucidalabbra iridescente. Mormorai che non sarei mai riuscita a truccarmi con tanta sapienza, e Allison mi guardò esasperata.

«Andrea. Cerca di essere seria. È solo per le emergenze, giusto nel caso in cui Miranda ti chiedesse di andare da qualche parte all'ultimo minuto, o se il tuo parrucchiere e il truccatore personali fossero costretti a cancellare un appuntamento. Ma, adesso, lascia che ti illustri i prodotti per i capelli.»

Allison mi mostrò come usare quattro diverse spazzole rotonde. Intanto, io mi chiedevo che cosa intendesse con quella storia del parrucchiere e del truccatore. Non avevo fissato nessun appuntamento per me, quando avevo prenotato i parrucchieri e i truccatori per Miranda, dunque? Dovevo capire, e subito.

«Ci ha pensato la redazione di Parigi» replicò Allison, sospirando di fronte alla mia inesperienza. «Tu rappresenti "Runway", sai, e Miranda ci tiene che tu faccia bella figura. Parteciperai ad alcuni degli eventi di maggior richiamo nel mondo della moda, a fianco di Miranda Priestly. Non è pensabile che tu riesca a farti il look perfetto da sola. Sbaglio?»

Allison mi marcò stretta per altre due ore. Stavo finalmente per correre in mensa ad arraffare una zuppa ipercalorica, quando Allison prese il telefono e chiamò Stef degli Accessori.

«Ciao, io ho finito con Andy, vuoi salire?»

«Aspetta! Ho bisogno di mangiare qualcosa, prima che torni Miranda!» gridai.

Allison rovesciò gli occhi, proprio come faceva Emily. «Non credi che faresti meglio a trattenerti?» Poi proseguì rivolta a Stef: «No, no, stavo parlando con Andrea. Sembra che abbia fame. Lo so. Sì, lo so. Gliel'ho detto, ma sembra intenzionata a... *mangiare*.»

Corsi giù in mensa e presi una scodella grande di crema di broccoli con formaggio cheddar. Tempo tre minuti ed ero di nuovo al mio posto. Miranda era seduta alla sua scrivania, e teneva il ricevitore del telefono distante dal viso come se scottasse.

«Andreaaa! Il telefono suona, ma quando rispondo, dall'altra parte non c'è nessuno. Come spieghi questo irritante fenomeno?» chiese. Mi precipitai nel suo ufficio.

La spiegazione era semplice. Nelle rarissime occasioni in cui Miranda era in ufficio da sola, poteva capitare che rispondesse al telefono. Naturalmente, le persone che chiamavano rimanevano spiazzate nel sentire la sua voce, e riagganciavano immediatamente. Nessuno era preparato a parlare con lei, anche perché normalmente le probabilità che io ed Emily passassimo una telefonata a Miranda erano praticamente inesistenti. Nei tre minuti in cui ero scesa a procurarmi la zuppa, mi erano arrivate dozzine di e-mail di caporedattori e assistenti allarmati. «Dove siete, ragazze????» Si era diffuso il panico. «Sta rispondendo al telefono!!!»

Mormorai qualcosa sul fatto che talvolta anche a me capitava di ricevere telefonate mute, ma Miranda non mi stava ascoltando. In quel momento, era la scodella di zuppa che tenevo in mano a catalizzare la sua attenzione. Una parte del liquido verdino stava colando lungo il bordo. Quando Miranda realizzò che si trattava del pasto che intendevo consumare in redazione, il suo colorito cambiò visibilmente, assumendo le stesse tonalità verdastre della minestra.

«Butta immediatamente quell'orrenda broda!» ringhiò da tre metri di distanza. «Basta l'odore a farmi venire il voltastomaco!»

Versai l'orrenda e offensiva zuppa nel bidone della spazzatura, guardandola con rimpianto. La sua voce mi riportò bruscamente alla realtà.

«Sono pronta per la carrellata» esclamò, stridula, sistemandosi sulla sedia. «E quando abbiamo finito, chiama quelli delle rubriche.»

Ogni sua parola mi causava un'impennata di adrenalina: non essendo mai sicura di che cosa volesse, dubitavo di riuscire ad accontentarla. E dato che era Emily, di solito, a prendere nota delle carrellate e degli appuntamenti settimanali, dovetti correre alla sua scrivania e controllare l'agenda. Per le tre del pomeriggio aveva scritto: carrellata del servizio fotografico a Sidona, Lucia/Helen.

Digitai con foga l'interno di Lucia e parlai non appena qualcuno tirò su.

«È pronta» annunciai laconica, come una spia. Helen, l'assistente di Lucia, riagganciò senza aggiungere altro al "Pronto", che le era rimasto strozzato in gola. Se lei e Lucia fossero arrivate entro venti-venticinque secondi bene; altrimenti Miranda mi avrebbe spedita a dare loro la caccia, perché quando lei era pronta, significava una cosa soltanto: "immediatamente". Correre in giro per l'ufficio a cercare qualcuno che quasi sicuramente si era imboscato per evitare Miranda non era mai una cosa divertente, ma diventava una faccenda maledettamente imbarazzante quando succedeva che il suddetto qualcuno fosse in bagno. Qualunque cosa stesse facendo era del tutto irrilevante: se la sua presenza era richiesta, doveva presentarsi *subito* al cospetto del Grande Capo. Così a me toccava l'ingrato compito di stanarlo, a costo di inginocchiarmi a controllare sotto le porte delle toilette, per vedere se riconoscevo il malcapitato dalle scarpe.

Fortunatamente per tutte, Helen arrivò nel giro di pochi secondi, spingendo un appendiabiti a rotelle stracolmo e tirandosene dietro un altro. Esitò un attimo fuori dall'ufficio di Miranda e solo dopo aver ricevuto un impercettibile cenno di assenso entrò, spingendo gli appendiabiti sulla moquette alta e soffice.

«Tutto qui? Due appendiabiti?» chiese Miranda, senza quasi alzare lo sguardo dalla rivista che stava leggendo.

Helen fu sorpresa nel constatare che Miranda le avesse rivolto la parola, perché la regola voleva che il direttore ignorasse completamente gli assistenti.

«Ehm, eh, no. Lucia sarà qui a momenti con gli altri due. Vuole che intanto, ehm, cominci io a esporre quello che abbiamo ordinato?» domandò goffamente, sistemandosi la canotta a costine.

«No.»

E poi: «Andreaaa! Trova Lucia. Il mio orologio fa le tre in punto. Se non è ancora pronta, ho di meglio da fare che star seduta qui ad aspettare lei».

«Non ce n'è bisogno Miranda, sono qui» boccheggiò Lucia, senza fiato, spingendo e tirando altri due appendiabiti. «Scusa, mi spiace. Stavamo aspettando che quelli di Yves Saint-Laurent ci consegnassero l'ultimo cappotto.»

Sistemò gli appendiabiti, suddivisi per capo di abbigliamento (magliette, giacche e cappotti, gonne e pantaloni, vestiti), in semicerchio davanti alla scrivania di Miranda, dopo di che fece segno a Helen che poteva andare. Miranda e Lucia esaminarono ogni singolo capo, discutendo se inserirlo o meno nel prossimo servizio di moda che doveva essere ambientato a Sedona, in Arizona. Lucia descrisse lo stile "Urban Cowgirl chic", che pensava sarebbe andato alla grande sullo sfondo delle montagne rosse; Miranda precisò maligna che preferiva "chic e basta", forse perché aveva già fatto il pieno di "cowgirl" alla festa di fidanzamento del cognato. Riuscii ad appartarmi per sgranocchiare qualche peccaminoso grissino finché Miranda non mi ordinò di chiamare quelli degli accessori. Toccava a loro.

Guardai di nuovo sull'agenda di Emily, ma era esattamente come temevo: tra gli appuntamenti non c'era nessuna carrellata degli accessori. Pregai che Emily avesse semplicemente dimenticato di segnarlo sull'agenda, e chiamai Stef. «Miranda è pronta per la carrellata di Sedona.»

Ahi, ahi, la fortuna aveva deciso di voltarmi le spalle. Stef aveva concordato l'appuntamento con Miranda per il tardo pomeriggio del giorno dopo, e le PR delle varie maison dovevano ancora consegnare almeno un quarto degli oggetti richiesti.

«È impossibile. Non ce la posso fare» annunciò, demoralizzata.

«Beh, e io cosa diavolo le posso dire?» sussurrai in risposta.

«Dille la verità: l'appuntamento è stato fissato per domani pomeriggio e un sacco di accessori devono ancora arrivare. Voglio dire, sul serio! Stiamo ancora aspettando una borsetta da sera, una pochette rigida, tre diversi modelli di borse con le frange, quattro paia di scarpe, due collane, tre...»

«Okay, okay» dissi. «Ma resta incollata al telefono, ti richiamo subito. E se fossi in te, proverei a inventarmi qualcosa. Sono pronta a scommettere che Miranda si rifiuterà di aspettare.»

Stef riagganciò senza aggiungere una sola parola. Strisciai al cospetto di Miranda e attesi pazientemente che alzasse lo sguardo. «Miranda, ho appena parlato con Stef. Dice che l'appuntamento non era per oggi, ma per domani, inoltre stanno ancora aspettando diversi accessori. Ma dovrebbe arrivare tutto per...»

«Andreaaa. Non posso visualizzare come staranno le modelle con questi abiti senza vedere le scarpe, le borse e i gioielli, e domani a quest'ora sarò in Italia. Voglio che Stef mi mostri quello che ha, più le foto di ciò che deve ancora arrivare!» Si voltò di nuovo a parlare con Lucia.

Quando comunicai a Stef il messaggio di Miranda, i nervi della poveretta subirono un duro colpo e crollarono all'istante.

«Cosa? Ripeti? Non è vero! Dimmi che non è vero! Non posso mettere insieme una stramaledetta carrellata in trenta secondi, lo capisci? È impossibile! Quattro delle mie assistenti sono via, e l'unica che ho a disposizione è una buona a nulla. Andrea, cosa devo fare?» Era isterica, ma non c'era un gran margine per le trattative.

«Okay, fantastico, allora» dissi con dolcezza, notando che Miranda mi osservava dalla soglia dell'ufficio, pronta a captare il più piccolo indizio di insubordinazione. «Dico a Miranda che arrivi subito.» Riagganciai prima che Stef potesse scoppiare in lacrime.

Non mi sorprese il fatto di vederla arrivare due minuti e mezzo dopo, insieme all'assistente buona a nulla, un'altra assistente che si era fatta prestare da qualcuno, e James, anche lui preso in prestito dalla redazione Bellezza. Avevano tutti e tre l'aria stravolta. Erano carichi di enormi ceste di vimini. Si fermarono titubanti accanto alla mia scrivania, finché Miranda fece il solito impercettibile cenno, e tutti quanti avanzarono in un sincronismo perfetto, pronti a genuflettersi.

Quando gli addetti agli Accessori ebbero disposto la loro merce in file ordinate sulla moquette per l'ispezione di Miranda, l'ufficio aveva assunto l'aspetto di in un bazar beduino. James le presentò delle cinture di serpente da duemila dollari l'una; un'assistente la nuova borsa Kelly, un'altra una pochette di Fendi da cocktail, mentre un'altra ancora le illustrò i pregi di un foulard borchiato. Stef era riuscita a mettere insieme una carrellata quasi perfetta, con soli trenta secondi di preavviso e un sacco di pezzi mancanti. Aveva riempito i buchi con oggetti presi da servizi già realizzati, spiegando a Miranda che gli accessori che dovevano ancora arrivare erano molto simili a quelli. Miranda si muoveva senza entusiasmo da una "bancarella" all'altra, esprimendo le sue preferenze. Redattori e assistenti si prodigavano in ossequiosi cenni di assenso («Oh, sì, scelta eccellente», «Oh, è assolutamente perfetto») e raccoglievano la mercanzia, filandosela nei rispettivi uffici prima che, come immancabilmente accadeva, Miranda cambiasse idea.

Miranda aveva preannunciato che sarebbe andata via verso le quattro, per passare un paio di ore con le bambine prima del volo, ragion per cui cancellai l'appuntamento con i caporedattori delle rubriche, con grande sollievo generale. Alle tre e cinquantotto in punto cominciò a riordinare le sue cose, che la sottoscritta le avrebbe portato a casa, più tardi, in tempo per la partenza. Essenzialmente, i preparativi cui si faceva carico personalmente consistevano nell'infilare portafogli e cellulare nella borsetta di Fendi.

Quando finalmente Miranda uscì, d'istinto presi il telefono per chiamare Alex. Solo dopo aver cominciato a comporre il numero mi ricordai che ci eravamo presi una pausa. Rimasi lì seduta col telefono in mano, lo sguardo fisso su una mail che mi aveva mandato il giorno prima e che terminava con "ti amo, Alex". Mi chiesi se non avessi fatto un terribile errore ad accettare la sua proposta di interrompere i contatti per due settimane. Ero pronta a dirgli che dovevamo parlare di tutto, ad ammettere che avevo sbagliato. Ma prima ancora che il telefono squillasse, Stef era in piedi davanti a me con il piano di guerra degli accessori per il viaggio a Parigi, esaltatissima dopo il successo della carrellata. Dovevamo discutere di scarpe, borse, cinture, gioielli, calze, intimo, occhiali da sole. Posai il ricevitore e cercai di concentrarmi sulle istruzioni di Stef.

Alla mia pur nutrita collezione di esperienze di viaggio infernali mancava un volo di sette ore, con indosso quello che «Runway» aveva scelto per me: pantaloni di pelle affusolati che rallentavano il flusso sanguigno, sandali a listelli con nove centimetri di tacco, canotta mozzafiato (letteralmente) e un "comodo" blazer super aderente. Opporsi? Impossibile!

Comunque, ripensandoci, i tacchi e il blazer erano dettagli insignificanti considerato ciò che mi aspettava: sette – dico sette – ore filate senza sentire Miranda! Era un anno che sognavo un'occasione del genere.

Per ragioni che non mi erano del tutto chiare, i miei non avevano accolto la notizia del mio viaggio con l'entusiasmo che mi ero aspettata.

«Oh, davvero? Proprio adesso?» aveva chiesto mia madre che, nonostante gli sforzi, non era riuscita a camuffare il suo disappunto.

«Cosa intendi con "proprio adesso"?»

«Beh, non mi sembra che sia il momento migliore per volare in Europa, ecco.» Da buona madre ebrea, era abilissima nel sollecitare il senso di colpa delle figlie.

«E perché no? Quando sarebbe il momento migliore, di grazia?»

«Non ti arrabbiare, Andy. È solo che non ti vediamo da mesi. Sia io sia tuo padre capiamo quanto ti impegna il lavoro, ma non hai voglia di sapere com'è fatto il tuo nipotino? Ha già due mesi e non l'hai ancora visto.»

«Mamma! Non cercare di farmi sentire in colpa! Muoio dalla voglia di vedere Isaac, ma sai benissimo che adesso non posso...»

«Io e papà saremmo felici di pagarti il biglietto per Houston. Lo sai, vero?»

«Ma certo che lo so! Me l'hai detto almeno quattrocento volte. Lo so, lo apprezzo, ma non è questione di soldi. Non è facile ottenere un permesso dal lavoro, e poi, con Emily ammalata, non posso proprio andarmene, nemmeno nel weekend. Ti sembra sensato che attraversi l'America in aereo solo per tornare a rotta di collo l'istante in cui Miranda mi chiama perché vada a ritirarle la roba in tintoria? Eh?»

«No, certo, Andy. Ma penso che... magari saresti potuta andare a trovare Jill nelle prossime due settimane, visto che Miranda è via, e se ti fossi organizata per partire anche io e papà saremmo potuti venire a Houston...»

«Mamma, non sto andando in vacanza. Non ho scelto io di andare a Parigi invece di conoscere il mio nipotino. Non è una mia decisione. Ora tento di spiegarti come stanno le cose, guarda è semplicissimo: fra tre giorni vado a Parigi con Miranda per una settimana, se no mi licenzia. Hai un'alternativa da propormi?»

Era rimasta in silenzio, poi aveva detto: «No, certo che no, tesoro. Sai che capisco benissimo. Spero solo che tu sia felice di come si stanno mettendo le cose».

«E questo cosa vorrebbe dire?» avevo chiesto, indispettita.

«Niente, niente» si era affrettata a rispondere. «Solo quello che ho detto: a me e a papà sta a cuore solo che tu sia felice, e ci sembra che negli ultimi tempi tu ti sia, ehm, beh, spremuta un po' troppo.»

Mi ero un po' ammorbidita, visto che lei ce la stava mettendo tutta per venirmi incontro. «Mamma, va tutto benissimo. Non è che sia contenta di andare a Parigi, te l'ho detto. Sarà una settimana assolutamente infernale. Ma il mio anno di gavetta sta per scadere e non posso arrendermi proprio adesso.»

«Lo so, tesoro, so che è stato un anno durissimo per te, e sono convinta che alla fine ne sarà valsa la pena. Ecco tutto.»

«Lo so. Lo spero anch'io.»

Avevamo chiuso la telefonata senza ulteriori incomprensioni, ma non potevo scacciare la sensazione di aver in qualche modo deluso i miei genitori.

Ritirare i bagagli all'aeroporto Charles De Gaulle fu un incubo, ma trovai subito l'autista in livrea che mi aspettava con il cartello di «Runway» in mano. Mi fece accomodare, caricò i bagagli in macchina e mi porse un cellulare.

«La signora Priestly mi ha incaricato di chiederle di accendere il cellulare al momento dell'arrivo. Mi sono preso la libertà di mettere in memoria il numero dell'hotel. La signora Priestly è nella suite Coco Chanel.»

«Oh, grazie. Ehm, credo che la chiamerò subito» annunciai, anche se non ce n'era alcun bisogno.

Ma prima che potessi selezionare la rubrica e il numero dell'hotel, il telefono si mise a trillare e lampeggiare. Se non fosse stato per l'autista che mi guardava, avrei azzerato il volume della suoneria, e mi sarei concessa ancora qualche minuto di tregua, ma avevo la netta sensazione che l'uomo avesse ricevuto l'incarico di tenermi d'occhio. Qualcosa nella sua espressione mi diceva che non era nel mio interesse ignorare la chiamata.

«Pronto, parla Andrea Sachs» dissi, con tono professionale.

«Andreaaa! Che ora fa il tuo orologio in questo momento?»

Che domanda!

«Ehm, fammi controllare. Dunque, il mio orologio segna le cinque e un quarto del mattino, ma ovviamente non l'ho ancora regolato sull'ora di Parigi. Quindi, qui dovrebbero essere le undici e un quarto» risposi.

«Grazie per l'esauriente precisazione, Andreaaa. E ora vuoi dirmi cos'hai fatto esattamente negli ultimi trentacinque minuti?»

«Bene, Miranda, il volo è atterrato con qualche minuto di ritardo, e poi dovevo...»

«Stando al tuo itinerario, il tuo aereo dovrebbe essere atterrato alle dieci e trentacinque.»

«Sì, quello era l'orario previsto, ma cerca di capire...»

«Non ti permetto di dirmi quello che devo o non devo capire, Andreaaa. Il tuo non è un comportamento accettabile.»

«Sì, certo, mi dispiace. » Il cuore accelerò a un milione di battiti al minuto. Accidenti, la solita umiliazione! Schiacciai il naso contro il finestrino e mi misi a guardare fuori, mentre la limousine procedeva nel traffico brulicante di Parigi. Le donne mi sembravano tutte alte, gli uomini più raffinati. Prima d'allora, ero stata a Parigi solo una volta, ma bivaccare con lo zaino in un ostello sul lato sbagliato della città non era lo stesso che guardare le boutique eleganti e gli adorabili caffè con i tavolini sui marciapiedi stando comodamente seduta in una limousine. "Potrei abituarmi a questa vita" pensai, mentre l'autista si girava per mostrarmi dove potevo trovare l'acqua minerale, se avevo sete.

Infine la macchina si fermò davanti all'ingresso dell'hotel. Un gentiluomo distinto aprì la portiera per farmi scendere.

«Mademoiselle Sachs, finalmente! Che piacere fare la sua conoscenza. Sono Gérard Renaud.» Aveva una voce calma, sicura. I capelli grigi e le rughe sul volto indicavano che il portiere del Ritz era molto più vecchio di come me l'ero immaginato, le volte in cui avevo parlato con lui al telefono.

«Monsieur Renaud, anche per me è un vero piacere» mentre scambiavo quei convenevoli, all'improvviso mi piombò addosso la stanchezza. L'unica cosa che desideravo era di infilarmi in un bel letto soffice e dormire, ma Renaud falciò via le mie speranze.

«Mademoiselle Andrea, Madame Priestly vuole vederla nella sua suite immediatamente. Prima ancora che possa sistemarsi nella sua, temo.» Sembrava a disagio, e per un attimo mi sentii più dispiaciuta per lui che per me.

Mi stampai in faccia un sorriso impermeabile. «Benone. Qualcuno può accompagnarmi da Miranda?»

«Ma certo, Mademoiselle. *Nostra signora* è nella suite Coco Chanel, naturalmente.» Al telefono Monsieur Renaud era sempre stato il massimo della correttezza, ma il tono ironico della sua ultima frase mi insinuò il sospetto che detestasse Miranda almeno un pochino.

L'ascensore si aprì. Monsieur Renaud sorrise e mi fece strada. Disse qualcosa in francese al ragazzo dell'ascensore e mi affidò a lui perché mi scortasse di sopra. Renaud si congedò, e io salii nella suite di Miranda. Il ragazzo bussò alla porta, quindi si dileguò, lasciandomi ad affrontare Miranda da sola.

Una graziosa cameriera in uniforme mi aprì la porta e mi fece strada. Aveva gli occhi tristi, e teneva lo sguardo abbassato.

«Andreaaa!» Sentii che mi chiamava da qualche parte in fondo a un meraviglioso soggiorno. «Andreaaa, ho bisogno che tu mi faccia stirare il tailleur di Chanel per questa sera. Era in uno stato pietoso quando l'ho tirato fuori dalla valigia. Poi chiama la scuola, voglio la conferma che le bambine ci siano andate. Lo farai tutti i giorni, non mi fido di quell'Annabelle. Vedi di parlare con Caroline e Cassidy ogni sera e compila un calendario dei compiti e delle interrogazioni. Mi aspetto una relazione scritta tutte le mattine, dopo la colazione. Oh, e trovami subito il senatore Schumer al telefono. È urgente. Un'ultima cosa, ho bisogno che contatti quell'idiota di Renaud: avvertilo che non tollererò membri del personale incompetenti durante il mio soggiorno. Se lui non può darmi garanzie in questo senso sono sicura che il direttore generale della società che gestisce il Ritz provvederà ad accontentarmi. Questa deficiente che mi ha mandato non è in grado di fare niente.»

Mi voltai a guardare la ragazza, che in quel momento se ne stava acquattata nel foyer, con la stessa aria spaventata di un criceto al cospetto di un gatto. Diedi un'occhiata in giro, cercando disperatamente di ricordare punto per punto la raffica di ordini che Miranda mi aveva appena impartito.

«Provvedo subito» dissi ad alta voce, passando davanti al pianoforte a coda e a ben diciassette mazzi di fiori disseminati per la suite grande come una casa. «Torno immediatamente.» Uscendo, diedi un'ultima occhiata a quella magnifica stanza. Era senza dubbio il posto più lussuoso ed elegante che avessi mai visto: tende in broccato, moquette color crema, copriletto di damasco, statuine dorate disposte con discrezione e gusto sugli scaffali di mogano e sui tavolini.

Salutai la cameriera intimorita e uscii nel corridoio. Il ragazzo dell'ascensore era ancora lì.

«Mi può mostrare la mia stanza, per favore?»

Mi precedette lungo il corridoio.

«Ecco, Mademoiselle. Spero che sia di suo gradimento.»

La minisuite era una replica esatta di quella di Miranda, solo con un soggiorno più piccolo e un letto meno imponente. Telefono, computer portatile, stampante laser, scanner e fax avevano rimpiazzato il pianoforte a coda della suite di Miranda; ma a parte questi dettagli, le due stanze erano straordinariamente simili per il décor ricco e accogliente.

«Questa porta conduce direttamente alla suite della signora Priestly» spiegò, e fece per aprirla.

«No! Va bene, non ho bisogno di vederla. Mi basta sapere che c'è.» Diedi un'occhiata alla targhetta col nome appuntata sul taschino della sua uniforme perfettamente stirata. «Grazie, ehm... Stephan.» Cercai nella borsa i soldi per la mancia, e realizzai che avevo scordato di cambiare i dollari in euro. «Oh, mi spiace, ho soltanto dollari americani. Va bene lo stesso?»

Diventò paonazzo. «Oh, no, no, signorina, non si preoccupi, la prego. La signora Priestly si prende cura di questi dettagli prima della partenza. Comunque, dato che quando uscirà dall'hotel le servirà della valuta locale, mi permetta di mostrarle questa.» Fece qualche passo verso l'enorme scrivania, aprì un cassetto e mi porse una busta con il logo dell'edizione francese di «Runway». Dentro c'era una mazzetta di euro, circa l'equivalente di quattromila dollari americani. Il biglietto, scritto a mano da Briget Jardin, il direttore dell'edizione francese di «Runway», diceva:

«Andrea, tesoro,
sono felice che tu sia tra noi! Gli euro nella busta ti serviranno durante il tuo soggiorno a Parigi. Ho parlato con Monsieur Renaud, che sarà a disposizione di Miranda ventiquattr'ore al giorno. Vedi più sotto la lista dei suoi numeri di telefono, personali e d'ufficio; ti ho allegato anche il numero dello chef, della personal trainer, del direttore dei trasporti e, naturalmente, del direttore generale. Sono tutti abituati ai soggiorni di Miranda durante le sfilate, perciò non dovrebbero esserci problemi. Naturalmente, io stessa sono sempre reperibile al lavoro o, se necessario, sul cellulare o al telefono di casa, nel caso tu o Miranda necessitiate di qualunque cosa. Se non ti vedo prima, spero di conoscerti alla gran soirée di sabato.
Con affetto

Briget».

Piegata in un foglio, e infilata sotto i soldi, c'era una lista di un centinaio di numeri di telefono, da quello del fiorista a quello del chirurgo. Gli stessi numeri erano riportati anche sull'ultima pagina del dettagliato programma che avevo redatto per Miranda, usando le informazioni che Briget aveva aggiornato quotidianamente per me. Perciò, per il momento, sembrava che nulla – a parte una nuova guerra mondiale – avrebbe potuto impedire a Miranda Priestly di assistere alle sfilate di primavera con il minor coefficiente possibile di stress, ansia e preoccupazione.

«Grazie molte, Stephan.» Scartai tre biglietti per lui, ma Stephan ignorò cortesemente il mio gesto e scomparve nel corridoio.

Non so come, ma nell'ora che seguì riuscii a soddisfare tutte le richieste di Miranda. Mi disponevo a posare la testa sul cuscino di pura seta e a schiacciare un sonnellino quando, manco a dirlo, il telefono suonò.

«Andreaaa, vieni immediatamente nella mia stanza» ringhiò, e mi sbatté giù il telefono.

«Sì, certo, Miranda, grazie per avermelo chiesto così gentilmente, è un piacere per me» dissi rivolta alla cornetta del telefono. Mi trascinai mestamente lungo il breve passaggio che collegava la mia camera con la sua. Venne di nuovo ad aprire la cameriera.

«Andreaaa! Una delle assistenti di Briget mi ha appena telefonato per sapere quanto è lungo il mio discorso per il pranzo di oggi» annunciò. Stava sfogliando una copia di «Women's Wear Daily» che doveva averle spedito qualcuno dalla redazione: probabilmente Allison, che conosceva la prassi dai tempi in cui era stata in servizio nell'ufficio di Miranda. Due ragazzi si stavano occupando del suo trucco e dell'acconciatura.

Discorso? Quale discorso? L'unico programma di oggi, a parte le sfilate, era un pranzo, al quale Miranda si sarebbe trattenuta i quindici minuti canonici, prima di soccombere alla noia e piantare tutti in asso.

«Scusa. Hai parlato di un discorso?»

«Esatto.» Chiuse il giornale con cura, lo piegò a metà, quindi con uno scatto lo buttò per terra, in un angolo. «Perché diavolo non sono stata informata che avrei ricevuto un premio allo stupido pranzo di oggi?» sibilò. Gli occhi erano due fessure sottili che sprizzavano odio. Malcontento? Certo. Insoddisfazione? Sempre. Fastidio, frustrazione, infelicità generalizzata? Come no: ogni minuto, giorno e notte. Ma era la prima volta che nel suo sguardo leggevo un'avversione così pura e intensa.

«Ehm, Miranda, mi spiace, l'ufficio di Briget era incaricato di confermare la tua partecipazione al pranzo di oggi, e nessuno ha mai...»

«Basta. Taci immediatamente! Scuse, sempre scuse. Tu sei la mia assistente, tu sei la persona che io ho scelto per risolvere i problemi a Parigi, tu sei quella che deve informarmi di tutto.» Stava quasi gridando, ora. Il parrucchiere le chiese garbatamente in inglese se desiderava che ci lasciassero sole, ma Miranda lo ignorò. «È mezzogiorno, e io devo uscire di qui tra quarantacinque minuti. Voglio che per allora tu abbia preparato un discorso breve, conciso ma articolato, di sicura efficacia. Altrimenti, altrimenti... sei licenziata. È tutto.»

Mi precipitai in corridoio e cominciai a chiamare il numero dal cellulare ancora prima di entrare nella mia camera. Mi rispose una delle assistenti di Briget.

«Ho bisogno di parlare con Briget!» gridai. Avevo perso completamente il controllo. «Dov'è? Dove? Ho bisogno di parlarle subito. Subito!»

La ragazza stette in silenzio un attimo. «Andrea? Sei tu?»

«Sì, sono io e voglio parlare con Briget. È un'emergenza. Dove diavolo è?»

«È a una sfilata, ma non ti preoccupare, ha sempre con sé il cellulare. Sei in hotel? Ti faccio richiamare al più presto.»

Il telefono sulla scrivania suonò dopo un paio di secondi, che a me sembrarono secoli.

«Andrea!» esclamò Briget con il suo bell'accento francese. «Cosa c'è, cara? Monique ha detto che sembravi isterica!»

«Isterica! Accidenti se sono isterica! Briget, come hai potuto farmi una cosa del genere? Il tuo ufficio ha organizzato questo maledettissimo pranzo, e nessuno si è preso la briga di dirmi del premio e del discorso di Miranda.»

«Andrea, calmati. Sono sicura che ve l'abbiamo detto...»

«E adesso lo devo scrivere io! Mi senti? Ho quarantacinque fottutissimi minuti per scrivere un discorso di ringraziamento, per un premio di cui non so niente e in una lingua che non conosco. L'alternativa? Il licenziamento. Come diamine faccio?»

«Va tutto bene, rilassati, adesso ti spiego. Prima di tutto, la cerimonia si svolgerà lì al Ritz, in una delle sale convegni. Basta scendere le scale. Il premio è del French Council on Fashion, un ente che tradizionalmente distribuisce riconoscimenti durante la settimana delle sfilate. «Runway» sarà premiato per i servizi di moda. Non è un gran che, giusto una formalità.»

«Cosa si aspettano che dica Miranda? Insomma, cosa devo scrivere? Perché non me lo detti tu il discorso, in inglese? Per la traduzione chiederò aiuto a Monsieur Renaud qui in albergo, va bene? Comincia, sono pronta.» La mia voce aveva recuperato un po' di sicurezza, anche se a malapena riuscivo a tenere ferma la penna. Il

cocktail di spossatezza, stress e fame mi rendeva difficile il compito.

«Andrea, sei fortunata.»

«Oh, ma davvero?»

«Questo genere di cerimonie si tiene sempre in inglese. Non c'è bisogno di tradurre. Quindi il discorso
puoi scriverlo tu, no?»

«Certo, certo, ho capito» mugugnai, e buttai giù il
telefono. Non ebbi nemmeno il tempo di considerare
che quella era la mia prima vera occasione di mostrare
a Miranda che ero in grado di fare qualcosa di più che
portarle il caffè la mattina!

Cominciai a scrivere a una media di settanta battute
al minuto. Pensai che tutto quanto doveva richiedere
due, massimo tre minuti di lettura da parte di Miranda.
Avevo il tempo di bere un goccio d'acqua e di divorare
le fragole che qualcuno aveva premurosamente lasciato
sul mobile bar. "Se solo avessero lasciato un cheese-
burger", pensai. Ricordai di avere messo una barretta
di cioccolato nella valigia, ma non c'era tempo di cercarla. Per il momento dovevo limitarmi a eseguire gli
ordini. Per scoprire se avrei superato l'esame.

Stavolta fu una cameriera diversa – ma con la stessa
espressione intimorita – ad aprirmi la porta della suite
di Miranda. Mi fece strada nel soggiorno. A rigore,
avrei dovuto restare lì in piedi, ma i pantaloni di pelle
che portavo sin dal giorno prima mi si erano praticamente incollati alle gambe, e i sandali a listelli erano diventati un vero supplizio. Decisi di appollaiarmi sul
sofà iperimbottito, ma nel momento in cui piegai le ginocchia, la porta della camera si aprì e mi alzai istinti-
vamente.

«Dov'è il discorso?» chiese Miranda, mentre la ca-

356

meriera la seguiva porgendole un orecchino che aveva dimenticato. «Hai scritto qualcosa, sì?» Indossava uno dei suoi tailleur classici di Chanel, con il colletto tondo e le rifiniture in pelliccia, e un lungo filo di perle grosse come biglie.

«Certo, Miranda» dissi, fiera di me.

Avanzai verso di lei, ma prima che riuscissi a porgerle il discorso, me lo aveva già strappato di mano. Solo quando finì di leggerlo mi accorsi che ero in apnea.

«Bene. Va bene. Niente di sensazionale, ma va bene. Adesso andiamo.» Prese una borsa di Chanel *matelassé* e si passò la catenella a tracolla.

«Come hai detto, scusa?»

«Ho detto, andiamo. Quella stupida cerimonia comincia tra quindici minuti, e se siamo fortunate usciremo di lì tra meno di venti. Detesto questo genere di cose.»

Non c'era dubbio: aveva detto "andiamo" e "se siamo fortunate" e "usciremo". Ergo, si aspettava che la accompagnassi. Guardai i pantaloni di pelle provati dal viaggio e il blazer troppo stretto. Beh, se non era un problema per lei, figurarsi per me; e se per lei fosse stato un problema, sicuramente me lo avrebbe fatto presente.

Nella sala congressi erano stati disposti ventiquattro tavoli rotondi apparecchiati per il pranzo e un palco leggermente sopraelevato con un podio. Mi appostai un po' in disparte e ascoltai il presidente dell'associazione che presentava un noioso videoclip sull'influenza della moda nella società. Esperti e autorità varie si alternarono al microfono. La cosa durò una buona mezz'ora, dopo di che, prima che fossero consegnati i premi, un esercito di camerieri cominciò a servire insalate e a riempire bicchieri di vino. Guardai preoccupata Miranda. Sembrava profondamente annoiata e irritata. Mi appoggiai a un'enorme pianta parcheggiata in fondo alla sala e chiusi gli occhi. Non so per quanto tempo rimasi così, so solo che appena la mia testa cominciò a ciondolare in avanti, sentii la sua voce a qualche metro da me.

«Andreaaa! Non intendo sprecare altro tempo» annunciò. «Non mi avevano detto che avrei ricevuto un premio, e non ero preparata a riceverlo. Me ne vado.» E si diresse a grandi passi verso la porta.

Mi lanciai al suo inseguimento. «Miranda?» Mi ignorò. «Miranda? Chi ritirerà il premio al posto tuo?» la supplicai.

Girò sui tacchi e mi guardò dritta negli occhi. «Pensi che mi importi? Occupatene tu.» E prima che potessi aggiungere altro, era sparita.

Oh, mio Dio. Non poteva essere vero. Quella donna non poteva aspettarsi sul serio che io – la sua assistente junior – salissi lassù a ritirare un premio per i servizi di moda di «Runway». Setacciai tutta la sala, alla ricerca di qualcun altro che facesse parte della redazione. Ma la fortuna non mi assisteva. Mi lasciai cadere su una sedia, scoraggiata, quando sentii qualcuno che, al microfono, diceva «...estendere il nostro più sentito apprezzamento alla redazione americana di «Runway» per i servizi di moda divertenti, originali, sempre in anticipo sui tempi. Benvenuto al direttore più famoso del mondo, un'icona della moda, la signora Miranda Priestly!».

Nella sala ci fu un'esplosione di applausi, e in quel preciso momento il mio cuore si fermò.

Non c'era tempo per pensare, né per maledire Briget che mi aveva ficcato in quella situazione, o Miranda per essersene andata via con in tasca il mio discorso, o me stessa, per avere accettato quel lavoro così odioso. Le mie gambe procedevano da sole, sinistra destra sinistra destra. Salii i tre scalini del podio. Se non fossi stata così frastornata, avrei notato che l'applauso entusiasta aveva lasciato il posto a un silenzio glaciale, durante il quale, presumibilmente, tutti quanti si chiesero chi diavolo fossi. Una forza sconosciuta dentro di me mi costrinse a sorridere, a prendere la targa dalle mani di un serioso presidente e a piazzarla sul podio di fronte a me.

Fu solo quando alzai la testa e vidi tutti quegli occhi che mi scrutavano curiosi, che provai il desiderio di dissolvermi.

Nessuno parlava. Tutti mi guardavano, muti. Non ricordavo nemmeno una virgola del discorso che avevo appena scritto per Miranda, quindi dovetti improvvisare.

«Salve» dissi, con voce malferma. «Mi chiamo Andrea Sachs e sono l'as..., sono della redazione di "Runway". Purtroppo Miranda, cioè la signora Priestly, si è dovuta assentare, e mi ha incaricato di accettare questo premio al posto suo. Grazie, grazie a tutti per questa meravigliosa onorificenza. Parlo a nome dell'intera redazione nel dirvi che siamo veramente grati...» Idiota! Stavo balbettando. Senza pronunciare più nemmeno una sillaba, mi allontanai dal podio per dirigermi verso l'uscita della sala, e non mi accorsi di avere dimenticato la targa. Una ragazza dello staff mi inseguì fino alla lobby, dove mi ero appena accasciata su un divano, e mi porse quel maledetto premio. Aspettai che se ne andasse e chiesi a uno dei portieri di cestinarlo. Alzò le spalle ed eseguì.

«Quella stronza!» esclamai troppo arrabbiata e troppo stanca per riuscire a trattenermi. Suonò il telefono. Era lei. Abbassai la suoneria e ordinai un gin tonic a una cameriera. «Per favore, me lo faccia mandare qui dal bar.» La donna mi studiò senza dir nulla e annuì. Quando arrivò, lo buttai giù in due sorsate.

Erano soltanto le due del pomeriggio del mio primo giorno a Parigi, e già mi trovavo sull'orlo di un tracollo nervoso.

17

«Stanza di Miranda Priestly» risposi dal mio nuovo ufficio parigino.

Le quattro gloriose ore di sonno delle quali mi ero dovuta accontentare erano state bruscamente interrotte alle sei del mattino dalla chiamata di una delle assistenti di Karl Lagerfeld. In quel momento avevo scoperto che tutte le telefonate per Miranda venivano dirottate nella mia stanza, perché fossi io a rispondere. Sembrava che l'intera città fosse a conoscenza del fatto che Miranda era lì per le sfilate: il telefono suonava incessantemente. Senza contare le due dozzine di messaggi che lampeggiavano in segreteria.

«Ciao, sono io. Come sta Miranda? Va tutto bene? Lei dov'è? E perché tu non sei con lei?»

«Ciao, Em! Come stai, prima di tutto?»

«Cosa? Oh, sto bene. Debole, ma va meglio. Comunque, chi se ne frega. Voglio sapere come stai tu.»

«Oh, io me la cavo, grazie per l'interessamento. È stato un volo lungo e dal mio arrivo non ho dormito per più di venti minuti filati, visto che il telefono continua a suonare, ma tutto sommato, credo che sopravviverò.»

«Andrea! Sii seria! Sono preoccupatissima. Hai avuto pochissimo tempo per prepararti, e sai che se qualcosa va storto, alla fine se la prenderà con me.»

«Emily. Per piacere, perdonami ma non posso raccontarti tutto adesso. Non posso proprio.»

«Perché? C'è qualcosa che non va? Com'è andato l'incontro di ieri? È arrivata in orario? Ti serve qualcosa?»

«Emily, devo riagganciare.»

«Andrea! L'ansia mi ucciderà! Dimmi cos'hai fatto ieri.»

«Bene, fammi pensare. Nel tempo libero, mi sono fatta fare cinque o sei massaggi, due trattamenti al viso e un po' di manicure. Miranda e io siamo diventate grandi amiche, grazie a un pomeriggio passato insieme al centro benessere. Ci siamo divertite. Lei è molto carina, ce la sta proprio mettendo tutta per non essere troppo esigente, dice che vuole che mi goda Parigi perché è una città meravigliosa. Perciò, praticamente, ce la spassiamo, punto e basta. Beviamo del buon vino francese e facciamo shopping. Sai, le solite cosucce.»

«Andrea! Non è per niente divertente. Adesso dimmi cosa diavolo sta succedendo.» Quanto più Emily si mostrava seccata, tanto più migliorava il mio umore.

«Emily, cosa vuoi che ti dica? Com'è andata finora? Ho passato la maggior parte del tempo a cercare di capire come dormire nonostante il telefono che non la smette mai di suonare, evitando simultaneamente di non morire di fame. Tutto questo tra le due e le sei del mattino, ora locale. Sembra il Ramadan, qui, Emily: non c'è verso che si riesca a mangiare durante il giorno. Immagino quanto tu sia dispiaciuta per aver perso un'occasione come questa.»

L'altra linea cominciò a lampeggiare e misi Emily in attesa. Ogni volta che arrivava una chiamata pensavo automaticamente ad Alex, chissà se mi avrebbe telefonato. Stetti col fiato sospeso, finché sentii la voce stridula di Miranda all'altro capo del filo.

«Andreaaa, quando deve arrivare Lucia?»

«Oh, buon giorno, Miranda. Fammi consultare il suo itinerario. Ecco. Dunque, qui dice che viene direttamente dal servizio a Stoccolma, oggi. Dovrebbe già essere all'hotel.»

«Passamela.»

«Sì, Miranda, solo un momento, per favore.»

La misi in attesa e ritornai da Emily. «Emily, è lei, stai in linea.»

«Miranda? Ho qui il numero di Lucia. Ti metto subito in contatto con lei.»

«Aspetta, Andreaaa. Esco dall'hotel fra venti minuti e starò via per tutto il giorno. Per il mio rientro a New York mi serve un nuovo cuoco. Deve avere minimo dieci anni di esperienza in ristoranti francesi. Deve essere disponibile per le cene familiari quattro sere a settimana, mentre per le cene con gli ospiti e le feste due volte al mese. Adesso passami Lucia.»

Ero entusiasta: Miranda sarebbe uscita. Tornai da Emily e le dissi che Miranda aveva bisogno di un nuovo cuoco.

«Ci penso io, Andy» annunciò, tossendo. «Farò qualche selezione preliminare, poi tu parlerai con i finalisti. Fatti dire da Miranda se vuole aspettare di tornare a casa per incontrarli, o se preferisce che tu ne faccia venire un paio lì a Parigi per decidere subito, va bene?»

«Non dirai sul serio.»

«Beh, certo che sono seria. Miranda ha assunto Cara

quand'era a Marbella, l'anno scorso. L'ultima tata si era appena licenziata, e dovetti far volare sul posto le tre finaliste in modo da risolvere la crisi al più presto possibile. Cerca di capire quando vuole scegliere il cuoco, va bene?»

«Certo» risposi. «E tante grazie.»

Soltanto il fatto di aver parlato di massaggi mi aveva fatto sentire così bene che decisi di prenotarmene uno. L'unico appuntamento disponibile era nel pomeriggio. Chiamai il servizio in camera e ordinai una colazione completa. Quando il maggiordomo me la portò, mi ero già infilata uno dei lussuosi accappatoi dell'hotel con le pantofole coordinate, pronta per il festino a base di omelette, croissant, muffin, patate, cereali e crêpes. Divorai tutto quanto, bevvi due tazze di tè, dopo di che caracollai di nuovo verso il letto, e precipitai immeditamente in un sonno profondo.

Il massaggio si rivelò il modo perfetto di coronare una giornata di relax. Miranda aveva chiamato – svegliandomi – solo una volta, per dirmi di riservarle un tavolo per pranzo l'indomani. "Non è poi così male" pensai, mentre le mani forti della massaggiatrice mi scioglievano i muscoli del collo. Ma proprio mentre stavo per assopirmi, il cellulare che mi ero portata appresso di malavoglia, suonò.

«Pronto?» risposi con voce squillante, come se non mi trovassi affatto su un lettino da massaggi, coperta di olio e mezza addormentata.

«Andreaaa. Anticipa il parrucchiere e il trucco e di' a quelli di Ungaro che non ci sarò questa sera. Vado a un cocktail, e mi aspetto che tu venga con me. Tieniti pronta a partire tra un'ora.»

«Ehm, certo, certo» balbettai, cercando di elaborare

l'informazione. Un flashback del giorno precedente, quando mi aveva informato all'ultimissimo minuto che sarei dovuta andare da qualche parte con lei, mi paralizzò per un attimo. Ringraziai la massaggiatrice e feci addebitare il massaggio sul conto della camera, anche se era durato solo dieci minuti.

Avevo pochi minuti per avvisare del cambiamento di orario il parrucchiere e il truccatore.

«Nessun problema» chiocciò Julien. «Abbiamo cancellato tutti gli altri appuntamenti, questa settimana, per essere sempre pronti nel caso che Madame Priestly avesse bisogno di noi in orari diversi da quelli concordati!»

Avvisai Briget e le chiesi di vedersela lei con quelli di Ungaro. Ora dovevo pensare al guardaroba. Gli appunti con le varie *mise* erano ammonticchiati sul comodino. Scorsi i titoli e sottotitoli, cercando di capirci qualcosa.

SFILATE:
1. *Giorno*
2. *Sera*

PASTI:
1. *Prima colazione*
2. *Colazione*
   A. Informale (hotel o bistro)
   B. Formale (L'éspadon al Ritz)
3. *Cena*
   A. Informale (bistro, servizio in camera)
   B. Intermedio (ristorante carino, invito per cena informale)
   C. Formale (Le Grand Véfour, inviti per cene formali)

FESTE:
1. Informale (prime colazioni con champagne, tè del pomeriggio)
2. Stiloso (cocktail offerti da persone di media importanza, presentazioni di libri, "bicchierate")
3. Elegante (cocktail offerti da persone importanti, vernissage e altro in musei e gallerie, feste offerte dagli stilisti dopo le sfilate)

VARIE:
1. Da e per l'aeroporto
2. Avvenimenti sportivi (lezioni, tornei ecc.)
3. Shopping
4. Commissioni
   A. All'atelier
   B. Nei negozi di lusso e boutique
   C. Nei negozi di specialità gastronomiche e/o al Pronto Soccorso

Accidenti! Non c'era alcun suggerimento su cosa indossare nei casi dubbi come quello che mi preparavo ad affrontare. Era chiaro che rischiavo di prendere qualche seria cantonata. L'evento poteva essere considerato una "festa", il che era già un primo passo, ma a quel punto la situazione si complicava. Era una festa del tipo 2, e bastava che mettessi qualcosa di chic, o era una festa del tipo 3, nel qual caso era meglio scegliere qualcosa di più elegante? Non c'erano istruzioni per le occasioni a sorpresa, ma qualcuno aveva avuto l'idea di includere una nota scritta a mano all'ultimo minuto: *«In caso di dubbio (che non si dovrebbe mai verificare) è meglio indossare qualcosa di favolosamente sottotono piuttosto che rischiare di apparire favolosamente ec-*

cessive». Bene. Stando così le cose, decisi per un look adatto alla categoria "feste", sottocategoria "stiloso".

Dopo aver provato un'imbarazzante canotta coperta di piume e calzato stivali aderenti a coscia alta anni Sessanta, scelsi il look di pagina trentatré, una gonna patchwork di Roberto Cavalli con una T-shirt baby e un paio di stivali neri da motociclista chic di D&G. Sexy, stilosa, – ma non troppo elegante – e per di più non correvo il rischio di somigliare a uno struzzo, o a un avanzo degli anni Ottanta, o a una puttana. Cosa volevo di più dalla vita? Mentre cercavo di scegliere una borsa adatta, arrivò la parrucchiera-truccatrice.

«Ehm, per favore potrebbe accentuare la luminosità in questo punto?» chiesi con garbo, indicandole la zona sotto gli occhi. Avrei preferito truccarmi da sola – specialmente perché avevo più materiale e istruzioni di quante ne abbiano gli scienziati della NASA incaricati di costruire lo Shuttle – ma la Gestapo del make-up era puntuale e inflessibile come un orologio svizzero, che mi piacesse o no.

«No!» ruggì. «Va bene così.»

Finì di tracciare una spessa riga nera sotto le ciglia e si dileguò; presi la mia borsa (la "bowling bag" in alligatore di Gucci) e mi diressi alla lobby con ben quindici minuti di anticipo sull'orario concordato, così potevo controllare che l'autista fosse pronto. Mi stavo chiedendo se Miranda avrebbe preferito che ci spostassimo in due macchine separate, quando lei apparve nella lobby. Mi scrutò da capo a piedi, lentamente. Restò completamente impassibile. Avevo superato l'esame! Era la prima volta da quando avevo cominciato a lavorare per lei che non mi guardava disgustata, e tutto grazie a un piano bellico messo a punto da un commando di redattori moda newyorkesi, una schiera di parrucchieri e truccatori parigini e una massiccia selezione di alcuni tra gli abiti più raffinati e dispendiosi del pianeta.

«La macchina è qui, Andreaaa?» Era strabiliante nel suo abito da cocktail di velluto délavé.

«Sì, signora Priestly, da questa parte» intervenne calmo Monsieur Renaud, facendosi largo attraverso un gruppo di caporedattori Moda americani, anche loro in trasferta per le sfilate. Un silenzio deferente calò sul gruppetto super-trendy, mentre gli passavamo davanti. Miranda mi precedeva, magra e rigida. Facevo fatica a starle dietro, anche se lei era decisamente più piccola di me. D'un tratto, si voltò e mi lanciò uno dei suoi sguardi fulminanti. Accelerai immediatamente il passo e mi infilai accanto a lei sul sedile posteriore della limousine.

Per fortuna, l'autista aveva l'aria di sapere dove andare, perché nell'ultima ora ero stata colta dalla paranoia, all'idea che Miranda potesse chiedermi l'indirizzo del cocktail party, di cui non sapevo un accidente. Si girò verso di me, ma non disse nulla, e si mise a chiacchierare al cellulare con Sor-Ci, continuando a ripetergli che si aspettava che lui arrivasse con molto anticipo per cambiarsi e andare a bere qualcosa, prima della festa di sabato sera. Sor-Ci avrebbe viaggiato sul suo jet privato intestato alla società, e i due erano impegnati a decidere se portare o no Caroline e Cassidy, perché lui non sarebbe tornato a New York prima di lunedì, e lei non voleva che le bambine perdessero un giorno di scuola. Nel frattempo, arrivammo davanti a un lussuoso appartamento su due piani affacciato su Boulevard Saint-Germain, e solo a quel punto mi sorse spontanea una domanda: perché mi aveva portata con sé?

«Andreaaa, i padroni di casa sono due vecchi amici dei tempi in cui vivevo a Parigi. Mi hanno chiesto espressamente se potevo portare la mia assistente per intrattenere il loro figlio, che generalmente trova questo genere di feste piuttosto noiose. Sono sicura che vi troverete bene insieme.» Aspettò che l'autista le aprisse la portiera, quindi scese, invidiabilmente aggraziata nei movimenti, pur nelle décolleté di vernice di Jimmy Choo. Prima che avessi il tempo di scendere dalla macchina, Miranda aveva già salito i tre gradini e stava porgendo il cappotto al maggiordomo.

Intanto io cercavo di elaborare la notizia che mi aveva appena dato! Il parrucchiere, il trucco, il tempo passato a consultare gli appunti di Lucia, gli stivali da motociclista chic; tutto questo per fare da baby sitter al moccioso di una coppia di ricchi? E per di più, un moccioso francese!

Mi concentrai sul pensiero che due mesi scarsi mi separavano dal «New Yorker». Dovevo resistere, non potevo mollare, ancora poco e avrei raggiunto l'obiettivo: il lavoro dei miei sogni.

Quando finalmente decisi di trascinare fuori della limousine le mie povere membra, il maggiordomo era sparito. Dal giardino arrivava la musica di una band che suonava dal vivo, e l'aroma delle candele profumate. Feci un bel respiro profondo e mi disposi a bussare, ma la porta si aprì all'istante.

Dietro c'era Christian che mi sorrideva.

«Andy, tesoro, sono così contento di vederti» disse, sporgendosi in avanti e baciandomi in pieno sulla bocca, una cosa piuttosto intima, considerando che per la sorpresa ero rimasta a bocca aperta.

«E tu cosa ci fai qui?»

Sorrise e con un gesto spinse via il solito ricciolo, che puntualmente gli ricascò sulla fronte. «Potrei chiederti la stessa cosa. Sembra che tu mi segua ovunque.»

Arrossii: «Se ne sei convinto. In realtà, sono qui soltanto come baby-sitter. Miranda mi ha chiesto di venire con lei per fare da baby-sitter al figlio dei padroni di casa. Quindi, vorrai scusarmi, ma devo andare ad accertarmi che abbia tutto il latte e le matite che gli servono.»

«Credimi, sta benissimo, sono sicuro che l'unica cosa che gli serve è un altro bacio della sua baby-sitter.» Mi prese il volto tra le mani e mi baciò di nuovo. Aprii la bocca per protestare, ma non ebbi il tempo di articolare neppure una sillaba, perché mi ritrovai la sua lingua tra i denti.

«Christian!» sibilai. Se mi avesse sorpresa Miranda mi avrebbe licenziata su due piedi. «Cosa diavolo stai facendo? Lasciami andare!» Mi divincolai, ma lui continuava a sorridere, insopportabilmente adorabile.

«Andy, se non l'hai ancora capito, questa è casa mia. Sono i miei genitori che danno la festa, e io ho fatto in modo che tu accompagnassi Miranda. Te l'ha detto lei che avevo dieci anni, o l'hai deciso per conto tuo?»

«Mi prendi in giro. Dimmi che mi stai prendendo in giro.»

«Neanche un po'. Visto che sei inafferrabile, ho pensato che questo era l'unico modo per acciuffarti. Mia madre fa la fotografa di moda ed è amica di Miranda dai tempi in cui lavorava nella redazione francese di "Runway". Mi è bastato dirle che al suo figliolo avrebbe fatto piacere un po' di compagnia. Come vedi, ha funzionato. Vieni, beviamo qualcosa.» Mi appoggiò una mano sulla schiena e mi guidò nel soggiorno, verso un banco da bar in rovere massiccio dove tre baristi in uniforme servivano Martini, scotch e champagne.

«Fammi capire bene: non devo fare la baby-sitter a nessuno, stasera? Non hai per caso un fratellino o qualcosa del genere?» Non riuscivo a credere alla storia di Christian.

«Beh, non sto dicendo che non devi fare la baby-sitter stasera, perché avrò bisogno di un sacco di attenzioni. Ma penso che la serata sarà più stimolante di quanto immaginassi. Aspettami qui.» Mi baciò sulla guancia e sparì tra gli invitati, signori distinti ed eccentriche signore tra i quaranta e i cinquanta: banchieri, giornalisti, stilisti, fotografi ed ex modelle.

C'era un piccolo patio in pietra sul retro della casa, illuminato da candele bianche, e un violinista che suonava sullo sfondo. Sbirciai fuori. Riconobbi immediatamente Anna Wintour, strepitosa nell'abito sottoveste di seta color crema e nei sandali di Manolo Blahnick. Parlava animatamente con un tipo, probabilmente il suo fidanzato, ma gli occhiali da sole giganti di Chanel impedivano di capire se fosse divertita, indifferente o stizzita.

I giornalisti si divertivano a mettere a confronto le manie e i tic di Miranda e di Anna, ma per me era impensabile che al mondo potesse esistere qualcuno più insopportabile del mio capo.

Dietro Anna Wintour, Donatella Versace squittiva tutta eccitata. Il trucco troppo pesante e l'abito ultraaderente la facevano assomigliare a una caricatura di se stessa.

Un cameriere passò con un vassoio di flûte di champagne. Ne presi uno e bevvi un sorso. E io che pensavo di passare la serata a fare la baby-sitter! Scambiai quattro chiacchiere con un ragazzo italiano – l'individuo più brutto che avessi mai visto – che mi spiegò in un inglese molto fiorito la sua patologica ossessione per le bellezze del corpo femminile, finché riapparve Christian.

«Vieni con me» disse, guidandomi di nuovo tra i gruppetti di invitati modaioli. Indossava la sua solita uniforme: jeans Diesel perfettamente invecchiati, T-shirt bianca, giacca nera sportiva e mocassini Gucci.

«Dove stiamo andando?» chiesi, aguzzando la vista in cerca di Miranda che, di sicuro si aspettava che fossi rintanata in un angolino ad aggiornare il suo programma o a faxarlo a qualcuno.

«Adesso prendiamo qualcosa da bere. Dopo di che, ti insegno a ballare.»

«Cosa ti fa pensare che io non sappia ballare?»

Mi porse un altro calice di champagne e mi portò nel magnifico salone di casa. Una band di sei elementi suonava musica giusta. A un tratto, come ispirato, il complesso attaccò *Let's get it on* di Marvin Gaye. Christian mi tirò a sé. Sapeva di eau de cologne da ragazzo di buona famiglia, qualcosa di classico, tipo Polo Sport. Muoveva i fianchi a tempo, in modo naturale, senza pensarci. Ondeggiavamo insieme e Christian mi sussurrava le parole della canzone in un orecchio. Da qualche parte, nei più profondi recessi del cervello, una vocina fastidiosa mi ripeteva in continuazione che quel corpo così stretto al mio non era quello di Alex, ma non m'importava. Non adesso, non stasera.

Era l'una suonata quando mi ricordai di Miranda: erano ore che non la vedevo, ed ero quasi sicura che mi avesse mollata lì e se ne fosse tornata all'hotel da sola. A fatica mi alzai dal divano dello studio del padre di Christian, scesi di sotto e la trovai in giardino che chiacchierava allegra con Karl Lagerfeld e Gwyneth Paltrow, tutti quanti evidentemente incuranti del fatto che di lì a poche ore avrebbero dovuto svegliarsi per andare alla sfilata di Christian Dior. Ero incerta se avvicinarmi, ma Miranda mi vide.

«Andreaaa! Vieni qui» urlò, attraverso il caos della festa, che con il passare delle ore si era fatta sempre più movimentata. Qualcuno aveva abbassato le luci, ed era più che evidente che i baristi si erano presi buona cura di tutti i presenti.

Cullata dal ronzio confuso dello champagne rimasi indifferente al fatto che come al solito aveva storpiato il mio nome. Anche perché le ero grata del fatto che avesse deciso di presentarmi ai suoi amici famosi.

«Sì, Miranda?» tubai in tono accattivante e disinvolto del tipo: "Serata fantastica, non trovi?". Non si prese nemmeno il disturbo di guardare nella mia direzione.

«Portami un bicchiere di acqua minerale frizzante e poi verifica che l'autista sia qui fuori. Sono pronta per andare, adesso.» Sentii le guance avvampare.

«Certo. Torno subito.» Le portai l'acqua, che naturalmente accettò senza dire grazie, quindi andai a controllare che ci fosse la macchina. Presi in considerazione l'ipotesi di cercare i genitori di Christian per ringraziarli della bella festa, poi lasciai perdere e andai dritta all'uscita. Appoggiato alla porta c'era Christian, con un'espressione soddisfatta.

«Allora, piccola Andy, sei stata bene, stasera?» Biascicava leggermente, ma mi sembrò sexy da morire, in quel momento.

«Tutto bene» dissi.

«Solo "bene"? Vuoi dire che avresti preferito che ti

avessi portata di sopra, eh, Andy? Ogni cosa a suo tempo, amica mia, ogni cosa a suo tempo.»

«Non ti compiacere troppo, Christian. Ringrazia i tuoi genitori da parte mia.» E, per una volta, fui io a farmi avanti per baciarlo sulla guancia, prima che lui potesse tentare mosse più ardite. «'Notte.»

«Dispettosa!» esclamò, biascicando più di prima. «Ecco cosa sei, una piccola dispettosa. Scommetto che è questo che piace al tuo fidanzato, vero?» Sorrideva, ma senza sarcasmo. Per lui faceva parte del gioco, ma il riferimento ad Alex fu un colpo per me, in quel momento. Anche perché avevo appena realizzato che erano anni che non passavo una serata così. Bere champagne, ballare vicini, le sue mani sulla mia schiena, mentre mi guidava tra gli invitati... tutto mi aveva fatto sentire viva come non mi sentivo da tempo. I miei mesi a «Runway» erano stati mesi di frustrazione, umiliazione e spossatezza. Cominciavo a capire Lily. I ragazzi, le feste, l'ebbrezza di sentire che eri giovane e viva. Non vedevo l'ora di chiamarla per farle un resoconto dettagliato della serata.

Miranda mi raggiunse sul sedile della limousine dopo altri cinque minuti; sembrava contenta. Mi chiesi se fosse brilla, ma scartai immediatamente l'ipotesi. L'avevo vista sorseggiare qualcosa, ma era solo perché la situazione sociale lo richiedeva. Del resto, preferiva l'acqua minerale allo champagne, quindi c'erano ben poche probabilità che fosse alticcia.

Per i primi cinque minuti in macchina pensò bene di rompermi le scatole interrogandomi sul programma del giorno dopo (per fortuna me ne ero messa una copia in borsetta). Poi, per la prima volta in tutta la serata, si girò a guardarmi.

«Emily... eh, Andreaaa, da quanto lavori per me?»

«A novembre sarà un anno, Miranda» risposi sbalordita.

«E pensi di avere imparato qualcosa che possa aiutarti per il futuro?» Fui colta dall'impulso di recitare l'elenco della miriade di cose che avevo "imparato": come scovare un negozio di antiquariato non meglio specificato in tutta New York; come trovare una recensione di un ristorante ignoto pubblicata su chissà quale giornale; come assecondare due preadolescenti molto più scafate di mia madre e mio padre messi insieme; come supplicare, strillare, persuadere, piangere, far pressione, blandire o fare la carina con chiunque, dal fattorino immigrato che le consegnava il pranzo fino al direttore di un'importante casa editrice, per ottenere esattamente quello che mi serviva, quando mi serviva, e, naturalmente, come soddisfare una richiesta in meno di un'ora, perché la frase "non so come fare" o "non è possibile" non rientrava tra le opzioni contemplate. Certo, l'anno trascorso a lavorare per lei mi aveva insegnato moltissimo.

«Sicuro!» esclamai. «Ho imparato più in questo anno a "Runway" di quanto avrei potuto sperare di imparare in qualunque altro posto. È stato affascinante, davvero, vedere come funziona una rivista importante, la più importante. E poi, naturalmente, avere la possibilità di osservare il modo in cui tu gestisci tutto quanto: è stato un anno incredibile. Ti sono grata, Miranda!» Naturalmente non le ero altrettanto grata di aver avuto mal di denti per settimane e di non aver avuto nemmeno il tempo di andare dal dentista, ma quel piccolo sacrificio era ampiamente compensato dalla mia profonda conoscenza della perizia artigianale di Jimmy Choo.

Ero stata credibile? Azzardai un'occhiata furtiva, e mi sembrò che se la fosse bevuta. «Bene. Sai, Andreaaa, se dopo un anno le mie ragazze hanno lavorato bene, le considero pronte per una promozione.»

Ebbi un tuffo al cuore. Stava finalmente accadendo? Stava per dirmi che mi aveva assicurato un posto al «New Yorker»? Naturalmente lei non sapeva quanto tenessi a quel posto. Ma forse lo immaginava.

«Ho ancora qualche dubbio su di te, è ovvio. Non pensare che mi sia sfuggita la tua mancanza di entusiasmo, o i tuoi sospiri, o le tue espressioni quando ti chiedo di fare qualcosa che visibilmente non hai alcuna voglia di fare. Spero che sia solo un segno di immaturità, perché sembri ragionevolmente competente in vari settori. Cosa ti piacerebbe fare?»

Ragionevolmente competente! Miranda Priestly mi aveva appena detto che ero "ragionevolmente competente"!

«Beh, a essere sincera, non è che non mi piaccia la moda, perché mi piace, come a tutti del resto» mi affrettai a dire, valutando cautamente gli eventuali cambiamenti di espressione di Miranda che, come al solito, restò imperturbabile. «È solo che ho sempre sognato di scrivere, e così spero, ehm, di poterlo fare, un giorno.»

Posò le mani in grembo e guardò fuori dal finestrino. Era chiaro che quella conversazione di quarantacinque secondi stava già cominciando ad annoiarla. Dovevo sbrigarmi. «Bene, certo non ho idea se tu sappia scrivere o no, ma non ho nulla in contrario a farti firmare qualche pezzo sulla rivista per scoprirlo. Forse potresti provare con una critica teatrale, o con una piccola recensione per la sezione degli Appuntamenti. Purché questo non interferisca con il tuo lavoro per me, e dunque a condizione che tu scriva durante il tempo libero.»

«Certo, certo. Sarebbe fantastico!» Stavamo parlando, addirittura comunicando, e non avevamo menzionato neppure una volta parole tipo "colazione" o "tintoria". Stava andando tutto così liscio che decisi di buttarmi, ora o mai più. Così dissi: «Il mio sogno è lavorare per il "New Yorker", prima o poi».

Questo sembrò catturare la sua attenzione. Mi scrutò di nuovo. «E perché mai? Non c'è *glamour*, in quel giornale. È tutto scritto, neanche un'immagine.» Non riuscendo a stabilire cosa intendesse dire esattamente, decisi di andare sul sicuro tenendo la bocca chiusa.

Avevo ancora al massimo venti secondi di tempo, sia perché stavamo arrivando all'hotel, sia perché il suo fugace interesse per me si stava già volatilizzando. Si mise a controllare le chiamate in arrivo sul suo cellulare, ma riuscì ancora a buttar lì: «Uhm, il "New Yorker". Condé Nast.» Annuii incoraggiante, ma tanto non mi guardava. «Di sicuro conosco un bel po' di gente che ci lavora. Vediamo come va il resto del viaggio, e chissà, al nostro ritorno potrei fare una telefonata.»

La macchina si fermò davanti all'entrata e Monsieur Renaud, con l'aria esausta, si fece avanti per aprire personalmente la portiera a Miranda.

«Buona sera, signore! Spero che abbiate avuto una piacevole serata» disse quasi cantando e facendo del suo meglio per sorridere.

«Ci serve una macchina alle nove domani mattina per andare alla sfilata di Christian Dior. Ho un appuntamento per il breakfast domani nella lobby alle otto e mezza. Provveda affinché nessuno mi disturbi prima di allora» ringhiò Miranda. Ogni traccia di umanità era evaporata, come acqua versata sull'asfalto rovente. E prima che potessi pensare come concludere la conversazione o, almeno, a come fare ancora un po' la leccapiedi, si incamminò e sparì dentro un ascensore. Lanciai uno sguardo d'intesa a Monsieur Renaud e salii su un altro ascensore.

La serata era stata spumeggiante, la compagnia di Christian speciale, e Miranda Priestly mi aveva dato un contentino dicendomi che ero ragionevolmente competente. Forse le cose cominciavano finalmente a ingranare. Non riuscivo ancora a credere di aver confessato a Miranda che volevo lavorare al «New Yorker».

Mi spogliai lentamente, cercando di assaporare ogni minuto di quella serata. Erano già le tre e mezza del mattino a Parigi, le nove e mezza di sera a New York: un orario perfetto per trovare Lily a casa prima che uscisse. Avrei dovuto chiamare senza fermarmi a guardare la luce rossa della segreteria che lampeggiava insistente. Ma il senso del dovere mi chiamava, così, allegramente, tirai fuori un taccuino di carta intestata del Ritz e mi preparai a trascrivere i messaggi. I primi tre erano di Monsieur Renaud e dei suoi assistenti, per confermare gli autisti e i vari appuntamenti per il giorno dopo. Il quarto era un messaggio di Alex.

«Ciao, Andy, sono io, Alex. Senti, mi spiace di disturbarti a Parigi, di sicuro sei incredibilmente impegnata, ma ho bisogno di parlarti, per piacere chiamami sul cellulare. Non importa a che ora, anche tardi, però chiamami, va bene? Ciao.»

Cancellai il messaggio e decisi che l'avrei richiamato l'indomani; alle tre del mattino non mi andava di affrontare una conversazione del tipo: "a che punto è la nostra relazione", soprattutto dopo quella notte stratosferica.

L'ultimo messaggio era di mia madre.

«Ciao tesoro, sono mamma. Qui sono quasi le otto. Senti, non è un'emergenza – va tutto bene – ma sarebbe bello se potessi richiamarmi appena ascolti questo messaggio. Tuo padre e io staremo alzati ancora per un po', quindi chiamaci quando vuoi. Spero che tu ti stia divertendo, ci sentiamo dopo. Ti voglio bene!»

La cosa cominciava a puzzare. Sia Alex sia mia madre mi avevano chiamata a Parigi prima che io avessi la possibilità di cercare l'uno o l'altra, e tutti e due chiedevano di essere richiamati a qualunque ora. Pensai che fosse successo qualcosa, ma allo stesso tempo, nessuno dei due mi era sembrato particolarmente agitato.

Decisi di farmi un bel bagno pieno di bolle con uno dei bagnoschiuma gentilmente offerti dal Ritz, per radunare l'energia necessaria a richiamare Alex e i miei.

Il bagno fu esattamente quel che uno si aspetta da una mini-suite adiacente alla suite Coco Chanel del Ritz a Parigi: godurioso e lussuoso. Mi concessi qualche minuto in più per spalmarmi una lozione da corpo idratante leggermente profumata che avevo trovato nel vanity set. Dopo di che, avvolta nella più lussuosa vestaglia di spugna che avessi mai avuto, mi sedetti sul letto e chiamai. Senza pensarci, chiamai prima mia madre, il che fu probabilmente un errore: persino il modo in cui disse "pronto" mi sembrò serio e forzato.

«Ciao, sono io. Va tutto bene? Vi avrei chiamati domani. Qui come al solito è tutto così febbrile. Ma, non immagini che magnifica serata ho passato!» Naturalmente avrei omesso ogni riferimento romantico a Christian, perché non avevo nessuna voglia di spiegare ai miei la mia situazione con Alex.

«Tesoro, non voglio turbarti, ma è successo qualcosa. Oggi ci ha chiamati il Lenox Hill Hospital, sulla Settantasettesima strada. Lily ha avuto un incidente.»

Per un attimo il mio cuore si arrestò. «Cosa? Cosa stai dicendo? Che genere di incidente?»

«Un incidente d'auto, tesoro. Una cosa piuttosto seria, temo. Lily era alla guida – c'era anche un ragazzo in macchina con lei, un compagno di scuola, penso, almeno così hanno detto – e ha imboccato un senso unico nella direzione proibita. Sembra che abbia fatto un frontale con un taxi. Andava quasi a cento all'ora, puoi capire, in città. Il poliziotto con cui ho parlato ha detto che è un miracolo che sia viva.»

«Non capisco. Quando è successo? Come sta Lily?» Stavo trattenendo i singhiozzi, perché per quanto mia madre cercasse di restare calma, avvertivo la gravità della situazione dal modo in cui soppesava le parole. «Mamma, dov'è Lily adesso? Guarirà?»

Fu solo allora che mi accorsi che mamma stava piangendo in silenzio. «Andy, ti passo papà adesso. Lui ha parlato con i medici. Ti voglio bene, tesoro» disse in un soffio.

«Ciao tesoro. Come stai? Mi spiace chiamarti con questa brutta notizia.» La voce di papà era profonda e rassicurante, e per un attimo mi diede la fugace sensazione che tutto si sarebbe risolto. Di sicuro mi avrebbe spiegato che Lily si era rotta una gamba, o qualche costola, o che avevano dovuto chiamare un buon chirurgo plastico per ricucirle qualche graffio in faccia. Ma che sarebbe guarita.

«Papà, vuoi dirmi per favore cos'è successo? Mamma ha detto che Lily stava guidando e ha fatto un frontale con un taxi a tutta velocità. Non capisco. Non quadra. Lily non ha la macchina e detesta guidare. Non è mai andata in giro per Manhattan in auto. Chi è stato ad avvisarvi? E Lily, dimmi di Lily!»

«Fai un bel respiro, ti dirò tutto quello che so. L'incidente è successo ieri, ma noi l'abbiamo saputo solo oggi.»

«Ieri! Com'è che nessuno mi ha chiamata, se è successo ieri?»

«Piccola, ti hanno telefonato. Il dottore ha detto che sulla prima pagina dell'agenda di Lily erano indicati il tuo nome e il tuo numero di telefono per le emergenze. Comunque, l'ospedale ti ha chiamata a casa e sul cellulare, ma è chiaro che tu non hai controllato i messaggi. Poiché nessuno si faceva vivo, dopo ventiquattr'ore, hanno scorso tutta l'agenda e hanno trovato anche il nostro numero, perciò l'ospedale ha chiamato qui per vedere se sapevamo come raggiungerti. Mamma e io non ricordavamo il nome dell'hotel dove alloggiavi, perciò abbiamo chiamato Alex.»

«Ma è passato più di un giorno. Ed è stata da sola per tutto questo tempo? È ancora all'ospedale?»

Lily aveva fatto conto su di me in caso di emergenza, si fidava di me. E io? Io ero irreperibile.

«Sì, è ancora all'ospedale. Voglio essere sincero con te, Andy. Non siamo sicuri di come andranno le cose.»

«Cosa? Cosa stai dicendo? Vuoi parlar chiaro?»

«Tesoro, ho parlato col medico che la assiste almeno una dozzina di volte, e sono assolutamente certo che stia ricevendo tutte le cure necessarie. Ma Lily è in coma, piccola. Ora, il dottore mi ha assicurato che...»

«In coma? Lily è in coma?» Continuavo a ripetere quelle parole senza riuscire a dar loro un senso.

«Tesoro, cerca di calmarti. So che è uno shock per te e credimi, detesto dovertene parlare al telefono. Abbiamo preso in considerazione l'ipotesi di non dirti niente fino al momento del tuo rientro, ma siccome mancano ancora diversi giorni, abbiamo deciso che avevi diritto di sapere. La mamma e io stiamo facendo tutto il possibile. È sempre stata come una figlia per noi, lo sai.»

«Oh mio dio, devo tornare a casa. Papà, devo tornare subito! Non ha nessuno oltre me, e io sono dall'altra parte dell'oceano. Oh, ma quella festa di merda è dopodomani, ed è l'unica ragione per cui Miranda mi ha portata con sé... se me ne vado mi licenzierà. Devo pensarci, papà. Devo riflettere.»

«Andy, senti, adesso da te è davvero tardi. La cosa migliore che puoi fare è dormirci sopra, prenderti un po' di tempo per riflettere. So che vorresti venire a casa subito, ma pensa che per il momento Lily non è cosciente. Il dottore ha detto che potrebbe uscire dal coma nelle prossime quarantotto-settantadue ore. Ma non c'è niente di sicuro.»

«E quando sarà uscita dal coma? Rimarrà paralizzata, avrà dei danni cerebrali permanenti? Oddio, non ce la faccio...»

«Non lo sanno ancora. Hanno detto che gli arti rispondono agli stimoli, il che è positivo. Significa che non c'è paralisi. Ma ha diversi ematomi in testa, e non si saprà nulla di certo finché non esce dal coma. Dobbiamo solo avere pazienza e aspettare.»

Parlammo ancora per qualche minuto, poi riagganciai e chiamai subito Alex sul cellulare.

«Ciao, sono io. L'hai vista?» chiesi, senza nemmeno chiedergli come stava.

«Andy. Ciao. Allora sai già tutto?»

«Sì, ho appena telefonato a casa. L'hai vista?»

«Sì, sono all'ospedale in questo momento. Non mi

lasciano entrare nella stanza perché non è orario di visita e non sono un parente, ma volevo essere qui, nel caso che si svegli.» Sembrava così lontano, completamente perso nei suoi pensieri. «Cos'è successo? La mamma mi ha raccontato che stava guidando e ha avuto un incidente con un taxi o qualcosa del genere. Mi sembra assurdo.»

«Già, è un incubo» sospirò, chiaramente affranto che toccasse a lui raccontarmi tutta la storia che gli altri mi avevano solo accennato. «Non sono sicuro di aver capito esattamente com'è andata, ma ho parlato col ragazzo che era con lei quand'è successo. Ti ricordi Benjamin, quello con cui usciva all'università, quello che aveva trovato a letto con due ragazze?»

«Ma certo, lavora nello stesso palazzo dove lavoro io. Lo incrocio ogni tanto. E cosa diavolo ci faceva insieme a lui? Lily lo odia, non ha mai superato quella storia.»

«Lo so, è quel che pensavo anch'io, ma sembra che si siano visti spesso, ultimamente. Anche due sere fa erano insieme. Lui dice che hanno preso i biglietti per andare a vedere i Phish al Nassau Coliseum, e ci sono andati insieme in macchina. Credo che Benjamin abbia un po' esagerato col fumo, e ha deciso che non poteva guidare al ritorno, e Lily si è offerta. Sono tornati in città senza problemi, finché Lily è passata con il rosso a un semaforo e poi ha imboccato Madison in controsenso, dritta contro il traffico che le sfrecciava addosso. Hanno fatto un frontale con un taxi, dal lato del conducente, e, beh, il resto lo sai.» Alex singhiozzò. Le cose dovevano stare molto peggio di come mi avevano detto.

Per l'ultima mezz'ora non avevo fatto nient'altro che sparare domande a raffica – a mamma, a papà, e adesso anche ad Alex – ma non riuscivo a fare la domanda più ovvia e naturale di tutte: perché Lily era passata col rosso e aveva imboccato un senso contrario? Ma non ebbi bisogno di chiederlo, perché Alex, come sempre, sapeva esattamento cosa stavo pensando.

«Andy, il tasso di alcol nel sangue di Lily era il doppio del limite consentito per legge.» Lo disse così, chiaro e tondo, per non correre il rischio di dovermelo ripetere.

«Oh mio dio.»

«Quando si risveglierà, il suo stato di salute non sarà il suo unico problema. Lily è in un mare di guai. Per fortuna, il taxista sta bene, se l'è cavata con qualche livido e qualche bernoccolo. Benjamin ha la gamba sinistra ammaccata, ma anche lui se la caverà. Adesso dobbiamo solo aspettare di vedere come ne uscirà Lily. Quando torni a casa?»

«Cosa?» stavo ancora cercando di elaborare il fatto che Lily si vedesse con un ragazzo che detestava, e che fosse finita in coma mentre era con lui, per di più ubriaca.

«Ho detto, quand'è che vieni a casa?» Restai per un attimo in silenzio, e Alex continuò. «Perché vieni a casa, vero? O pensi di restare a Parigi mentre la tua migliore amica giace in un letto d'ospedale?»

«Cosa intendi dire, Alex? Che quel che è successo è colpa mia, perché non ho saputo prevederlo? Che se Lily è all'ospedale adesso è perché io sono qui a Parigi? Che se avessi saputo che si vedeva di nuovo con Benjamin non sarebbe successo niente del genere? Cosa? Cos'è che vuoi dire, esattamente?» gridai, esasperata.

«No, non ho detto niente del genere. Non ti sto giudicando, Andy, credimi. E poi so che è tardissimo per te, e non c'è niente che tu possa fare nelle prossime tre, quattro ore, quindi perché non mi chiami quando saprai a che ora arriva il tuo volo? Vengo a prenderti all'aeroporto e andiamo direttamente all'ospedale.»

«Perfetto. Grazie per essere stato con Lily. Lo apprezzo moltissimo e sono sicura che lo stesso vale per Lily. Ti chiamo quand'ho deciso cosa fare.»

«Okay, Andy. Mi manchi. So che farai la cosa giusta.» Riagganciò.

Fare la cosa giusta? La cosa *giusta*? Cosa diavolo voleva dire? Non sopportavo che Alex desse per scontato che sarei saltata su un aereo e sarei corsa a casa solo perché lui mi aveva detto di farlo. Sapevo che se fossi tornata a New York in anticipo, sarei stata licenziata immediatamente, e il mio anno di schiavitù non sarebbe servito a niente. Il fatto che fossi accanto a Lily o meno non aveva importanza per lei in quel momento, perché era incosciente in un letto d'ospedale. Forse sarei potuta restare per la festa di Miranda, quindi spiegarle cos'era successo, e ottenere qualche giorno di permesso. Oppure, se nel frattempo Lily fosse uscita dal coma, qualcuno avrebbe potuto spiegarle che sarei arrivata appena possibile. Mentre vagliavo queste due ipotesi, nell'alba successiva a una notte esplosiva e alla notizia che la mia migliore amica era ricoverata all'ospedale in gravi condizioni, da qualche parte, nel profondo, avevo la certezza che entrambe le soluzioni fossero prive di senso.

«Andreaaa, lascia un messaggio alla preside per avvertire che le bambine perderanno le lezioni lunedì perché saranno a Parigi con me, e fatti dare la lista dei compiti. Poi posticipa la cena questa sera per le otto e mezza, e se fanno storie, cancellala e basta. Hai trovato quel libro che ti ho chiesto ieri? Me ne servono quattro copie – due in francese, due in inglese – prima dell'appuntamento al ristorante. Oh, voglio una copia del menu di domani sera, per riflettere sui cambiamenti che ho apportato. Verifica che non ci sia sushi, chiaro?»

«Sì, Miranda» dissi, scrivendo in fretta e furia sul taccuino firmato che qualcuno della redazione aveva incluso nella mia fornitura di scarpe, borse, cinture, gioielli.

Eravamo in macchina, dirette alla sfilata di Dior – la prima di tutta la mia vita – con Miranda che sparava ordini come una mitragliatrice, totalmente incurante del fatto che avessi dormito meno di due ore.

Alle sette e tre quarti un assistente di Monsieur Renaud aveva bussato alla mia camera, per controllare che mi svegliassi e mi preparassi per tempo. Avevo venticinque minuti per fare la doccia, consultare le istruzioni della redazione moda, vestirmi e truccarmi da sola, visto che per quella mattina la mia severissima truccatrice non era disponibile.

Mi ero svegliata in preda ai postumi dello champagne e subito mi era tornato in mente il giro di telefonate della notte prima.

Lily!

Dovevo chiamare Alex o i miei a casa per sapere se c'erano stati degli sviluppi nelle ultime tre-quattro ore; dio, mi sembrava che fosse già passata una settimana. Ma al momento proprio non c'era tempo.

In ascensore, avevo deciso che sarei restata a Parigi ancora un giorno, per occuparmi della festa e poi sarei tornata a casa da Lily. La mia carriera, tutto il mio futuro erano in gioco, quel giorno in più faceva tutta la differenza per me, e per Miranda.

In qualche modo ero riuscita a sistemarmi sul sedile posteriore della limousine, prima che arrivasse Miranda.

Avevo appena rimesso il taccuino firmato nella borsa di Bottega Veneta, quando suonò il mio cellulare internazionale, fornitomi espressamente per il viaggio. Non era mai capitato che mi suonasse il telefono in presenza di Miranda, prima d'ora. Feci per eliminare la suoneria, ma lei mi ordinò di rispondere.

«Pronto?» dissi, tenendola sott'occhio. Stava sfogliando il programma, facendo finta di niente.

«Andy, ciao, tesoro.» Era papà. «Ci sono novità.»

«Okay» cercavo di limitare le parole al minimo. Era snervante ricevere una telefonata personale con Miranda seduta a pochi centimetri da me.

«Ha appena chiamato il dottore. Dice che Lily potrebbe uscire dal coma da un momento all'altro, i segnali sono positivi. Non è meraviglioso? Ho pensato che dovessi saperlo subito.»

«È fantastico. Assolutamente. Fantastico.»

«Hai deciso se torni oppure no?»

«Ehm, no, non ho ancora deciso. Miranda dà una festa domani sera, e ha bisogno della mia collaborazione qui, così.... Senti, mi spiace, ma non è il momento. Ti posso richiamare più tardi?»

«Certo, chiama quando vuoi.» Cercò di sembrare neutrale, ma dal tono si capiva che era deluso.

«Bene. Grazie per aver chiamato. Ciao.»

«Chi era?» chiese Miranda, sempre studiando il programma. Aveva appena cominciato a piovere.

«Eh? Oh, era mio padre. Dall'America.»

«Qualcosa ti impedisce di occuparti della festa di domani?»

Non avevo altra scelta. Dovevo dirle la verità.

«Una mia amica ha avuto un incidente. È in ospedale. In coma, per l'esattezza. E mio padre mi ha chiamata per darmi notizie e per chiedermi se ho intenzione di anticipare il ritorno.»

Considerò quello che avevo appena detto, annuendo lentamente, poi prese una copia dell'«International Herald Tribune» che l'autista le aveva premurosamente fatto trovare in macchina. «Capisco.»

«Ma ho deciso di restare. So quant'è importante che io sia alla festa domani, e ci sarò. Ci ho pensato moltissimo, e voglio che tu sappia che intendo onorare l'impegno che ho preso con te, perciò resto.»

Non parlò subito.

Poi sorrise appena e disse: «Andreaaa, mi fa molto piacere che tu abbia preso questa decisione. È assolutamente la cosa giusta da fare, e apprezzo che tu lo riconosca. Devo ammettere che avevo i miei dubbi su di te, sin dall'inizio. È chiaro che non capisci gran che di moda e soprattutto che non te ne importa poi tanto. E anche se, come ti ho già detto, nel lavoro hai mostrato un adeguato grado di competenza, il tuo atteggiamente è sempre stato... insoddisfacente.»

«Oh, Miranda, per favore, lascia che... »

«Sto parlando! Non interrompermi. Stavo dicendo che, adesso che hai dimostrato il tuo impegno, sono molto più convinta che valga la pena di aiutarti a raggiungere i tuoi obiettivi. Devi essere fiera di te, Andreaaa», e inaspettatamente fece un gesto che contrastava con il suo personaggio: posò la mano sulla mia e aggiunse: «Alla tua età ero come te».

Ero paralizzata e prima che riuscissi a rimettere insieme le idee, la macchina si fermò davanti al Carousel du Louvre, e l'autista saltò fuori rapidissimo per aprire le portiere.

La mia prima sfilata parigina si svolse all'insegna della confusione. Era troppo buio, e la musica decisamente assordante perché riuscissi ad apprezzare tutta quell'eleganza minimal-chic. L'unica cosa che avvertivo chiaramente era il mio intenso disagio. Gli stivali di Chanel che Jocelyn aveva così premurosamente selezionato per la mia *mise* – golfino stretch in cachemire superaderente di Malo e gonna di chiffon – mi davano la sensazione di avere i piedi infilati in un tritacarne. Avevo mal di testa, e lo stomaco vuoto protestava minacciando ondate di nausea. Ero in piedi in fondo alla sala, accanto ad alcuni giornalisti di serie C e ad altra gente di rango non abbastanza elevato da meritare un posto a sedere. Con un occhio non perdevo di vista Miranda, con l'altro cercavo il posto meno imbarazzante per vomitare, se se ne fosse presentata la necessità. *Alla tua età ero come te. Alla tua età ero come te. Alla tua età ero come te.* Quelle parole mi ronzavano in testa senza sosta.

Miranda riuscì a fare a meno di me per quasi un'ora, dopo di che si scatenò. Benché fossi nella stessa sala in cui si trovava lei, mi chiamò sul cellulare per chiedermi di portarle un bicchiere d'acqua. Da quel momento, il telefono suonò a intervalli di dieci-dodici minuti, e ogni richiesta si traduceva in stilettate dolorose alle tempie. *Rrrring.* «Trovami il signor Tomlinson al telefono dell'aereo.» (Sor-Ci non rispondeva al telefono del jet privato, avevo provato sedici volte, invano.) *Rrrring*. «Ricorda ai caporedattori che si trovano qui a Parigi le loro responsabilità: tutti i servizi devono essere consegnati entro la deadline originale!» (I due-tre caporedattori che avevo contattato in altri hotel parigini mi avevano riso in faccia prima di riagganciare.) *Rrrring*. «Portami un sandwich con tacchino all'americana, non ne posso più di tutto questo *jambon*.» Camminai per più di tre chilometri con gli stivali che mi facevano vedere le stelle e lo stomaco sottosopra, ma a Parigi sembrava che nessuno sapesse cos'era un tacchino. Decisi che Miranda doveva essere perfettamente a conoscenza della cosa, perché in America, dove avrei potuto trovare tacchino a quintali a ogni angolo di strada, non mi aveva mai fatto una simile richiesta. *Rrrring*. «Mi aspetto i dossier sui tre migliori cuochi che hai trovato finora pronti nella mia suite per quando torniamo dalla sfilata.» (Emily protestò e frignò, ma promise che mi avrebbe faxato tutte le informazioni sui candidati selezionati, in modo che potessi organizzarle in "dossier".) *Rrrring! Rrrring! Rrrrring! Ero come te alla tua età.* Ero troppo nauseata e dolorante, per godermi quella sensazionale parata di esilissime modelle. Me la filai di fuori per fumarmi una sigaretta. Naturalmente, nel momento esatto in cui tiravo fuori l'accendino, suonò di nuovo il cellulare. «Andreaaa! Andreaaa! Dove sei? Cosa diavolo combini?»

Buttai via la sigaretta ancora spenta e corsi dentro, con lo stomaco che si contorceva. Ancora poco e avrei vomitato.

«Sono in fondo alla sala, Miranda» dissi, infilando la porta e schiacciandomi contro la parete. «A sinistra dell'ingresso, mi vedi?»

Ruotò la testa avanti e indietro, finché i suoi occhi si

posarono su di me. «Non ti muovere, mi senti? Non ti muovere! La mia assistente dovrebbe sapere che è qui per assistermi, non per bighellonare in giro quando ho bisogno di lei. Il tuo comportamento è inaccettabile, Andreaaa!» Continuando a parlare, venne fino in fondo alla sala, e si fermò di fronte a me. Una modella in abito luccicante lungo fino a terra, con la vita a impero e leggermente svasato, ancheggiava in passerella tra la folla osannante. La musica passò all'improvviso da un canto gregoriano all'heavy metal. La testa mi pulsava. *Tum! Tum!* Miranda non smise di sibilare, anche adesso che finalmente aveva chiuso il cellulare. Feci lo stesso.

«Andreaaa, abbiamo un problema serio, molto serio, qui. O meglio, tu hai un problema serio. Ho appena ricevuto una telefonata dal signor Tomlinson. Sembra che Annabelle gli abbia segnalato il fatto che i passaporti delle gemelle sono scaduti la settimana scorsa.» Mi fissò, ma io ero impegnata nello sforzo di non vomitarle sui piedi.

«Oh, davvero?» fu tutto quello che riuscii a dire. Strinse le mani sui manici della borsa.

«Oh, davvero?» mi fece il verso. La gente si era accorta di noi e molte teste si giravano a guardarci. «Oh, davvero? È tutto quello che sai dire? Oh, davvero?»

«No, certo che no, Miranda. Non intendevo questo. C'è qualcosa che posso fare per aiutarti?»

«C'è qualcosa che posso fare per aiutarti?» starnazzò in falsetto. «Sarà meglio che tu faccia qualcosa, Andreaaa. Devi provvedere al rinnovo dei passaporti in tempo perché possano partire questa sera. Non voglio che le mie figlie perdano la festa di domani, mi hai capita?»

Per la verità, ero completamente incapace di comprendere come potesse essere colpa mia se i passaporti delle sue figlie erano scaduti, visto che le bambine avevano due genitori, un patrigno e una tata a tempo pieno perfettamente attrezzati per occuparsi di questo genere di cose. Ma, se Miranda credeva che la colpa fosse mia, nemmeno il presidente degli Stati Uniti in persona l'avrebbe convinta del contrario. Non avrebbe mai accettato di sentirsi dire che le due bambine non potevano salire su un aereo diretto a Parigi quella sera. Ma non c'era niente che potessi fare, escogitare, organizzare. Procurare documenti federali validi per l'espatrio in meno di tre ore, e per giunta in un paese straniero era impossibile. Punto. Continuasse pure a ringhiare, esigere, minacciare: niente da fare. *Ero come te alla tua età.*

Affanculo lei, Parigi, le sfilate e tutte quelle modelle convinte di essere grasse. Affanculo tutta la gente convinta che il comportamento di Miranda fosse giustificabile in ogni momento e in tutte le situazioni, solo perché sapeva mettere insieme qualche bella paginetta patinata. Affanculo Miranda, per aver pensato che le somigliassi. E soprattutto, affanculo me e la mia scarsa autostima. Ero stufa di farmi maltrattare e umiliare da quella specie di diavolessa triste.

Tirai fuori il cellulare, feci un numero in fretta e furia e stetti a guardare il suo viso che diventava più livido a ogni istante.

«Andreaaa!» Sibilò. «Cosa pensi di fare? Ti sto dicendo che le mie figlie hanno bisogno immediato di due nuovi passaporti, e tu decidi che è il momento buono per fare due chiacchiere al telefono?»

Mia madre rispose al terzo squillo. Non persi tempo a dirle ciao.

«Mamma, prendo il primo aereo. Ti chiamo quando

arrivo. Vengo a casa.» Chiusi il telefono prima che potesse rispondere qualcosa e alzai lo sguardo. Miranda era allibita. Sentii un sorriso farsi largo tra la nausea e il mal di testa: ero riuscita a zittirla. Ma non durò molto, si riprese subito. Avevo ancora una piccola possibilità di evitare il licenziamento: scongiurarla e abbandonare quell'atteggiamento di sfida, ma proprio non ce la facevo.

«Andreaaa, ti rendi conto di cosa stai facendo, vero? Sai che se parti così, mi vedrò costretta a...»

«Vaffanculo, Miranda. Vaf-fan-cu-lo.»

Per lo shock si portò la mano alla bocca. La gente tutto intorno cominciò a indicare e sussurrare, scioccata almeno quanto Miranda che una nullità come la sottoscritta avesse mancato di rispetto – e nemmeno troppo a voce bassa – a una leggenda vivente della moda.

«Andreaaa!» Mi afferrò per un braccio, ma io mi liberai con uno strattone.

«Mi spiace, Miranda» annunciai con un tono di voce normale, per la prima volta da quand'ero arrivata a Parigi. «Ma non penso di poter venire alla tua festa domani. Tu capisci, vero? Sono sicura che sarà perfetta, quindi divertiti. È tutto.» E prima che trovasse il fiato per replicare, misi la borsa a tracolla, ignorai la fitta di dolore ai piedi e uscii impettita, a cercare un taxi. Non mi ero mai sentita meglio in tutta la mia vita.

Tornavo a casa.

18

«Jill, smetti di chiamare tua sorella a squarciagola!» gridò mamma, contraddittoriamente. Non che fosse di molto aiuto. «Credo che stia ancora dormendo.»

«Andrea, stai ancora dormendo?» urlò ancora più forte, rivolta verso la mia camera.

Aprii un occhio e guardai l'orologio. Le otto e un quarto del mattino.

Cielo, ma cosa pensava quella gente?

Dondolai un po' sul fianco, per radunare l'energia sufficiente a issarmi a sedere, e quando finalmente ci riuscii, ogni cellula del mio corpo mi implorò di rimettermi a dormire.

«'Giorno» sorrise Lily, con la faccia a due centimetri dalla mia. Jill, Kyle e il piccolo erano venuti ad Avon per la festa del Ringraziamento, perciò Lily era stata costretta a sloggiare dalla ex stanza di Jill, e a traslocare nella mia.

Stava appoggiata su un gomito e leggeva un giornale sorseggiando caffè.

«È una vita che sono sveglia, grazie agli ululati di tuo nipote.»

«Isaac piangeva? Davvero?»

«Non posso credere che tu non l'abbia sentito. È dalle sei e mezza che va avanti. È carino, Andy, ma deve imparare a dormire di più.»

«Ragazze!» gridò di nuovo mia madre. «C'è nessuno sveglio lassù? Nessuno? Non importa se state dormendo, basta che me lo diciate in una maniera o nell'altra, così so quante frittelle scongelare!»

«Basta che glielo diciamo in una maniera o nell'altra? Adesso la uccido, Lil.» Rivolta verso la porta della mia camera, gridai di rimando: «Stiamo dormendo. Probabilmente ne avremo ancora per qualche ora. Non sentiamo il piccolo che piange né voi che gridate, continuate pure senza farvi scrupoli!» e collassai di nuovo sul letto. Lily rideva.

«Rilassati» disse. «Sono contenti che tu sia a casa, e io pure. Inoltre, è questione di poco: un paio di mesi e saremo di nuovo a Manhattan, nel nostro appartamento. Non è così male, qui.»

«Un paio di mesi? Non ce la posso fare.» Mi levai la maglietta che usavo per dormire – una vecchia T-shirt di Alex – e misi una felpa. I jeans che avevo portato tutti i santi giorni durante l'ultima settimana erano appallottolati vicino all'armadio. Da quando ero tornata a casa erano diventati più stretti. Ora che non dovevo più accontentarmi di zuppe tranguggiate di nascosto, sigarette e caffè, il mio corpo si era regolato di conseguenza, e aveva ripreso i cinque chili persi nel periodo in cui avevo lavorato a «Runway».

Lily si infilò i pantaloni della tuta sopra i boxer che le facevano da pigiama e si legò una bandana intorno ai riccioli.

«Forza» disse, prendendo le stampelle appoggiate alla parete. «Partono tutti oggi, magari domani si riesce a dormire.»

«Speriamo» mugugnai, sorreggendo Lily per un gomito per aiutarla a mettersi in piedi. Aveva la caviglia destra ancora ingessata, con le firme di tutta la mia famiglia al completo. Kyle le aveva riempito il gesso di disegnini stomachevoli "da parte di Isaac".

Mia sorella apparve sulla soglia, cullando il piccolo. «Guarda un po' chi c'è qui» tubò, lanciando il bambino per aria e riprendendolo più volte. «Isaac, di' alla tua zietta Andy di portare pazienza, visto che stiamo per andarcene. Glielo dici, tesorino? Glielo dici da parte della mamma? Eh?»

Per tutta risposta Isaac starnutì, e Jill fece una faccia come se avesse recitato un sonetto di Shakespeare. «L'hai sentito, Andy? L'hai sentito? Oh, ma il mio bimbo qui è la cosa più bella del mondo!»

«Ben svegliata» dissi, baciandola su una guancia. «Lo sai che mi spiace che tu te ne vada, vero? Anche Isaac sarà il benvenuto, non appena capirà che la gente civile al mattino dorme fino alle dieci. Voglio rovinarmi: persino Kyle può restare, se promette di non aprire bocca. Vedi? Siamo tipi accomodanti.»

Lily era riuscita ad avviarsi zoppicando giù per le scale, e stava salutando i miei, già pronti per andare al lavoro.

Io rifeci i letti, e infilai il materasso di Lily sotto il mio, dopo aver sprimacciato il suo cuscino e averlo riposto nell'armadio. Era uscita dal coma mentre io salivo sull'aereo Parigi-New York. Dopo Alex, ero stata la prima a vederla sveglia. Le avevano fatto un milione di test su ogni millimetro del corpo, ma a parte i punti sulla faccia, sul collo e sul petto, e la caviglia rotta, stava bene.

Era stata un'idea di mio padre quella di invitarci a traslocare da loro per un paio di mesi. Aveva subaffittato il nostro appartamento per novembre e dicembre. Personalmente, non la trovavo esattamente irresistibile come proposta, ma il mio nuovo salario (pari a dollari zero) non mi offriva molte alternative. Inoltre, sembrava che a Lily non dispiacesse l'idea di andarsene da New York per un po', in modo da evitare le domande e i pettegolezzi dei conoscenti. Avevamo messo l'annuncio su www.craiglist.org: "la casa perfetta per le vostre vacanze a New York". Con nostra grande sorpresa, una coppia di svedesi ci aveva pagato esattamente il prezzo richiesto: seicento dollari in più di quel che costava l'affitto. I trecento dollari al mese a testa ci bastavano per tirare avanti, specialmente considerando che i miei ci fornivano vitto, alloggio, l'uso della lavatrice e anche quello di una Ford Camry tutta ammaccata. Gli svedesi sarebbero ripartiti dopo capodanno, giusto in tempo perché Lily cominciasse il nuovo semestre e perché io, beh, cominciassi a fare qualcosa.

Il licenziamento ufficiale me l'aveva comunicato Emily. Tutta l'operazione aveva richiesto solo tre o quattro minuti, secondo i canoni dell'efficienza spietata alla «Runway». Davvero impressionante.

Ero appena salita su un taxi e avevo liberato il mio povero piede sinistro dallo stivale che l'aveva martoriato per ore, quando il telefono si era messo a squillare. Naturalmente avevo provato il solito colpo al cuore, ma ripensando a ciò che avevo appena detto a Miranda avevo deciso che non poteva essere lei. Avevo provato a immaginare la scena. Un minuto per chiudere la bocca rimasta aperta e recuperare calma e sangue freddo davanti alla gente che la guardava; un altro minuto per chiamare Emily a casa, un terzo minuto per comunicare a Emily i sordidi dettagli del mio affronto, e il minuto finale, in cui Emily aveva rassicurato Miranda che "avrebbe provveduto lei a tutto". Non c'era dubbio: l'unica persona al mondo che poteva chiamarmi in quel momento era Emily.

«Ciao, Em, come stai?» avevo esordito praticamente cantando, mentre mi strofinavo il piede nudo, cercando di non sfiorare il tappetino del taxi.

Il mio tono l'aveva spiazzata. «Andrea?»

«Sì, sono io, ciao, mi senti? Che succede? Sono un po' di fretta, perciò...» Per un attimo avevo avuto la tentazione di chiederle direttamente se avesse chiamato per licenziarmi. Ma poi mi ero trattenuta, preparandomi alla tirata che di sicuro stava per rovesciarmi addosso: come avevo potuto deludere Miranda, come avevo potuto deludere lei, e «Runway», e tutto il mondo della moda, bla bla bla...

«Oh, sì, certo. Dunque, ho appena parlato con Miranda...»

«E ti ha raccontato, immagino.»

«Eh, già! Andy, ma cosa succede?»

«Beh, probabilmente dovrei chiederlo io a te, giusto?»

Silenzio.

«Senti, Em, ho come la sensazione che tu abbia telefonato per licenziarmi. Va benissimo se è così; so che non l'hai deciso tu. Allora, Miranda ti ha ordinato di chiamarmi e di sbarazzarti di me?» Anche se mi sentivo leggera come non mi capitava da mesi, una parte di me tratteneva ancora il fiato, chiedendosi se, per qualche stupido colpo di fortuna o di sfiga, Miranda potesse aver deciso di risparmiarmi.

«Sì. Mi ha chiesto di farti sapere che sei stata sollevata dall'incarico, con decorso immediato, e che dovrai aver completato il check-out dall'hotel prima che lei faccia ritorno dalla sfilata.» Aveva parlato sottovoce. Sembrava dispiaciuta. Forse era solo per le ore e i giorni e le settimane di superlavoro che l'attendevano, tuttavia avevo avuto la sensazione che ci fosse qualcos'altro, oltre questo.

«Ti mancherò, eh, Em? Su, dai, dillo. Giuro che non lo racconto a nessuno. Per quel che mi riguarda, questa conversazione non ha mai avuto luogo. Ti dispiace che me ne vada, eh?»

Miracolo dei miracoli, si era messa a ridere. «Ma che cosa le hai detto? Continuava a ripetere che sei stata inqualificabile. Non sono riuscita a farmi raccontare niente di più.»

«Oh, probabilmente è soltanto perché le ho detto di andare affanculo.»

«No!»

«Stai telefonando per licenziarmi, Emily. Ti assicuro che l'ho fatto.»

«Oh, mio dio.»

«Già, beh, mentirei se dicessi che non è stata la soddisfazione più grande di tutta la mia patetica vita. Naturalmente, va considerato che sono stata licenziata dalla donna più potente del mondo dell'editoria. Non soltanto non so come pagare i conti della mia nuova carta di credito, ma anche trovare lavoro in un'altra rivista non sarà facile. Magari potrei provare con qualcuno dei suoi nemici? Dovrebbero essere felici di assumermi, no?»

«Certo. Manda il tuo curriculum ad Anna Wintour: non c'è mai stata simpatia tra di loro.»

«Uhm. Ci penserò. Senti, Emily senza rancore, va

bene?» Sapevamo tutte e due di non avere niente, assolutamente niente in comune, a parte Miranda Priestly.

«Certo, naturale» aveva mentito, imbarazzata. Da quel momento in poi, le chances che Emily ammettesse di avermi conosciuta erano pressoché nulle, ma andava bene così. Magari di lì a dieci anni, quando lei sarebbe stata seduta in prima fila alla sfilata di Michael Kors e io a barcamenarmi tra lo shopping al centro commerciale e le cene da Benihana avrei intravisto il suo viso alla televisione e le avrei dedicato un sorriso in memoria dei vecchi tempi.

«Bene, mi piacerebbe stare a chiacchierare, ma sono un po' incasinata al momento, non sono tanto sicura di quello che sto per fare. Pensi che possa ancora usare il mio biglietto per il ritorno? Non può licenziarmi e piantarmi in asso in una nazione straniera, vero?»

«Beh, sarebbe giustificata nel farlo, Andrea. Dopo tutto, sei tu che l'hai costretta a licenziarti. Ma non penso che sia un tipo vendicativo. Fai addebitare a «Runway» il sovrapprezzo per cambiare la data del ritorno, e io troverò modo di infilarlo nella nota spese.»

«Grazie, Em. Lo apprezzo molto. E buona fortuna. So che diventerai un fantastico caporedattore Moda, un giorno.»

«Davvero? Lo pensi davvero?» aveva chiesto, tutta contenta. In quel momento mi ero domandata come mai l'opinione della più grande perdente del mondo della moda contasse così tanto per lei. Boh. Chissà. Ma Emily sembrava davvero lusingata.

«Assolutamente. Non ho dubbi.»

Avevo appena riagganciato con Emily, quando aveva chiamato Christian! Non c'era da sorprendersi che avesse già sentito quel che era successo. Ma il piacere perverso con cui aveva ascoltato la mia versione dei fatti, combinato con ogni sorta di promesse, inviti e offerte, mi aveva fatto tornare la nausea. Così, senza pensarci troppo, gli avevo gentilmente dato il ben servito e il consiglio di non farsi vivo per almeno vent'anni.

Dato che ancora non sapevano che ero rimasta disoccupata, Monsieur Renaud e tutto il suo staff si erano fatti in quattro per consentirmi di partire in anticipo. Nel giro di mezz'ora erano riusciti a trovarmi un posto sul primo aereo per New York, aiutarmi a fare le valigie e mettermi su una limousine con tanto di bar ben fornito diretta all'aeroporto. L'autista era in vena di chiacchiere, ma io no: volevo godermi gli ultimi privilegi del mio ex lavoro. Mi ero versata dello champagne, secco, perfetto, assaporando lentamente ogni singolo sorso. Un lusso. Ci erano voluti undici mesi, quarantaquattro settimane, circa tremila e ottanta ore di lavoro per capire – una volta per tutte – che trasformarmi nell'immagine speculare di Miranda Priestly non era la mia massima aspirazione.

All'uscita dalla dogana al JFK, invece di un autista in uniforme con il mio nome scritto a lettere cubitali su un foglio avevo trovato ad attendermi i miei genitori, immensamente felici di vedermi. Superato lo shock iniziale per come ero vestita – jeans D&G superaderenti & superinvecchiati, décolleté di vernice con tacchi a spillo e T-shirt completamente trasparente –, (una *mise* catalogata nella categoria: varie, sottocategoria: da e per l'aeroporto), mamma e papà mi avevano abbracciato, dandomi la buona notizia: Lily era sveglia e cosciente. Ci eravamo diretti subito all'ospedale, dove perfino Lily si era sforzata di prendermi in giro per il mio abbigliamento, non appena avevo messo piede nella stanza.

Naturalmente, c'era il problema del processo; dopo tutto, aveva superato i limiti di velocità imboccando un senso unico al contrario, in stato di ubriachezza. Ma dato che, a parte lei, nessuno era rimasto seriamente ferito, il giudice si era mostrato indulgente, e, anche se l'episodio sarebbe stato registrato sulla patente, la sentenza prevedeva soltanto l'obbligo di frequentare le riunioni degli alcolisti anonimi. Non ne avevamo parlato moltissimo di quest'ultimo aspetto – Lily aveva ancora qualche difficoltà ad ammettere che l'alcol era un problema – ma l'avevo accompagnata alla prima riunione del gruppo, nell'East Village. All'uscita aveva commentato: «Una rottura mostruosa», ma dopo la mia occhiataccia aveva ammesso che c'era qualche ragazzo carino, e che non sarebbe morta se per una volta fosse uscita con un astemio. Non chiedevo di più. I miei l'avevano convinta a raccontare tutto al preside della Columbia, il che inizialmente le era sembrato un incubo, ma poi si era rivelata una buona mossa. Il preside non solo aveva accettato che Lily si prendesse una pausa senza rovinare la media del primo semestre, ma aveva anche firmato un'autorizzazione per l'ufficio dell'economo, e le aveva concesso di ripresentare domanda per la borsa di studio la primavera successiva.

La vita di Lily, così come la nostra amicizia, sembrava tornata sul binario giusto. Non potevo dire lo stesso del mio rapporto con Alex. Al nostro arrivo all'ospedale era seduto accanto a Lily. I miei avevano deciso di aspettare giù nella caffetteria. Ci eravamo salutati imbarazzati, e quando mezz'ora dopo si era infilato la giacca per andarsene, non avevo cercato di trattenerlo. Lo avevo chiamato da casa più volte, ma avevo sempre trovato la segreteria. L'ultimo tentativo l'avevo fatto prima

di andare a dormire. Mi aveva risposto un po' freddamente.

«Ciao!»

«Ehi.»

«Senti, so che Lily è tua amica, e che ti saresti comportato così con chiunque, ma non potrò mai ringraziarti abbastanza per quello che hai fatto per lei. Rintracciarmi a Parigi, aiutare i miei, vegliarla giorno e
notte. Dico davvero.»

«Non devi ringraziarmi. È il minimo, quando un
amico sta male.»

«Alex, per piacere, potremmo parlare come...»

«No. Non possiamo parlare di un bel niente, adesso.
Ho passato un anno ad aspettare di poter parlare con te
– a pregarti, addirittura – e a te non interessava. Non so
come sia successo, non sono nemmeno sicuro di sapere
quando sia successo, ma tu non sei la stessa persona che
eri prima di "Runway". La Andy di un tempo non
avrebbe mai avuto dubbi su cosa scegliere tra una sfilata di moda e un'amica in coma. Ora, sono contento che
tu abbia deciso di tornare, ma mi serve un po' di tempo
per capire cosa sta succedendo a me, e a te, a noi. È un
sacco di tempo che le cose vanno male tra noi, Andy, è
solo che tu eri troppo impegnata per accorgertene.»

«Alex, non mi hai concesso nemmeno un secondo
per provare a spiegarti il mio punto di vista. Forse
hai ragione tu, probabilmente sono una persona diversa, adesso. Ma non credo di essere cambiata solo e
completamente in peggio. Ci siamo davvero allontanati
così tanto?»

Era da parecchi mesi che non trattavo Alex come un
"fidanzato", ma come un amico. In tutta coscienza, conoscevo la risposta a quella domanda.

«Hai ragione» avevo ammesso.

«Cosa?»

«Sì. Sono stata egoista e ingiusta con te.»

«E adesso?» aveva chiesto. Sembrava rassegnato, ma non dava l'impressione di avere il cuore spezzato.

«Non so. E adesso cosa? Smettiamo di parlarci? Smettiamo di vederci? Non lo so. So solo che voglio che tu faccia parte della mia vita, e non riesco a immaginare di non far parte della tua.»

«Nemmeno io. Ma non sono sicuro di farcela a esserti amico, non ora. Ma, chissà? Forse, una volta che tutti e due avremo avuto un po' di tempo per ragionare sulle cose...»

Dopo aver riagganciato, quella notte, avevo pianto. E non solo per Alex, ma per tutto ciò che era cambiato durante l'ultimo anno. Ero entrata alla Elias-Clark da ragazzina inesperta e malvestita. Dodici mesi dopo ne ero uscita leggermente cresciuta, sempre malvestita, con in più la consapevolezza di esserlo. E anche se il mio curriculum ora portava la macchia infame del licenziamento, e anche se il mio fidanzato s'era stancato di elemosinare attenzioni, e anche se non mi era rimasto nient'altro che una valigia (vabbè, quattro valigie firmate Louis Vuitton, piene di favolosi abiti firmati)... cominciavo a pensare che forse ne fosse valsa la pena.

Avevo abbassato la suoneria del telefono, tirato fuori un taccuino dall'ultimo cassetto della scrivania e avevo cominciato a scrivere.

Papà era già scappato in clinica, dove lavorava due mattine a settimana, e mamma stava per uscire.

«Buon giorno, tesoro. Non immaginavo che fossi

sveglia! Sono di corsa, adesso, devo uscire. Ho uno studente che mi aspetta alle nove. L'aereo di Jill decolla a mezzogiorno, quindi è meglio che partiate un po' prima, per evitare il traffico dell'ora di punta. Lascio il cellulare acceso, per qualsiasi evenienza. Oh, tu e Lily cenate a casa questa sera?»

«Non sono sicura. Mi sono appena svegliata e non ho ancora preso una tazza di caffè. Posso dirtelo un po' più tardi?»

Non ebbi risposta: tempo di aprir bocca, e mamma era già a metà strada verso il garage, e non mi ascoltava più. Lily, Jill, Kyle e il piccolo Isaac erano seduti al tavolo di cucina, in silenzio, immersi nella lettura di diverse sezioni del «New York Times». Guardai il piatto di frittelle dall'aria floscia, la bottiglia di succo di frutta scaduto e il toast imburrato ormai freddo. L'unica cosa dall'aspetto commestibile era il caffè, che papà aveva acquistato durante la sua quotidiana passeggiata di primo mattino da Dunkin Donuts. Come non capirlo? Faceva parte della sua strategia di sopravvivenza: faceva di tutto pur di non dover mangiare niente che mamma avesse cucinato con le sue mani. Con un sospiro, inforcai una frittella, feci per tagliarla ma svelò un cuore duro come la pietra.

«Questa roba è immangiabile. Papà non ha preso delle ciambelle, oggi?»

«Sì, le ha nascoste nell'armadio a muro fuori dal suo ufficio» spifferò Kyle. «Non voleva che le vedesse tua madre. Porta qui la scatola, va' là.»

Il mio cellulare – gradito ricordo di «Runway» – suonò mentre ero a metà strada.

«Pronto?» risposi.

«Buon giorno. Parlo con Andrea Sachs?»

«Sono io. Chi parla?»

«Ciao, Andrea, sono Loretta Andriano della rivista "Seventeen".»

Tuffo al cuore. Avevo buttato giù un racconto di duemila parole, su una ragazzina che si faceva prendere dallo studio tanto da mettere a rischio il rapporto con gli amici e l'armonia della sua famiglia. Mi ci erano volute solo due ore per scrivere quella cretinata, ma pensavo di essere riuscita a toccare le corde giuste. Era divertente e commovente.

«Loretta! Buongiorno!»

«Buongiorno, cara. Senti, mi hanno passato la tua storia, e devo dire che mi piace. Va un po' rivista, logicamente, e il linguaggio in alcuni punti è troppo forbito – le nostre lettrici sono per lo più adolescenti – ma vorrei pubblicarla sul numero di febbraio.»

«Davvero?» Quasi non ci credevo! Avevo spedito la storia a una dozzina di riviste, ma non mi aveva risposto ancora nessuno.

«Certo. Paghiamo un dollaro e cinquanta cent a parola. Ho solo bisogno che tu mi compili un paio di formulari per le tasse. Hai già pubblicato altre storie da free-lance, vero?»

«A dire il vero no, però ho lavorato per "Runway".» Pensai che questo potesse aiutare, chissà poi perché.

«Oh, davvero? Anch'io ho lavorato a "Runway", dopo la laurea. Ho imparato più lì in un anno che qui nei cinque successivi.»

«Sì, anche per me è stata un'esperienza. Una vera fortuna.»

«Cosa facevi a "Runway"?»

«Ero assistente di Miranda Priestly.»

«Davvero? Poveretta, non lo sapevo. Aspetta un minuto... ma sei per caso quella che è stata licenziata a Parigi?»

Realizzai troppo tardi di aver fatto un grosso sbaglio. Erano uscite parecchie indiscrezioni su «Page Six», riguardo alla scenata scoppiata tra me e Miranda alla sfilata, qualche giorno dopo il mio rientro a casa. Ebbi la sensazione che a Loretta la mia storia sarebbe piaciuta molto meno di prima, ma non vedevo via d'uscita.

«Ehm, già. Ma non è andata come hanno scritto in quell'articolo, davvero. Il giornalista di "Page Six" ha decisamente ingigantito la storia.»

«Beh, spero di no! Bisognava pure che qualcuno dicesse a quella donna di andare a farsi fottere, e se sei stata tu, beh, complimenti! Miranda ha reso la mia vita un autentico inferno per tutto il tempo che ho passato a "Runway", e non lavoravo nemmeno alle sue dirette dipendenze. Senti, adesso ho una riunione, però, perché non prendiamo un appuntamento? Tu devi venire a compilare i moduli, e comunque mi farebbe piacere conoscerti. Porta tutto quello che hai scritto finora.»

«Fantastico. Oh, è davvero fantastico.» Accettai l'appuntamento per il venerdì alle tre, e riagganciai. Ancora non riuscivo a credere che fosse davvero successo. Kyle e Jill avevano lasciato il piccolo con Lily, mentre andavano a vestirsi e a fare le valigie. Isaac aveva cominciato a fare i capricci, e adesso sembrava sull'orlo di una crisi isterica. Lo presi in braccio e me lo poggiai su una spalla, strofinandogli il sederino attraverso il pigiamino di spugna, e, incredibilmente, si chetò.

«Sai chi era al telefono?» canterellai, ballando per la stanza con Isaac in braccio. «Era il caporedattore di "Seventeen". Mi pubblicano!»

«Ma dai! Pubblicano la storia della tua vita?»

«Non è la storia della mia vita, è la storia della vita di Jennifer. Sono solo dieci pagine, però è un buon inizio.»

«Certo, mettila come vuoi. Ragazza si fa assorbire completamente dagli obiettivi che vuole raggiungere, finisce per trascurare le persone che più contano nella sua vita. La storia di Jennifer. Vabbè.»

«Chi se ne frega, questi sono dettagli. Il punto è che mi pubblicano sul numero di febbraio e che mi pagano ottocento dollari. Non è da pazzi?»

«Congratulazioni, Andy. Davvero, è incredibile.»

«Beh, non è il "New Yorker", ma da qualche parte bisogna pur iniziare. Ho appuntamento con la caporedattrice venerdì. Non mi ha chiesto se parlo francese. E odia Miranda. Insomma, sembra una donna *normale*.»

Accompagnai i texani all'aeroporto, presi due hamburger unti e bisunti per me e per Lily per dimenticare la colazione saltata e passai il resto della giornata (come quella successiva e quella dopo ancora), a preparare qualcosa da far leggere a Loretta.

19

«Un cappuccino extra-large alla vaniglia, per favore» chiesi al barista. Non riconoscevo più nessuno, allo Starbucks sulla Cinquantasettesima strada. Erano passati quasi cinque mesi dall'ultimo rifornimento di caffè per Miranda, con il vassoio in bilico e l'ansia di tornare in ufficio prima che mi licenziasse perché avevo perso troppo tempo. Ripensandoci, era molto meglio essere stata licenziata perché l'avevo mandata al diavolo, piuttosto che trovarmi disoccupata perché le avevo portato il caffè con il dolcificante invece che con lo zucchero di canna. Il risultato era lo stesso, ma almeno mi ero tolta una bella soddisfazione.

Lisciai i pantaloni neri, di buon taglio ma non firmati, e controllai che il risvolto non avesse raccolto tutta la sporcizia dei marciapiedi di New York. Sapevo che a pochi isolati di distanza c'era un'intera redazione di modaioli pronta a esprimermi la sua enfatica disapprovazione, ma personalmente mi sentivo prontissima, per il secondo colloquio di lavoro della mia vita.

Il cappuccino era quasi da ustione, perfetto per quella giornata gelida e umida. Normalmente, un tempo del genere, nel mese più deprimente dell'anno, febbraio, mi avrebbe gettato il morale a terra. Ma da Starbucks c'era un buon profumino e un confortante viavai di clienti. Mi rannicchiai in una gigantesca poltrona verde e assaporai un sorso di cappuccio.

Negli ultimi tre mesi, Loretta era diventata la mia guida spirituale, il mio mentore, la mia salvatrice. La scintilla era scoccata all'istante, sin dal primo appuntamento, e da allora il nostro rapporto era diventato sempre più stretto e amichevole. Le avevo voluto bene dal momento in cui, la prima volta, avevo messo piede nel suo spazioso ma incasinatissimo ufficio e avevo visto che era – *gasp!* – grassa. Mi aveva fatta accomodare e aveva letto con la massima attenzione tutto quello che avevo scritto quella settimana: recensioni taglienti sulle sfilate, una cronaca caustica di cosa significava essere l'assistente di una Vip, e un articolo che speravo di avere scritto con sufficiente sensibilità su come troncare una relazione di tre anni con qualcuno che ami, ma con cui non puoi vivere.

Poiché avevo avuto la brillante idea di portare tutto il mio guardaroba fornito da «Runway» in uno di quei negozi dell'usato su Madison Avenue, ora potevo considerarmi benestante e concedermi di scrivere per pochi spiccioli; qualunque cosa purché mi facessero firmare anche solo un trafiletto. Avevo aspettato a lungo che Emily o Jocelyn mi chiamassero per mandarmi un fattorino a prendere tutta la roba, ma la telefonata non era mai arrivata, quindi alla fine mi ero decisa. Avevo impacchettato ogni cosa, tranne un abito avvolgente di Diane Von Furstenberg. Emily, dopo aver vuotato i miei cassetti, mi aveva fatto recapitare il contenuto per posta, e tra i vari oggetti avevo ritrovato la lettera di Anita Alvarez, la fan di «Runway» e di Miranda. Fin dall'inizio avevo deciso di spedirle un vestito favoloso, ma poi non avevo trovato il tempo di farlo. Avevo infilato il vestito in una busta, insieme a un paio di décolleté con tacco a spillo di Manolo Blahnik, e avevo falsificato la grafia di Miranda: un talento che, mio malgrado, avevo scoperto di possedere ancora. Quella ragazza doveva sapere – almeno per una volta – come ci si sentiva a possedere un vestito bellissimo. E, cosa ancora più importante, doveva pensare che, fuori nel mondo, ci fosse qualcuno disposto ad aiutarla.

A parte il vestito per Anita e i jeans elasticizzati di D&G, aderenti e supersexy, avevo tenuto solo un megaclassico; la borsetta *matelassé* con i manici a catenella, da regalare a mia madre («Oh, tesoro, è bellissima. Di che marca hai detto che è?»). Per il resto, avevo venduto tutto. La commessa aveva chiamato la proprietaria, e insieme avevano deciso che sarebbe stato meglio chiudere il negozio per un paio di ore, per valutare tutta la merce. Le valigie Louis Vuitton – due grandi, una media per gli accessori e un baule enorme – mi avevano fruttato da sole seimila dollari. Alla fine, ero uscita da lì con in mano un assegno da trentottomila dollari. Il che, secondo i miei calcoli, significava che potevo pagare l'affitto e comprarmi da mangiare per un anno, mentre provavo a trasformare la scrittura in un lavoro vero e proprio. E poi Loretta era entrata nella mia vita, e tutto era andato subito meglio.

La cosa che più mi entusiasmava di lei era la generosità con cui si profondeva nel tentativo di procurarmi nuovi contatti. Era grazie a lei se mi trovavo lì, allo Starbucks sulla Cinquantasettesima, in quel nuvoloso mattino d'inverno: stavo andando alla Elias-Clark. Loretta aveva dovuto insistere un bel po', per convincermi; ma nonostante avessi accettato di fare l'esperimento, ero nervosa al pensiero di poter incontrare Miranda, o Emily, o chiunque altro.

Per qualche ragione, Loretta aveva chiamato una sua compagna d'università che ora era caporedattore delle pagine cittadine di «The Buzz», annunciandole di aver scoperto "la penna del futuro". La sottoscritta. Mi aveva combinato un colloquio, e aveva persino raccontato all'amica le mie vicissitudini con Miranda, ma quella si era messa a ridere e aveva commentato che se avessero dovuto scartare tutti quelli che a un certo punto della loro carriera erano stati licenziati da Miranda Priestly, praticamente non avrebbero più avuto un collaboratore.

Finii il cappuccino e, radunate le energie, afferrai il mio portfolio di articoli e mi diressi verso il palazzo della Elias-Clark, ma con calma, questa volta, senza telefoni urlanti e senza vassoi stracarichi di caffè. Feci una piccola ispezione da fuori, prima di entrare. Bene. Non c'erano Clarkioti nella lobby. Avanzai attraverso la porta girevole. A differenza di Starbucks, qui, nei cinque mesi della mia assenza, non era cambiato niente. C'era ancora Ahmed dietro la cassa dell'edicola, accanto a un enorme poster luccicante che annunciava che «Chic» avrebbe dato una festa al Lotus quel fine settimana. Teoricamente, avrei dovuto registrarmi all'ingresso, ma mi venne istintivo andar dritta verso i cancelletti girevoli. Immediatamente, sentii una voce familiare che intonava: «*Nella vecchia fattoria...*» "Fantastico!" pensai. Era l'addio che io ed Eduardo non avevamo avuto l'opportunità di cantarci. Mi voltai a guardarlo, il faccione largo e sudaticcio come al solito, e un sorriso a cinquantaquattro denti. Solo che non sorrideva a me. Di fronte al cancelletto accanto al mio, c'era una ragazza magrissima, altissima, con i capelli neri come la notte e gli occhi verdi. Elegantissima, indossava un paio di pantaloni gessati e una canotta che le lasciava scoperto l'ombelico. Cercava di tenere in equilibrio il vassoio con tre caffè, una borsa straripante di giornali e riviste, tre grucce con i vestiti appesi e una borsa con il monogramma MP. Avevo appena incominciato a capire chi dovesse essere quando il suo telefono me ne diede la conferma, cominciando a squillare all'impazzata. La poveretta provò a spingere con il fianco il cancelletto. Niente. Sospirò e attaccò a cantare i versi degli animali. Guardai Eduardo, e lui mi strizzò l'occhio, poi, mentre la brunetta si cimentava nel verso dell'oca, Eduardo mi fece passare, proprio come se fossi una persona che conta.

Ringraziamenti

Grazie alle quattro persone senza le quali questo romanzo non sarebbe mai nato:

Stacy Creamer, la mia editor. Se il libro non vi piace, prendetevela con lei... ha tagliato tutti i pezzi davvero divertenti.

Charles Salzberg, scrittore e professore. Ha insistito fortemente perché portassi avanti questo progetto, perciò, se non vi piace, prendetevela anche con lui.

Deborah Schneider, agente *extraordinaire*. Continua ad assicurarmi che le piace almeno il quindici per cento di tutto ciò che faccio, dico, e, in particolare, scrivo.

Richard David Story, il mio ex capo. Facile volergli bene adesso che non devo più vederlo tutti i giorni prima delle nove del mattino.

Grazie anche a tutti coloro che pur non avendomi aiutata hanno promesso di comprare molteplici copie a patto di essere menzionati:

Dave Baiada, Dan Barasch, Heather Bergida, Lynn Bernstein, Dan Braun, Beth Buschman-Kelly, Helen Coster, Audrey Diamond, Lydia Fakundiny, Wendy Finerman, Chris Fonzonc, Kelly Gillespie, Simone Girner, Cathy Gleason, Jon Goldstein, Eliza Harris, Peter Hedges, Julie Hootkin, Bernie Kelberg, Alli Kirshner, John Knecht, Anna Weber Kneitel, Jaime Lewisohn, Bill McCarthy, Dana McMakin, Ricki Miller, Daryl Nierenberg, Wittney Rachlin, Drew Reed, Edgar Rosenberg, Brian Seitchik, Jonathan Seitchik, Marni Senofonte, Shalom Shoer, Josh Ufberg, Kyle White e Richard Willis.

E grazie in particolare a Leah Jacobs, a Jon Roth, a Joan e Abe Lichtenstein, e ai Weisberger: Shirley ed Ed, Judy, David e Pam, Mike e Michele.

PIEMME **BESTSELLER**

Per l'elenco completo
e per maggiori informazioni,
visita il sito: www.piemmebestseller.it